URSULA POZNANSKI

VANITAS

SCHWARZ WIE ERDE

THRILLER

KNAUR

Besuchen Sie uns im Internet:
www.knaur.de

Originalausgabe Februar 2019
© 2019 Knaur Verlag
Ein Imprint der Verlagsgruppe
Droemer Knaur GmbH & Co. KG, München
Ein Projekt der AVA International GmbH
Autoren- und Verlagsagentur
www.ava-international.de
Alle Rechte vorbehalten. Das Werk darf – auch teilweise – nur mit
Genehmigung des Verlags wiedergegeben werden.
Redaktion: Regine Weisbrod
Covergestaltung: NETWORK! Werbeagentur, München
Coverabbildung: plainpicture / Cultura / Matt Walford;
plainpicture / Spitta + Hellwig
Innenteilabbildung: plainpicture / Spitta + Hellwig
Satz: Adobe InDesign im Verlag
Druck und Bindung: GGP Media GmbH, Pößneck
Printed in Germany
ISBN 978-3-426-22686-5

2 4 5 3 1

Ain't it a gentle sound, the rolling in the graves
Ain't it like thunder under earth, the sound it makes
Ain't it exciting you, the rumble where you lay
Ain't you my baby, ain't you my babe?

Hozier, NFWMB

PROLOG

Sie blickte nach oben, ins Dunkel. Den linken Arm spürte sie kaum, doch jedes Mal, wenn sie versuchte, ihn unter ihrem Körper hervorzuziehen, war es, als stieße man ihr einen glühenden Spieß in die Schulter. Der rechte Arm war heil geblieben. Der Kopf ...

Es war eng hier, selbst wenn sie nicht verletzt gewesen wäre, hätte sie sich kaum rühren können. Im Rücken spürte sie eine harte Wand. Eine Wand befand sich auch direkt vor ihr, rau unter ihrer flachen Hand.

Was war geschehen? Ihre Erinnerungen fransten aus wie Wolken an den Rändern. Hatte der Mann sie gestoßen? Oder hatte er versucht, sie zu halten? Sie hatte seine Hand im Rücken gespürt, und noch bevor sie begriffen hatte, dass sie stürzte, einen Aufprall, der sich wie ein Ende anfühlte, es offenbar aber nicht gewesen war.

Er hatte etwas gerufen, der Mann. Vor dem Sturz oder danach, das wusste sie nicht mehr.

»Da hast du deine Geschichte.« Ja, das war es gewesen. Und sie hatte in diesem Moment gedacht: Stimmt. Ich habe sie, und eben ist sie unbezahlbar geworden.

Konnte sie sich noch an alle Details erinnern? Sie atmete tief ein, fühlte ein Stechen im Brustkorb, verkrampfte sich bei dem Gedanken an gebrochene Rippen, die sich in Lungenflügel bohrten.

Details, rief sie sich selbst zur Ordnung. Da waren ein paar Dinge gewesen, die nicht zusammenpassten, aber mit ein wenig Recherche würde sie das Puzzle zusammenfügen ...

Zu-sammen. Fügen.

Worte festzuhalten war plötzlich schwierig. Ihr Kopf fühlte sich schwammig an, innen. Wenn sie nicht aufpasste, würde sie einschlafen, doch das durfte sie nicht. Wenn es hell wurde, musste sie wach sein, sie musste um Hilfe rufen, sobald Leute kamen.

Wie lange konnte das dauern? Das Zeitgefühl war ihr abhandengekommen, aber sie glaubte, ein Zwitschern zu hören. Vielleicht der erste Vogel in der Morgendämmerung. Vielleicht auch nur ein quietschendes Metallscharnier.

Kurz würde sie die Augen schließen. Nur ganz kurz, bis das Stechen in der Brust nachließ.

»Unbefugtes Betreten«, hatte der Mann gesagt. »Tja, dann ist man selbst schuld. Haben Sie denn die Warnschilder nicht gesehen?«

Es war unfair gewesen, so unfair. Eine ... wie hieß das Wort? Falle. Genau.

Er hatte sie mit dem Versprechen auf neue Informationen hergelockt, stattdessen hatte er ihre Unterlagen an sich genommen. Aber die würde sie sich noch einmal beschaffen können. Wenn sie erst mal hier raus war, aus diesem engen, entsetzlich engen ... Raum.

Wenn sie ein paar Minuten die Augen schloss, würde sie anschließend besser denken können. Sie würde nicht einschlafen. Nur dösen. Kraft sammeln.

Kraft.

Ein ohrenbetäubendes Geräusch ließ sie hochschrecken, der Schmerz bohrte sich weiß glühend in ihre Schulter, sie schrie auf. Bin doch eingeschlafen, dachte sie. Da, wo sie lag, war es nach wie vor dunkel, aber hoch über ihr hatte ein fahlgrauer Tag begonnen.

Sie lag eingeklemmt zwischen zwei Wänden, die gut fünfzehn Meter nach oben ragten. Durch die Öffnung sah sie ein Stück Himmel. Und nun kam etwas Neues ins Blickfeld, eine Art ... Röhre.

»Hallo?«, rief sie. »Ich bin hier unten, ich bin gefallen. Ich brauche Hilfe!«

Der Lärm von oben kam näher. Wenn sie ihre eigene Stimme kaum hören konnte, wer würde es dann können?

Die Röhre schwenkte ein wenig weiter und begann dann, etwas auszuspucken, etwas Graues, Flüssiges, Zähes. Es platschte erst weit entfernt von ihr auf, floss näher, dann war die Öffnung über ihr.

Sie begriff, was passieren würde. Schrie nicht mehr, sondern presste Augenlider und Mund fest zu, obwohl sie wusste, dass beides sinnlos war. Sie fühlte, wie die schwere, feuchte Masse auf sie fiel, und ließ sich ins Dunkel sinken, noch bevor der Beton sie völlig unter sich begrub.

1

Immer, wenn die Angst zurückkehrt, sehe ich mir Fotos meiner eigenen Beerdigung an. Der helle Holzsarg in der Aufbahrungshalle. Die vielen Kerzen und das riesige Bild, auf dem ich den Gästen entgegenlächle. Meine Augen sind grüner als in Wirklichkeit, mein Haar ist in glänzende Locken gedreht und eine Spur dunkler als der Sarg. Die Frisur ist untypisch für mich, aber ich wollte dem Mann hinter der Kamera gefallen, damals.

Rund um den Sarg: Kränze. Die mit Rosen sind klar in der Überzahl. Rot, rosé, gelb, weiß. Die Schleifen tragen die üblichen Sprüche: In tiefer Trauer. In ewiger Liebe. In Dankbarkeit.

Nur einer davon birgt eine tiefere Wahrheit in sich. Er hängt an dem mit Abstand hässlichsten Kranz, der gleichzeitig einer der größten ist und schräg rechts unterhalb des Sargs steht. Die Kombination aus knallpinkfarbenen Lilien und leuchtend orangefarbenen Gerbera würde jeden Betrachter sofort schaudernd den Blick abwenden lassen, wären da nicht ein paar irritierende Details, die stutzig machen. Die einsame Narzisse zum Beispiel, die wie irrtümlich zwischen zwei Lilien herausragt. Eine Distel, wahrscheinlich die einzige, die je ihren Weg auf einen Trauerkranz gefunden hat. Und zu guter Letzt ein kleiner Strauß Vergissmeinnicht, der als blauer Fleck das Gerberaorange durchbricht.

Ich wüsste gerne, wie viele Trauergäste angesichts solcher Scheußlichkeit ratlos den Kopf geschüttelt haben, aber natürlich haben sie die Botschaft hinter dieser optischen Beleidigung nicht begriffen. Auch ich musste erst einige Monate lang mit der Materie arbeiten, um alle Feinheiten zu verstehen.

Die Signalwirkung von Pink und Orange sollte meinen Blick auf den Kranz lenken und somit sicherstellen, dass ich die versteckten Hinweise nicht übersehe.

In der Sprache der Blumen steht die Distel für Kraft, aber auch für Sünde. Narzissen symbolisieren Wiedergeburt – nichts wünsche ich mir weniger. Die Vergissmeinnicht sind selbsterklärend, aber sollten trotzdem Zweifel bleiben, werden sie von dem Spruch auf der Schleife restlos beseitigt. Sie ist blutrot und gibt dem Kranz farblich den Rest. *Auf ewig unvergessen*, steht in goldenen Lettern darauf.

Es ist eine Warnung, und ich weiß, von wem sie kommt.

Unsere Auftragslage ist gut, Matti läuft pfeifend durchs Geschäft, während ich in der Werkstatt sitze und Tischgestecke für eine Hochzeit fertige. Eine angenehme Abwechslung, auch wenn ich nicht begreife, warum jemand den Blumenschmuck für seine Trauung von einem Friedhofsfloristen richten lässt. Hätte ich die Wahl gehabt, wäre ich lieber in einem Gartencenter oder einer normalen Blumenhandlung gelandet, irgendwo in der Vorstadt, wo man hauptsächlich Geburtstagssträuße und Valentinstagsrosen verkauft. Aber Robert war dagegen. »Wer auf dem Friedhof arbeitet, wird nicht wahrgenommen. Die Menschen sind mit ihrer Trauer beschäftigt, sie wollen so schnell wie möglich wieder verschwinden. Unsichtbarer als dort wirst du nirgendwo sein.«

Kann sein, dass er damit recht hat. Kann aber ebenso gut sein, dass er nur seinem seltsamen Sinn für Humor nachgeben wollte und mich deshalb zu den anderen Toten geschickt hat.

Cremefarbene Rosen, Schleierkraut, weiße Schleifen, eine grüne Hortensie. Das Ganze locker umwickelt mit Silberdraht, auf den Perlen aufgezogen sind. Fünfzehn Tische macht fünfzehn Gestecke. Ich schaffe drei in einer Stunde; wenn ich fertig bin, werde ich noch eine Runde über den Friedhof drehen.

Beethovens Grab ist der Ort, an den es mich üblicherweise zieht, wenn ich mich so verloren fühle wie heute. Gruppe 32 A, Nummer 29. Er wurde in Bonn geboren, starb in Wien und wurde hier auch beerdigt. Allein dadurch fühle ich mich ihm verbunden, obwohl der Schauplatz meiner Geburt Köln und der meines Todes Frankfurt ist. Begraben bin ich trotzdem in Wien, und das ist vermutlich der beste Ort dafür, denn das Klischee stimmt. Nirgendwo sonst ist man mit dem Tod so gerne per Du.

»Caro?«

Ich bin so vertieft in Tischgesteck Nummer sieben, dass ich wieder einmal zu spät begreife, wer gemeint ist. Mit einem Ruck fahre ich herum. Es ist Eileen, und sie schüttelt den Kopf. »Manchmal frage ich mich, ob du schwerhörig bist.«

»Tja.« Ich lächle bemüht. Denke wieder an Beethoven. Besser, sie hält mich für gehörgeschädigt, als sie wittert die Wahrheit: Dass ich mich nach acht Monaten immer noch nicht an meine neue Identität gewöhnt habe. Vor zwei Wochen ist mir beinahe mein echter Name herausgerutscht, als ein Kunde am Telefon nachfragte, mit wem er denn gesprochen habe. Mir war mit einem Schlag übel vor Schreck, fast hätte ich in die Nelken gekotzt.

Eileen ist clever, und sie ist neugierig. Mit ihren siebzehn Jahren fallen ihr Dinge auf, die Matti oder Paula nie bemerken würden. Trotzdem ist sie ein klassischer Fall von schuluntauglich – mit schwerer Dyslexie und Dyskalkulie geschlagen und aus einem Elternhaus, für das Nachhilfestunden finanziell nie drin waren.

»Kann ich dir helfen?« Sie greift nach einer der Hortensien und dreht sie im Sonnenlicht, das durch das trübe Glas der Fenster hereinfällt. »Die Kombination ist voll hübsch. Auch wenn ich keine reinweißen Schleifen gewählt hätte. Stell dir vor, wie schön das mit Lindgrün aussehen würde!«

»Kundenwunsch«, sage ich und lächle ihr zu. »Aber du hast absolut recht.«

Sie sieht mich an und legt den Kopf schief, als würde sie meinen Worten nachlauschen. Eileen ist die Einzige, bei der ich gelegentlich befürchte, dass sie zu viel Hochdeutsch in meiner Sprachfärbung wittert. Aber sie fragt nicht nach, sie blickt nur zur Seite. »Also. Kann ich dir helfen?«

»Gern.« Ich schiebe ihr eine der Schalen zu, die die Basis der Gestecke bilden. Sie neigt den Kopf mit dem kurzen, lackschwarz gefärbten Haar, wirft einen Blick auf eines der fertigen Mittelstücke und nickt. »Okay. Wetten, ich bin schneller als du?«

Das ist sie – und nicht nur das. Ihre Gestecke sehen am Ende besser aus als meine, obwohl wir exakt die gleichen Bestandteile nach exakt dem gleichen Muster verarbeiten. Trotzdem wirkt ihre Arbeit natürlicher, müheloser und gleichzeitig origineller. Sie hat einfach Talent, im Gegensatz zu mir.

»Gut geworden«, lobe ich, und sie gibt das Kompliment zurück, weil sie ein netter Mensch ist.

»Es sind vorhin noch vier Kranzbestellungen reingekommen. Ich habe alles ins Buch eingetragen, könntest du …« Sie beendet den Satz nicht, doch ich weiß, worum sie mich bittet. Matti ist ein gutmütiger Kerl, aber nicht allzu einfühlsam. Er kann sich stundenlang über Eileens Rechtschreibfehler amüsieren.

»Ich seh es mir an. Irgendwas Dringendes dabei?«

Sie schüttelt den Kopf. »Nein. Bloß ziemlich viel Kitsch und Geschmackloses, aber alles Sachen, die mindestens eine Woche Zeit haben.«

»Okay.« Gemeinsam verpacken wir die Gestecke für den Transport, Goran wird sie später ausliefern. Der Weg nach draußen führt durch den Laden, wo Matti eben einen Blumenstrauß für eine ungeduldige ältere Dame zusammenstellt.

»Ich drehe eine kurze Runde«, sage ich. »Frische Luft schnappen.«

»In Ordnung.«

Während die Frau eine der Tulpen beanstandet, weil angeblich ein Blütenblatt beschädigt ist, schlüpfe ich nach draußen. Der schnelle Blick rundum, jedes Mal wenn ich in einen Raum oder ins Freie trete, ist eine Gewohnheit, die ich allmählich ablegen könnte.

Nichts Bedrohliches. Mir ist zwar klar, dass ich die Gefahr nicht kommen sehen werde, bis sie direkt vor mir steht, trotzdem habe ich meine Augen überall, zumindest, bis ich allein zwischen den Gräbern verschwinden kann.

Der Haupteingang an Tor zwei ist nicht weit von unserer Gärtnerei entfernt, allerdings sammeln sich dort gerade die Trauergäste für eine der nächsten Beerdigungen. Umarmungen werden ausgetauscht, Schultern geklopft. Niemand beachtet mich in meinem grünen Kittel, trotzdem bin ich versucht, wieder kehrtzumachen.

Unsinn, sage ich mir und haste mit gesenktem Kopf an den Trauergästen vorbei. Es ist nicht deine Stadt hier, nicht einmal dein Land. Du bist unauffälliger als die Steine auf dem Weg. Keiner wird dich erkennen.

Weiter. Durch die alten Arkaden, dort biege ich schräg links ab, laufe vorbei an den Gruppen 31A und 31B, um schließlich zu 32A zu gelangen.

Beethoven, Mozart und Schubert. Man ist hier selten allein, die Stelle lockt Touristen an, die Blumen auf die Grabplatten legen. Oder, in Mozarts Fall, zu Füßen des Grabdenkmals.

Heute sind es Japaner, die sich erst gegenseitig vor den Gräbern fotografieren, dann packt eines der Mädchen einen Selfiestick aus. Aufgerissene Münder, verzücktes Hindeuten auf die Grabsteine, zu Victory-Zeichen gespreizte Finger.

Ich bleibe in ein paar Schritten Entfernung stehen. Die Fotosession wird nicht lange dauern, japanische Touristen haben normalerweise einen sehr engen Zeitplan. Anders schafft man zehn europäische Städte in einer Woche nicht.

Ein paar Minuten später sind sie weitergezogen, und ich lehne mich gegen eine der hüfthohen Säulen, die das Grab rechts und links flankieren.

Auf dem hohen, nach oben spitz zulaufenden Stein sind weder Geburts- noch Sterbedatum vermerkt. Nur »Beethoven«. Über dem Namen zwei vergoldete Symbole: eine Leier und eine Schlange, die sich selbst in den Schwanz beißt. Sie bildet einen perfekten Kreis, in dessen Mitte ein Schmetterling mit ausgebreiteten Flügeln schwebt. Beides Zeichen der Auferstehung, habe ich mir sagen lassen.

Ich sehe das anders. Für mich sind es zwei Wesen, die einander belauern. Die Schlange würde sich eher selbst fressen, als den Schmetterling aus seinem Gefängnis zu lassen. Der wiederum ist erstarrt. Stellt sich tot. Könnte möglicherweise fliehen, fliegen. Aber er wagt es nicht.

Die Sonne bricht durch die Wolkendecke und lässt die goldenen Symbole glänzen. Ich senke den Blick. Ordne die Blumensträuße auf der Grabplatte und sortiere die verwelkten aus. Nicht mein Job, nur ein Bedürfnis. Dann mache ich mich auf den Rückweg in die Unsichtbarkeit.

Immer noch Kunden im Laden. Matti bindet Lilien, Germini, Santini und Aralien zu einem Kunstwerk in Blassrosa, Orange und Grün. Die Blumen sind kein Trauerschmuck, sondern vermutlich als Eisbrecher für ein Date gedacht; ihr Käufer ist ein junger Mann, der sich immer wieder die Hände an seinen Jeans abwischt.

Eileen steht an der Kasse und wirft einen bedeutungsvollen Blick auf das Bestellbuch, das neben ihr liegt. Ich klemme es mir unter den Arm und verschwinde nach hinten.

Nach wie vor schreibt sie Krantz statt Kranz, drei von vier Malen. Ich korrigiere die Schwerdlillien, die Hortenßien, die Pfinkstrosen; mache Krem zu Creme und Gestek zu Gesteck. Alles möglichst unauffällig.

Beim letzten Kranz hat Eileen Lielien notiert. Ich grinse unwillkürlich; es ist, als wolle sie alle denkbaren Schreibweisen ausprobieren, in der Hoffnung, dass wenigstens eine davon korrekt ist. Doch beim Weiterlesen vergeht mir das Lachen.

Die falsch geschriebenen Lilien wurden in Pink bestellt und sollen mit orangefarbenen Gerbera kombiniert werden. Der Kunde wünscht sich außerdem Vergissmeinnicht – die Eileen wundersamerweise fehlerfrei hinbekommen hat –, an einer passenden Stelle in den Kranz integriert.

Meine Beerdigungsfotos stehen mir wieder vor Augen. Ich fühle, wie der Puls in meinen Schläfen hämmert, im Hals, im Bauch.

Die nächste Zeile. Eine rote Schleife soll auf den Kranz, mit goldener Schrift: *In Gedanken immer bei dir.*

Kein Name. Nicht nötig. Der Auftrag lautet auf einen Martin Meier, der vorab bezahlt hat. Eine Adresse ist nicht angegeben.

Ich klappe das Buch zu, unterdrücke alle meine Fluchtreflexe und denke an die zerlegte Barrett M82 in meinem Kleiderschrank. Nicht, dass ich wirklich etwas damit vorhätte, aber mich beruhigt das Wissen um ihre Existenz.

Robert wird in der nächsten Zeit von sich hören lassen, daran habe ich keinen Zweifel. Die Frage ist nur, warum. Für einen Prozess fehlt immer noch der Angeklagte.

Vielleicht geht es ihm ja nur darum, mich nicht übermütig werden zu lassen. Vielleicht will er erreichen, dass ich vorsichtig bleibe.

Der Gedanke fühlt sich gut an, aber nur wenige Sekunden lang. Das ist nicht Roberts Art. Ich interessiere ihn nur so weit, wie ich ihm nütze.

»Siehst du dir auch noch die Internetbestellungen an?«, ruft Matti von der Verkaufstheke her. Ich krächze ein Ja und setze mich vor den Rechner, der alt und langsam ist, aber nicht ausgetauscht wird, weil Matti keine Lust hat, sich mit »neuem Zeug« auseinanderzusetzen, wie er sagt. Unkonzentriert klicke ich mich durch die Bestellungen und drucke zwei aus, die schon übermorgen fertig sein sollen. Jedes Mal, wenn die Tür zum Verkaufsraum sich öffnet, zucke ich zusammen. Wie zu Beginn, als wären nicht zehn Monate vergangen, sondern höchstens zehn Tage.

Doch nie ist es Robert oder gar einer von ihnen. Das würde ich sofort erkennen – an der Art, wie sie blitzschnell einen Raum erfassen, wenn sie ihn betreten. Sie sind fast geräuschlos, und sie lächeln immer. Bis zum Schluss.

Weil mir die blütenduftgeschwängerte Luft mit jeder Minute das Atmen schwerer macht und heute nichts Wichtiges mehr zu erledigen ist, bitte ich Matti, mich eine Stunde früher gehen zu lassen. Er ist nicht begeistert, aber er nickt. Er kann mittlerweile an meinem Gesicht ablesen, wann nichts mehr mit mir anzufangen ist.

Meine Wohnung liegt in der Geringergasse, ungefähr drei Kilometer vom Friedhof entfernt. Es sind zwei kleine Zimmer im dritten Stock, mit zerkratzten Parkettböden, einer einigermaßen hübschen Küche und einem Badezimmer mit angrenzendem WC.

Geringergasse, die Betonung liegt auf dem ersten E, trotzdem werde ich bis heute den Verdacht nicht los, dass Robert sich königlich amüsiert hat, als er den Namen erstmals sah. Die richtige Straße für mich; auf fast alles in meinem Leben passt das Attribut »gering«. Auf meine Hoffnungen. Meinen Spielraum. Meinen Lebensmut an Tagen wie heute.

Vielleicht ist ihm an der Adresse aber gar nichts weiter aufgefallen, als dass sie in praktischer Nähe zur Blumenhandlung liegt. Drei Stationen mit dem Bus, zwei mit der Straßenbahn – ich brauche selten länger als zwanzig Minuten von Tür zu Tür.

Als ich heute vor meiner Wohnung ankomme, liegen auf der Fußmatte eine Narzisse und eine Distel, zusammengebunden mit grober Paketschnur.

Ein paar Sekunden lang muss ich mich an der Wand festhalten, bis die schwarzen Punkte aus meinem Blickfeld verschwinden. Das hier war keine telefonische Bestellung an den Blumenladen. Jemand war hier, direkt vor meiner Wohnung. Zum ersten Mal seit zehn Monaten hat die Vergangenheit buchstäblich an meine Tür geklopft.

2

Unter normalen Umständen würde ich heute Abend noch einmal nach draußen gehen. Es ist Mittwoch; da findet in einem nahe gelegenen Fitnessstudio die Krav-Maga-Stunde statt. Ich habe mich vor einem halben Jahr dort eingeschrieben, als der Drang, die Barrett mit mir herumzuschleppen, übermächtig wurde.

Krav Maga ist eine Form der Selbstverteidigung, die auch vom israelischen Militär angewendet wird, und sie macht keine halben Sachen. Geschlagen und getreten wird dorthin, wo es maximal schmerzhaft ist und der Schlag den Gegner möglichst lange außer Gefecht setzt. Oder sogar für immer, aber diese Techniken lernen wir natürlich nicht.

Es ist eine Illusion zu glauben, dass das bisschen Selbstverteidigung mein Leben auch nur um zwei Minuten verlängern wird, wenn sie mich finden. Trotzdem fühle ich mich während der Trainingsstunde weniger hilflos als sonst, alleine dafür lohnt sich die Investition.

Heute allerdings wage ich mich keinen Schritt mehr hinaus. Ich drehe Narzisse und Distel in meinen bebenden Fingern, suche nach einer versteckten Nachricht, finde keine und werfe das ungebetene Geschenk in den Mülleimer.

In den letzten Monaten habe ich meinem Leben beinahe gestattet, normal zu sein. Ich war in Cafés, wenn auch immer in Nischen versteckt. Ich habe Spaziergänge gemacht, einfach nur, weil ich wollte. Doch als es heute dunkel wird, wage ich es nicht einmal, das Licht anzudrehen. Falls draußen jemand lauert und meine Fenster im Auge behält, soll er vermuten, dass ich nicht zu Hause bin. Obwohl außer den Leuten vom Laden niemand meine neue Telefonnummer kennt, habe ich mein Handy in den Flugmodus geschaltet. Ich fühle mich unsichtbarer so. Liege im Bett und spiele Angry Birds bei zugezogenen Vorhängen.

Kurz vor zehn Uhr klopft es an der Tür. Mein Herz setzt einen Schlag aus, hämmert danach in doppeltem Tempo weiter. Eine halbe Minute später noch ein Klopfen, als Nächstes werde ich das metallische Schnappen hören, mit dem das Schloss geknackt wird.

Doch das passiert nicht. Es bleibt ruhig. Ich müsste bis in die Diele schleichen, um hören zu können, ob Schritte sich entfernen, aber ich kann mich kaum bewegen. Erst zwanzig Minuten später tappe ich zum Fenster, ziehe den Vorhang einige Zentimeter zur Seite und spähe hinaus.

Soweit ich es erkennen kann, ist niemand auf der Straße. Die Autos auf dem Parkplatz sind zum größten Teil die, die immer da stehen, und ja, auf solche Dinge achte ich.

Bevor ich zurück ins Bett gehe, klemme ich einen der Küchenstühle unter die Klinke der Eingangstür. Natürlich weiß ich, wie lächerlich das ist, trotzdem fühle ich mich anschließend sicherer. Und schaffe es tatsächlich, einzuschlafen.

Der Traum, der mich um halb fünf Uhr morgens hochschrecken lässt, ist der gleiche, der mich seit über einem Jahr verfolgt. Nicht mein Tod, sondern ein anderer, ungleich schrecklicherer. Ich träume in Farbe, in Geräuschen und Gerüchen, und genau wie in dieser grauenvollen Nacht möchte ich nur weglaufen. Damals durfte ich nicht, wenn mein Leben mir lieb war. Heute kann ich es nicht, der Traum lässt meinen Körper bleischwer werden, presst sich gegen meine Brust, bis ich keine Luft mehr bekomme und nach Atem ringend hochschrecke.

Keine Chance, wieder einzuschlafen. Draußen ist es noch dunkel, also taste ich mich ins Badezimmer, das keine Fenster hat, dort kann ich Licht anmachen. Ich könnte mich heute krankmelden, zu Hause bleiben und auf die Panikattacke warten, die spätestens um elf Uhr einsetzen würde. Doch da fürchte ich mich lieber zwischen Kränzen und Gestecken im Hinterzimmer des Blumenladens.

Der erste Bus geht ungefähr in einer Dreiviertelstunde, dann fährt auch die Straßenbahn. Ich könnte kurz nach halb sechs am Friedhof sein. Der öffnet erst um sieben, aber ich weiß, wo Matti den Ersatzschlüssel für den Laden versteckt hat.

Also dusche ich, flechte mein Haar zu einem straffen Zopf, ziehe Jeans und eines meiner übergroßen Sweatshirts an, dann stelle ich mich zur Tür und blicke durch den Spion.

Der Gang ist dunkel. Schaffe ich das gleich, hinaus in die Finsternis zu treten? Was, wenn wieder Blumen auf der Türmatte liegen?

Zehn Minuten lang ringe ich mit mir, dann gehe ich in die Küche und hole das große Fleischmesser aus der Schublade. Nicht ganz so effizient wie die Barrett, aber besser als nichts. Ich stecke es in die Handtasche und öffne die Wohnungstür.

Keine Blumen. Niemand, der sich auf mich stürzt. Ich entscheide mich gegen den Lift, schleiche langsam die Treppen hinunter und gehe dann einfach durch den Haupteingang. Vereinzelt sind schon Autos unterwegs, aber noch ist die Stadt mit Erwachen beschäftigt. Am Himmel zeigen sich die ersten hellen Streifen.

Ich gehe mit gesenktem Kopf, den Reißverschluss der Tasche offen, die Hand fest um den Messergriff gelegt. Möglichst nah an den Hausmauern, möglichst weit von den geparkten Autos entfernt. Falls aus einem davon jemand herausspringen sollte, zählt jeder Zentimeter Entfernung.

An der Bushaltestelle stehen schon Leute; ein junger Mann mit Rucksack und eine Frau mit weißen Löckchen, die leise vor sich hin murmelt.

Ich stelle mich dazu. Als der Bus kommt, setze ich mich direkt hinter den Fahrer. Zwei Stationen, dann umsteigen in die Straßenbahn. Am Friedhof steige ich nicht aus, stattdessen fahre ich so lange zwischen Kaiserebersdorf und der Burggasse hin und her, bis es sieben Uhr ist.

Robert taucht gegen halb elf auf. Er hat die Hände in den Jackentaschen und steuert zielstrebig auf den Laden zu, in dem ich mich gerade nicht befinde. Ich stehe am Lieferwagen, hinter den ich mich auch sofort ducke, in der Hoffnung, dass Robert mich noch nicht gesehen hat.

Hat er offenbar nicht. Er betritt die Blumenhandlung, und ich sprinte los, die Mauer entlang zum Friedhofseingang. Diesmal zieht es mich nicht zu Beethoven, sondern in die Ecken, wo nur alte Frauen und Gärtner sich hinverirren. Zu den normalen Gräbern, zu den toten Meiers und Grubers und Fischers.

Robert wird längst nach mir gefragt haben. »Sie räumt gerade den Wagen ein«, hat Matti vermutlich geantwortet, sich die Hände an der Schürze abgewischt und Robert zum Parkplatz begleitet. Wo niemand mehr anzutreffen war. Wahrscheinlich hat er mich dann angerufen. Mein Handy ist stumm geschaltet, aber mit ein bisschen Pech hat er in meiner Handtasche nachgesehen. Und dort das Küchenmesser entdeckt.

Ich höre erst auf zu rennen, als Seitenstechen mich dazu zwingt. Keuchend setze ich mich auf eine Grabeinfassung und stütze das Gesicht in die Hände. Weglaufen war ein Reflex, aber ein sinnloser, wenn ich darüber nachdenke. Robert ist eigens von Wiesbaden nach Wien gekommen, um mich zu treffen. Er wird nicht abreisen, ohne mich gesprochen zu haben; die Kranzbestellung und die Blumen vor meiner Tür waren eine Ankündigung. Er wollte mich bloß auf sein Kommen vorbereiten, schätze ich. Stattdessen hat er mich in Panik versetzt.

Im Grunde kann sein Auftauchen nur eines bedeuten: Es ist

so weit. Sie haben jemanden festgenommen, und ich muss von den Toten wiederauferstehen. Vor Gericht erscheinen. Erzählen, was ich gesehen, gehört und erlebt habe.

Ein Teil von mir hat gehofft, dass es nie dazu kommt. Ein anderer Teil will die Art von Gerechtigkeit, die es ohnehin nie geben wird: das gleiche Ausmaß von Blut, Tränen, Schmerz und Verzweiflung auf der gegnerischen Seite. Auch dort erdrückende Schuldgefühle, Angstzustände, Panikattacken.

Als ob das möglich wäre.

Ich sollte zurückgehen und mit Robert reden. Früher oder später wird er mich ohnehin dazu zwingen.

»Es war jemand da für dich, dein Cousin«, erklärt Matti mir, als ich die Blumenhandlung wieder betrete. »Ich dachte, du würdest den Lieferwagen einräumen. Der hat zwar offen gestanden, aber von dir war da keine Spur.«

»Ich weiß. Tut mir leid. Mir war ... schlecht.«

Matti sieht mich aus zusammengekniffenen Augen an. »Aha. Warum bist du dann nicht zurück in den Laden gegangen?«

»Ich musste weg von all den intensiven Gerüchen«, sage ich schnell. »Hat auch funktioniert, mir geht's besser.«

Er mustert mich ungläubig. »Gerüche waren doch noch nie ein Problem für dich.«

»Nein. Hab mich selbst gewundert. Vielleicht habe ich gestern zu viel Wein erwischt.«

Das ist etwas, das Matti versteht. Wein ist ein wichtiger Teil seiner Welt; davon zu viel zu erwischen gehört zum täglichen Leben dazu.

»Okay. Wenn du Aspirin brauchst, ich habe eine Packung in der Schreibtischschublade.«

»Danke.« Ich hole tief Luft. »Hat Robert etwas gesagt? Kommt er noch einmal her?«

Matti nestelt einen Zettel aus seiner Schürzentasche. »Das

ist das Hotel, in dem er abgestiegen ist. Seine Handynummer steht auch da.«

Dass ich Robert nicht von meinem eigenen Telefon anrufen werde, liegt auf der Hand. Das Handy, das er mir organisiert hat – mit der angeblich sicheren Kommunikations-App –, ist längst deaktiviert; ich habe mir ein gebrauchtes Smartphone und eine Prepaid-Karte zugelegt. Im Supermarkt, wo niemand so genau weiß, wie ein gefälschter Ausweis aussieht.

Für Menschen wie mich, die unsichtbar bleiben wollen, ist das sukzessive Verschwinden der Telefonzellen ein schwerer Schlag – aber ich weiß mittlerweile, dass es rund um den Zentralfriedhof eine ganze Menge davon gibt. Nicht direkt am Haupteingang, aber bei Tor eins, Tor vier, Tor neun und Tor elf.

Die Zelle meiner Wahl ist die bei Tor elf, sie ist am schwierigsten einzusehen – wer heute noch öffentliche Telefone benutzt, fällt auf. Ich warte, bis Matti mich in die Mittagspause schickt, dann mache ich mich auf den Weg.

Mittlerweile habe ich mich einigermaßen beruhigt. Es ist Robert, der Kontakt aufgenommen hat, das heißt, die anderen haben mich noch nicht gefunden. Oder eben doch, und er ist hier, um mich möglichst schnell anderswohin zu schaffen.

Am wahrscheinlichsten ist jedoch, dass ich jetzt dem Zweck zugeführt werden soll, den er in mir sieht: Ich soll meine Aussage machen. Er wird mich wie ein Kaninchen aus dem Hut zaubern, im letzten juristisch akzeptablen Moment.

Ich hole ein paar Münzen aus meiner Hosentasche, werfe sie ein und wähle seine Nummer. Er meldet sich nach dem ersten Klingeln.

»Da bist du ja«, sagt er.

»Ja.«

»Ziemlich albern, dich vor mir zu verstecken.«

»Ich weiß.«

Er seufzt. »Na gut. Wir haben etwas zu besprechen, am besten, du kommst heute Abend zu mir ins Hotel. Sieben Uhr?«

Ich werfe einen Blick auf den Zettel. Das Hotel liegt im dritten Bezirk, ist von hier aus schnell zu erreichen. Nur möchte ich nicht mit Robert innerhalb derselben vier Wände sein.

»Sieben Uhr ist gut, aber lieber draußen«, schlage ich deshalb vor. »Schlosspark Belvedere, okay? Am singenden Brunnen.«

»Was ist der si...«, höre ich ihn noch sagen, dann lege ich auf. Er wird den Brunnen finden, und er wird zehn Minuten vor unserem Termin vor Ort sein.

Den Rest des Tages binde ich Kränze und Blumensträuße, lächle Kunden aufmunternd zu und plaudere mit Eileen, ohne dass der Inhalt unserer Gespräche mein Bewusstsein erreicht. Es ist vier Uhr nachmittags, als Goran mir einen Schokoladenkeks in die Hand drückt und ich begreife, dass ich heute noch keinen Bissen gegessen habe. Ich stecke den Keks Eileen zu, denn mein Magen ist ein kleiner, verhärteter Klumpen; überhaupt nicht fähig, Nahrung aufzunehmen.

Erst als ich mich gegen halb sieben zum Aufbruch bereit mache, dämmert mir allmählich, dass ich den Treffpunkt doch nicht so gut gewählt habe. Mir ging es vor allem darum, jederzeit abhauen zu können, Raum nach allen Seiten zu haben. Im Freien würde er mich in keine Ecke drängen können, die Länge des Gesprächs wäre meine Entscheidung.

Aber leider habe ich mir nicht vor Augen geführt, wie öffentlich die Stelle ist, an der wir uns treffen. Das Wetter ist schön heute, der Schlosspark des Belvedere ein Magnet für Spaziergänger und Touristen. Touristen bedeuten Handyfotos, Selfies und intensives Teilen derselben auf Instagram, Facebook und Twitter.

Wenn ich zufällig auf einem dieser Fotos drauf bin, wenn es online gestellt wird, wenn die falschen Leute es sehen ...

Natürlich ist die Wahrscheinlichkeit dafür winzig, aber sie ist nicht gleich null. Im Fall des Falles wissen sie dann nicht nur, dass ich noch lebe, sondern praktischerweise auch, wo.

Auf dem Weg zur Straßenbahn bin ich drauf und dran, noch einmal zur Telefonzelle zu laufen und den Treffpunkt zu ändern. Doch dann fällt mein Blick auf mein eigenes Spiegelbild in der Scheibe eines Gasthofs, an dem ich vorbeigehe.

Ich sehe mir nicht mehr sehr ähnlich. Mein Haar ist kürzer und mausbraun gefärbt – genau die nichtssagende Farbe, die andere mit Rot, Blond oder Brünett übertünchen. Ich bin dünn geworden und hülle mich in labbrige Sweater und ebensolche Jeans – als Frau bin ich praktisch unsichtbar. So anders, so ganz anders als früher.

Trotzdem bin ich auf der Hut, während ich den Weg zum singenden Brunnen einschlage. Ich achte auf knipsende Touristen, und ich halte den Kopf gesenkt.

Ganz wie ich erwartet hatte, ist Robert bereits da. Er steht ein paar Meter vom Brunnen entfernt, hält eine halb gerauchte Zigarette zwischen den Fingern und tut so, als würde er die Atmosphäre des Parks in sich aufsaugen.

Sein Haaransatz ist noch ein Stück zurückgewichen, aber vielleicht wirkt das nur so, weil die dünnen, blonden Strähnen ihm nun bis über den Kragen hängen. Wie immer steht er mit hängenden Schultern da, als wolle er sich kleiner machen, als er ist.

Der Drang wegzulaufen wird übermächtig, aber da hat Robert mich schon entdeckt. Er bewegt sich nicht auf mich zu, klopft nur die Asche von seiner Zigarette und legt leicht den Kopf schief. Abschätzend. Als würde er sich fragen, wie viel ich kosten könnte.

Ich überwinde mich zu einem Lächeln und dem Zurücklegen der letzten Meter. »Hallo.«

»Ca-ro-lin.« Er streicht mir übers Kinn. »Schon daran gewöhnt?«

Er meint den Namen, nicht die Berührung. An die will und werde ich mich nicht gewöhnen. »Geht so.«

»Ist doch hübscher als dein echter Name.« Er zieht an seiner Zigarette und bläst den Rauch dankenswerterweise an mir vorbei.

»Warum bist du hier?«

Er sieht mich an, als fände er es unhöflich, dass ich sofort zur Sache kommen will, ohne vorher sein Bedürfnis nach Small Talk zu stillen. Oder mich für seinen Blumengruß zu bedanken. Kurz setzt er dazu an, etwas zu sagen, zieht dann aber lieber noch einmal an seiner Zigarette. »Ich brauche dich«, murmelt er schließlich. »Und offensichtlich ist das Handy, das ich dir gegeben habe, nicht mehr in Betrieb.«

Richtig. Es liegt im Grab eines gewissen Ludwig Niederstetter, drei Meter unter der Erde. Die SIM-Card schwimmt in der Donau.

Ich habe mir die Nägel in die Handflächen gebohrt, fast ohne es zu merken. »Du brauchst mich – weil ihr jemanden festgenommen habt?«

»Festgenommen? Nein.«

Einen kurzen, verrückten Augenblick lang denke ich, er ist aus privaten Gründen hier. Der Eindruck verstärkt sich, als er nach meiner Hand greift. Seine ist feucht, meine eiskalt. »Lass uns ein Stück gehen.«

Ich widerstehe dem Impuls, mich aus seinem Griff zu befreien, und lasse mich von Robert mitziehen. Zehn, zwanzig Schritte, dann bleibe ich stehen. »Sag mir, was du von mir willst.«

Er lässt meine Hand los. »Ich möchte, dass du dich mit jemandem anfreundest.«

Es ist, als würde er mich grob in die Vergangenheit zurückstoßen. Mich mit jemandem anfreunden. Nett zu ihm sein. Sein Vertrauen gewinnen.

»Bist du verrückt?« Ich bin zwei Schritte zurückgewichen,

möchte einfach kehrtmachen und wegrennen. »Nie wieder. Hier bin ich endlich sicher, ich spiele deine Spielchen nicht mehr mit. Sobald es so weit ist, mache ich meine Aussage. Das war unser Deal. Mehr nicht.«

Robert hat seine Unterlippe zwischen die Zähne gezogen. Er nimmt eine neue Zigarette aus der Packung. »Findest du es klug, dich so auffällig zu benehmen?«, fragt er leise.

Er hat recht, ein oder zwei Spaziergänger haben sich eben nach mir umgedreht. Ich zwinge ein schuldbewusstes Lächeln auf mein Gesicht. »Entschuldige bitte, Schatz«, sage ich und greife nun meinerseits nach seiner Hand. Die Passanten wenden sich wieder ab, und wir gehen weiter. Etwas in meiner Brust krampft sich zusammen.

»Siehst du, das Hotel wäre ein besserer Treffpunkt gewesen«, stellt Robert trocken fest. »Aber es gibt überhaupt keinen Anlass, dich aufzuregen. Ich treibe dich keinem schmierigen Typen in die Arme, ich möchte, dass du dich mit einer jungen Frau anfreundest. Gut erzogen, wohlhabend, sympathisch.«

Das genaue Gegenteil von mir, aber das ist nicht der Punkt. »Du holst mich ernsthaft aus meiner Deckung? Lass mich raten: Ihr habt die Sache aufgegeben. Ihr werdet ihn nicht erwischen, weil er irgendwo in China oder Mexiko sitzt, also kannst du mich genauso gut wieder in die Schlacht schicken.«

Er sieht mich kurz von der Seite an. »Es ist München, nicht Frankfurt. Und keine Rede von Schlacht. Kaffeetrinken mit einem netten Mädchen. Ein bisschen plaudern. Die Ohren offen halten. Vielleicht einen Blick darauf haben, wer bei ihr ein und aus geht.«

So wie er es sagt, klingt es harmlos, aber das hat es auch beim letzten Mal. Anfangs.

»Nein. Sorry. Du hast sicher noch jemand anderen in petto, der ein bisschen Kaffeeklatsch hinbekommt.«

Erst denke ich, er will meine Hand loslassen, aber er lockert seine Finger nur kurz, um danach umso fester zuzupacken. »Wenn das so wäre, hätte ich nicht gesagt, dass ich dich brauche.«

»Aber wieso?« Ich kann hören, wie sich Verzweiflung in meine Stimme mischt. »Das ist doch auch für dich ein unnötiges Risiko. Wenn sie herausfinden, dass ich noch lebe ...«

Er blickt zu Boden, dann blinzelt er in Richtung Wolken. »Das werden sie nicht. Keiner sucht mehr nach dir, sie haben dich längst vergessen.«

Sein kurzes Zögern verrät mir zweierlei. Erstens, dass er mich für nicht mehr so schützenswert hält wie noch vor zehn Monaten. Was zweitens bedeutet, dass seine Hoffnung auf den Prozess, bei dem ich nützlich sein könnte, tatsächlich nicht mehr groß ist. Damit der ganze Aufwand, den er rund um mich betrieben hat, sich trotzdem gelohnt hat, führt er mich nun eben einem anderen Zweck zu.

Aber da spiele ich nicht mit. »Ich bin dir nichts mehr schuldig, Robert. Ganz im Gegenteil.«

Er seufzt. »Das sehe ich ja genauso. Nur bin ich damit leider alleine, ich bekomme von oben keine Unterstützung mehr, was dich betrifft. Unsere Abmachung war von Anfang an eine schräge Idee, und ich bewege mich damit jenseits aller meiner Vorschriften.« Sein Griff um meine Hand festigt sich. »Im Moment bedeutest du vor allem Arbeit und dass ich neunzig Prozent meiner Kollegen anlügen muss. Zum Beispiel über meine Reise nach Wien. Die drei Leute, die wissen, dass du lebst, sagen, du bist außer Gefahr, und du kostest zu viel Geld.«

Robert sieht mich nicht an, während er spricht. Lügt er? Möglich, aber im Grunde egal. Ob er es ist, der mich fallen lässt, oder seine Vorgesetzten, das Resultat ist dasselbe. Ich wäre auf mich allein gestellt, ohne Sicherheitsnetz für den Notfall. Niemand würde mehr groß darauf achten, ob einer der Karpins sich auf den Weg nach Wien macht.

Ich würde nie wieder schlafen. In ihren Augen bin ich eine Verräterin, und ich weiß, was sie mit Verrätern anstellen.

»Du erpresst mich also?«

»Um Gottes willen, nein.« Robert unternimmt den missglückten Versuch eines treuherzigen Blicks. »Ich biete dir eine Möglichkeit, das ist alles. Ein paar Wochen lang wohnst du in München und freundest dich mit deiner Nachbarin an. Es ist ein Spaziergang gegen das, was du früher gemacht hast. Danach kommst du zurück nach Wien und bastelst weiter hübsche Blumenkränze. Meine Vorgesetzten sind zufrieden, und das Leben ist wieder sicher und schön.«

Daran, wie *sicher* sich anfühlt, kann ich mich nicht erinnern, und wirklich schön wird es nie mehr. Aber gut.

»Mein Job«, sage ich müde. »Matti wird mich rauswerfen, wenn ich wochenlang ausfalle.«

»Mach dir darüber keine Sorgen«, sagt Robert. »Dein Cousin hat dir die Stelle doch besorgt, der regelt das für dich.«

Wir verabreden uns für den nächsten Abend in seinem Hotel, damit er mich mit den Details vertraut machen kann. Wieder zu Hause, stelle ich mich vor den Spiegel im Badezimmer und ziehe mein Shirt hoch.

Die Narben sind dunkelrosa, zwei davon wulstig und glatt. Ich fahre mit dem Finger darüber; irgendwann wird man sie eher spüren als sehen. Vorausgesetzt, ich lebe lange genug, um ihnen die Chance zu geben, verblassen zu können.

Fertignudeln aus dem Supermarkt und ein Glas Rotwein, das mich müde machen soll. Klappt leider nicht. Ich liege im Dunkel, und alles ist wieder da. Die Erinnerung an den harten Boden, auf dem ich aufschlage. Die Verwunderung darüber, dass da kein Schmerz ist. Mein Blut, das mir über die Finger läuft und sich mit dem mischt, das nicht meines ist.

Und dann die Erleichterung. Das trügerische Gefühl, dass es ja ganz einfach ist, zu sterben.

3

Pünktlich um sieben bin ich am nächsten Abend in Roberts Hotel. Mittelklasse, gepflegt, für Touristen mit begrenztem Budget. Unter dem vielsagenden Blick der Frau an der Rezeption gehen wir in den zweiten Stock hinauf. Vor der Zimmertür zögere ich.

»Also bitte«, sagt Robert und lacht. »Du denkst nicht ernsthaft, dass ich mich an dir vergreife, oder?«

Nein, tue ich nicht, obwohl der Gedanke meinen Kopf durchzuckt hat.

»Ich will dich ja nicht beleidigen, Mäuschen«, sagt er, während er die Zimmerkarte vor den Kontakt am Schloss hält. »Aber reizvoll ist anders. Musst dich also nicht vor mir fürchten.«

Früher hätte eine solche Bemerkung meinen Stolz verletzt, heute macht sie mich einfach nur froh. Die Vorstellung, mich gegen Roberts feuchte Hände wehren zu müssen, dreht mir den Magen um.

Er holt eine Mappe aus dem Koffer, und wir setzen uns an den kleinen Tisch, der unter dem Zimmerfenster steht. Dort zieht er ein DIN-A4-Foto heraus und legt es vor mir ab.

Ich schätze die Frau auf Anfang dreißig. Sie ist blond, trägt einen kurzen, hellbeigen Rock, eine weiße Bluse und naturfarbene Riemchenpumps. Hübscher Anblick.

»Tamara Lambert«, sagt Robert, ohne den Blick vom Foto zu wenden. »Sagt dir der Name Lambert etwas?«

Ich zucke mit den Schultern. »Sollte er das?«

»Eigentlich ja. Lambert-Bau, eines der größten Bauunternehmen Deutschlands. Sie ist die Enkelin des Gründers, ihr Vater leitet das Unternehmen, ihr Bruder wird ihm irgendwann nachfolgen.«

Jetzt, wo Robert es sagt, ist der Name mir tatsächlich ein Begriff. Vielleicht hat er ja doch nicht gelogen, und die Sache, auf die er mich ansetzt, ist diesmal wirklich nicht so dramatisch. Rund um Bauunternehmen gibt es immer wieder Korruption, Betrug, illegale Preisabsprachen. Die blonde Erbin ein wenig auszuhorchen traue ich mir zu.

»Arbeitet Tamara in der Firma mit?«

»Nein. Nicht mehr. Sie hat sich vor knapp zwei Jahren von der Familie distanziert und eine Ausbildung als Tanztherapeutin gemacht. Zwischen ihr und ihren Eltern läuft es nicht so gut, sie hat nicht allzu viele Sozialkontakte, deshalb hoffen wir, dass sie dir ihr Herz ausschütten könnte.«

Allmählich weicht die Anspannung aus meinem Körper. Was Robert von mir verlangt, ist kein allzu hoher Preis für den Schutz, den er mir bietet. »Geht es um Geldwäsche? Bestechung?«

Ich kann sehen, wie er zögert. »Nein«, sagt er schließlich. »So einfach ist es nicht.«

Ich hätte mir das denken müssen. Roberts Einsatzgebiet ist nicht Wirtschaftskriminalität. Die kommt nur manchmal am Rande vor.

Er zieht einen Umschlag aus der Tasche. »Ich sollte dir das hier wahrscheinlich nicht zeigen«, murmelt er. »Verfolgst du die Nachrichten?«

»Nicht regelmäßig.« Ich strecke die Hand nach dem Umschlag aus, aber Robert gibt ihn mir nicht. »Im Groben geht es um Folgendes: Es gab in den letzten Monaten ungewöhnlich viele Unfälle in der Baubranche. Eine alte Frau, die in einen ungesicherten Schacht gestürzt ist; zwei Arbeiter, die unter einem herabfallenden Bauteil begraben wurden, und ein umgestürzter Kran – der Fahrer war sofort tot.«

Die Sache mit dem Kran habe ich gehört, meine ich mich zu erinnern. »Aha. Und das alles ist auf Baustellen von Lambert passiert?«

Robert dreht den Umschlag zwischen den Händen. »Nein. Auf Baustellen der Konkurrenz. Im Moment sind noch drei Baukonzerne im Rennen um die Vergabe eines Großauftrags. Ein neues Krankenhaus, Budget rund achthundert Millionen. Es wird sich zwischen der Vossen AG, Korbach-Bau und eben Lambert entscheiden. Die Unfälle passieren bei den Mitbewerbern, nur bei Lambert nicht.«

Ich verstehe, worauf Robert hinauswill, ich weiß bloß nicht, wie er sich vorstellt, dass ich helfen soll. Indem ich Tamara Lambert entlocke, wer die Konkurrenz sabotiert? So, wie er die Situation schildert, kann sie das überhaupt nicht wissen.

»Und vor zwei Wochen hat sich die Lage verschärft.« Er mustert mich prüfend, als wisse er nicht, ob er weiterreden soll. Sieht den Umschlag an, dann wieder mich. Schließlich zieht er ein Foto aus dem Kuvert.

Ich vermute, die Spurensicherung hat es geschossen, was mir aber erst nach ein paar Sekunden klar wird. Zuerst begreife ich nicht, was ich da vor mir habe. Ein großes Loch in einer Wand, aus dem etwas ... herausragt. Erst bei genauerem Hinsehen wird mir klar, dass es ein Arm ist.

Die körperliche Reaktion setzt unmittelbar ein. Mein Puls beschleunigt sich, Schweiß tritt auf meine Stirn, das Bild in meiner Hand zittert. Ich lasse es fallen, reiße Robert den Umschlag aus der Hand und zerre den Rest des Inhalts heraus.

Die Freilegung der Leiche in mehreren Phasen. Es wird eine Schulter sichtbar, dann ein Kopf. Sieht nach Frau aus. Auf dem letzten Foto hat man die Tote auf den Boden gebettet. Beton umschließt noch das untere Ende der Beine. Ihr Mund steht weit offen.

Ich lasse die Fotos fallen und stehe auf, steuere auf die Tür zu, ohne ein Wort. Robert sagt etwas, das ich nicht verstehe, so laut ist das Rauschen in meinen Ohren. Dann bin ich aus der Tür, wanke den Gang entlang, die Treppen hinunter, durch die Lobby. Raus. Nur raus.

Draußen die Straße entlang, ohne mich umzuwenden. Die Vorstellung, mit der Straßenbahn zu fahren, ist unerträglich. Zu eng, zu stickig, zu viele Menschen, Fluchtmöglichkeit nur an den Stationen. Also laufe ich.

Wie dumm von Robert, mir diese Bilder zu zeigen. Wie dumm.

Im Vorbeihasten remple ich Passanten an, entschuldige mich, setze meinen Weg wie blind fort. Erst an der dritten Straßenbahnstation bleibe ich stehen und drehe mich um. Robert ist nirgendwo zu entdecken. Ist mir nicht gefolgt, aber mir ist vollkommen klar, dass er nicht aufgegeben hat.

Von wegen, bloß Kaffee trinken und plaudern. Und hier geht es auch nicht um einfache Sabotage an den Projekten konkurrierender Unternehmen. Jemand hat diese Frau eingemauert, hat sie in die Verschalung gelegt und flüssigen Beton über sie gegossen. Hoffentlich war sie schon tot, aber ihr geöffneter Mund lässt mich etwas anderes denken.

Ich lasse die nächste Straßenbahn passieren, weil ich Angst habe, mich übergeben zu müssen. Erst in die übernächste steige ich ein.

Wie kann Robert mir so etwas antun wollen? Ich lache auf, als mir die Absurdität dieses Gedankens bewusst wird. Als ob er in solchen Kategorien denken würde. Ich bin nur entweder nützlich oder nutzlos, der Rest spielt keine Rolle.

Meine überstürzte Flucht lässt mich nun aber mit den Fragen zurück, die ich ihm nicht mehr gestellt habe. Wer war die Frau? Wurde sie auf einer Baustelle der Lamberts gefunden oder auf einer der Konkurrenz? Wird wegen Mordes ermittelt, gibt es Verdächtige? Oder wird das Ganze ebenfalls als Unfall behandelt? Unbefugte betritt Baustellengelände, fällt in Mauerverschalung und wird versehentlich einbetoniert?

Hinter meiner Stirn pochen beginnende Kopfschmerzen. Die Erinnerung an die Halle ist lebendiger als seit Langem. Die Stimmen. Die Schreie. Der Geruch ...

Mein Magen hebt sich unmittelbar, ich beiße die Zähne zusammen und denke an etwas anderes – weiße Lilien. Malven. Ziergräser, die sich im leichten Wind biegen.

An meiner Station steige ich aus und mache mich auf den Weg in die Geringergasse, zu Fuß. Keine Busfahrt mehr heute, dann lieber dumme Bemerkungen von der Gruppe betrunkener Jugendlicher, die mir kurz vor der Wohnanlage entgegenkommen. Sie prosten mir mit ihren Bierdosen zu, einer versucht, mir etwas daraus über den Kopf zu schütten, erwischt aber nur meine Schulter.

Ich gehe einfach weiter. Die Zeiten, in denen ich mich von pöbelnden Kindern hätte einschüchtern lassen, sind unendlich lange vorbei.

Der Geruch von Bier auf meiner Jacke ist allerdings lästig, und ich ziehe sie schon aus, während ich in den Hauseingang trete. Der Schlüsselbund ist noch in der Tasche, ich ertaste ihn, hole ihn heraus – und im gleichen Moment tritt eine Gestalt aus dem Schatten neben der Tür.

Meine Reaktion kommt instinktiv und ohne Zögern. Eine schnelle Wendung, ein Tritt mit der Ferse in die Kniekehle des Mannes, der mit einem Ächzen einknickt. Ausholen zum nächsten Tritt, den Schlüsselbund zum Schlag heben ...

Und dann sehe ich, dass es Norbert ist, aus dem vierten Stock. Der mir seine Zeitung bringt, wenn er sie gelesen hat, der mir grundsätzlich die Tür aufhält und mir mehrmals angeboten hat, sich meine verhaltensauffällige Geschirrspülmaschine anzusehen.

»Oh Gott, das tut mir so leid!« Ich reiche ihm die Hand und

helfe ihm auf. Norbert ist siebenundsechzig Jahre alt und hat ein Blutdruckproblem; wenn ihn jetzt meinetwegen der Schlag trifft, setze ich das mit auf Roberts Rechnung.

»Was ...«, stammelt er. »Warum? Ich wollte nur ...«

»Meine Schuld.« Ich stütze ihn mit der linken, während ich mit der rechten Hand den Schlüssel ins Schloss stecke. »Ich bin so erschrocken, ich habe dich nicht erkannt.«

»Ach so.« Er schnappt nach Luft. »Ich wollte dir keine Angst einjagen. Tut mir leid.«

»Du bist der Letzte, der sich entschuldigen muss.« Ich ziehe ihn mit mir ins Haus und bis zum Aufzug. »Komm noch auf einen Sprung zu mir, hm? Auf ein Glas Rotwein? Ich habe auch Apfelsaft.«

Er sagt weder Ja noch Nein, steigt aber mit mir im dritten Stock aus. Ich bugsiere ihn auf die Wohnzimmercouch und verteile das, was sich noch in der angebrochenen Flasche Chianti befindet, auf zwei zweifelhaft saubere Gläser. Die Geschirrspülmaschine braucht wirklich eine Reparatur.

»Danke.« Er nimmt den Wein entgegen, seine Hand zittert kaum merklich.

»Habe ich dir wehgetan?«

»Nein.« Jetzt lächelt er immerhin. »Alle Knochen sind noch heil. Ich wusste nicht, dass du Karate kannst.«

Nicht Karate, nur das kleine bisschen Krav Maga und ein paar der miesen, aber wirksamen Tricks, die man sich von Spezialeinheiten zeigen lassen kann. Norbert davon zu erzählen wäre sicher auch nicht gut für seinen Blutdruck. »Ich habe mal einen Selbstverteidigungskurs gemacht«, sage ich also. »Es tut mir wirklich leid, aber ich bin heute ... irgendwie nervös.«

Er betastet den Ellbogen, mit dem er seinen Sturz aufgefangen hat. »Ärger im Job?«

»Ja. Ein paar unangenehme Kunden.«

»Die gibt es in jeder Branche.« Norberts Lächeln hat etwas

Väterliches. »Aber in deiner natürlich besonders. Die meisten, die zu dir kommen, haben jemanden verloren. Vielleicht hilft es dir, daran zu denken, dass sie verwundbarer sind als du.«

Bevor er in den Ruhestand gegangen ist, war Norbert abwechselnd Taxifahrer und »Entertainer«, wie er es nennt. Ein Mann mit einer billigen Elektroorgel und einem Mikrofon, der auf drittklassigen Veranstaltungen Tanzmusik gemacht hat. Er kennt die Menschen, denke ich, und was er sagt, ergibt Sinn. Bloß, dass mir zickige Kunden zutiefst egal sind. Und dass niemand verwundbarer ist als ich.

Norbert geht, nachdem er ausgetrunken und mir mehrfach versichert hat, dass ihm nichts fehlt. Ich verkrieche mich ins Bett. In meinem Kopf lassen Bilder und Gedanken keinen Platz für Schlaf. Die Frau in der Mauer, Roberts kaum versteckte Drohung, der Anblick von rotem Blut auf dunklem Teer. Mein Blut, das sich mit anderem mischt. Deinem.

Aber ich werde jetzt nicht an dich denken. Ich darf es nicht, sonst muss ich die nächsten Wochen wieder gegen den vertrauten schwarzen Sog aus Schuld und Hoffnungslosigkeit ankämpfen.

Schlechter Zeitpunkt dafür. Ich werde in den nächsten Tagen meinen ganzen Verstand brauchen, um Robert zu überreden, mich aus der München-Sache rauszulassen und mir trotzdem weiterhin den Rücken freizuhalten.

Vielleicht steckt ja mehr Fairness in ihm, als ich dachte. Vielleicht hat er mir deshalb die Fotos gezeigt.

Am darauffolgenden Tag verkrieche ich mich nach hinten in die Werkstatt und überlasse Eileen die Laufkundschaft. Sie hat gute Laune, eines ihrer Dates war vielversprechend und wird am kommenden Samstag wiederholt, wie sie mir flüsternd erzählt. Matti runzelt die Stirn; er hat Eileen gegenüber einen schon fast eifersüchtigen Beschützerinstinkt entwickelt und würde am liebsten jede ihrer männlichen Bekanntschaften persönlich überprüfen.

Die Kranz- und Gesteckbestellungen liegen ausgedruckt vor mir, in der Reihenfolge ihrer Dringlichkeit. Dafür, dass ich nicht gelernte Floristin bin, sondern mir das Handwerk in einem zweiwöchigen Crashkurs angeeignet habe, halte ich mich nicht schlecht. Ich bin zwar viel langsamer als alle anderen hier, aber meine Ergebnisse sind besser als bloß akzeptabel.

Es ist kurz nach zehn, als ich Roberts Stimme aus dem Verkaufsraum höre, wo Eileen seit einer halben Stunde allein arbeitet. »Ich möchte gern mit Carolin sprechen, ist sie hier?«

Damals, an meinem ersten oder zweiten Tag in der Blumenhandlung, habe ich Eileen eine schaurige Story von einem Stalker erzählt, der sich die verrücktesten Dinge einfallen lässt, um an mich heranzukommen. Ich habe sie gebeten, niemandem Auskunft über mich zu geben, den sie nicht kennt. Sie hat das sofort akzeptiert und hält sich eisern daran – auch jetzt.

»Tut mir leid, ich weiß nicht genau, wo Caro steckt. Kann sein, dass sie Goran bei den Lieferungen hilft. Oder sie hat etwas auf dem Friedhof zu erledigen. Soll ich ihr etwas ausrichten?«

Roberts Antwort kommt mit Verzögerung. »Nein, ich müsste persönlich mit ihr sprechen. Kann ich hier warten?«

»Gerne draußen«, höre ich Eileen mit deutlich kühlerer Stimme sagen. Sie checkt Robert auf Stalkerpotenzial, schätze ich. »Hier ist ziemlich wenig Platz. Sehen Sie ja.«

»Okay.« Das Geräusch der sich öffnenden und wieder schließenden Tür.

Ein paar Sekunden später steht Eileen neben mir.

»Da war jemand, der nach dir gefragt hat. Schmieriger Typ. Er steht jetzt vor dem Laden und raucht. Stirnglatze, hellblaue Augen, ziemlich wulstige Unterlippe.« Sie sieht kampflustig aus. »Ist das dein Stalker?«

Wenn ich jetzt Ja sage, fliegt die Lüge spätestens auf, sobald

Eileen, Robert und Matti erstmals gemeinsam aufeinandertreffen. »Nein«, erkläre ich. »Das ist mein Cousin. Ich will ihn trotzdem nicht sehen. Er ist ein ziemlicher Schnorrer, weißt du? Meldet sich immer nur, wenn er etwas braucht.«

»Oh, ach so.« Eileen wirkt ein wenig enttäuscht. »Was soll ich ihm sagen, wenn er wiederkommt?«

»Dass ich wahrscheinlich den ganzen Tag unterwegs bin. Blumengroßmarkt, Kundentermine – erzähl ihm irgendwas.«

Sie zuckt mit den Schultern. »Wie du willst.«

Ich höre sie nach draußen gehen. Zwei Minuten später ist sie wieder da. »Ich soll dir ausrichten, es wäre ganz in deinem Interesse, ihn zu treffen. Genauer wollte er es mir nicht erklären.«

Ich widme mich dem aktuellen Kranz. *Von Lisa und Tina in Dankbarkeit.* Das Einzige, was in meinem Interesse liegt, ist, vergessen zu werden.

Robert lässt sich den Rest des Vormittags nicht blicken, und ich nähre in mir die Hoffnung, dass er es aufgegeben haben könnte. An meiner Reaktion gestern muss er gesehen haben, dass mit mir nichts mehr anzufangen ist. Keine Nerven mehr, keine Risikofreude, keine Neugier. In gewisser Weise bin ich wirklich tot. Carolin ist nur ein blasser Schatten meines früheren Selbst.

Mein Mittagsspaziergang führt mich auf den Waldfriedhof. Bäume, Urnengräber und ein paar hohe Steine beim Eingang. Außer mir kein Mensch.

Es ist einer dieser Tage, an denen ich mir beinahe wünsche, alles hinter mir zu haben. Die Angst los zu sein. Kein Körper mehr, dem man Schmerzen zufügen kann. Keine Verluste mehr, keine Erinnerungen.

Tot sein ist nichts, was ich fürchte. Sterben schon. Die Minuten und Stunden, die ich beim Sterben anderer dabei war, sind mir gegenwärtiger als die meisten anderen Momente meines Lebens. Menschen in Panik, wenn sie die Ausweglosigkeit ihrer Situation begreifen. Ihr Flehen, das Aufgeben jeder Würde.

Manche übergeben sich vor Angst, verlieren die Kontrolle über ihren Darm, weinen, rufen nach ihrer Mutter. Und das schon, bevor es losgeht.

Allein dafür, dass er mich dem ausgesetzt hat, hasse ich Robert fast so sehr wie die Täter. Dass er es nun wieder versucht, ist unverzeihlich.

Ich setze mich auf eine Bank unterhalb eines Ahorns und blinzle hinauf in die Blätter. Derselbe Windhauch streift sie und mich.

Ob mich jemand finden würde, wenn ich einfach abhaue? Ins Ausland, auf eine kleine griechische Insel vielleicht. An einen Ort, den man ohne Flug erreichen kann. Erst ein altes Auto kaufen, das Handy zertrümmern und wegwerfen, dann bei Nacht und Nebel losfahren. Wenn man sich krankmeldet, dauert es drei Tage oder mehr, bis man vermisst wird. Da ist man dann schon auf Kalymnos oder Ikaria oder Angistri. Auf einer der kleinen Inseln, deren Namen noch nicht jedem ein Begriff sind.

Könnte das klappen? Ich betrachte den Ahorn, als hätte er eine Antwort. Ja, wahrscheinlich. Mit sehr viel Bargeld und ebenso viel Glück. Denn Abhebungen vom Konto wären tabu – die würden Robert sofort auf meine Spur bringen.

Aber in Griechenland findet man vielleicht noch Jobs, bei denen man bar bezahlt wird. Oder mit Essen und Unterkunft. Beides wäre mir recht.

Ich strecke mich und stehe auf. So utopisch mein Plan in Wahrheit ist, so gut fühlt er sich an. Ich werde mich an ihm festklammern können, wenn ich nicht schlafen kann. Ich werde im Internet nach billigen Gebrauchtwagen suchen und dabei das Gefühl haben, mich Stück für Stück in Richtung Freiheit zu bewegen.

Die Illusion hält nicht einmal zwei Stunden lang, in denen ich beinahe unbeschwert meine Kränze fertige. Dann höre ich von draußen eine tiefe Stimme mit vertrautem Akzent. »Carolin Bauer. Ist sie hier?«

4

Dass es so schnell passieren würde, habe ich nicht für möglich gehalten. Ich springe auf, die Drahtschere behalte ich als mögliche Waffe in der Hand. Wenn ich eines der Fenster öffne, hinausklettere und renne, renne, bis mir die Luft weg- oder das Herz stehen bleibt – habe ich dann eine Chance? Unwahrscheinlich. Sie sind immer zu zweit unterwegs, wenn nicht gar zu dritt. Die anderen behalten von draußen das Gebäude im Auge.

»Im Moment nicht«, erklärt Eileen ungerührt. Sie hält sich an unsere Vereinbarung; vielleicht ist der Stalker ja Russe.

»Wann kommt sie wieder?«

»Das ist schwer zu sagen.« Sie klingt gleichzeitig heiter und unerbittlich, und plötzlich habe ich furchtbare Angst um sie. Sie deckt mich, ohne zu wissen, vor wem sie mich da schützt. Was anderen passiert ist, die das ebenfalls versucht haben.

»Ich schreibe aber gerne eine Nachricht für sie auf.«

»Gut. Sagen Sie ihr: Liebe Grüße aus, äh, Frankfurt. Sie weiß dann schon.«

»Gerne.«

»Spasiba.«

Türgeräusche. Wider besseres Wissen laufe ich geduckt zum Fenster und luge für wenige Sekunden nach draußen. Der Mann sieht sich nach rechts und links um, bevor er über die Straße geht. Er ist mittelgroß, untersetzt und trägt eine braune Jacke zu seinen Jeans. Er kommt mir nicht bekannt vor, aber das hat nichts zu bedeuten. Sie haben so viele Handlanger, ich kenne bei Weitem nicht alle. Auffällig ist, dass er tatsächlich alleine zu sein scheint.

Sobald der Mann außer Sichtweite ist, stürze ich in den Verkaufsraum. »Danke, Eileen, das hast du toll gemacht. Ich bin in einer halben Stunde wieder da.« *Pass auf dich auf,* würde ich im Hinausgehen gerne anfügen, aber der ungebetene Besucher wird nicht sofort noch mal auftauchen. Sie agieren nie hektisch, sie haben Zeit.

Telefonzelle Tor 11. Ich wähle Roberts Nummer drei Mal, aber er hebt nicht ab. Vielleicht, pocht es in meinem Kopf, sind sie ihm hierher gefolgt, und er hat sie prompt zu mir geführt. Nun haben sie ihn beseitigt, in die Donau geworfen zum Beispiel, und wenden sich mir zu.

Ich denke fieberhaft nach. Wieder in den Blumenladen gehen? Dorthin kommen sie früher oder später zurück. In Roberts Hotel nach ihm fragen? Nicht unwahrscheinlich, dass sie mich da schon erwarten. Nach Hause?

Natürlich gibt es auch dagegen massenhaft Argumente, aber die Option fühlt sich am besten an. Ich benutze noch einmal das Münztelefon. »Eileen? Tut mir leid, aber es gibt einen Notfall. Ich komme heute nicht mehr rein.«

»Ach.« Sie ist verwundert, das höre ich, fragt aber nicht nach. »Ist okay. Matti ist seit fünf Minuten wieder da. Soll er sich um die Kunden kümmern, und ich mache mit den Kränzen weiter.«

Ich stammle ein Dankeschön, ohne die Umgebung aus den Augen zu verlieren. Dort vorne ist ein Mann stehen geblieben und hat sein Handy gezückt. Ein paar Schritte weiter steht eine Frau, die aussieht, als würde sie warten. Sie schaut immer wieder in meine Richtung.

Die Fahrt nach Hause ist eine Tortur. Zweimal glaube ich, in Passanten und Fahrgästen der Straßenbahn den Russen von vorhin wiederzuerkennen, doch beide Male ist es ein Irrtum. In meiner Wohnung verbarrikadiere ich mich. Ich ziehe alle Vorhänge zu, verschließe die Tür doppelt und bin kurz versucht, den Schrank davorzuschieben.

Stattdessen schalte ich den Fernseher ein und warte auf die nächste Nachrichtensendung. Wenn berichtet wird, dass ein unbekannter Mann – oder vielleicht sogar ein Frankfurter Polizist – tot in Wien aufgefunden wurde, weiß ich wenigstens, woran ich bin.

Auf einem Sender laufen amerikanische Sitcoms mit Lachen vom Band, auf dem nächsten Naturdokumentationen. Ich zappe herum, finde eine Nachrichtensendung des Schweizer Fernsehens, von der keine Information zu erhoffen ist. Schließlich hole ich mein Handy heraus. Ich habe kein WLAN in der Wohnung – ganz bewusst, weil ich weiß, dass ich ständig die falschen Dinge googeln und mich damit selbst in den Wahnsinn treiben würde. Aber für Notfälle verfügt meine Prepaid-Karte über ein geringes Datenvolumen.

Toter Polizist Wien, gebe ich ein und erhalte Meldungen zu einem zwei Jahre zurückliegenden Fall, bei dem ein Beamter beim Stürmen einer Wohnung erschossen wurde. In der Rubrik »News« auch nichts Aktuelles.

Handy wieder weg. Ablenkung suchen vor dem Fernseher, sich aber nicht konzentrieren können, abschalten, ans Fenster schleichen. Sich etwas zu trinken holen. Die Narben auf Brust und Bauch betasten. An dich denken.

Erst jetzt, nachdem es sich anfühlt, als würde mein Leben an einem haardünnen Faden hängen, wird mir bewusst, wie sicher ich mich zuvor gefühlt habe. Immerhin so sicher, dass ich den Eindruck hatte, ein wenig Aufmerksamkeit und Vorsicht würden genügen, um mich den nächsten Tag erleben zu lassen.

Jetzt ist es fast wieder so wie zu Beginn. Ich hole die Beerdigungsfotos aus der Schublade und sehe sie durch, eines nach dem anderen. Achte auf die Gesichter in der Menge, die so groß nicht war – trotzdem sind die meisten der Gäste mir fremd. Ein paar Freunde, ein paar lose Bekannte. Dann eine ganze Menge Polizei und mindestens ebenso viele Fremde.

Der Russe von heute Mittag ist nicht dabei.

Auch sonst keiner aus dem Clan. Völlig logisch, trotzdem hätte ich gern einen von ihnen als Zeugen dabeigehabt, als der Sarg in die Erde versenkt wurde. Dass im Zuge dessen nur zwei Sandsäcke begraben wurden, hätten sie nicht ...

Ich fahre herum, als jemand gegen die Tür hämmert, mehrmals und laut, als würde er sie im nächsten Schritt einschlagen wollen.

Jetzt ist es also so weit, und während ich die Fotos langsam auf den Tisch sinken lasse, stelle ich fest, dass meine alten Mechanismen noch funktionieren. Wenn es hart auf hart kommt, wenn die Bedrohung Realität wird, arbeitet mein Kopf wieder mit der gewohnten Routine. Er schiebt die Panik beiseite und beginnt präzise und schnell, Möglichkeiten abzuwägen.

Von meinem Balkon auf den der Nachbarn steigen? Ist nicht allzu riskant, aber sicherlich behält jemand von unten die Wohnung im Blick. Wie immer.

Die Barrett zusammenbauen und durch die geschlossene Tür schießen? Verlockend.

Oder aber mich einfach tot stellen, ha, ha, meine Paradedisziplin.

Erneutes Hämmern. Ich bin aufgestanden und in die Küche gegangen, aus der obersten Schublade ziehe ich das Kochmesser, das mit der dreißig Zentimeter langen Klinge. Lautlos schleiche ich zur Tür. Kein Blick durch den Spion; wenn sie wachsam sind, sehen sie die Bewegung durch die Linse und wissen, dass ich zu Hause bin. Aber sollte die Tür aufgebrochen werden, stehe ich unmittelbar daneben. Es braucht nur einen schnellen Stich in den Hals, um den Angreifer außer Gefecht zu setzen, und ich werde nicht zögern.

»Verdammt noch mal«, höre ich jemanden rufen. »Carolin!«

Ich lasse mein Messer sinken, es ist Robert; er treibt also nicht tot in der Donau.

Jetzt luge ich doch durch den Spion, vergewissere mich, dass er alleine ist. Entriegle das Schloss und lasse meinen aufgebrachten Besucher eintreten.

»Wieso reagierst du eigentlich nicht, wenn ich klingle?«
»Das hast du? Ich habe nichts gehört.«
»Dann ist deine Klingel kaputt.«

Das ist gut möglich. Ich könnte nicht sagen, wann das letzte Mal jemand bei mir angeläutet hat – Norbert tut das auch nie. Er legt mir einfach nur die Zeitung auf die Fußmatte oder klopft leise an, wenn er mit mir sprechen will. Könnte, wie mir jetzt klar wird, auch an der kaputten Klingel liegen.

»Wie bist du dann unten reingekommen?«

Er grinst. »Das Schloss an der Eingangstür ist ein Witz.«

Das sind beunruhigende Neuigkeiten, doch bevor ich nachhaken kann, fällt Robert das Messer in meiner Hand auf. »Ah«, sagt er. »Wen hast du denn erwartet?«

Ich ziehe ihn ins Wohnzimmer und setze ihn ins Bild. Über den Russen, der nach mir gefragt hat. »Sie sind dir gefolgt, kapierst du das? Du hast sie direkt zu mir geführt, sie kennen sogar meinen neuen Namen. Deine Unvorsichtigkeit kostet mich meine Tarnung und vielleicht mein Leben, du Idiot!«

Robert betrachtet ungerührt mich und mein Messer, dann lässt er sich auf der Couch nieder. »Quatsch«, sagt er gelassen.

»Oh, natürlich«, fauche ich ihn an. »Weil du das auf jeden Fall bemerkt hättest, weil du unfehlbar und so irrsinnig clever bist ...«

Er lacht auf. »Das auch. Du bist ganz schön erschrocken, nicht wahr?«

Begreift er wirklich nicht, wie ernst die Lage ist? »Sie haben mich gefunden«, versuche ich ihm klarzumachen. »Weil du ja unbedingt nach Wien kommen musstest. Das bedeutet für mich ...«

»Tu bitte erst mal das Messer weg«, unterbricht mich Robert.
»Was?«
»Das Messer. Weg.«
Es ist mir schleierhaft, wie er so tun kann, als wäre nichts. Aber wenn er mir dann besser zuhört, meinetwegen. Wahrscheinlich wird er mir gleich erklären, dass ich in München sicherer bin.

»Sie haben dich nicht gefunden«, erklärt er, als ich aus der Küche zurückkomme.

»Hör mal, da war ein russischer Mann im Blumenladen und hat nach mir gefragt. Das ist vorher noch nie passiert, und es war auch niemand, den ich kenne. Weißt du, was er hat ausrichten lassen? ›Schöne Grüße aus Frankfurt‹. Also ...«

»Den habe ich geschickt.«

Für einige Sekunden bleibt mir die Luft weg. »Du hast was?«

»Ich habe einem Touristen aus Wladiwostok fünfzig Euro gegeben, damit er zu euch in den Laden geht und nach dir fragt. Hätte er dich angetroffen, hatte er Anweisung, kühl zu nicken und wieder zu gehen.«

Mir ist jetzt klar, warum Robert das Messer nicht in der Nähe haben wollte. »Bist du irre? Weißt du nicht, welchen Schrecken du mir eingejagt hast?«

Er beugt sich vor und stützt die Ellbogen auf den Knien ab. »Doch. Und genau das war der Sinn der Sache. Ohne unseren Schutz kann dir so etwas jederzeit passieren. Solange wir auf dich aufpassen, würdest du davor wenigstens eine Warnung von uns bekommen, wir betreiben nämlich einen ganz gehörigen Aufwand, um dich am Leben zu halten.«

Ich bin fassungslos. Robert hat tatsächlich kein Problem damit, mich in Todesangst zu versetzen, wenn es seinen Zwecken dient.

»Das heißt also, niemand ist hinter mir her, von dir selbst mal abgesehen?«

Er blickt sich um. »Kann ich was zu trinken haben?«

Ja, Rattengift. Ich reagiere nicht auf seine Bitte, solange ich keine Antwort auf meine Frage bekomme, also steht er selbst auf und geht in die Küche. Ich höre Wasser rauschen. Denke an die Barrett im Schrank und wie sehr ich den Anblick von Roberts Gesicht genießen würde, wenn er bei seiner Rückkehr in ihre Mündung blicken würde.

Andererseits fühlt es sich mindestens genauso gut an, diese Waffe zu besitzen, ohne dass jemand davon weiß. Ich habe sie mir nicht legal beschafft und keine Papiere dafür; er würde sie mir sofort wegnehmen.

»Deine Gläser haben einen komischen Schleier«, sagt er, als er mit seinem Wasser zurück ins Zimmer kommt.

»Ich weiß. Der Geschirrspüler.«

Er stellt sein Glas ab. »Es ist doch so, Caro. Du würdest dich bei jedem Unbekannten mit slawischem Akzent fragen, ob er nicht von Andrei geschickt wurde. Diese Sache mit deinem angeblichen Tod wird bei uns von oberster Stelle ohnehin nicht gern gesehen. Nachdem nur eine Handvoll Leute davon wissen dürfen, ist es gar nicht so einfach, diesen Status aufrechtzuerhalten. Von Andrei gibt es nach wie vor keine Spur, und wenn jetzt der Sinn der Aktion infrage gestellt wird ...«

In seinem Gesicht steht ehrliches Bedauern geschrieben. Ich suche nach dem Spott und der Überheblichkeit, die normalerweise immer dahinter aufblitzen, doch diesmal: nichts.

»Das heißt also, wenn ich Nein sage, lasst ihr mich einfach fallen.«

»Nein, wenn du möchtest, überführen wir dich in eines der üblichen Zeugenschutzprogramme.« Er trinkt einen Schluck Wasser. »Das läuft dann zwar ein bisschen anders als bisher, aber ...«

»Ja, es läuft nämlich schief«, falle ich ihm ins Wort. »Wir wissen beide, dass die Zeugenschutzprogramme nichts taugen.

Vielleicht, wenn du jemanden vor den Hells Angels verstecken willst, aber nicht in Fällen wie meinem.«

Er klopft nachdenklich mit den Fingerspitzen auf den Couchtisch. »Ich verstehe, was du meinst. Aber ich entscheide das nicht alleine.«

Mein Blick fällt auf den Blumenstrauß, der am Fenster steht. Manchmal nehme ich Schnittblumen mit nach Hause, die nicht mehr präsentabel genug sind für den Verkauf, und staune dann oft, wie lange sie sich noch halten. Länger als erwartet, so wie ich.

Wenn allerdings niemand an meinem Tod zweifelt, könnte es hier in Wien noch ewig so weitergehen. Warum auch nicht? Wer begraben ist, ist irgendwann vergessen. Fast ein Jahr lang hat man nichts mehr von mir gehört. Wenn ich mich weiter still verhalte, Nelken und langstielige Rosen verkaufe, Kränze binde und geschmacklose Hochzeitsgestecke zusammenbastle ...

Wann wäre ich wirklich sicher? In fünf Jahren? In zehn? Nie? Die ehrliche Antwort ist vermutlich: nie.

»Es ist kein gefährlicher Einsatz«, sagt Robert leise. »Mein Wort darauf. Es geht nur um Tamara. Du wohnst neben ihr, bist eine nette Nachbarin, vielleicht geht ihr zusammen shoppen oder Kaffee trinken. Dann erzählst du ihr von deiner Familie – erfinde, was du willst –, und wir hoffen, dass sie dir ebenfalls ein paar Dinge anvertraut.« Er hebt das Glas, führt es zum Mund, überlegt es sich dann aber anders. »Wenn du unauffällig Fotos von den Leuten schießen könntest, die sie besuchen, wäre das ein willkommener Bonus.«

Ich zögere. Es sind nicht Roberts Worte, die mich den Vorschlag in Erwägung ziehen lassen. Es ist das Gefühl von vorhin, als ich noch nicht wusste, wer vor der Tür steht. Es fällt mir so viel leichter, einer realen Gefahr zu begegnen, als einer, die überall und nirgends sein könnte.

»Du bist so gut in diesen Dingen«, versucht er es weiter. »Du wärst eine fantastische Polizistin geworden, wenn du das gewollt hättest. Du ...«

»Lass mich überlegen«, unterbreche ich ihn schroff, und er verstummt sofort.

»Die Frau«, sage ich. »Die in der Mauer. Wer war sie?«

Ich kann sehen, wie Roberts Unterlippe sich vorwölbt, und muss an einen dicken, rosafarbenen Wurm denken.

»Freu dich nicht zu früh«, fahre ich ihn an. »Ich habe nicht Ja gesagt.«

»Sie war Journalistin. Freda Trussek.« Er nimmt sich sichtbar zusammen, um sich seinen inneren Triumph nicht anmerken zu lassen.

Schon wahr, was er sagt. Ich bin in solchen Dingen viel besser als er.

»Es heißt, sie habe die Baustelle spätnachts unbefugt betreten und sei in die Verschalung gestürzt. Als am nächsten Morgen weitergearbeitet wurde, hat man sie versehentlich eingemauert.«

»War sie da schon tot?«

Sein kurzes Zögern ist Antwort genug. »Nein. Aber schwer verletzt, also wahrscheinlich bewusstlos.«

Er sagt das, um mich zu beruhigen, darauf würde ich wetten. »Weiß man, an welcher Story sie gearbeitet hat?«

»Ja. Es gibt Gerüchte, dass Korbach-Bau in verbotene Preisabsprachen verwickelt ist. Freda Trussek hat dazu recherchiert, hat sich in die Geschichte diverser Baufirmen eingearbeitet; ihre Lebensgefährtin sagt, sie war davon wie besessen.«

Preisabsprachen? Was lässt sich dazu nachts auf einer Baustelle herausfinden? Robert sieht mir die Skepsis offenbar an. »Ich finde den Zusammenhang auch nicht ganz schlüssig, bei Korbach gibt man sich erschüttert, aber natürlich weisen sie jede Verantwortung von sich. Am Vorabend sei vorschriftsgemäß kontrolliert worden, ob der Anschluss an den bestehenden Beton sauber war, da hätte man die Frau entdeckt, wenn sie schon in die Verschalung gestürzt gewesen wäre.« Er kratzt sich am Kinn. »Die Baustelle war vorschriftsmäßig gesichert, Trussek hätte sie nicht betreten dürfen.«

Aber trotzdem wird die Firma jetzt durch die Medien gezerrt, ich kann es mir vorstellen. Man wird sich fragen, ob nicht doch etwas an der Sache mit den Preisabsprachen dran ist.

»Und die Lamberts sind unverdächtig in puncto Korruption?«

Robert lacht auf. »Wenn du mich fragst, ist das in der Baubranche niemand. Obwohl es besser geworden ist. Eine Firma, der Korruption nachgewiesen werden kann, ist praktisch raus. Bei Lamberts gibt es keine Hinweise darauf, dass sie in krumme Geschäfte verwickelt sind. Eher im Gegenteil, sie sind demonstrativ wohltätig unterwegs. Haben eine eigene Charity ins Leben gerufen, die die Trinkwasserversorgung im Sudan verbessern soll. *Clear Water*. Sie bezahlen ihre Arbeiter besser, als sie müssten, achten auf die Einhaltung der Arbeitszeiten – sie halten ihre Weste so blütenweiß, dass es zum Kotzen ist.«

»Aber ihr seid an etwas dran? Dein Verdacht ist keine bloße Einbildung?«

Er zieht die Brauen zusammen. »Es ist nicht nur mein Verdacht. Das Telefonprotokoll von Freda Trussek zeigt, dass sie in den Tagen vor ihrem Tod mit fast der gesamten Familie Lambert telefoniert hat. Mit allen, außer mit Erich Lambert, dem Chef der Firma.« Robert beugt sich vor. »Sie hat seinen Sohn Markus gezählte acht Mal angerufen, der erste Anruf dauerte zwölf Minuten, die danach kaum länger als jeweils fünfzehn Sekunden. Er muss sie jedes Mal abgehängt haben. Sie hat vier Mal mit Erichs Bruder Holger gesprochen, dem Vizechef, jeweils fünf bis sieben Minuten. Sie hat offenbar auch im Haus der alten Firmengründerin angerufen, drei Mal.« Robert sieht mich bedeutungsvoll an. »Kein einziger Kontakt zu den Korbachs, trotzdem wird sie kurz darauf auf deren Baustelle getötet.«

Oder hat einfach einen Unfall, der leicht hätte vermieden werden können. Indem sie nicht nachts auf einer Baustelle herumgeklettert wäre. Mir fällt beim besten Willen nichts ein, was sie dort gesucht haben könnte.

»Ein Mitarbeiter hat uns vertraulich erzählt, dass Freda Trussek davor schon häufiger auf Lambert-Baustellen herumgelaufen sei und dem Chef irgendwelche Dokumente habe zeigen wollen«, fährt Robert fort. »Man habe sie jedoch immer verscheucht. Die besagten Dokumente haben wir weder bei der Leiche noch in der Wohnung der Toten gefunden.«

Dokumente, die Preisabsprachen beweisen? Oder sonstigen Korruptionskram? Tja, wenn so etwas heiß genug ist, kann man dafür schon einmal eine lästige Reporterin über die Klinge springen lassen.

»Die Sachlage ist dünn, aber wir haben es geschafft, einen Gerichtsbeschluss zu erwirken, der uns erlaubt, die Mails der Lamberts zu lesen und ihre Telefone abzuhören.«

Das finde ich erstaunlich. Abhörgenehmigungen werden normalerweise nur erteilt, wenn man sich davon erhofft, dass sie ein Verbrechen aufklären oder verhindern könnten. Oft bei Verdacht auf Terrorismus. Aber hier? Da müssen es vor allem Freda Trusseks zahlreiche Anrufe gewesen sein. Robert muss auf einen sehr verständnisvollen Richter gestoßen sein.

»Die Abhöraktion war bisher viel Aufwand bei null Erfolg«, sagt er bitter, »es wird harmlos geplaudert, gefragt, wie es der Großmutter geht; alles, was an Geschäftlichem beredet wird, ist vollkommen unverdächtig. Wir haben auch Bewegungsprofile über Handydaten erstellt, und keiner der Lamberts oder ihrer leitenden Mitarbeiter war in der Nähe der Journalistin, als sie ihren sogenannten Unfall hatte.«

Ich kapiere nicht, worauf er hinauswill. »Könnte es dann nicht sein, dass die Leute wirklich sauber sind?«

Robert sieht leidend drein. »Alles könnte sein. Aber es gibt einen Exmitarbeiter, der meint, die Lamberts gingen notfalls über Leichen. Er hätte das Tamara selbst sagen hören. Vielleicht findest du ja raus, was genau sie damit gemeint hat?«

Ich kann nur schwer glauben, was er mir da auftischt. Hörensagen. Gerüchte. »Vielleicht will der Exmitarbeiter seinem früheren Chef eins auswischen, schon mal daran gedacht?«

Roberts Schulterzucken hat etwas Trotziges. »Theoretisch ja. Praktisch glaube ich es nicht. Die sogenannte Unfallserie reißt nicht ab – die letzten beiden Male gab es nur Verletzte, aber es hätte anders ausgehen können. Eine Korbach-Baustelle in Offenbach ist vorübergehend gesperrt worden. Es sieht aus wie Sabotage, verstehst du? Aber soviel wir auch abhören oder auf die Mails zugreifen – es ist uns noch nicht gelungen, einen der Lamberts beim Beauftragen dieser Sabotage zu erwischen. Sie telefonieren und schreiben untereinander, mit Lieferanten, mit Kunden, mit Unterstützern ihrer Wasser-Charity – mehr passiert nicht.«

Ich kann mir nicht helfen, mir kommt das hanebüchen vor. Das, was Robert mir an Verdachtsmomenten vorlegt, ist furchtbar dünn; ich bin ehrlich erstaunt, dass er die Richterbeschlüsse bekommen hat.

Ich sehe ihn an, schweige. Bis er sich nervös über die Stirnglatze streicht. »Eines der mitgeschnittenen Gespräche drehte sich um die tote Journalistin. Die beiden Lambert-Brüder haben sich gegenseitig versichert, wie schlimm sie diesen Unfall finden und dass sie ab sofort noch viel mehr Aufmerksamkeit und Sorgfalt in die Sicherheit auf ihren eigenen Baustellen legen werden. Mehr wurde dazu nicht gesagt.« Er schüttelt den Kopf. »Es hat sich so sehr nach Farce angehört. Ich müsste meinen ganzen Instinkt verloren haben, wenn mit dieser Familie alles stimmt.«

»Die Tochter hört ihr auch ab? Tamara?«

Robert nickt. »Sie würde ihre Leute wohl kaum anzeigen, Blut ist ja immer noch dicker als Wasser, aber wir haben gehofft, sie könnte ihren Bruder oder ihren Vater anrufen und sie fragen, wie sie so furchtbare Dinge tun konnten. Tut sie aber nicht. Auch nicht per SMS, WhatsApp oder anderen Kanälen.«

Angenommen, Roberts Instinkte sind wirklich nichts wert. Dann muss ich bloß neben irgendeiner Frau wohnen und Däumchen drehen. Das ist kein hoher Preis dafür, anschließend wieder tot sein zu dürfen.

»Für wie lange willst du mich nach München schicken?«

Er atmet aus. »Einen Monat. Nicht länger, versprochen. Ich habe auch schon ein nettes Mädchen gefunden, das in dieser Zeit an deiner Stelle Blümchen gießen wird.«

Matti umarmt mich, drückt mir links und rechts einen Kuss auf die Wange und betont zum dritten Mal, wie sehr er hofft, dass es meinem Großvater bald wieder besser gehen wird. Und dass Familie vorgeht. Und dass mir meine Stelle natürlich erhalten bleibt.

Eileen ist stiller, als wir uns verabschieden. Ich könnte schwören, sie spürt, dass der Großvater ein Vorwand ist.

»Du gehst wegen des Russen, nicht wahr?«, flüstert sie, als ich sie umarme.

»Was? Nein!« Ich lache, obwohl Roberts angeheuerter Tourist im Grunde durchaus ein Faktor war. »Ich kann Opa jetzt einfach nicht im Stich lassen, das ist alles. In ein paar Wochen bin ich zurück.«

Eileen ist nicht überzeugt, das sehe ich ihr an, aber sie nickt. »Gut. Bis dann. Melde dich ab und zu, okay?«

Ich habe nicht viel gepackt. Zwei Koffer, die verschlossen und schwer sind; Kleidung nehme ich nur wenig mit. Die meisten meiner Sachen passen nicht zu meinem neuen Alter Ego, das dankenswerterweise auch Carolin heißen darf. Ein dritter Vorname wäre mehr hinderlich als nützlich, ich reagiere schon auf den zweiten nicht verlässlich und häufig mit viel zu großer Verzögerung.

Aber »Bauer« wird ersetzt, und zwar durch »Springer«. Roberts Art von Humor. Böse und schwarz und passend, schließlich bin ich nichts weiter als eine Schachfigur in seinem Spiel.

Es ist elf Uhr abends, als wir losfahren, in einem VW-Bus mit getönten Scheiben. Die fünf Stunden, die wir auf der Autobahn verbringen, nutzt Robert, um mir mein neues Ich vorzustellen.

5

Vorsichtig, bitte! Der war teuer!« Zwei Tage später, acht Uhr morgens. Meine hohen Schuhe drücken, und das taillierte Kostüm sitzt nicht richtig, aber bei dem Selbstbewusstsein, das Carolin Springer nun mal an den Tag legt, fällt das kaum auf.

Die beiden Speditionsmitarbeiter schleppen den schweren Glastisch auf den Hauseingang zu. Ich beobachte sie durch meine Sonnenbrille – sie können mich nicht leiden, was mir leidtut, aber ich soll möglichst laut sein. Je früher Tamara Lambert meine Anwesenheit bemerkt, desto besser.

»In den zweiten Stock. Passen Sie bitte auf, dass Sie nichts zerkratzen.« Ich habe noch nie so schön gewohnt, wie ich es im kommenden Monat tun werde. Das Appartement liegt in der Agnesstraße und sieht aus wie ein Designstudio. Achtzig Quadratmeter Altbau; teils weiße, teils taubengraue Wände. Moderne Gemälde, von unten beleuchtet. Eine riesige Loggia mit weißen Mauerbögen, eine schick-minimalistische Küche, ein cremefarbenes Wohnzimmer mit dezenten Farbtupfern, hauptsächlich in Form von Kissen. Ein Schlafzimmer in Blautönen. Ich habe Hemmungen, mich irgendwo hinzusetzen.

In einer solchen Umgebung ist Arroganz ein stimmiges Accessoire, entsprechend springe ich mit den Spediteuren um. Viel müssen sie nicht hinauftragen, kaum mehr als den Tisch und ein paar Stühle, außerdem zwei Kisten mit Alibibüchern, die ich später in die cremefarbenen Regale einräumen werde.

Auf dem dezenten Messingschild, das an der Nebentür angebracht ist, steht in geschwungenen Lettern *T. Lambert*, aber die Frau hat sich noch nicht blicken lassen. Ich habe mir eingeprägt, wie sie aussieht, Robert hat mir noch eine Menge weiterer Fotos gezeigt. Groß, sehr schlank und durchtrainiert, blondes Haar, zart gebräunte Haut. Trägt fast nur Weiß. Ein High-Society-Engel.

Es ist kurz vor neun, Robert hat diese Zeit bewusst gewählt, weil Tamara da meist die Wohnung verlässt, um in ihr Tanzstudio zu fahren, aber noch rührt sich nichts. Viel länger kann ich meinen lautstarken Einzug nicht ausdehnen, der Wagen ist praktisch leer. Dafür tritt eine ältere Dame mit zwei perfekt frisierten Pudeln aus dem Haus und mustert mich prüfend. Ich drücke jedem der Arbeiter ein Trinkgeld in die Hand und wische mir nicht vorhandenen Staub vom Ärmel. Mache ich mich zuerst eben mit der Pudelbesitzerin bekannt.

Ich gehe auf sie zu und strecke ihr die Hand entgegen. Meine Armreifen klimpern. »Guten Morgen, ich bin Carolin Springer, ich ziehe gerade in Nummer fünf ein. Sie haben sehr hübsche Hunde!«

Die Frau strahlt. »Ja, nicht wahr? Alistair ist im letzten Jahr bayrischer Rassechampion geworden.« Sie deutet auf den Kleineren der Hunde, der bei der Nennung seines Namens den Kopf gedreht hat. »Ich heiße Rosalie Breiner. Freut mich, Sie kennenzulernen. Sind Sie mit den Verlags-Springers verwandt oder mit der Holzdynastie?«

Oh Scheiße. Darauf, über meinen Stammbaum Auskunft geben zu müssen, bin ich nicht vorbereitet. Ich könnte ihr erklären, dass meine Familie mit Alkohol zu tun hat, das käme der Wahrheit sehr nahe.

»Weder noch«, sage ich lächelnd. »Aber das werde ich häufig gefragt. Wissen Sie, mein Vater ist im Import und Export tätig, genau habe ich bis heute nicht durchschaut, was er wirklich tut.«

Sie winkt freundlich ab. »Das macht ja nichts. Es ist jedenfalls schön, noch eine so nette junge Frau im Haus zu haben.«

Gutes Stichwort. »Noch eine?«

»Ja. Tamara Lambert wohnt auch hier, gleich neben Ihnen. Sie ist die Tochter von Erich Lambert, dem Baulöwen. Der ist Ihnen sicher ein Begriff, oder?«

»Oh ja«, sage ich schnell. »Natürlich.«

Die Hunde ziehen an ihren Leinen, und Frau Breiner trippelt ihnen ein paar Schritte nach. »Meine Schätze wollen weiter. Herzlich willkommen! Wir sehen uns hoffentlich bald.«

Ich sehe ihr noch zu, wie sie um die nächste Ecke biegt, und will gerade ins Haus gehen, als ein junger Mann mit kurzem, weißblond gefärbtem Haar an mir vorbeigeht. Er nickt mir zu und drückt einen der Knöpfe an der Gegensprechanlage. Niemand antwortet.

»Zu wem wollen Sie denn?«, erkundige ich mich, den Schlüssel zur Eingangstür schon in der Hand.

»Zu Tamara Lambert. Aber ...« Er drückt noch einmal. »Sie ist wahrscheinlich schon weg.«

Ich schließe die Tür auf, und er schlüpft hinter mir ins Haus, was mich normalerweise beunruhigen würde, aber der Mann ist definitiv nicht an mir interessiert. »Vielleicht hat sie auch bloß verschlafen.«

Wir fahren gemeinsam mit dem Aufzug nach oben. Der rechte Ärmel des Blonden ist hochgekrempelt, den Unterarm bedeckt ein Tattoo, das einen Bären zeigt, Tribal-Style. »Ich bin heute erst eingezogen«, erkläre ich. »Carolin Springer. Wenn ich es richtig gesehen habe, werden ich und Tamara Nachbarinnen sein.«

Nun betrachtet er mich erstmals mit Interesse. »Oh. Das ist ... Davon hat sie mir gar nichts erzählt. Dann werden wir uns wahrscheinlich öfter sehen.« Er streckt mir die Hand hin. »Mein Name ist Anton Taschner. Dann sage ich mal: Herzlich willkommen hier.«

»Vielen Dank. Sie sind also mit Tamara befreundet? Oder verwandt?«

Es ist eine einfache Frage, aber er zögert. »Nein. Ich bin einer ihrer Klienten. Tanztherapie.«

Der Fahrstuhl ist im zweiten Stock, wir steigen aus. »Und da kommen Sie zu ihr nach Hause?«

»Ja. Sie hat ein paar Privatklienten. Ich halte nichts von Gruppentherapie.« Er zuckt die Schultern. »Würde mir nichts bringen.«

Auch an der Wohnungstüre läutet er mehrmals, doch auch jetzt ohne Erfolg.

Ich will eigentlich bloß noch in meine Wohnung und aus meinen Schuhen raus, aber vielleicht liefert er mir ja einen Vorwand, Tamara gleich näher kennenzulernen als durch eine bloße Vorstellung. »Kann ich ihr etwas ausrichten?«

Er überlegt kurz. »Nur, dass ich da war.«

Ich schlüpfe in Jeans und flache Schuhe, dann gehe ich doch noch einmal nach draußen. Das habe ich auch an meinem ersten Tag in Wien getan. Die Umgebung sondiert, in erster Linie nach Verstecken und möglichen Fluchtwegen. Erst danach sehe ich mich nach Supermärkten und Geldautomaten um.

Eine Stunde später bin ich wieder zu Hause und verbringe den Rest des Vormittags abwechselnd mit Büchereinräumen und dem Ohr an der Wand zur Nachbarwohnung, aber von dort kommt kein Laut. Tamara ist nicht zu Hause, oder sie ist krank und gehört zu den Leuten, die an freien Tagen bis in den Nachmittag hinein schlafen.

Mit gebührendem Misstrauen betrachte ich den Computer, den man mir aufgedrängt hat. Mit WLAN, natürlich. Die Versuchung, meinen alten Namen zu googeln, wird groß sein.

Nachdem ich den Kleiderschrank inspiziert habe – lauter teures Zeug, das ich im Anschluss nicht behalten darf –, mache ich mir Kaffee und setze mich hinaus auf die Loggia. Es ist sonnig, leichter Wind bewegt die Blätter in den Bäumen. Zu meiner eigenen Überraschung fühle ich mich entspannt – als ob ich hier sicherer wäre als in Wien.

Das bisschen Gepäck, das ich selbst mitgebracht habe, liegt auf dem Boden des Schranks, in einem schäbigen braunen und einem schicken mattschwarzen Koffer. Beide betonschwer, trotzdem hat Robert sie nicht kontrolliert, zum Glück. Aber er hatte auch keinen Grund zu mutmaßen, dass ich ein Scharfschützengewehr mit mir führe.

Diese Terrasse hier wäre ein wunderbarer Platz für jeden Sniper. Geduckt hinter den steinernen Säulen, die Waffe auf den Bipod gestützt, den Lauf nur wenige Zentimeter nach draußen geschoben. Perfekter Blick auf die Straße und beide Bürgersteige, nur ab und zu verdeckt ein windbewegter Ast die Sicht ...

Und dann kommt ein anthrazitfarbener Audi A8 die Straße entlanggefahren, langsam, gleitet wie ein dunkles Gespenst durch mein Sichtfeld und verschwindet.

Beinahe rutscht mir die Kaffeetasse aus den Händen, die plötzlich eiskalt und schweißnass sind. Mein Herz pumpt, als wäre ich gerannt, es fühlt sich an, als hätte ich viel zu wenig Sauerstoff im Blut.

Aber das war nicht sein Wagen. Natürlich nicht, es war bloß das gleiche Modell – sicher kein seltener Anblick in dieser Gegend.

»Ist es nicht ein schönes Auto?«, hat er mich gefragt, bevor sie mich zusammengeschnürt auf den Fabrikparkplatz gelegt haben. Und dann hat er mir gezeigt, was es kann. Auf kurzer Strecke rasend schnell beschleunigen – und blitzartig abbremsen. Wenige Zentimeter vor mir. Wieder zurück. Neuer Winkel. Beschleunigen. Bremsen. Immer ein bisschen dichter an mir dran.

»Du denkst doch nicht, ich mache mir Beulen in die Karosserie«, hat er gesagt, als sie mich wieder auf die Beine gestellt haben, nur um zu sehen, wie meine Knie unter mir nachgeben.

Damals vermuteten sie zum ersten Mal, es könnte etwas nicht stimmen mit meiner Loyalität. Danach: Albträume, wochenlang. Von Lichtern, die auf mich zurasen, dem Quietschen der Reifen, das klingt, als würde jemand schreien.

Das Sicherheitsgefühl von vorhin ist verschwunden, als wäre es nie da gewesen. Ich stehe langsam auf, schwarze Punkte vor den Augen, und gehe zurück ins Wohnzimmer. Gerade zur rechten Zeit, um das leise Geräusch der Türglocke von nebenan zu hören.

Okay. Den Audi gedanklich ausblenden. Sich auf die neue Aufgabe konzentrieren.

Auf bloßen Füßen tappe ich zur Tür und spähe durch den Spion nach draußen. Wer vor Tamaras Wohnung steht, kann ich so nicht erkennen, nicht einmal, ob überhaupt jemand dort ist. Aber wenn keiner öffnet und der Besucher zurück zum Aufzug geht, werde ich ihn sehen.

Es klingelt erneut. Ein angenehmer, tiefer Glockenton, der an alte Herrenhäuser denken lässt. Und dann das, worauf ich gehofft hatte: Eine Gestalt tritt in den Sichtradius der Linse. Ein Mann, geschätzt Mitte dreißig, in hellen Jeans und brauner Lederjacke. Mindestens einen Meter neunzig groß. Er wirft einen Blick auf die Uhr, dreht sich noch einmal um, schüttelt den Kopf und steigt in den Aufzug.

Der Gedanke, Tamara könnte etwas zugestoßen sein, erscheint mir plötzlich einleuchtend. Üblicherweise geht sie zwischen acht und neun aus dem Haus, sagt Robert; heute keine Spur von ihr. Falls der Mann eben eine Verabredung mit ihr hatte, hat sie sie verpasst – ebenso wie den Therapietermin mit Anton.

Es kostet mich Überwindung, wieder hinaus auf den Balkon zu gehen. Der Mann mit der Lederjacke verlässt gerade das Haus. Ich habe die Fotoapp meines neuen Handys geöffnet und die Videofunktion aktiviert. Er geht die Straße entlang, steigt aber in keines der geparkten Autos, sondern biegt in die nächste Querstraße links ein.

Umgedreht hat er sich nicht mehr, ich werde ihn Robert also nur von hinten zeigen können. Wie es sich für einen ordentlichen Spitzel gehört, vermerke ich die Uhrzeit der Beobachtung – 11 Uhr 48 –, dann widme ich mich wieder meinen Angstzuständen.

Es ist beinahe drei Uhr nachmittags, als ich von draußen klackernde Schritte höre. Durch den Spion sehe ich gerade noch etwas Weißes huschen, eine Tür fällt zu, und es ist wieder Ruhe.

Das muss sie gewesen sein, na also. Minuten später tönt gedämpft, aber hörbar *Ship to Wreck* von Florence + the Machine durch die Wände.

Jetzt hinüberzugehen wäre Quatsch. Tamara würde, völlig zu Recht, vermuten, dass ich nur auf sie gewartet habe. Es ist viel vernünftiger, sich Zeit zu lassen.

Mehr, um mich zu beschäftigen, als aus Bedürfnis nach Koffein, werfe ich die Espressomaschine noch einmal an. Es ist eine Jura, wie alles in der Wohnung weit über meinem sonstigen Budget, und ich gedenke, sie bis zum Anschlag zu nutzen, solange ich hier bin.

Als ich die Tasse ins Wohnzimmer trage, läutet eine Türklingel. Diesmal ist es meine eigene.

Mein Kopf geht blitzschnell alle Möglichkeiten durch. Robert? Unwahrscheinlich, wir haben andere Kommunikationswege besprochen. Die Dame mit den Pudeln, Frau Breiner? Das könnte sein, sie hat ein baldiges Wiedersehen angekündigt.

Oder – es war doch derselbe Audi, aber das ist Unsinn, das ist nichts weiter als mein Verfolgungswahn ...

Es klingelt noch einmal, und ich kämpfe das Bedürfnis nieder, mich tot zu stellen. Ein Blick durch den Türspion zeigt mir, dass ich gut daran getan habe.

Es ist Tamara Lambert. Sie hält etwas in der Hand, das wie eine verpackte Flasche aussieht.

Ich öffne die Tür. »Hallo.«

»Ja«, sagt sie und lächelt. »Hallo. Ich wollte mal nachsehen, ob das Gerücht stimmt, dass ich eine neue Nachbarin habe.«

Sie sieht im wahren Leben noch besser aus als auf den Fotos, die Robert mir gezeigt hat. Natürlicher, unangestrengter. Ich trete zur Seite und lasse sie in die Wohnung. »Erstaunlich, wie schnell sich Neuigkeiten hier verbreiten.«

»Na ja.« Ihr Lächeln vertieft sich. »Auf Rosalie ist eben Verlass.« Sie dreht sich langsam im Kreis, als wolle sie das Ambiente auf sich wirken lassen. »Wirklich eine schöne Wohnung. Ich verstehe gar nicht, warum sie leer gestanden hat. Seit einem halben Jahr schon, davor hat ein koreanischer Großkonzern-Expat hier gewohnt.«

Sie lässt sich auf der Couch nieder, als wäre es ihre eigene, und es wirkt wie das Fotosetting für ein Wohnmagazin. Weiß auf Cremefarben.

»Ich habe uns etwas zum Anstoßen mitgebracht. Findest du, es ist zu früh für Champagner?«

So schnell sind wir also per Du. »Och«, sage ich. »Ein Schluck kann nicht schaden.«

»Perfekt.« Sie strahlt. »Ich habe mich noch gar nicht vorgestellt. Tamara Lambert. Wenn du Fragen hast, komm gerne zu mir, ich wohne hier schon seit vier Jahren.«

»Ich heiße – Carolin. Also, Caro. Springer.«

»Habe ich schon gehört. Aber die Familie macht weder in Zeitschriften noch in Holz, sondern irgendwas mit Export. Richtig?« Sie entkorkt die Flasche gekonnt mit einem leisen *Plopp*.

»Richtig.« Die Sektgläser stehen unübersehbar in einer Vitrine, ich hole zwei davon und stelle sie auf den Couchtisch, Tamara schenkt ein. Das hier läuft außerordentlich reibungslos, ein bisschen zu reibungslos vielleicht. »Meine Familie ist allerdings nicht mein Lieblingsthema.«

Sie lacht auf. »Oh, da haben wir etwas gemeinsam. Aber ich wette, gegen meine Leute sind deine Gold. Bei uns geht's immer nur ums Geschäft. Ich bin da raus.«

Ich nicke verständnisvoll. »Welches Geschäft betreibt ihr denn?«

Sie sieht mich an, als höre sie diese Frage zum ersten Mal. »Baubranche. Lambert-Bau. Das sind wir.« Sie nimmt einen großen Schluck. »Nein. Falsch. Das sind *sie*.«

Jetzt nachzuhaken wäre ein Fehler. Zu viel Neugierde würde mich schnell verdächtig machen. Sie schlüpft aus ihren Schuhen und zieht die Beine hoch auf die Couch. »Und was tust du so im Leben?«

Ich habe meine Geschichte parat. »Orientierungsphase. Mir ist gerade eine Beziehung in die Brüche gegangen. Eine Ehe, um genau zu sein. Wir hatten gemeinsam eine Softwarefirma gestartet. Die ist auch hinüber.« Ich nippe an meinem Champagner. »Ich nehme mir eine Auszeit und lecke meine Wunden. Das ist der Plan.«

Sie betrachtet mich nachdenklich. »Wenn du dabei Hilfe brauchst – ich bin Tanztherapeutin. Oft lassen sich Sperren und Traumata lösen, indem man sie zuerst durch den Körper ausdrückt.«

Ich lächle höflich. Meine Sperren, wie sie es nennt, sind mein einziger Halt; ich muss nicht tanzen, um mich mit meinen Traumata zu konfrontieren. Bei mir genügt es, wenn das falsche Auto die Straße entlangfährt. »Das ist nett, danke. Aber ich weiß nicht, ob ich dafür der richtige Typ bin.«

»Ganz, wie du willst.« Sie schenkt sich ihr Glas voll, hält die Flasche in meine Richtung, aber ich schüttle den Kopf. Ich muss meine fünf Sinne zusammenhalten, nicht nur, um verlässlich abzuspeichern, was sie sagt, sondern auch, um nicht versehentlich etwas Wahres über mich selbst auszuplaudern.

»Jedenfalls schön, dass du hier bist«, stellt sie fest. »Du wirst sehen, es ist eine angenehme Wohngegend. U-Bahn und Busstationen sind in der Nähe, ich habe seit Jahren kein Auto mehr. Brauche keines. Die Nachbarn sind okay – bloß ein bisschen hellhörig ist das Haus, wenn man überlegt, wie hoch die Miete ist.« Sie hat bereits wieder ausgetrunken, den Rest der Flasche leert sie in beeindruckendem Tempo, dann verabschiedet sie sich.

Ich spüle die Gläser aus und lasse das Gespräch noch einmal Revue passieren. Überraschend schon mal, dass sie es war, die Kontakt aufgenommen hat, nicht ich. Und das so unmittelbar nach meinem Einzug. Dass sie einer völlig Fremden gegenüber so offen ist, was ihre Familie betrifft. Und dass sie sich schon um drei Uhr nachmittags betrinkt.

Ich suche nach den Geschirrtüchern, während aus der Nebenwohnung wieder Musik durch die Wand dringt. Parov Stelar mit *The Sun*.

»Now I'm gonna tell my momma, that I'm a traveller, I'm gonna follow the sun«, summe ich mit. Ähnlicher Musikgeschmack, das auch noch. Wenn ich es nicht besser wüsste, wenn es nicht unmöglich wäre, würde ich denken, Tamara hat sich über mich schlaugemacht.

6

Am nächsten Tag muss ich wieder aus dem Haus, einkaufen. Es gibt in der Nähe einen Rewe und einen Edeka; beides Ketten, die man in Wien nicht findet. Ich brauche Milch für meinen Kaffee und noch ein paar weitere Grundnahrungsmittel; außerdem Nüsse für meine Nerven und drei bis fünf Flaschen Wein für den Fall, dass ich abends nicht einschlafen kann.

Ich gehe die zwei Stockwerke hinunter, stehe an der Haustüre – und schaffe es nicht, sie zu öffnen.

Komm schon, mach dich nicht lächerlich, rede ich mir zu; gleichzeitig sehe ich, dass meine Hände zittern wie bei einem Parkinsonpatienten.

Es ist der Audi R8 von gestern, der immer noch durch mein Bewusstsein gleitet, mit seinem tiefen Raubkatzengrollen. Etwas in mir ist überzeugt davon, dass er draußen parkt, dass er und sein Fahrer auf mich warten. Vor diesem inneren Bild versagt all meine Logik.

Erst, als oben eine Tür geht und hohes Bellen mir verrät, dass gleich Frau Breiner mit ihren Pudeln hier auftauchen wird, schaffe ich es hinaus.

Kein Audi, natürlich nicht. Ich umklammere meine Einkaufstasche und laufe mit gesenktem Kopf nach links, allzu weit ist es nicht, und danach kann ich mich wieder in meiner Wohnung verbarrikadieren.

Der Supermarkt ist hell und groß, und am Ende kaufe ich so viel, dass ich es kaum tragen kann, in der heimlichen Hoffnung, dass ich dann das Haus nicht so bald wieder werde verlassen müssen. Unter anderem erstehe ich meine erste Zeitung seit fast einem Jahr. *Die Süddeutsche.* Eine der Headlines hat mich angefixt. »Sicherheitslücken: weitere Opfer am Bau«.

Ich klemme mir das Blatt unter den Arm und greife mir an der Kasse eine zweite Einkaufstasche, weil meine mitgebrachte all den Kram nicht fasst. Der Weg nach Hause ist eine Qual; mit den Taschen fühle ich mich viel sichtbarer als ohne, halte ständig Ausschau nach dem Audi und laufe deshalb fast vor einen Jeep.

Schluss damit, befehle ich mir selbst. Fühle, wie Schweiß mir den Rücken hinunterläuft und die Taschengriffe mir in die Handflächen schneiden. Es ist alles in Ordnung. Du bist sicher. Sein Netz reicht nicht bis hierher.

Das war auch die ersten Wochen über in Wien mein Mantra: *Sein Netz reicht nicht bis hierher.* Ich hoffe immer noch, dass das stimmt, aber München ist nun mal näher an Frankfurt. Doch sie haben mich in den letzten zehn Monaten nicht gefunden, warum sollten sie es jetzt tun?

Ich rede mir gut zu, bis ich vor der Haustür stehe, schließe umständlich auf und fahre hoch in den zweiten Stock. Dass etwas auf der Fußmatte vor meiner Wohnung liegt, sehe ich erst, als ich schon beinahe draufgetreten bin.

Es ist eine Schwertlilie.

Ich stopfe sie in den Mülleimer, bevor ich noch die Milch in den Kühlschrank geräumt habe. Es ist klar, Robert war hier. Die Frage, wie er ins Haus gekommen ist, musste ich mir nur kurz stellen: Zu der Wohnung gibt es sicher mehr als den einen Schlüsselsatz, den ich besitze – also lass uns doch raten, wer mit dem zweiten in der Tasche herumläuft.

Die Schwertlilie ist immerhin weder Warnung noch Drohung, sondern bloß eine Aufforderung. Im romantischen Kontext bedeutet sie: Schreib mir doch. Da sie von Robert kommt, ist sie eine Erinnerung daran, ihn auf dem Laufenden zu halten. Verdammt ungeduldig von ihm.

Das Buch über die »Sprache der Blumen« hat er mir vergangenes Jahr ins Krankenhaus mitgebracht, nachdem wir meinen Tod – beziehungsweise mein neues Leben – besprochen hatten. Auf seine Frage, in welchem Beruf, welcher Branche ich mich künftig verstecken wollte, hatte ich das Wort *Blumen* unter meiner Sauerstoffmaske herausgehustet.

Sie waren in meiner Vorstellung am weitesten von dem entfernt, womit ich in den Jahren und Monaten davor zu tun gehabt hatte. Blumen waren bunt, freundlich, ein Symbol des Lebens. Ich hatte nicht vorhergesehen, dass Robert mich in eine Friedhofsgärtnerei stecken würde.

Das Buch war wie Therapie. Ich vertiefte mich in Tulpen, Gladiolen, Orchideen und ihre Bedeutung, um an nichts anderes zu denken.

Wie die Dinge stehen, muss Robert jedenfalls noch warten. Ich habe nichts, was ich ihm schon berichten könnte. Nichts Hilfreiches. Tamaras Musikauswahl wird ihn kaum interessieren, und den Besucher gestern habe ich nur in Rückenansicht fotografiert.

Ich schenke den drei Flaschen Grauburgunder einen sehnsüchtigen Blick, bevor ich sie in den Kühlschrank stelle, und bin gerade dabei, meine Schokoladen- und Nussvorräte in eine der leeren Küchenschubladen zu räumen, als es an der Tür klingelt.

So ungeduldig kann Robert nicht ernsthaft sein, oder?

Mit dem üblichen Ziehen im Magenbereich – *was, wenn es nicht Robert ist, dann ist es vielleicht ...* – gehe ich zur Tür. Und sehe Tamara draußen stehen, diesmal ohne Champagner.

»Hey!« Sie ist schon drin, bevor ich noch richtig geöffnet habe. »Vorhin war ein Typ vor deiner Tür. Er hat dir eine Blume hingelegt. Ich habe ihn gefragt, ob ich dir etwas bestellen soll, da ist er wortlos abgezischt.« Sie lümmelt sich auf einen der Polstersessel. »Ist das dein Freund?«

Die Vorstellung ist so absurd, dass ich tatsächlich lachen muss. »Der? Nein. Das ist mein ... Cousin.«

»Puh!« Tamara stößt scharf die Luft aus. »Zum Glück. Bei dem passen weder Aussehen noch Benehmen.«

Das ist eine Steilvorlage. »Na ja«, sage ich seufzend, »man kann sich die Verwandtschaft eben nicht aussuchen.«

Sie lacht auf. »Da sagst du was. Womit treibt deine dich in den Wahnsinn?«

Die Tatsache, dass sich mein Vater in den Leberkrebs und meine Mutter in die Demenz gesoffen hat, ist hier fehl am Platz. Das waren nicht Carolins Eltern.

»Meine Mutter braucht eine Vorzeigetochter, und mein Vater hat kaum registriert, dass es mich gibt, das ist die Kurzfassung«, sage ich düster. »Sie tauschen Geld gegen Wohlverhalten – zumindest war das bisher so. Kritik prallt entweder an ihnen ab, oder sie nehmen sie so persönlich, dass sie dir jedes Wort davon noch Jahre später vorhalten. Sie haben keine Ahnung, wer ich bin.«

Tamara nickt voller Verständnis zu jedem meiner Sätze. »Du bist ungefähr so alt wie ich, nicht wahr? Ende zwanzig?«

»Letztes Jahr dreißig geworden.« Falsch; letztes Jahr beinahe nicht fünfunddreißig geworden, aber das sieht man mir nicht an.

»Tja, höchste Zeit, sich abzunabeln.« Nachdenklich spielt sie mit den Fransen an einem der Kissenbezüge. »Wenn bloß die Sache mit dem Geld nicht wäre.« Sie wirft mir einen schnellen Blick zu. »Ich habe übrigens gegoogelt. Nirgendwo eine Exportfirma, die jemandem namens Springer gehört.«

Damit war zu rechnen gewesen. »Kein Wunder«, entgegne ich lächelnd. »Springer ist nicht mein Mädchenname, sondern der Nachname meines geschiedenen Mannes. Ich sollte ihn bei Gelegenheit mal ablegen.«

Tamara hakt nicht nach, sie fragt nicht nach dem Familiennamen meiner Eltern. Dafür nach etwas anderem. »In den Social Media findet man dich auch nirgendwo. Kein Instagram, kein Facebook, nichts. Kann es sein, dass du dich versteckst?«

Sie ist leider schlau, das wird die Sache nicht einfacher machen. Ich tue so, als fiele die Antwort mir schwer.

»Es ist ... Ja, im Grunde hast du recht. Mein Ex, weißt du? Wenn möglich, soll er nicht herausfinden, dass ich nach München gezogen bin. Er ist ...«

»... ein Arschloch, ich verstehe«, vollendet Tamara meinen Satz. »Alles klar. Und dieser Cousin, der dir Blumen vor die Tür legt?«

Ich schüttle lachend den Kopf. »Der ist bloß ein Schnorrer und will sich ständig Geld leihen. Hast ja gesehen: nur eine einzelne Lilie als Geschenk zum Einzug. Das ist stilvoll, behauptet er, nicht geizig.«

Ich sehe Tamara an, dass sie alle meine Informationen abspeichert. Sie hat etwas Aufmerksames im Blick, ich muss gut darauf achten, dass meine Lügen keine Widersprüche aufweisen.

»Und du?« Jetzt nach ihrer Familie zu fragen, kann mir kaum als unangebrachte Neugierde ausgelegt werden. »Als Tanztherapeutin bezahlst du so eine Wohnung doch auch nicht aus eigener Tasche, oder?«

Ihre Miene verdüstert sich. »Leider nicht, nein. Aber ich würde lieber in einem verlausten Kellerloch wohnen, als von meinen Eltern Geld zu nehmen.« Sie sieht mich herausfordernd an. »Meine Großmutter unterstützt mich. Sie ist siebenundachtzig Jahre alt und blind, aber sie hat mehr Durchblick als die meisten anderen Leute, die ich kenne.«

»Verstehe. Was ist denn der Haken bei deinen Eltern?«

Tamara schlingt die Arme um den eigenen Körper. »Schwer zu beschreiben«, sagt sie nachdenklich. »Mein Vater ist gleichzeitig bedauernswert und ein Despot. Einzigartige Mischung. Meine Mutter ist überfordert mit Nichtstun. Mein Onkel Holger ist ein Arschloch, der fürs Geschäft über Leichen geht.«

Da haben wir ihn, den Spruch mit den Leichen. Das ist immerhin eine Information, die Robert interessieren wird. Neben mir auf dem Sofa liegt die Zeitung, ich reiche sie Tamara hinüber. »Über Leichen zu gehen scheint in dieser Branche recht üblich zu sein.«

Sie wirft einen kurzen, mäßig interessierten Blick auf die Headline. »Ja. Das hier betrifft zwar nicht meine Familie, aber im Grunde sind sie alle gleich.«

Danach wechseln wir das Thema, genauer gesagt, Tamara tut es. Sie erzählt davon, wie toll sie ihren Beruf als Tanztherapeutin findet und wie schön es ist, anderen dabei zu helfen, sich selbst zu finden. Dann mustert sie mich mit einem langen, prüfenden Blick. »Sag mal, ich will dir ja nicht zu nahe treten, aber – dieser Look, den du hast. Ist das wegen deinem Ex? Willst du niemanden mehr kennenlernen?«

Ich blicke an mir hinunter. Schlabberige Jeans, ausgeleiertes T-Shirt. Zu dumm, dass sie mich nicht gestern in meinem Kostüm und den High Heels gesehen hat.

»Ich war bloß einkaufen«, verteidige ich mich.

Ihre Laune scheint mit einem Schlag besser zu werden. »Das solltest du dann gleich noch einmal tun!«, sagt sie. »Und zwar mit mir.«

Es ist wie in einem dieser schlechten Girlie-Filme. Das schicke, beliebte Mädchen schleppt das hässliche Entlein durch die Boutiquen. Nach einer halben Stunde überfällt mich wie aus dem Nichts die Angst, in einem der Läden einer von Andreis Luxusnutten über den Weg zu laufen; ich verstecke mich in den diversen Umkleidekabinen und lasse mir so viel Zeit wie möglich.

»Hey, brauchst du Hilfe?« Es passiert nur ein einziges Mal, dass Tamara plötzlich den Vorhang beiseitezieht, und da habe ich das Kleid zum Glück schon fast an. Ich wüsste nicht, wie ich ihr die Narben an Bauch und Rücken erklären sollte.

Die eine am Oberschenkel sieht sie und reagiert wie fast alle

Leute, die ich kenne. Hinsehen. Wegsehen. Wieder hinsehen müssen.

»Autounfall«, erkläre ich knapp. Bei dieser Narbe geht das durch, sie könnte von einem scharfen Blech- oder Kunststoffteil stammen.

»Puh.« Tamara verschränkt die Arme vor der Brust. »Wann war das? Die sieht noch nicht alt aus.«

Sieh mal an, sie hat Ahnung. »Vor ungefähr einem Jahr.« Ich ziehe das Kleid straff nach unten. »So geht das aber, oder? Man sieht nichts, alles verdeckt.«

Sie nickt bestätigend, die Stirn in Falten gelegt. »Wie ist es passiert?«

Nachdem ich jetzt weiß, dass sie bei Neugierde googelt, druckse ich herum. »Ich rede da nicht so gerne drüber. Hat aber mit meinem Ex zu tun.«

»Oh. Okay. Verstehe.« Ein prüfender Blick. »Das Kleid ist gut. Solltest du nehmen.«

Dass sie mich danach in einen Friseursalon schleppt, fände ich normalerweise distanzlos und inakzeptabel, aber ich habe schließlich einen Job zu erledigen. Den sie mir seltsam leicht macht. Ich sollte ihre Nähe suchen, aber nun sucht sie meine, und zwar viel davon, obwohl sie mich kaum kennt. Hat sie keine anderen Freunde? Ist sie durch den Bruch mit ihrer Familie einsam geworden?

Jedenfalls legt sie gemeinsam mit der Friseurin – Anita – ziemlich viel Enthusiasmus an den Tag, während sie überlegt, was mir stehen könnte.

Als sie einen kinnlangen Bob vorschlägt, mattschwarz, bin ich sofort einverstanden. Das wird an mir zwar furchtbar aussehen, dafür aber meinem alten Ich überhaupt nicht ähneln.

Anita färbt, wäscht, schneidet, und ich schließe die Augen. Bisher begreife ich noch kein Stück, warum Tamara tut, was sie tut.

Als ich fertig bin, erkenne ich mich im Spiegel selbst kaum wieder. Meine Augen sehen blauer aus als zuvor, alles in allem wirke ich wie eine französische Schauspielerin aus den Sechzigerjahren. Deutlich auffälliger, als ich das gerne möchte, aber beruhigend fremd.

Tamara ist begeistert. »Du siehst fantastisch aus. Ich möchte dich gern auf die Frisur einladen, ja? Darf ich?«

Ich nicke halb erfreut, halb zögernd. Robert hat mir ein Budget gegeben, das mir erlaubt, einigermaßen begütert zu wirken, aber es ist nur zum Bluffen gedacht. Nicht für ausgedehnte Shoppingtrips und Verschönerungsaktionen.

Als wir wieder zu Hause sind, biete ich Tamara an, noch auf einen Kaffee oder Wein zu mir reinzukommen, und sie sagt sofort Ja.

»Ich finde es super, dass wir uns so gut verstehen«, beginne ich vorsichtig, während ich die Milch für den Latte aufschäume. »Nur, dass du mir gleich den Friseur bezahlst ... noch mal danke, aber ein bisschen unangenehm ist es mir doch.«

»Muss es nicht.« Sie strahlt. »Um ehrlich zu sein – ich habe es auch aus egoistischen Gründen getan.« Ich sehe sie fragend an, und ihr Lächeln vertieft sich. »Ich habe nämlich ein Attentat auf dich vor. Nächstes Wochenende findet eine Charity-Gala statt, die ich leider nicht absagen kann, und ich wollte dich bitten, mich zu begleiten.«

Die Tatsache, dass mir der Mund offen stehen bleibt, nutzt Tamara, um mir ihre Hintergedanken zu erklären. Ihre Familie habe sie für die Gala mit dem Sohn eines Geschäftspartners zusammenspannen wollen, den sie nicht leiden könne – also habe sie behauptet, sie hätte schon jemanden als Begleitung. »Was eine glatte Lüge war.« Sie hebt entschuldigend die Hände. »Aber Valentin Korbach ist ein Albtraum, den hätte ich keine zehn Minuten ertragen, abgesehen davon, dass er wohl kaum seine Freundin zu Hause gelassen hätte. Dummerweise habe ich dann niemanden gefunden, der mitgehen wollte, und … na ja, du weißt schon … akzeptabel war.«

Also hat sie mich heute akzeptabel gemacht, so ganz nebenbei. Sie nutzt die Existenz einer neuen Nachbarin sofort für ihre Zwecke, macht sich die Dinge passend; ebenso wie die Menschen und deren dazugehörige Outfits und Frisuren.

»Sag bitte Ja. Vielleicht haben wir Spaß, und wenn nicht, hauen wir einfach nach einer Stunde wieder ab, gehen ins *Les Fleurs du Mal*, und du kriegst die besten Drinks deines Lebens.« Sie legt den Kopf schief. »Guter Plan? Du musst doch die lohnenden Locations der Stadt kennenlernen. Das *Fleurs du Mal* ist eine Bar in einer Bar – viel besser wird es nicht mehr!«

Manchmal, wenn der Zufall oder meinetwegen auch das Schicksal Kreise schließt, kann ich nicht anders als mich fügen. *Les Fleurs du Mal*, die Blumen des Bösen. Der Ort klingt, als wäre er für mich geschaffen worden.

Tamara geht, begeistert von meiner Zusage, und ich sinke aufs Sofa. Wie kaltes Wasser steigt die Erkenntnis in mir hoch, worauf ich mich eben eingelassen habe. Eine Gala. Hunderte Menschen. Presse, Fotografen, Öffentlichkeit. Eine potenzielle Katastrophe.

Andererseits eine Möglichkeit zu beobachten. Einen Blick auf Tamaras Familie zu werfen. Das zu tun, weswegen Robert mich herbeordert hat.

Aus der Nebenwohnung erschallt Flogging Molly mit *Devil's Dance Floor*, und ich frage mich, ob das die Art von Musik ist, die Tamara bei ihren Therapiestunden verwendet. Und was das mit dem Blutdruck ihrer Klienten macht.

Interessant zu wissen wäre auch, ob die ungenierte Art, in der sie das Haus beschallt, mit schuld daran war, dass die Nachbarwohnung so lange leer gestanden hat.

In ihrer eigenen Wohnung muss die Lautstärke ohrenbetäubend sein – laut genug jedenfalls, um Tamara ihre eigene Türklingel überhören zu lassen. Ich husche zum Spion, sehe aber wieder einmal niemanden. Erst nach gut zwei Minuten tritt jemand in mein Blickfeld. Größe, Haarfarbe und Jacke nach zu schließen, ist es derselbe Mann wie gestern.

Er wirkt ein wenig verloren, wie er da am Aufzug steht, und bevor ich noch überlegt habe, ob es klug ist, was ich tue, habe ich meine Tür schon geöffnet.

Sein Blick schnellt zu mir, seine Augen weiten sich. »Ähm, hallo.«

»Hallo«, erwidere ich lächelnd. »Wenn ich jetzt sage, dass Tamara nicht zu Hause ist, werden Sie mir das nicht glauben, oder?«

Er blinzelt einige Male, als wäre er eben aufgewacht. Hinter der Nebentür werden Flogging Molly von den Nine Inch Nails abgelöst. »Nein, ich fürchte nicht. Sie möchte mich nicht sehen, schätze ich, das ist schon okay, und ich will hier auch nicht länger stören.«

Ich lehne mich gegen den Türrahmen. »Aber sie hat Sie ins Haus gelassen, nicht wahr?« Ich muss an Robert denken. »Oder wissen Sie, wie man Türen aufbricht?«

Er sieht mich fassungslos an, dann scheint er zu beschließen, dass ich einen Scherz gemacht haben muss, und lacht. »Nein, das weiß ich nicht. Aber ich habe einen Schlüssel für die Eingangstür. Von Tamara selbst, aus der Zeit, als wir uns noch besser verstanden haben. Das Schloss der Wohnungstür hat sie irgendwann austauschen lassen.« Er seufzt. »Dann gehe ich eben wieder. War nett, Sie kennenzulernen.«

Wahrscheinlich ist es sein Ton, diese Höflichkeit ohne jede Unterwürfigkeit, der mich die Tür ein Stück weiter öffnen lässt. Außerdem die Tatsache, dass er definitiv nicht meinet-, sondern Tamaras wegen hier ist. Könnte auch sein, dass es an seinen nussbraunen Augen liegt, obwohl ich das bezweifle. Ich bin immunisiert, seit der Nacht in der Halle. »Wollen Sie ein paar Minuten reinkommen? Tamara und ich haben uns gerade ein wenig angefreundet, wenn ich weiß, worum es geht, kann ich vielleicht ein gutes Wort für Sie einlegen.«

Jetzt lacht er. »Sie wären die Erste, die das bewerkstelligt.«

»Einer muss ja den Anfang machen.«

Gegen meine Erwartung kommt er tatsächlich näher. »Wenn ich Sie nicht aufhalte? Ich habe einen grauenvollen Tag hinter mir, Sie sind der erste freundliche Mensch, der mir heute begegnet.«

Ich trete zur Seite und bitte ihn mit einer schwungvollen Handbewegung herein. Erst, als ich die Tür hinter uns zuziehe, kehrt die Angst mit einem Schlag zurück. Was, wenn er doch nicht zu Tamara wollte? Wenn das nur eine List war, wenn er in Wahrheit meinetwegen hier ist, weil sie mich gefunden haben …

Doch der Mann zieht keine Pistole mit Schalldämpfer aus der Jacke, auch keinen Würgedraht. Er sieht sich bloß voller Interesse um. »Sie haben es sehr schön hier«, stellt er fest.

»Ich bin gerade erst eingezogen. Außer Tamara kenne ich fast niemanden in der Stadt.«

Er lächelt. »Dann wird es höchste Zeit, dass ich mich vorstelle. Johannes Lambert.«

»Carolin Springer.« Der Name kommt mir völlig selbstverständlich über die Lippen. »Möchten Sie einen Kaffee?«

Er möchte. Außerdem möchte er, dass wir einander duzen, im Unterschied zu Tamara fragt er immerhin vorher.

»Du bist Tamaras … Bruder?«

Über sein Gesicht zieht ein Schatten. »Nein. Ihr Cousin. Unsere Väter sind Brüder.«

Ziemlich hohes Aufkommen an Cousins hier. Richtigen und vorgetäuschten. Ich stelle jedem von uns eine Tasse Espresso auf den Couchtisch und streiche mir die ungewohnt kurzen

Haare hinter die Ohren. »Ich kenne Tamara ja noch nicht lange, aber sie scheint mir sehr nett zu sein.«

»Ist sie auch, im Grunde.«

Ich greife nach der Tasse. »Irgendeine Idee, warum sie dich nicht sehen will?«

Er zögert, setzt zu einer Antwort an, schüttelt dann aber den Kopf.

»Es geht mich natürlich nichts an«, sage ich schnell.

Johannes blickt zur Seite. »Es ist kein großes Geheimnis. Sie hat sich mit der Familie überworfen, nachdem Arthur gestorben war. Ihr jüngerer Bruder, wahnsinnig netter Kerl. Es war eine Tragödie für uns alle.«

»Oh.« Ich blicke betreten auf meine Tasse. »Das hat sie mir noch nicht erzählt. Wie gesagt, wir kennen uns erst kurz. War es ein Unfall?«

Er schüttelt den Kopf. »Leukämie. Von der Familie hat sein Tod Tamara fast am härtesten getroffen. Seitdem hält sie sich von uns fern. Als wären wir mitgestorben.«

Er kippt seinen Espresso auf einen Zug hinunter. »Ich wollte ein paar Dinge wegen der Gala mit ihr besprechen, aber dann rede ich eben mit Markus. Danke für den Kaffee.« Er steht auf. »War nett, dich kennenzulernen, Carolin. Vielleicht ...«

»Ja, vielleicht sehen wir uns wieder.« Sogar ganz sicher, wenn ich Tamara wirklich auf die Gala begleite.

Ich gehe mit ihm zur Tür und warte, bis er in den Fahrstuhl gestiegen ist, in der vagen Hoffnung, dass Tamara doch noch aus ihrer Wohnung kommt und ich live miterlebe, wie die beiden miteinander umgehen.

Doch ihre Tür bleibt geschlossen. Dahinter dröhnt *Welcome to the Jungle*.

INZWISCHEN

Die Lichter der nächtlichen Stadt glitzerten wie Wasser im Mondschein. Er hielt sich mit beiden Händen am Gerüst fest und zwang sich dazu, nicht nach unten zu sehen, auch nicht nach hinten, dahin, wo der Mann mit der Pistole stand.

Nur nach innen. Am besten nach innen schauen, wo die Antwort auf all das stecken musste.

»Nur noch ein Schritt«, sagte der Mann hinter ihm sanft.

»Das ist ein Missverständnis!« Er erkannte seine eigene Stimme nicht wieder. Hoch und heiser, wie die eines alten Mannes. Nun drehte er sich doch um. Der Lauf der Waffe schimmerte matt.

»Kein Missverständnis. Ich räume nur auf. Ist Ihnen eigentlich klar, was Sie getan haben?«

Er überlegte verzweifelt, doch in seinem Kopf stürzten die Bilder durcheinander. Amelie. Noch würde sie sich keine Sorgen machen, es passierte immer wieder, dass er sich abends nicht mehr meldete, wenn es spät wurde. Und Nadine – sie schlief sicher schon, morgen war das Schulkonzert, sie konnte ihr Querflötenstück in- und auswendig, er hatte ihr versprochen, dabei zu sein, er würde ...

»Wissen Sie es wirklich nicht?«

»Meine Arbeit!«, rief er. »Ich habe nur meine Arbeit getan, so gut ich eben konnte. Mein Gott, was wollen Sie von mir?«

Der Mann kam einen Schritt näher. Er hatte den Rollkragen seines Pullovers hoch bis unter die Augen gezogen, die von einer Schirmkappe überschattet wurden. »Ich will sehen, wie Sie loslassen«, flüsterte er. »Wie Sie sich in der Luft drehen, wie Ihre Hände ins Nichts greifen, wie Sie unten ankommen. Denken Sie, ich werde es hören können? Dieses nasse Aufklatschen? Wahrscheinlich nicht, wir sind zu hoch oben.«

In seinem Magen krampfte sich etwas zusammen. »Wenn es um Geld geht – kein Problem«, keuchte er hervor. »Ich gebe Ihnen, soviel Sie wollen. Soviel ich habe. Bitte, ich ...«

»Geld ist das Letzte, was ich von Ihnen will.« Der Mann klang jetzt ungehalten.

»Bitte!« Er hatte zu weinen begonnen, er konnte nichts dagegen tun. »Ich habe eine Tochter, sie ist erst vierzehn. Sie hängt sehr an mir, bitte, lassen Sie mich zu ihr nach Hause fahren.«

Einen Moment lang schien es, als würde der Mann innehalten. Als bekäme seine Entschlossenheit Risse. Doch im nächsten Augenblick ruckte die Pistole ein Stück höher. »Ich finde, sie ist ohne Sie besser dran.« Der Mann kam noch einen Schritt näher. »Was denken Sie: Werden Sie während des Fallens noch begreifen, warum das hier passiert? Oder haben Sie vor, zu beten?« Er lachte. »Manchen soll das helfen, habe ich mir sagen lassen.«

Das Lachen des Mannes ließ ihn einen Teil seiner Fassung wiedergewinnen. Er straffte sich. »Wenn Sie mich stürzen sehen wollen, müssen Sie mich schon hier runterschießen.« Mit einer Kinnbewegung wies er auf die Pistole. »Ich werde nicht springen. Erschießen Sie mich, oder lassen Sie mich gehen.« Die Tränen kamen zurück. »Ich habe Sie nicht erkannt. Ich kann Sie der Polizei nicht beschreiben. Bitte, lassen Sie mich gehen.«

Einige Sekunden stand der Mann regungslos da. »Nein«, sagte er dann ruhig. »Aber es wäre dumm, Sie zu erschießen, finden Sie nicht?«

»Doch! Ja! Da sind wir einer Meinung!« Er sprach so schnell, dass die Worte nur schwer zu verstehen waren. »Es gibt ja gar keinen Grund ...«

Sein Gegenüber hatte mit der Linken etwas aus der Jackentasche gezogen, das im nächsten Moment aufleuchtete, schmerzhaft hell, und ihn blendete. Er presste die Lider aufeinander, fuhr sich unwillkürlich mit einer Hand ans linke Auge, fühlte im nächsten Moment einen Stoß.

Seine rechte Hand, nass vom Angstschweiß, rutschte von der Stange, an der er sich festgeklammert hatte. Er schrie auf, griff noch einmal nach, bekam nur Leere zu fassen. Kippte nach hinten.

Rauschende Luft. Mit den Armen rudern im Nichts. Dann ein letzter Schlag, der das Universum auslöschte.

7

Nachdem Johannes gegangen ist, lasse ich mich erschöpft aufs Sofa fallen. Sehr viel persönlicher Kontakt heute, für meinen Geschmack. Sehr viel Rumgelaufe in freier Wildbahn.

Zwischendurch war es fast wie früher, als ich mich noch normal durch die Straßen bewegt habe, ohne darüber nachzudenken, wer mich sehen könnte.

Dass ich es heute ebenso empfunden habe, wenn auch nur für Minuten, ist ein Warnsignal. Ich werde nachlässig. Die fremde Stadt und Tamaras Gesellschaft haben mir tatsächlich vorgegaukelt, ich könnte ein neues Leben beginnen. Doch das ist eine Falle, die ich mir selbst stelle.

Apropos Tamara. Ich habe noch nie jemanden kennengelernt, der so schnell so engen Kontakt sucht, und es ist mir in keiner Weise geheuer. Dass es an sofortiger unbezwingbarer Sympathie mir gegenüber liegt, halte ich für ausgeschlossen.

Aber sosehr ich mir auch den Kopf zerbreche – mir fällt kein egoistischer Grund ein, der dahinterstecken könnte. Ich nütze ihr nichts. Ich habe nicht mit einflussreichen Kontakten geprahlt. So, wie ich sie geschildert habe, ist meine Situation ihrer eigenen ziemlich ähnlich.

Liegt es daran?

Die Musik in der Nebenwohnung ist vor knapp zehn Minuten verstummt, ich drücke ein Ohr gegen die Wand, höre aber nur mein eigenes Blut rauschen. Ist Tamara überhaupt noch zu Hause?

Auf einem der Sessel liegt nach wie vor die Zeitung, ungelesen. Ich schnappe sie mir und suche nach dem Artikel über die Sicherheitslücken am Bau. Auf Seite fünf finde ich ihn; inklusive eines Fotos der Baustelle, auf der eine Deckenkonstruktion eingestürzt ist und zwei Arbeiter unter sich begraben hat. Die Männer wurden ins nächste Krankenhaus geflogen, beide schweben in Lebensgefahr.

Unabhängige Gutachter prüfen derzeit, ob alle Richtlinien eingehalten wurden, heißt es in dem Artikel. *Es ist nicht ausgeschlossen, dass die Verwendung minderwertigen Materials zu dem Unglück geführt haben könnte.*

In der rechten unteren Ecke der Seite findet sich ein Bild des Bauunternehmers, eines gewissen Herbert Vossen. Graues Haar, grauer Bart, dunkle Brauen. »Ich werde selbstverständlich alles in meiner Macht Stehende tun, um zu einer schnellen und vollständigen Aufklärung des Vorfalls beizutragen«, wird er im Artikel zitiert.

Der Verfasser lässt Zweifel an dieser Aussage durchklingen und merkt in der Folge an, es sei schon das dritte Mal in diesem Jahr, dass jemand auf einer Vossen-Baustelle zu Schaden komme.

Ich hole mir eine Packung Nüsse aus dem Schrank und setze mich auf meinen Luxusbalkon, die Füße hoch auf die Balustrade mit den eleganten Mauerbögen, neben mir auf dem Tischchen Stift und Papier. In Stichworten notiere ich mir, was Johannes mir erzählt hat, male in Kringeln meine eigenen Gedanken daneben und darüber. Werfe zwischendurch immer wieder prüfende Blicke auf die Straße schräg unter mir.

Ich würde den R8 hören, bevor ich ihn sehe.

Nach kurzer Zeit merke ich, dass ich angefangen habe, auf dem Papier herumzukritzeln. Blumen, hauptsächlich. Mein Unterbewusstsein ist eine echte Müllhalde.

Was ich bisher zu präsentieren habe, ist nach näherer Betrachtung dürftig, und ich verwerfe meinen Plan, Robert zu kontaktieren. Es gibt nichts, was ich ihm sagen könnte.

Am nächsten Morgen verlässt Tamara um kurz nach acht das Haus und bleibt den gesamten Vormittag über weg. Den Mittag auch. Ich rühre mich die ganze Zeit nicht hinaus, und gegen zwei fällt mir die Decke auf den Kopf, mitsamt meiner vollständigen Sammlung panischer Gedanken. Nach dem entspannten Vortag habe ich damit nicht gerechnet, umso schlechter komme ich mit meinem inneren Zittern zurecht.

Bisher war mir nicht klar, welcher Segen der Job im Blumenladen war, auch wenn es zwischen all den Rosen und Calla und Stiefmütterchen die Angst trotzdem gab. Hier, alleine in einer Wohnung, die nicht meine ist, gibt es plötzlich nur noch sie.

Es hat sich nichts geändert, sage ich mir vor. *Du bist tot für sie, es hat sich nichts geändert.* Im Badezimmer blickt mir mein Spiegelbild entgegen; blass, dunkelhaarig, hohlwangig, fremd. *Sie würden dich nicht erkennen*, wird mein neues Mantra. *Sie würden auf der Straße an dir vorbeilaufen.*

Das alles beruhigt mich immer nur minutenweise, dann drängen sich die Bilder der Vergangenheit heran, drängen sich in mein Bewusstsein, kleben sich fest. Nicht nur Bilder, auch Geräusche, Gerüche. Die Narbe rechts neben dem Brustbein beginnt zu jucken.

Kurz vor fünf halte ich es nicht mehr aus. Laufschuhe und Joggingsachen gehören nicht zu Carolin Springers Ausstattung, stelle ich nach einer Überprüfung des Kleiderschranks fest, also muss es eben so gehen. In Jeans und Sneakern stürme ich aus der Wohnung, die Treppen hinunter, hinaus ins Freie.

Ich renne die Straße entlang, biege irgendwann rechts ab, dann links. Die Leute starren mir nach, was kein Wunder ist. Ich sehe wohl kaum aus wie jemand, der Sport macht, sondern wie jemand, der auf der Flucht ist. Gar nicht weit entfernt von der Wahrheit.

Nach kurzer Zeit erreiche ich einen kleinen Park, wo sich andere Läufer tummeln, aber da habe ich bereits Seitenstechen und bekomme kaum noch Luft. Eine Runde lang quäle ich mich, dann setze ich mich auf eine Bank und ringe nach Atem.

Tolle Aktion. Sehr unauffällig. Trotzdem fühle ich mich besser, als hätte die Anstrengung ein paar meiner Dämonen vertrieben.

Kaum sitze ich eine halbe Minute, steuert ein Mann um die vierzig auf mich zu. Poloshirt, helle Jeans, Sonnenbrille im Haar. Ich mache mich innerlich bereit, aufzuspringen und weiterzurennen, obwohl er lächelt.

»Entschuldigen Sie«, sagt er. »Kann es sein, dass Sie etwas verloren haben?«

Ich bin immer noch außer Atem. »Unwahrscheinlich«, keuche ich. Im nächsten Moment hält der Mann mir meinen Wohnungsschlüssel vor die Nase. Ich stammle etwas Unverständliches, das hoffentlich dankbar klingt, und stecke den Schlüssel zurück in die Hosentasche.

Ein Schuss vor den Bug. Genau diese Dinge dürfen mir nicht passieren, da ist es besser, ich hole mir Pillen, um die Angst zu dämpfen.

»Geht es Ihnen gut?« Der Mann beugt sich zu mir herunter, jetzt lächelt er nicht mehr.

»Ja. Danke. War nur der Kreislauf.«

»Sie hätten nicht so schnell rennen sollen.«

»Genau.« Meine Antwort ist hoffentlich kurz und mein Lächeln unverbindlich genug, um ihm die Lust an einer Fortführung des Gesprächs zu vergällen. »Danke noch mal.«

Damit stehe ich auf, ignoriere die schwarzen Punkte, die vor meinen Augen tanzen, und mache mich auf den Weg zurück in die Agnesstraße. Bei der ersten Kreuzung steht der Typ wieder neben mir. »Sie sehen aus, als ginge es Ihnen nicht gut«, sagt er und greift nach meinem Arm. »Sind Sie sicher, dass Sie keinen Arzt brauchen?«

Ich kämpfe die Panik in mir nieder. Nicht schreien jetzt, nicht um mich schlagen, nicht auf die Straße laufen. »Ganz sicher«, sage ich mit schwankender Stimme. »Aber ich wäre dankbar, wenn Sie mir nicht weiter folgen würden.«

Nun wirkt er beleidigt. »Ich wollte Sie nicht belästigen«, sagt er kühl, dreht sich um und geht.

Hätte ich die Energie dafür, täte es mir leid, ihn vor den Kopf gestoßen zu haben. So bin ich einfach nur froh. Ich stecke meine Hand in die Hosentasche, umklammere den Schlüssel und hoffe, dass ich auf kürzestem Weg zurück zur Wohnung finde.

Ich bin erleichtert, als ich in die Agnesstraße einbiege und auf den Hauseingang zugehe – doch dort hat sich etwas verändert.

Ohne es wirklich zu merken, bin ich stehen geblieben. Vorhin, bei meinem Aufbruch, war meine Angst wie Treibstoff, den ich verbrennen wollte. Jetzt macht sie mich starr.

Auf den hellen Steinplatten vor der Tür hat jemand eine Botschaft hinterlassen. Mit roter Farbe, in großen, hastig hingeschmierten Buchstaben.

Stirb, Schlampe.

Ich nehme immer zwei Stufen auf einmal, den Schlüssel habe ich schon in der Hand, ich bin so konzentriert darauf, möglichst schnell in meine Wohnung zu gelangen, dass ich den Mann erst sehe, als er auf mich zutritt.

Mein Aufschrei ist leise und erstickt, der Mann weicht zurück. Erst jetzt erkenne ich Anton, Tamaras hellblonden Privatpatienten.

Ich lasse die Hand mit dem Schlüssel sinken, den ich wie eine Waffe vor mich gehalten habe. »Puh, bin ich erschrocken«, keuche ich. »Sagen Sie, waren Sie das, da unten?«

»War ich was?« Noch während er spricht, begreift er, was ich meine. »Oh! Die Schmiererei? Nein, um Gottes willen.« Er fährt sich über den Kopf. »Wissen Sie, wann Tamara wiederkommt? Wir haben eigentlich einen Termin, seit zehn Minuten. Ich habe unten gewartet, bis die Frau mit den Pudeln mich hereingelassen hat. Seitdem versuche ich, Tamara anzurufen, aber ich kann sie am Handy nicht erreichen.«

»Keine Ahnung, wo sie ist, leider.« Der Schreck steckt mir noch in den Knochen.

Er sieht so betrübt aus, dass ich mich flüchtig frage, ob er Tamara wirklich nur seiner Therapie wegen sehen will. Oder ob er sich mehr erhofft als eine heile Psyche.

»Tja«, sage ich. »Ich hoffe, sie kommt bald. Ich muss jetzt ...«

Er lächelt verständnisvoll. »Natürlich. Auf Wiedersehen.«

Ich schlüpfe in meine Wohnung. Vorhänge zu, alle Fenster schließen, die Tür doppelt versperren. Dann kauere ich mich aufs Bett, das Smartphone in der Hand. So, wie die Dinge stehen, habe ich weder Zeit noch Nerven, ihm mein Anliegen per Blumen mitzuteilen. Ich muss der verdammten Kommunikationsapp vertrauen, von der er behauptet, dass sie sicher ist. Und ich werde Klartext schreiben.

Hauptsächlich besteht meine Mitteilung aus dem Foto, das ich mit einem letzten Rest von Geistesgegenwart noch geschossen habe, bevor ich die Treppen hinauf in den zweiten Stock gerannt bin. *Stirb, Schlampe.* Der Text, den ich angefügt habe, dürfte eigentlich keine Fragen offenlassen.

Sie haben mich gefunden. Ich muss hier weg. Ich hoffe, du verstehst das. Kannst du alles Nötige in die Wege leiten? Es tut mir wirklich leid, dass ich dir keine Hilfe war in dieser Baustellen-Sache, aber du siehst, es war ein Fehler, wieder in Deutschland aufzutauchen. Melde dich bitte schnell und sage mir, wie es jetzt weitergeht.

Ich schrecke hoch, als es an der Tür klingelt, rühre mich aber keinen Zentimeter. Ich bin nicht zu Hause, für niemanden. Auch nicht für diesen Anton, was auch immer er braucht. Wenn mir jemand etwas antun will, muss er dafür erst die Tür aufbrechen.

Noch einmal Klingeln, dann Klopfen. »Caro, bist du da?« Tamaras gedämpfte Stimme durch die Tür. Mir doch egal, sie ist nicht mehr mein Job, mein Job ist jetzt bloß noch, hier wegzukommen, ungesehen. Über die Grenze fliehen. Überleben.

»Caro?« Heftigeres Hämmern. »Ich weiß doch, dass du zu Hause bist. Anton hat es mir eben gesagt.« Sie klingelt, klopft, flucht. »Scheiße!« Ein paar Sekunden Ruhe, dann ein Knall, der mich zusammenzucken lässt. Obwohl es sicher nur die Tür war, die Tamara zugedonnert hat.

Diesmal dreht sie die Musik noch lauter auf; ich kenne den Song nicht, aber er ist schnell, aggressiv, und wenn ich die flache Hand gegen die Wand lege, kann ich die Bässe spüren. Ich frage mich, ob sie dazu mit Anton tanzt. Und ich frage mich, wie lange es dauern wird, bis der erste Mieter im Haus sich beschwert. Ist Frau Breiner eigentlich schwerhörig?

Drei Nummern lang dauert das Getöse, dann schaltet Tamara die Anlage aus. Ob freiwillig oder auf flehendes Bitten eines anderen Hausbewohners hin, kann ich nicht sagen. Robert hat mir noch nicht geantwortet.

Das tut er zwei Stunden später, als ich die erste Flasche Wein schon fast geleert habe.

Keine Panik, niemand hat dich gefunden. Die Drohung gilt nicht dir. Du kennst sie doch, oder? Keiner von denen wäre so ungeschickt, dich auf diese Weise zu warnen. Sie würden aus heiterem Himmel auftauchen und zuschlagen. Diese kindische Angstmache ist nicht ihr Stil, dafür sind sie leider zu klug. Du bleibst also, wo du bist.

Ich lese die Nachricht drei Mal. Ja, Robert hat zweifellos recht, so arbeiten die Karpins nicht. Außer, sie haben ihren Stil geändert, oder sie haben einen Neuzugang auf mich angesetzt.

Nein, auch das ist nicht wahrscheinlich.

Ich fühle mich trotzdem nicht sicher, schreibe ich zurück. *Was, wenn du dich irrst?*

Diesmal dauert es nicht einmal eine Minute, bis seine Antwort eintrifft.

Ich irre mich nicht, und du fühlst dich nirgendwo sicher. Also, was soll's?

Nichts einfordern zu können, machtlos zu sein, sich den Anordnungen anderer beugen zu müssen – ich habe es so unglaublich satt.

Ich möchte, dass wir uns treffen, schreibe ich nach kurzem Nachdenken. *So bald wie möglich. Noch vor Samstag.*

Ich warte, das Smartphone in der Hand, doch von Robert kommt kein Mucks mehr. Nach einer halben Stunde gebe ich auf, hole den Koffer mit der Barrett aus dem Schrank und putze sie. Setze sie zusammen und gehe damit auf den dunklen Balkon hinaus. Ich habe mich damals für dieses Gewehr entschieden, weil es angeblich über die weiteste Tötungsentfernung aller Schusswaffen verfügt. Zweitausendachthundertfünfzehn Meter sind dokumentiert. Die Vorstellung, mir jeden auf diese Distanz vom Leib halten zu können, war unwiderstehlich.

Den Lauf auf die Balustrade gelegt, verfolge ich Passanten durch mein Zielfernrohr. Ich könnte den Tod bringen, so leicht, so schnell, so einfach.

Als der Dreiklang das Eintreffen von Roberts Antwort verkündet, habe ich das Gewehr längst wieder zerlegt und in den Koffer gepackt; ich liege im Bett und starre im Dunkeln an die Decke.

Weiß nicht, ob ich es schaffe. Bin in Frankfurt, hier geht es rund, versuche mein Bestes.

Frankfurt. Feindesland. Ich bin versucht, die Nachricht zu löschen, als brächte schon die Erwähnung der Stadt mir Unglück. Aber ich tue es nicht. Ich versuche noch ein letztes Mal, Robert zu erweichen.

Ich kann das nicht mehr. Ich bin kaputt. Von dem, was früher nützlich für dich war, ist nichts mehr übrig. Bitte, lass mich zurückgehen.

Roberts Reaktion ist knapp und eindeutig.

Kommt nicht infrage. Du kannst es, und du wirst verdammt noch mal dein Bestes geben.

Am nächsten Morgen steht Tamara wieder vor meiner Tür, diesmal öffne ich. Sie tritt ein, noch bevor ich sie hereingebeten habe. »Warum hast du gestern nicht aufgemacht?«

»Bauchschmerzen«, antworte ich knapp und deute in Richtung Toilette.

Tamara hebt die Augenbrauen. »Ah. Ja, Anton sagte, du hättest einen gehetzten Eindruck gemacht. Hast du das unten gesehen? Die Schmiererei?« Sie schnuppert in die Luft. Ich biete ihr Kaffee an.

»Ja. Jemand sollte die Hausverwaltung informieren.«

»Hat Rosalie sicher längst getan.« Tamara betrachtet erst ihre Schuhspitzen, dann hebt sie den Blick und sieht mich an. »Sag mal, kann es sein, dass es dein Ex war, der sich da ausgetobt hat?«

»Nein.« Vielleicht sage ich es mit zu viel Überzeugung, weil es den Ex ja gar nicht gibt, aber selbst, wenn ich die Frage auf die Karpins übertrage – mittlerweile bin ich sicher, dass Robert recht hat. Wenn sie dir Angst machen wollen, kritzeln sie nicht auf dem Fußboden rum. Dann legen sie dir den Kopf deiner Mutter vor die Tür.

»Mein Ex ist ein Arschloch, aber das ist nicht seine Art. Ich habe mich schon gefragt, ob die Botschaft nicht an Frau Breiner gerichtet ist? Vielleicht haben ihre Hunde jemandem ins Blumenbeet gemacht. Für manche wäre das wahrscheinlich Grund genug.«

Ich kann Tamara ansehen, dass ihr dieser Gedanke noch nicht gekommen ist. »Du glaubst, es geht um Rosalie? Hm.«

»Na ja, alte Damen kann man auf diese Weise am ehesten erschrecken.«

Und mich natürlich. So sehr, dass ich mich betrinke und dann mein Snipergewehr auspacke. Aber das geht Tamara nichts an.

»Wer wohnt denn sonst noch hier?«, erkundige ich mich.

»Masaru Ogata. Ist ein japanischer Geschäftsmann, der wird kaum gemeint sein. Außerdem ein Ehepaar, Tina und Lukas, beide Mitte vierzig.« Sie runzelt die Stirn. »Die könnten natürlich gestritten haben, und dann hat Lukas im Suff …« Sie schüttelt lachend den Kopf. »Nein. Die beiden sind zum Erbrechen nett zueinander. Im zweiten Stock wohnt noch ein gewisser Martin Blach. Aber er ist meistens in London.«

Damit sind die Mieter von sechs Wohnungen geklärt. Fehlt noch eine.

»Die steht leer«, antwortet Tamara auf meine Nachfrage. »Sie geht über das ganze Erdgeschoss, zweihundertfünfzig Quadratmeter plus Terrasse und völlig überteuert. Ich habe sie kurz in Betracht gezogen, aber dafür hätte ich meinem Vater in den Arsch kriechen müssen.« Ihr Blick wird dunkel. »Und das kommt nicht infrage.«

Es wäre ein guter Zeitpunkt, das Gespräch wieder auf die Familie zu bringen, aber ich bin nicht ausgeruht genug. Ich habe die halbe Nacht nicht geschlafen. Ich könnte Fehler machen.

»Wie bist du eigentlich auf die Idee mit der Tanztherapie gekommen?«, frage ich also. »Ist ein ungewöhnlicher Beruf.«

Sie denkt kurz nach. »Ich wollte etwas tun, das so wenig wie möglich mit Korruption und Absprachen und Ausbeutung von ungelernten Arbeitskräften zu tun hat.« Herausfordernd sieht sie mich an. »Außerdem habe ich immer schon gerne getanzt.«

Ihre Laune ist düsterer als in den vergangenen Tagen, daher verkneife ich mir die Frage nach den nachbarschaftlichen Reaktionen auf ihre Musikexzesse.

»Ich muss jetzt gehen, bis später«, sagt sie und knallt die Kaffeetasse auf den Küchentisch. »Du denkst an die Gala, ja? Schönen Tag.« Schon ist sie wieder draußen.

Ein paar Sekunden lang überlege ich, ihr zu folgen, um zu sehen, ob sie wirklich arbeiten geht, und wenn ja, wo. Doch dann entscheide ich mich anders. Der Zeitungsartikel von gestern geht mir nicht aus dem Kopf. Eine eingestürzte Decke, halb tote Arbeiter. Und, ein paar Wochen früher, eine eingemauerte Journalistin.

Ich könnte mich endlich auf das besinnen, was ich am besten kann; allein der Gedanke lässt Vorfreude in mir aufkommen, obwohl die Herausforderung nicht groß sein wird. Trotzdem muss ich meine Entscheidungen gründlich durchdenken, sonst könnte es am Wochenende, auf Tamaras Benefizgala, böse Überraschungen geben.

In meiner ersten Zeit in Wien, als meine Angst vor Entdeckung noch so groß war, dass ich kaum länger als eine halbe Stunde am Stück schlafen konnte, habe ich viel Geld in Perücken investiert. Teure Echthaarperücken, dafür war ich auch bereit, wochenlang nur Kartoffeln zu essen.

Zwei dieser Kunstwerke habe ich mit nach München genommen. Den hellblonden Kurzhaarschnitt und die rötlichen Locken.

Einfache Entscheidung. Kurz und blond. Weit weg von meinem aktuellen dunklen Pagenkopf.

Ich lasse mir Zeit, arbeite sorgfältig. Stecke mein echtes Haar mit Nadeln eng an den Kopf, lege ein breites Netzband straff um den Haaransatz und stülpe mir dann den hellen Short Cut über. Die Ränder klebe ich sorgfältig mit Mastix fest und kämme mir Strähnen in die Stirn.

Dann: Kajal, Rouge, hellbrauner Lippenstift. Das Gesicht so konturieren, dass es runder wirkt und meine charakteristischen Wangenknochen verschwinden.

Zufrieden betrachte ich mich im Spiegel. Ich wirke wie eine ... Saskia. Ja, der Name passt.

Ich sehe mir selbst zwar nicht mehr sehr ähnlich, aber so ganz genügt mir das noch nicht. Ich schlüpfe noch einmal aus Hose und Sweatshirt und schnappe mir eines der kleineren Sofakissen.

Es einfach nur unter den Pulli zu stecken wäre stümperhaft, aber wenn ich es mit Klebeband fixiere, bleibt es an Ort und Stelle. Und ich kann ein paar echt wirkende Wülste fabrizieren.

Nach dem ersten Versuch sehe ich einfach nur schwanger aus, das ist nicht der Plan, aber nachdem ich noch einen Body über die ganze Konstruktion gezogen habe, klappt es. Mit dem runder geschminkten Gesicht, der unvorteilhaften Frisur und dem Kissenbauch sehe ich fünfzehn Kilo schwerer aus. Bloß anfassen darf mich niemand.

Obwohl ich mir gerade eine ganz neue Identität geschaffen habe, fühle ich mich, als wäre mein altes Ich wiedererwacht. Ich kehre in mein eigenes Element zurück – das ist so viel besser, als hier auf der Couch zu sitzen und Angstfantasien zu züchten. Saskia wird nach draußen gehen und ein paar Dinge erledigen.

Bevor ich aufbreche, werfe ich einen vorsichtigen Blick vom Balkon auf die Straße. Ich möchte jetzt niemandem begegnen, keine erstaunten Fragen beantworten müssen – aber alles gut, die Luft ist rein. Ich schlüpfe aus der Wohnung und gehe die Treppen hinunter.

Nur, um beim ersten Schritt ins Freie auf Frau Breiner zu treffen. Sie lächelt mich an. »Guten Tag. Sind Sie eine Freundin von Fräulein Lambert?«

Ich atme durch. Sie erkennt mich nicht, ich habe gute Arbeit geleistet. Das kann sich sofort ändern, wenn ich zu sprechen anfange. Eine verstellte Stimme hat immer etwas Unnatürliches – ein anderer Akzent aber nicht, wenn man ihn beherrscht, und darin bin ich gut. Wienerisch? Auf keinen Fall. Aber etwas leicht Sächsisches ist möglicherweise eine gute Idee.

»Nein«, antworte ich und trete einen Schritt zurück, um Alistairs schnüffelnder Nase zu entgehen. »Ich wollte zu Carolin Springer. Aber sie ist nicht da.«

»Aha.« Rosalie Breiners Augen verengen sich. »Wie, wenn ich fragen darf, sind Sie dann ins Haus gekommen?«

Shit. »Es ist gerade jemand rausgekommen«, sage ich schnell. »Eine blonde Frau.«

Breiner nickt gottergeben. »Jaja. Die Tür fällt viel zu langsam zu.« Mit ausgestrecktem Zeigefinger weist sie auf die roten Buchstaben beim Eingang. »Dabei wird die Gegend immer unsicherer, und das bei den Preisen! Haben Sie gesehen, was man uns hingeschmiert hat? Eine Frechheit.«

Ich nicke bestätigend. »Waren wahrscheinlich ein paar Betrunkene.«

Frau Breiner wiegt zweifelnd den Kopf. »Ich denke eher, es war eine der Liebschaften der Dame, die Ihnen die Tür geöffnet hat. Kommen Sie aus Leipzig?«

»Aus Halle«, erkläre ich. »Aber ich wohne schon lange nicht mehr dort.«

Alistair und sein Kumpel, dessen Namen ich entweder vergessen oder nie gewusst habe, ziehen an ihren Leinen in Richtung Haus. Rosalie Breiner lässt sich mitziehen. »Soll ich Fräulein Springer etwas bestellen?«, fragt sie mit einem Blick zurück über die Schulter.

»Nein«, rufe ich, vielleicht eine Spur zu schnell. »Oder doch. Sagen Sie ihr, Saskia war da.«

Was ich suche, finde ich am Hauptbahnhof, und es ist nicht defekt. Eine Fotobox für biometrische Passbilder. Vier Fotos kosten sechs Euro, und ich will mich schon hinter den Vorhang setzen, als mir noch etwas einfällt.

Ein paar Meter weiter befindet sich die Filiale einer Optikerkette, wo ich eine Brille erstehe, mit breitem, blau schillerndem Rand und Fensterglas. »Für ein Theaterstück«, erkläre ich und komme damit der Wahrheit sehr nahe.

Im Fotoautomaten setze ich die besagte Brille und ein ernstes Gesicht auf, warte, bis es viermal geblitzt hat, und steige wieder aus.

Die Bilder, die einige Minuten später aus dem Ausgabeschlitz kommen, sind erwartungsgemäß schrecklich. Ich stecke sie zufrieden ein. Jetzt kommt der spannende Teil.

Die Perücke habe ich noch auf der Bahnhofstoilette abgenommen und samt Haarnadeln, Netzband und neu erstandener Brille in eine Rewe-Einkaufstasche gesteckt. Keine Lust, in Verkleidung Tamara zu begegnen, die sicherlich genauer hinsieht als Frau Breiner.

Zu Hause schalte ich den Computer an und hole meinen Spezialdrucker aus seinem Versteck. Es ist nicht das gleiche Modell, das ich früher benutzt habe, er ist kleiner und leichter. Er wird genügen, denn was ich brauche, muss keiner behördlichen Überprüfung standhalten – es muss nur optisch überzeugen.

Das hoch aufgelöste Bild eines deutschen Presseausweises finde ich im Internet. Die meiste Mühe macht das Nachbauen des Hintergrundmusters und des Hologramms, aber das ist egal, ich habe diesen Teil der Arbeit immer geliebt. Er fordert meine ganze Konzentration; es fühlt sich fast an wie meditieren.

Umso heftiger erschrecke ich, als es an meiner Türe klingelt. In Windeseile klappe ich den Laptop zu und schiebe den Drucker hinters Sofa, dafür ist er schmal genug. Wie werde ich Tamara los, wenn sie sich wieder hier breitmachen will?

Aber sie ist es gar nicht. Es ist Frau Breiner. Ohne Hunde. »Oh gut, Sie sind zu Hause!« Ihr Blick wandert neugierig an mir vorbei in die Diele. »Es war vorhin eine junge Dame hier, die Sie gesucht hat. Ich soll Ihnen Grüße von Saskia ausrichten.«

Ich tue überrascht. »Ach, von Saskia? Sie hat mir gar nicht gesagt, dass sie vorbeikommen wollte. Danke, Frau Breiner.«

»Gern geschehen.« Sie wartet, also ziehe ich mein Lächeln in die Breite. »Ich würde Sie sehr gern hereinbitten, aber ich stecke gerade mitten in der Arbeit. Ein andermal, gut?«

Das versteht Frau Breiner als Einladung und freut sich sichtlich. »Ja, sehr gerne! Ich backe uns einen Kuchen.«

Offenbar sind alle Menschen in diesem Haus auf der Suche nach Anschluss. Ich nicke ergeben. »Das wäre großartig.«

Sie geht, beschwingt, und ich lasse die Tür ins Schloss fallen. Saskia. Sie ist Journalistin, und mit Nachnamen heißt sie ... Schuster? Nein, zu banal. Der Name sollte keinesfalls ein Sammelbegriff sein, den sich jeder merken kann. Am besten wäre ein leicht östlicher Touch, viele Konsonanten, die der durchschnittliche Deutschsprachige sich nicht merkt.

Vor langer Zeit hatte ich einen Automechaniker, der Kraffczyk hieß, und er wird Saskias Namensgeber, beschließe ich am Weg zurück zum Computer. Wer ihren Ausweis nur kurz sieht, dem wird »irgendetwas mit Kraft« im Gedächtnis bleiben.

Ich brauche zwei Stunden für das Hintergrunddesign und drei für das Hologramm. Der schwarz-rot-goldene Streifen am Rand ist eine Sache von Minuten, ebenso der Schriftzug. *Presseausweis*. Darunter, kleiner: *Journalist/Pressefotograf*. Das Wort *Presse* gestürzt auf der rechten Seite, oben eine herbeifantasierte Registriernummer, darunter der Vermerk: *Deutscher Verband der Pressejournalisten*. Name, Adresse, ein willkürlich gewähltes Geburtsdatum. Aber eines, das ich mir merken muss, also nehme ich den Valentinstag. Den vierzehnten Februar meines Geburtsjahres. Zu guter Letzt verpasse ich Saskia eine glaubwürdige Münchner Wohnadresse.

Das Passfoto ist längst eingescannt, ich füge alles zusammen, stecke einen Kartenrohling in den Schlitz für Einzeldrucke und presse den Print-Schalter.

Das Gerät surrt, klackert immer wieder. Surrt. Eine knappe Minute später fällt die fertige Karte unten in das Ausgabefach und sieht perfekt aus. Ich wünschte, ich hätte einen Originalausweis, um einen wirklichen Vergleich anstellen zu können, aber erfahrungsgemäß wird niemand allzu prüfend hinsehen.

Wäre es ein Auftrag und nicht ein Stück für den Eigengebrauch, würde ich noch weiterfeilen. Die Logik hinter der Seriennummer ergründen, zum Beispiel. Aber die wenigsten Menschen wissen überhaupt, wie ein Presseausweis aussieht. Mit diesem hier komme ich überall rein, solange niemand überprüft, ob er tatsächlich autorisiert ist.

Ich gehe um elf Uhr ins Bett, und zum ersten Mal seit langer Zeit schlafe ich durch. Vertraute Tätigkeiten haben etwas Beruhigendes.

8

Am nächsten Tag steigt Saskia Kraffczyk in die U-Bahn und macht sich auf den Weg in das Gewerbegebiet auf der anderen Isarseite. Dort befindet sich die Baustelle, über die in der Zeitung berichtet worden ist, und ich möchte mir die Szenerie persönlich ansehen, auch wenn das weit über Roberts Auftrag hinausgeht. Aber den ganzen Tag alleine in der Wohnung sitzen und ängstliche Blicke auf die vorbeifahrenden Autos werfen, halte ich nicht aus.

In Perücke und mit unvorteilhaftem Make-up plus Kissenbauch stehe ich eine halbe Stunde lang hinter meiner Wohnungstür und spähte durch den Spion. Rosalie Breiner und ihre Hunde habe ich vor einiger Zeit im Treppenhaus gehört; jetzt warte ich auf ihre Rückkehr. Noch einmal läuft Saskia ihr nicht über den Weg.

Als ich gerade zu glauben beginne, dass die Frau heute einen Tagesausflug macht, höre ich die Hunde kläffen. Sekunden später leuchtet der Rufknopf des Fahrstuhls auf, und die Kabine fährt nach unten. Kurz darauf fährt sie wieder hoch und hält im dritten Stock.

Vorsichtig öffne ich die Tür, höre von oben leises Winseln und Frau Breiners beruhigende Stimme. Perfekt. Ich schlüpfe hinaus.

In der guten halben Stunde, die ich bis zu der Baustelle brauche, lege ich mir meine Worte zurecht. Saskia soll überzeugend wirken.

Der Platz, an dem das Gebäude entsteht, ist von Weitem zu erkennen. Es soll ein Hotel werden, die achtzehn Stockwerke sind im Rohbau bereits fertig, aber noch hat alles den Charakter eines Gerippes. Keine Fensterscheiben, kein Verputz. Dafür eine gitterartige, schräge Struktur an einer der Gebäudeseiten und ein flacher, tonnenförmiger Aufsatz auf dem Dach. Das wird ein Panoramarestaurant, jede Wette.

Der Lärm ist bei Weitem nicht so schlimm, wie ich erwartet habe. Im Näherkommen ernte ich bereits erste befremdete Blicke von Bauarbeitern, die gerade Pause machen. Ich zücke meinen Fotoapparat, beginne, Bilder zu schießen. Zoome auf das Tonnending, auf die Gitterkonstruktion, auf den Kran.

»He«, sagt einer der Arbeiter. »Was machen Sie da?«

Ich senke die Kamera – sie ist weit weg von professionell, aber immerhin Spiegelreflex – und strecke dem Mann die Hand entgegen. »Guten Tag. Saskia Kraffczyk, *Tagesanzeiger*. Sie arbeiten hier, nicht wahr?«

Der Mann ergreift zögernd meine Hand, wirft einen Blick zu seinen Kollegen zurück. »Ja.«

»Dann kennen Sie doch sicher die beiden Männer, die vor zwei Tagen so schwer verletzt wurden?«

Er löst seine Finger aus meinem Griff. »Na ja. Ein bisschen, aber ...«

»Waren Sie hier, als der Unfall passiert ist?« Ich sehe ihn durchdringend an und lächle. Er weicht einen Schritt zurück. »Reden Sie besser mit dem Chef.«

»Das werde ich sicher auch noch.« Ich hebe den Fotoapparat und ziele damit auf den Mann, und das wird ihm nun definitiv zu viel. Er hebt die Hände vors Gesicht.

»Was soll das? Ich will nicht in die Zeitung. Dürfen Sie das, ohne zu fragen?«

Ich hebe beruhigend die Hand. »Wenn Sie nicht fotografiert werden wollen, respektiere ich das natürlich.« Einer der anderen Arbeiter hat mittlerweile sein Handy aus der Hosentasche gefischt und hält es ans Ohr. Kann nur noch Minuten dauern, bis jemand Zuständiges hier auftaucht.

»Wie geht es Ihren Kollegen denn? Wissen Sie schon Genaueres? Sind sie außer Lebensgefahr?«

Der Mann schüttelt den Kopf und geht, setzt sich dreißig Meter weiter zu einer anderen Gruppe von Arbeitern und beginnt angeregt zu sprechen. Die Nachricht, dass eine Reporterin aufgetaucht ist, wird sich blitzschnell verbreiten.

»Wie es ihnen geht, erzählt uns doch keiner«, spricht mich ein anderer Arbeiter an. Ich muss mich anstrengen, mein Lächeln beizubehalten, denn er spricht mit unverkennbar osteuropäischem Akzent. Ukraine oder Russland. Alle meine Albträume klingen ähnlich.

»Ja«, stoße ich hervor. »Sie werden nicht informiert, das kann ich mir vorstellen. Deshalb schreibe ich für Menschen wie Sie. Denen wichtige Dinge verschwiegen werden.«

Auweia. Was für übertriebener Unsinn. Zwei Arbeiter lachen auf, was mich nicht überrascht, aber einer, der bisher nichts gesagt hat, nickt heftig.

»Genau! Dabei sind wir diejenigen, die sich den Hals brechen, wenn die Chefs Mist bauen«, brummt er. »Wenn Dragan und Mike durchkommen, kriegen sie ein paar Cent ... Schmerzensgeld oder Entschädigung. Aber auch nur, wenn sie Glück haben. Arbeiten werden die so schnell nicht wieder.«

Ich stimme ihm zu, während ich vom Gebäude her einen Mann auf uns zukommen sehe. Er trägt Jeans und ein weißes Hemd und ist definitiv nicht Herbert Vossen, sondern gut zwanzig Jahre jünger. Unwillkürlich hebe ich die Hand, um nachzuprüfen, ob meine Perücke noch sitzt, bremse mich aber im letzten Moment ein.

Der Mann steuert direkt auf mich zu. Sein hageres Gesicht ist ernst. »Guten Tag. Darf ich fragen, was Sie hier suchen?«

Jetzt ist der Zeitpunkt für mein Werkstück von gestern gekommen. »Guten Tag, Saskia Kraffczyk, *Tagesanzeiger*.« Eine Zeitung dieses Namens gibt es nur in der Schweiz, ich hoffe, das weiß er nicht. »Ich recherchiere zu den Baustellenunfällen, die sich in letzter Zeit so häufen.« Ich reiche ihm meinen Ausweis, den er mit gerunzelter Stirn betrachtet.

»Aha. Ich kann mir nicht vorstellen, dass Sie eine Genehmigung dafür haben, hier Fragen zu stellen.« Er blinzelt nervös und reicht mir das Kärtchen zurück. Da ist keine Spur von Misstrauen, was die Echtheit angeht.

»Habe ich tatsächlich nicht, aber so funktioniert investigativer Journalismus nun mal.« Ich deute auf den Rohbau. »Können Sie mir erzählen, wie es zu dem Unfall gekommen ist und wie es Ihren Arbeitern geht?«

Er stutzt einen Moment, dann schüttelt er entschieden den Kopf. »Dazu bin ich nicht befugt.«

»Ach. Sind Sie nicht? Aber Sie arbeiten für Vossen, oder?«

Er sieht mich durchdringend an. »Ja. Ich bin Statiker. Und ich kann Ihnen versichern, dass unsere Berechnungen alle korrekt waren. Wir sind dabei, zu überprüfen, wie es zu dem Deckeneinsturz kommen konnte, aber der Fehler liegt nicht bei der Bauleitung, so viel kann ich Ihnen versichern.«

Ich ziehe einen Notizblock und einen Stift heraus, er verschränkt die Arme vor der Brust. »In Wirklichkeit«, sagt er scharf, »sind Sie wegen Manfred Henig hier, nicht wahr?«

Die Frage bringt mich aus dem Konzept. »Wegen ... wem?«

Er mustert mich eingehend, als könne er nicht glauben, dass ich das wirklich gefragt habe. »Ich bitte Sie jetzt, zu gehen.«

Aus den Augenwinkeln sehe ich, wie ein weiterer Mann an der Baustellenabsperrung auftaucht. Er ist ebenfalls zu jung, um Herbert Vossen zu sein, und er kommt nicht näher.

»Wer ist Manfred Henig? Ist er auch auf der Baustelle verletzt worden?« Wahrscheinlich disqualifiziere ich mich gerade selbst. Als Journalistin, die ihre Hausaufgaben nicht gemacht hat.

»Das Gespräch ist beendet. Gehen Sie.«

Ich lege den Kopf schief. »Man könnte fast glauben, Sie hätten etwas zu verbergen.«

Er macht er einen Schritt auf mich zu, es wirkt einschüchternd. »Irrtum. Aber ich stehe nicht jedem Rede und Antwort. Neugierde kann böse Folgen nach sich ziehen, haben Sie nicht mitbekommen, was Ihrer Kollegin zugestoßen ist?«

Das ist eine klare Warnung. Ich weiche zurück. »Sie drohen mir, sehe ich das richtig?«

»Was? Nein!« Nun scheint er selbst zu erschrecken. »Ich will Ihnen nur begreiflich machen, dass es keine gute Idee ist, unbegleitet auf einer Baustelle herumzulaufen. Sie haben nicht einmal einen Helm auf, das ist gegen jede Vorschrift.« Er bemüht sich sichtlich, vernünftig und nicht feindselig zu klingen. »Im schlimmsten Fall endet das so wie bei Ihrer Kollegin.«

»Na klar«, gebe ich zurück. »Ein Helm. Ich bin ja auch nur gut achtzig Meter von dem Bau entfernt. Wer von Ihnen wirft die Ziegel denn so weit?«

Er hebt eine Hand, als wolle er mich zurückdrängen, dann verschränkt er nur die Arme vor der Brust. »Bitte gehen Sie, oder ich rufe die Polizei, und wir klären das mit ihrer Hilfe.«

Polizei kommt nicht infrage. »Wie Sie wollen«, sage ich seufzend. »Darf ich wenigstens wissen, mit wem ich gesprochen habe?«

Er hat sich bereits umgedreht. »Nein. Auf Wiedersehen.«

Seinen Namen herauszufinden kostet mich zu Hause nur knappe drei Minuten. Es genügt, *Statiker* und *Vossen AG* in die Suchmaske bei Google einzugeben, und schon habe ich ein paar Namen. Ich gebe sie der Reihe nach in die Bildersuche ein, und der zweite ist ein Treffer. Felix Zose heißt der Mann, und er muss seit mindestens vier Jahren bei Vossen beschäftigt sein.

Meine nächste Anfrage gilt Manfred Henig. Tja. Zu der Firma zu recherchieren und seinen Namen nicht zu kennen, riecht sehr nach mangelnder Professionalität, er ist nämlich der Geschäftsführer. Nur, warum hätte ich ausgerechnet seinetwegen die Baustelle unsicher machen sollen?

Ich strecke mich auf meinem Stuhl. Sehr erfolgreich war mein Ausflug nicht, ich habe nichts erfahren, was ich nicht auch dem Zeitungsartikel hätte entnehmen können.

Außer, dass die Atmosphäre auf der Baustelle ziemlich angespannt ist. Und man das Interesse der Öffentlichkeit so ungern sieht, dass Mitarbeiter sich zu Drohungen hinreißen lassen. Ich bin überzeugt davon, dass Zose mir Angst einjagen wollte.

Als ob das nötig wäre.

Früher hätte ich aus einer Aktion wie der heutigen mindestens das Doppelte herausgeholt. Ich hätte versucht, mit dem Anzugträger zu sprechen, ich hätte den Arbeitern gegen Information Geld zugesteckt, ich wäre so lange dortgeblieben, bis wirklich jemand die Polizei gerufen hätte. Was egal gewesen wäre, weil ich die letzten zwei Jahre ja in ihrem Auftrag unterwegs war.

Heute will ich bloß kein Aufsehen erregen. Dass die Polizei mich nicht schützen kann, wenn es hart auf hart kommt, habe ich auf die schmerzhafteste Art gelernt, die man sich vorstellen kann, und diese Erfahrung macht mich feige. Entsprechend dürftig sind meine Ergebnisse.

Ein Monat, denke ich, ist schnell vorbei, und zum ersten Mal ist der Gedanke nicht nur tröstlich. Ich werde mich erbärmlich fühlen, wenn ich nach dieser Zeit nichts vorzuweisen habe außer ein paar nichtssagenden Fotos, oberflächlichen Plaudereien mit Tamara und Kucheneinladungen von Frau Breiner.

Als aus der Nebenwohnung wieder Musik schallt, fahre ich das Notebook hinunter und beschließe, diesmal meinerseits einen Besuch bei Tamara zu machen. Dann kann ich Robert zumindest erzählen, wie sie wohnt.

Teuer, ist mein erster Eindruck, und farblos. In der Wohnung ist Tamara so perfekt getarnt wie ein weißer Hirsch im Schnee. Gelegentlich gibt es Spuren von Beige, Hellblau und Gold, aber keinen einzigen wirklichen Farbklecks. Ich wage es kaum, mich auf die Couch zu setzen.

»Dein Cousin war letztens hier«, sage ich. »Johannes. Er wollte mit dir über die Gala sprechen.«

Sie verdreht die Augen. »Ja, er hat auch sieben Mal angerufen. Aber die sollen sich ihren Kram selbst organisieren.«

»Du magst ihn nicht?«

Sie setzt zu einer schnellen Antwort an, bremst sich aber noch vor dem ersten Wort. »Er ist Onkel Holgers Sohn«, sagt sie dann, als würde das irgendetwas erklären. Bevor ich nachfragen kann, springt sie auf, verschwindet in der Küche und kommt mit zwei Gläsern Aperol spritz zurück, deren Orange in der weißen Wohnung fast obszön bunt wirkt.

»Du hast es toll hier«, sage ich.

Sie zuckt mit den Schultern. »Ich mag es schlicht. Aber wahrscheinlich wohne ich nicht mehr lange hier. München geht mir auf die Nerven, ich will in den Süden. Ibiza vielleicht. Oder Koh Samui. Oder Bali.«

»Aha.« Ich nippe an meinem Glas. »Und was würdest du dort tun? Nur in der Sonne sitzen?«

Sie wirft mir einen Blick zu, dem ich entnehme, dass sie das nicht zum ersten Mal gefragt wird. Dass wohl die meisten vermuten, die reiche Baumeistertochter hätte keine Ziele im Leben außer, es zu genießen und dabei gut auszusehen.

»Ich würde Tanzseminare geben«, sagt sie. »Oder Yoga und Meditation, die Ausbildung habe ich auch.«

Yoga auf Bali. Ich fühle etwas wie Neid in mir hochkriechen. »Würde deine Familie dir das finanzieren?«

Sie funkelt mich an. »Ich bin schon groß, weißt du? Aber davon abgesehen: Einige von ihnen wären froh, wenn ich den

Kontinent wechseln würde.« Sie trinkt einen großen Schluck von ihrem Aperol und verzieht das Gesicht, als fände sie ihn zu bitter. »Du wirst es ja sehen, am Samstag. Weißt du was? Je länger ich darüber nachdenke, desto besser kann ich mir vorstellen, dass die Schmiererei vor unserer Tür von einem aus meiner Sippe stammt.«

Ich gehe eine halbe Stunde später, als Tamara damit droht, auf Tequila umzusteigen. Ich habe Angst, dass ich nach zwei oder drei Gläsern wieder in Stimmung für die Barrett wäre und diesmal vielleicht Lust bekommen könnte, ein paar Tauben von den Dächern zu holen.

Yoga und Tequila. Meditation, Tanztherapie und gleichzeitig ein geradezu tastbarer Hass auf die eigene Verwandtschaft. Wie passt das zusammen?

Wann treffen wir uns?, schreibe ich an Robert. *Diese Charity-Gala ist in drei Tagen, ich will vorher mit dir reden.*

Zwei Stunden lang keine Reaktion, dann bloß ein einziges Wort. *Telefonieren?*

Der Vorschlag ist mir zuwider, und Robert weiß das. Es gibt einen Grund dafür, dass wir uns nur schreiben und nie Namen erwähnen. Stimmen sind verräterisch, wenn sie an die falschen Ohren gelangen, und Telefone sind nicht sicher. Jedes Mal, wenn wir uns treffen, bestehe ich darauf, dass Robert sein Smartphone im Auto lässt. Es gibt zu viele Tricks, mit denen man diese Geräte zu Abhörinstrumenten machen kann. Möglicherweise bin ich ja paranoid, aber ich habe allen Grund dazu.

Du weißt genau, dass Telefonieren keine Option ist, tippe ich zurück.

Okay, antwortet er. *Dann musst du wohl nach Frankfurt kommen.*

Ich lese es und weigere mich, es zu glauben. Für diesen ungeheuerlichen Vorschlag kann es meiner Ansicht nach nur drei

Gründe geben. Entweder, Robert glaubt wirklich, dass niemand mehr nach mir Ausschau hält, und findet das Risiko vertretbar. Dann ist er ein Idiot. Oder er macht Witzchen, dann ist er ein noch größerer Idiot.

Oder es ist gar nicht Robert, der mir diese Nachricht geschrieben hat, sondern jemand, der an sein Handy gelangt ist. Und der mich nach Frankfurt locken möchte.

Dass diese Variante mir am wahrscheinlichsten vorkommt, zeigt, wie es um mich bestellt ist, tief innen. Ich sehe Verschwörungen in jeder Ecke, meine Welt ist voller Fallen und potenzieller Feinde.

Ich vergrabe mein Handy unter drei Sofapolstern und lege mich ins Bett, obwohl es erst früher Abend ist. Tatsächlich schlafe ich ein, bin aber kurz nach Mitternacht wieder wach und setze mich vor den Computer. Sehe mir die Fotos an, die ich auf der Baustelle geschossen habe.

Auf einem davon sticht mir plötzlich ein Detail ins Auge, das mir bislang nicht aufgefallen ist. Ich vergrößere die Stelle. Zwei kreisrunde Scheiben, eine davon reflektiert Licht. Darunter ein Mund, von Schatten umrahmt. Möglicherweise Bart.

Der Kopf eines Mannes, der sich ein Fernglas vor die Augen hält, im zweiten Stockwerk des Rohbaus. Sehr gut möglich, dass es derselbe Mann ist, den ich kurz darauf am Sicherheitszaun abgelichtet habe.

Nicht schwer zu erraten, wen er beobachtet hat. Die blonde Brillenträgerin mit ihrem Fotoapparat.

9

»Ich finde, es sieht besser aus, wenn du die Haare offen lässt.« Eine Stunde bevor wir aufbrechen sollen, hat Tamara schon an der Tür geklingelt, fix und fertig angezogen in einem engen, knöchellangen Kleid. Eierschalfarben mit silbrigen Einsprengseln. Aber sie hat sich die Lippen knallrot geschminkt und trägt Ohrringe mit Steinen der gleichen Farbe. Rubine, vermute ich.

Ein bisschen fühlt es sich an, als wäre ich wieder sechzehn und ginge mit einer Freundin zum Schulball. Tamara wieselt um mich herum und *stylt* mich, wie sie es ausdrückt. Ich lasse sie gewähren, halb amüsiert, halb resigniert. Nur, als es Zeit wird, mein Kleid anzuziehen, schiebe ich sie aus dem Schlafzimmer. Meine Narben gehen sie nichts an.

Ein paar Minuten später stehen wir zu zweit vor dem großen Spiegel in der Diele und sehen aus wie Schneeweißchen und Rosenrot. Mein Kleid hat die Farbe von altem Bordeaux, und Tamara hat mein neuerdings dunkles Haar minutenlang gebürstet, jetzt glänzt es im Licht der Halogenbeleuchtung. Sie betrachtet mich zufrieden; ein bisschen, als wäre ich ein Pferd, mit dem sie gleich ein Turnier bestreiten will. »Super siehst du aus«, sagt sie. »Komm, nimm deine Jacke. Das Taxi ist in zwei Minuten da.«

Die Gala findet im Hotel Vier Jahreszeiten statt, und es gibt tatsächlich einen roten Teppich, wie ich mit Entsetzen feststelle. Davor tummeln sich zwar nicht gerade Heerscharen von Fotografen, aber trotzdem viel zu viele für meinen Geschmack.

Ich sehe mich nach rechts und links um. »Ich gehe durch den

Seiteneingang«, verkünde ich und sehe sofort die Enttäuschung in Tamaras Gesicht. »Was? Aber – warum?«

»Ich will in keiner Klatschspalte auftauchen, auch nicht im Hintergrund. Ich habe dir doch von meinem Ex erzählt, nicht wahr? Bisher weiß er wohl nicht, dass ich in München bin, und das soll auch so bleiben.«

Sie seufzt, nickt dann aber verständnisvoll. »Okay, kein Thema. Geh einfach nach links, da ist ein zweiter Eingang.« Sie drückt mir meine Einladung in die Hand. »Damit kommst du rein, wir treffen uns in der Lobby, gut?« Mit einem letzten Blick, der mich von oben bis unten mustert, winkt sie mich fort. »Jammerschade ist es allemal. Du bist ein klasse Motiv.«

Ich tue, als würde ich etwas in meinem Handtäschchen suchen, und gehe mit halb gesenktem Kopf an den herbeiströmenden Menschen vorbei. Ein Mann in Livree hält mir nach einem Blick auf die Einladung die Seitentür auf und wünscht mir einen schönen Abend. Vielen Dank auch, ich wollte, er wäre schon vorbei.

Im Foyer warte ich. Ein paar Schritte von mir entfernt steht ein Schauspieler, dessen Name mir nicht einfällt. Er hat den Arm um eine dünne, groß gewachsene Blondine gelegt und spricht in das Mikrofon, das ihm eine Journalistin entgegenhält. Die Kamera klebt förmlich auf ihm, und ich husche dahinter vorbei.

Es gibt hier nicht sehr viele Möglichkeiten, sich zu verstecken. Die Deckenbeleuchtung des Foyers gleicht einer Sonne aus Buntglas – innen weiß, nach außen hin immer dunkler orange werdend –, die wenigen Ledersessel sind besetzt.

Von Tamara ist noch keine Spur zu sehen, wahrscheinlich muss sie draußen erst Dutzende Hände schütteln und Küsschen in die Luft hauchen. Vom Posieren für Fotografen ganz zu schweigen. Dafür entdeckt mich jemand anders, noch bevor ich mich abwenden kann. Johannes, der Cousin, heute nicht in

Lederjacke, sondern im Smoking. Er entschuldigt sich bei der Frau, mit der er gerade spricht, und kommt auf mich zu.

»Caro! Jetzt sag bloß, du bist Tamaras geheimnisvolle Begleitung!«

Ich zwinge mich zu einem Lächeln. Ja, voller beschissener Geheimnisse, doch so hat er es sicher nicht gemeint. »Ich bin mit Tamara hier, das stimmt.«

Er küsst mich links und rechts, fast ohne mich dabei zu berühren. »Das ist das erste Mal, dass sie keinen Kerl mitbringt. Sehr schöne Abwechslung, finde ich.«

»Ziemlich viele Leute hier«, stelle ich fest, einfach nur, damit das Gespräch nicht schon wieder endet. Dass ich Johannes ganz nett finde, ist nur ein Teil meines Motivs dabei; wichtiger ist, dass er mich durch seine Größe und seine breiten Schultern vor den Blicken der anderen abschirmt. Und vor den Linsen der Fotografen.

Er nickt. »Tja, der Abend hat Tradition und ist eine blendende Gelegenheit zu zeigen, dass man nicht nur ein gut zurechtoperierter Promi, sondern auch durchtränkt von sozialem Bewusstsein ist.« Er deutet auf zwei junge Frauen in hautengen Kleidern, die sich gerade bemühen, ihre Köpfe plus ihre erstaunlichen Oberweiten auf ein einziges Selfie zu bekommen. »Dafür lassen sie aber auch ordentlich Geld liegen, und darum geht es letztlich.«

Ein Fotograf und eine rothaarige Frau mit Mikrofon schlendern suchend durchs Foyer, ich drücke mich tiefer in meine Ecke, bis sie vorbeigezogen sind. Dafür steuert jemand anders auf uns zu, so gezielt, dass keine Chance auf Entkommen besteht.

»Jo!« Er schüttelt Johannes die Hand, ein groß gewachsener, hagerer Mann Mitte dreißig. »Lange nicht gesehen.«

»Stimmt.« Johannes' Lächeln wirkt gezwungen. »Dein Vater ist auch da?«

»Klar.« Der Neuankömmling betrachtet mich neugierig. »Deine neue Freundin? Du stehst auch immer auf den gleichen Typ, nicht wahr? Sieht aus wie Alisha, nur mit ein bisschen weniger Klasse.«

Ich lache auf, Johannes schnappt nach Luft. »Besser, du gehst jetzt, Valentin. Ich fürchte, du hast wieder mal zu tief ins Glas geschaut. Noch ziemlich früh dafür, findest du nicht?«

Valentin, das muss Valentin Korbach sein. Der Begleiter, den Tamara nicht haben wollte, und ich ahne jetzt auch, warum.

»Das ist Carolin Springer«, sagt Johannes eisig. »Sie ist nicht meine Freundin, du musst sie also nicht beleidigen. Wenn du nicht völlig blind bist, siehst du selbst, wie attraktiv sie ist.«

Valentin Korbach steckt die Hände in die Taschen seiner Anzughose, wippt ein wenig auf den Fußballen und sieht mich an, als wäre ich ein Gegenstand auf einem Flohmarkttisch. Dann dreht er sich halb zur Seite, zieht eine Hand aus der Hosentasche und winkt. Sekunden später taucht eine atemberaubende Frau in einem hautengen, goldfarbenen Kleid auf. Sie ist mindestens einen Meter achtzig groß, mit Schuhen gut eins neunzig, das schwarze Haar reicht ihr bis zur Taille, um die Korbach jetzt den Arm legt. »Was wolltest du noch mal zum Thema Attraktivität sagen?«, feixt er und zieht mit seiner Begleiterin davon.

Johannes blickt zu Boden. »Tut mir wahnsinnig leid«, murmelt er.

»Warum?« Ich tätschle ihm den Oberarm. »So etwas verletzt mich nicht, ganz ehrlich. Auf das Spiel *Wer ist die Schönste im ganzen Land* hab ich schon lange keine Lust mehr.«

»Allein das macht dich schon besonders.« Er lächelt, schafft es aber trotzdem nicht, seinen Ärger zu verbergen. »Aber du weißt, dass das eben gegen mich ging und nicht gegen dich?«

»Sicher. Und es ist mir wirklich egal.«

Unser Gespräch stockt, denn wie eine Erscheinung ganz in

Weiß ist Tamara neben Johannes aufgetaucht. Sie würdigt ihn keines Blickes, sondern nimmt mich am Arm und zieht mich mit sich fort, noch bevor ich mich verabschieden kann. »Komm«, sagt sie. »Ich stelle dich jetzt meiner dysfunktionalen Familie vor.«

Der Erste, an dem sie diese Drohung wahr macht, ist ihr Bruder Markus, der mich mustert, als wäre ich ein schlechter Scherz. »Angenehm«, sagt er in einem Ton, der sich zwischen Ironie und Langeweile nicht entscheiden kann. »Carolin Springer – sind Sie mit den Verlags-Springers verwandt?«

Jetzt geht das wieder los. »Nein«, erkläre ich. »Wir sind gewissermaßen No-Name-Springers. Ich bin Tamaras Nachbarin.«

Nun lacht er auf. »Oh Gott, Sie Arme. Na dann, betrinken Sie sich schön heute Abend.«

Noch bevor Tamara etwas einwerfen kann, tritt ein Mann um die sechzig zwischen uns, etwas kleiner als Markus, der Kopf kahl bis auf einen grauen Haarkranz von Schläfe zu Schläfe.

»Entschuldigen Sie bitte meinen Sohn«, sagt er und wirft Markus einen wunden Blick zu. »Ich freue mich sehr, dass Sie unser Gast sind. Fühlen Sie sich willkommen an unserem Tisch, ja?«

Ich nicke schwach. Erich Lambert. Ich memoriere, was Robert mir auf unserer Fahrt nach München eingetrichtert hat. Führt die Firma, in der auch sein jüngerer Bruder Holger mitarbeitet, doch der scheint noch nicht hier zu sein. Als Nächstes werde ich Tamaras Mutter vorgestellt, einer zerbrechlich wirkenden Frau mit harten Augen. Sie begrüßt mich, ohne mich dabei wirklich wahrzunehmen, ihr Blick geht von Markus zu Tamara zu ihrem Mann und wieder zurück. Ich glaube, sie verstehen zu können. Sie weiß vermutlich besser als alle anderen, welch explosive Mischung ihre Familie abgibt, und sie überlegt, wie sie einen Eklat vermeiden kann.

Ich notiere das alles im Geist für Robert. Mit etwas Glück

wird der heutige Abend so aufschlussreich, dass ich ihn durch Herumsitzen in Tamaras Nachbarwohnung nicht mehr toppen kann. Vielleicht darf ich dann zurück nach Wien. In mein Hinterzimmer voller Blumen. Zu Beethoven.

Das Ehepaar Lambert wendet sich weiteren Gästen zu, und erst jetzt sehe ich, dass etwas mit Tamaras Vater nicht stimmt. Sein rechtes Bein wirkt deformiert, er trägt einen speziellen Schuh, hinkt aber trotzdem. An der linken Hand, die er halb hinter dem Rücken hält, fehlen der Ring- und der kleine Finger. Die Folgen eines Unfalls? Robert hat es in seinem Tutorial nicht erwähnt.

Wie angestrengt er aussieht. Als wäre er überall lieber als hier.

Holger Lambert taucht fünf Minuten später auf, und sein Auftreten unterscheidet sich in allem von dem seines Bruders. Er ist nicht nur größer, sondern auch lauter, verbindlicher. Er drückt meine Hand so fest, dass ich unwillkürlich die Zähne zusammenbeiße, und macht mir und zwei Frauen an einem Nebentisch Komplimente für Kleid und Frisur. Noch während er spricht, nimmt er einem vorbeiziehenden Kellner zwei Gläser Sekt vom Tablett und reicht mir eines davon. »Die Getränke auf der Gala sind der beste Teil des Abends. Cheers!«

Ich nicke, stoße mit ihm an. »Cheers.«

Die Lachfalten um seine Augen machen ihn sofort sympathisch. »Schön, dass Sie mit Tamara befreundet sind. Sie wirken so angenehm normal. Tamara hat ein großes Geheimnis um ihre Begleitung für heute Abend gemacht. Nicht zum ersten Mal, aber bisher hat sie dann meistens versucht, uns zu schockieren. Sie glauben gar nicht, wie erleichtert wir alle sind.«

Alle bis auf Markus, wie mir scheint. Kaum ist sein Onkel fort, stellt er sich wieder zu mir. »Na, neue Nachbarin? Was tun Sie so in Ihrem Leben?«

»Ich nehme mir gerade eine Auszeit. Neuorientierung.«

»Ah. Und in welcher Branche haben Sie vorher gearbeitet? Irgendwas Medizinisches?«

Wie kommt er denn darauf? »Nein, IT. Ich habe lange Zeit auch Grafik gemacht. Sehe ich aus, als wäre ich Ärztin?«

Er verzieht den Mund. »Das nicht. Aber Krankenschwester hätte ich Ihnen zugetraut. Tamara ist immer wieder mal auf der Suche nach Krankenschwestern, denen sie vertrauen kann.«

Das Gespräch wird zunehmend merkwürdig; mein Blick sucht Tamara, die sich ein Stück entfernt hat und den Eingang zum Saal im Auge behält. Als warte sie auf jemanden.

Markus tritt zur Seite, als sein Onkel zurückkehrt. »Sie trinken ja gar nicht«, beschwert Holger sich zwinkernd.

»Äh, doch.« Ich nippe pro forma an meinem Glas. »Aber der Abend könnte noch lang werden, nicht wahr?«

»Da haben Sie recht.« Er drückt mich kurz an sich. »Kluges Mädchen.«

Normalerweise würde ich auf so viel Vertraulichkeit bei einem quasi Fremden gereizt reagieren, aber diesmal kann sie mir nur nützlich sein. Ich lächle Holger zu und ergreife die Gelegenheit zur Flucht, als eine ältere Frau, die von ihrem Schmuck fast zu Boden gezogen wird, ihn begrüßen möchte.

Die Gala findet im Maximiliansaal statt, vorne sind ein Rednerpult und eine Leinwand aufgebaut, das lässt auf einen zähen Beginn schließen.

Ich schlendere zwischen den Tischen entlang, auf denen handgemalte Platzkärtchen auf bronzefarben schimmernden Tellern stehen, und bemerke zu meiner eigenen Belustigung, dass ich vor allem die Blumenarrangements begutachte. Weiße Orchideen. Wenn Tamara eine Blume wäre, sähe sie genau so aus.

An einem der Tische, ziemlich weit vorne, bleibe ich mit einem Ruck stehen. *Herbert Vossen*, steht auf einer der Platzkarten, daneben: *Rita Vossen* und *Georg Vossen*.

Es ist also die gesamte Konkurrenz geladen, das sollte mich nicht überraschen. Fehden werden schließlich auf anderen Ebenen ausgetragen, hier geht es, zumindest offiziell, um eine gute Sache.

Aber es ist erst ein paar Tage her, dass ich auf dem Baugelände des Hotels war – und jemand mit einem Feldstecher sich sehr für den Besuch von Saskia Kraffczyk interessiert hat.

Ich sehe mir die Tischkarten genauer an, zumindest an den Tischen, die noch nicht besetzt sind, und finde prompt auch die Kärtchen der Korbachs. Mit dem Juniorchef hatte ich gerade die Ehre. Es war ihr Bau, auf dem die Journalistin eingemauert wurde, aber Valentin Korbach wirkt nicht so, als ginge ihn das etwas an.

Mit gesenktem Blick gehe ich auf die Tische direkt an der kleinen Tribüne zu, denn natürlich werden die Lamberts in Pole Position sitzen.

Ich habe recht. Erich Lambert, Doris, Markus, Tamara, Elsa – und eine Karte, auf der N. N. steht. Das bin ich, keine Frage. Ich sitze zwischen Tamara und Markus, gewissermaßen als Puffer, das wird sicher ein Spaß.

Noch während ich da stehe, kommt ein Kellner heran, greift nach dem N.-N.-Kärtchen und stellt ein neues hin. *Carolin Springer.* Ich wende mich ab.

Der Saal füllt sich jetzt rasch, und ich schwimme gegen den Strom, um Tamara wiederzufinden. Sie steht immer noch am Eingang, begrüßt hin und wieder Gäste, hält aber sichtlich nach jemandem Ausschau. Kaum habe ich sie erreicht, entdeckt sie offenbar das Ziel ihrer Suche. Sie packt mich am Arm. »Komm, Caro! Ich möchte dir meine Großmutter vorstellen!«

Elsa Lambert ist eine winzige Frau in einem Rollstuhl, der von einer rundlichen Pflegerin geschoben wird. Tamara nickt der Frau freundlich zu, nimmt ihr sofort die Griffe des Stuhls aus den Händen und schiebt ihre Großmutter in eine der ruhigeren Ecken des Raums. Dann fällt sie ihr um den Hals, drückt sie an sich und küsst sie auf die Wange. »Oma«, sagt sie, »ich habe heute eine neue Freundin mitgebracht, Carolin Springer. Sie wohnt neben mir, wir verstehen uns sehr gut.«

Die alte Dame streichelt zart über den Unterarm ihrer Enkelin. Ihr Gesicht ist ein faltenreiches Strahlen. »Ist sie hier?«

»Ja, sie steht gleich neben mir. Caro?« Tamara schiebt mich in Position, ich greife nach Elsa Lamberts Hand. »Freut mich sehr!«

Die alte Dame hat einen erstaunlich festen Griff, sie zieht mich noch ein Stück tiefer zu sich. Ihre Augen sind weiße Scheiben und wirken trotzdem aufmerksam. »Ich freue mich, Sie kennenzulernen«, sagt sie munter. »Und ich vermute, Sie sind sehr schön geschminkt heute – aber darf ich mir trotzdem Ihr Gesicht ansehen?« Sie hebt die linke Hand.

»Natürlich«, sage ich und hoffe, man hört mir meine Verunsicherung nicht an.

»Ich habe den ganzen Malkasten dabei, ich kann Caro jederzeit auffrischen«, verkündet Tamara fröhlich.

Ich beuge mich noch ein Stück näher, und während Elsa Lamberts Finger über meine Stirn, meine Nase, meine Backenknochen und mein Kinn tanzen, sehe ich, wie ihr älterer Sohn hinkend auf uns zukommt.

»Mama!«, ruft er. »Wir haben dich schon erwartet!«

Die alte Frau lässt sich nicht bei der Erkundung meiner Züge stören. »Hallo Erich«, sagt sie leise. »Du musst nicht so tun, als würdest du dich freuen.«

Während Erich Lambert mit heiserem Lachen erwidert, dass er sich natürlich freue, und wie, wird mir bewusst, dass ich mir bei seiner Mutter alle Saskia-Kraffczyk-Täuschungsmanöver sparen könnte. Sie würde mich wiedererkennen, tastend, unabhängig von Perücke, Make-up und Brille.

Als sie die Hände sinken lässt, richte ich mich auf. Sofort nimmt Tamara ihre Großmutter wieder in Beschlag. »Du sitzt neben mir an der Tafel, darauf habe ich bestanden. Es ist dir doch recht?«

»Natürlich, mein Engel.« Elsa Lambert lehnt sich in ihrem Rollstuhl zurück, und Tamara teilt damit die Menge im Saal wie einst Moses das Rote Meer.

Kurz darauf beginnt der offizielle Teil der Veranstaltung. Erich Lambert geht auf die Bühne, hinter ihm wird das Logo von *Clear Water* an die Wand projiziert. »Wir haben gute Neuigkeiten«, beginnt er. »Im letzten Jahr ist es uns gelungen, die Trinkwasserversorgung von rund neuntausend Menschen zu sichern.« Es folgen Bilder von Bohrungen, Pumpen, Menschen in Afrika, die strahlend Kanister in den Händen halten. Lambert spricht monoton, es ist anstrengend, ihm zu folgen.

Anstrengend ist auch meine Körperhaltung. Ich sitze so, dass ich den Kopf weit über die rechte Schulter drehen muss, um das Rednerpult sehen zu können. Nach einer Viertelstunde wird mir das zu viel, und ich wende mich um. Tamara hängt an den Lippen ihres Vaters; ihre Großmutter lächelt und nickt immer wieder.

Mein Blick gleitet über die höflich interessiert wirkende Menge im Raum und bleibt an einem Gesicht hängen, das ich kenne. Einem hageren Gesicht. Felix Zose, der Statiker, der Saskia Kraffczyk von der Baustelle vertrieben hat.

Er muss spüren, dass jemand ihn ansieht, unsere Blicke treffen sich kurz, dann wendet er sich wieder Lambert und seiner Rede zu.

Mir ist heiß geworden. Ich glaube nicht, dass Zose mich erkannt hat, aber wer weiß. Vermutlich hat er das Erkennen in meinem Gesicht gesehen, und wenn ich Pech habe, beginnt er nachzugrübeln.

Applaus reißt mich aus meinen Gedanken. Lambert humpelt zurück an unseren Tisch. Seine Frau rückt mit dem Stuhl ein Stück von ihm ab.

Als Nächstes kommt einer der für die Wasserprojekte verantwortlichen Ingenieure ans Pult; er spricht lebhafter, man merkt ihm die Begeisterung für seine Tätigkeit an.

»Du warst gut«, flüstert Elsa ihrem Sohn zu.

Der seufzt, als wüsste er es besser. »Danke, Mama.«

Den Abschluss macht Holger Lambert, der charismatische jüngere Bruder, der mit seiner Frau und Johannes am Nebentisch sitzt. Er bedankt sich bei allen Sponsoren des Projekts namentlich und schafft es dabei, die Aufzählung unterhaltsam und persönlich zu gestalten. Alle Anwesenden scheinen an seinen Lippen zu hängen, nur Tamara nicht. Sie fixiert die Tischdecke und beißt die Zähne zusammen, als der ganze Saal über einen Witz ihres Onkels lacht.

Danach ist es dankenswerterweise geschafft. Das Licht im Raum wird von schummerig auf hell gedreht, und die Vorspeisen werden hereingetragen.

Ich wünschte, ich könnte jetzt gehen. Felix Zose sitzt in meinem Blickfeld, und ab und zu sieht er her. Leider macht es nicht den Eindruck, als wolle Tamara bald aufbrechen. Nun, da der offizielle Teil vorbei ist, scheint sie den Abend zu genießen. Vor allem die Gegenwart ihrer Großmutter, der sie beim Essen hilft, während sie ihr amüsante Geschichten aus dem Therapiealltag erzählt.

Man stellt Schwertfischcarpaccio vor mir ab. Der Wein, der dazu ausgeschenkt wird, ist großartig, ich muss aufpassen, dass ich nicht mehr als ein Glas davon trinke.

Kurz nach dem Hauptgang kommt Herbert Vossen an unserem Tisch vorbei, dank des Fotos in der Zeitung erkenne ich ihn sofort. Tamaras Vater steht auf, um ihm die Hand zu schütteln. »Noch einmal danke für Ihre großzügige Spende«, sagt er.

Es wirkt beinahe schüchtern. »Ich wollte Ihnen auch noch sagen, wie leid mir tut, was mit Herrn Henig geschehen ist. Er war ein fähiger Mann, ich mochte ihn sehr.«

Henig! Da ist der Name wieder.

Vossen blickt zu Boden und nickt. »Ich kann es immer noch nicht begreifen. Es heißt ja oft, dass Depressionen und Burnout Außenstehenden verborgen bleiben, aber ich mache mir trotzdem Vorwürfe. Ich habe Manfred in den letzten Wochen stark eingespannt.« Er sieht in die Runde, sein Blick bleibt an mir hängen, ich sehe wohl viel zu interessiert aus. »Sie wissen ja, was bei uns los ist«, fährt er leiser fort.

»Sind Sie sicher«, fragt Lambert, »dass er selbst ...«

»Ja!« Vossen unterbricht ihn, als müsse er einem Angriff zuvorkommen.

»Es ist schlimm.« Wieder greift Erich Lambert nach seiner Hand und nimmt sie zwischen seine beiden. Die fünf- und die dreifingrige. »Wenn ich Ihnen helfen kann, wenn Sie jemanden brauchen, der für Sie einsteht, lassen Sie es mich wissen«, sagt er. »Konkurrenz hin oder her, ich weiß, dass Sie nie Ihre Mitarbeiter in Gefahr bringen würden.«

In Vossens Gesicht bildet sich die Andeutung eines Lächelns, von dem ich nicht sagen könnte, ob es dankbar oder ironisch ist. »Das weiß ich zu schätzen. Danke.«

Er geht, und Elsa Lambert, deren trübe Augen die ganze Zeit lang auf ihn gerichtet waren, beugt sich vor. »Wer war das?«

»Herbert Vossen«, antwortet ihr Sohn.

»Ach«, sagt sie. »Herbert.«

»Ja. Bei ihm häufen sich die Probleme, und jetzt hat sich auch noch sein Geschäftsführer umgebracht, auf einer von Vossens Baustellen in Frankfurt. Ist gesprungen. Nachts.«

Die alte Frau schüttelt stumm den Kopf. »Gesprungen«, flüstert sie. Frankfurt, denke ich.

Zum ersten Mal, seit das Dinner begonnen hat, meldet sich

Lamberts Frau zu Wort, Tamaras Mutter. »Ich möchte gerne nach Hause gehen.«

Es bleibt beim Wunsch. Markus erklärt seiner Mutter sanft, aber bestimmt, dass sie zumindest bis nach dem Dessert warten müsse. Bis die Musik beginne, dann werde er ihr ein Taxi rufen.

Sie gibt nach, es wirkt, als wäre sie schlicht zu müde, um Widerstand zu leisten, oder als würde es am Ende ja doch keinen Unterschied machen. Nicht immer bleiben Depressionen und Burn-out der Umwelt verborgen; Doris Lambert ist förmlich in sie eingehüllt wie in einen schwarzen Mantel. Keine geschäftlichen Gründe, vermute ich, sondern das Lebensgefühl einer Mutter, die ihr Kind verloren hat. Tamaras kleinen Bruder Arthur. Immerhin hat Markus – der große Bruder – jetzt den Arm um sie gelegt. »Es macht niemandem von uns Spaß«, murmelt er.

Mehr höre ich nicht, denn zwei Fotografen schlendern auf unseren Tisch zu und wollen Fotos von den Gastgebern machen. Tamara nickt, als ich ihr einen schnellen Blick zuwerfe und aufspringe. Eine halbe Minute später bin ich aus dem Saal und auf der Suche nach einer Toilette.

Ich lasse mir Zeit. Fahre mir mit einem Kamm durch die Haare, ziehe meine Lippen nach, tupfe mir ein wenig Puder auf die Nase. Neben mir malt eine stark geliftete Dame, die mir vage bekannt vorkommt, Kajal in ihr Unterlid. Die Ringe an ihren Fingern haben vermutlich den Gegenwert eines Maserati.

Eine Viertelstunde zögere ich es hinaus, dann mache ich mich unwillig auf den Rückweg. Es soll sich niemand fragen, wo ich so lange gesteckt habe, aber wenn es tatsächlich okay ist, nach dem Dessert zu gehen, werde ich das tun.

Vor dem Eingang zum Saal tritt mir ein Mann in den Weg, der ungefähr so alt sein muss wie ich. Gepflegter Vollbart, schmale Oberlippe, breite Schultern. Jemand, dem man auch im Anzug ansieht, dass er regelmäßig ein Fitnessstudio besucht. »Wir sind uns noch gar nicht vorgestellt worden«, sagt er. »Georg Vossen. Sie sind mit den Lamberts verwandt?«

»Nur befreundet.« Bei näherem Hinsehen ist die Ähnlichkeit mit seinem Vater unverkennbar. Ich ergreife zögernd die Hand, die er mir hinhält. »Carolin Springer.«

Dass er nicht fragt, aus welcher Springer-Dynastie, würde ihn mir fast sympathisch machen, wäre da nicht der forschende Blick, mit dem er mein Gesicht absucht. »Sie kennen die Lamberts schon lange?«

»Nein, ich bin erst kürzlich nach München gezogen«, antworte ich vage.

»Oh, Sie sind das! Tamara meinte, sie würde sich freuen, wenn ich Ihnen die schönsten Ecken in München zeigen würde.« Seine Zähne sind fast zu weiß, um echt zu sein. »Also, falls Sie das gerne möchten? DieStadt ist wunderbar. Hohe Lebensqualität. Interessieren Sie sich für Kultur?«

»Geht so.« Ich suche nach einem Grund, das Gespräch beenden zu können, aber von der Toilette komme ich dummerweise gerade. Dann muss ich ihm eben die Lust an dem Gespräch verderben. »Dass Ihr Geschäftsführer sich das Leben genommen hat, tut mir übrigens sehr leid. Das muss ein Schlag für die Firma sein.«

Mit diesem Themenwechsel hat er nicht gerechnet. Er öffnet den Mund, schließt ihn wieder. »Danke«, sagt er schließlich. »Ja, derzeit kommen die Schläge so dicht, dass kaum Zeit bleibt, sich zu erholen. Die Berufsgenossenschaft macht bald ein eigenes Büro bei uns auf. Und teilt es sich mit der Polizei.«

Ich nicke verständnisvoll. »Dann hätte ich wirklich ein schlechtes Gewissen, ausgerechnet Sie um eine Stadtführung zu bitten«, sage ich. »Aber vielen Dank.« Damit schlüpfe ich an ihm vorbei, will zurück in den Saal ... doch knapp davor hält mich etwas an der Stelle, als wäre ich vor eine unsichtbare Wand gelaufen.

In einer der schwächer beleuchteten Nischen des Foyers steht Tamara, aber sie ist nicht allein. Markus ist bei ihr, und von der Abneigung der beiden zueinander ist nichts mehr zu sehen, im Gegenteil. Tamara hat die Augen geschlossen, ihr Kopf liegt an der Brust ihres Bruders, sie hat seinen Kragen ein Stück geöffnet und streichelt seinen Hals, seinen Nacken. Er hat seine Hand in Höhe des Schlüsselbeins unter ihr Kleid geschoben. Sie halten und berühren sich, als wären sie nicht Geschwister, sondern als wären sie ein Paar.

10

Zehn Minuten nachdem Doris Lambert die Gala verlassen hat – nach dem Dessert und unter dem leidenden Seufzen ihres Mannes –, bereite ich ebenfalls meinen Rückzug vor. Tamara sitzt wieder am Tisch, ebenso wie Markus. Die beiden wechseln kein Wort und keinen Blick, sie behandeln einander wie Luft. Dafür überschüttet Tamara weiterhin ihre Großmutter mit Aufmerksamkeit, während Markus und sein Vater mit Gästen plaudern, sich für Spenden bedanken und viele Hände schütteln.

Ich krame in meiner Tasche und warte auf einen günstigen Moment, mich zu verabschieden, als neben mir ein hochgewachsener Schatten auftaucht. »Na, wie war dein Abend?«

Johannes. Er hat einen Drink in der Hand, der wie Whiskey aussieht, und lächelt auf mich herunter.

»Interessant und unterhaltsam.« Tamara sitzt immer noch neben mir, ich möchte sie nicht vor den Kopf stoßen. »Und deiner?«

»Na ja, ich musste mich mit Georg Vossen und Valentin Korbach unterhalten und dabei keinem von beiden gegen's Schienbein treten.« Er leert sein Glas auf einen Zug. »War anstrengend.«

Der unhöfliche Korbach. Mein Blick sucht den Tisch der Familie, doch da sitzen nur noch zwei Frauen, in ein angeregtes Gespräch vertieft. Wahrscheinlich über eingemauerte Journalistinnen.

»Aber du bist ein Lichtblick«, fährt Johannes fort. »So wie die Band im nächsten Saal. Wir könnten tanzen, willst du?«

Beinahe hätte ich aufgelacht. Tanzen. Ich. »Sorry, ich fürchte, da musst du dir ein anderes Opfer suchen.«

»Hab ich mir schon gedacht.« Johannes betrachtet sein leeres Glas.

Ich frage mich, wie betrunken er ist. Ob er sich morgen noch erinnern könnte, wenn ich ihn heute nach der Beziehung zwischen Tamara und Markus fragte?

Nein. Nicht an diesem Abend; ich bin nicht mehr schnell genug im Kopf, um Fehler zu vermeiden.

Dann geht Felix Zose an unserem Tisch vorbei, nickt mir zu, und das gibt den Ausschlag. »Ich glaube, ich fahre nach Hause.«

Johannes sieht enttäuscht aus. »Wirklich? Es ist erst kurz nach elf.«

»Ich weiß. Aber ich habe schon den ganzen Tag lang Kopfschmerzen.«

Ich verabschiede mich von Tamara, die das gelassen hinnimmt, als hätte sie nichts anderes erwartet. »Wir sehen uns morgen, ja? Kaffee am Nachmittag, bei dir, gute Idee?«

Kein Wort davon, dass wir gemeinsam nach Hause fahren wollten. Ist mir im Moment auch lieber so.

Elsa Lambert umfasst meine Hände und mein Gesicht, bevor ich gehe; sie drückt mich dabei in eine Position, die mich mit dem Oberschenkel gegen Tamaras Handtasche stoßen lässt. Es klirrt leise, lässt Tamara heimlich Geschirr mitgehen?

Erich drückt mir die Hand, Markus hebt sie bloß lässig in meine Richtung. Ungefähr.

Ich schlage einen ziemlichen Zickzackkurs ein, um auf dem Weg aus dem Saal möglichst viel Abstand zu Georg Vossen zu halten, dafür muss ich direkt am Tisch der Korbachs vorbei. Die beiden Frauen, die zuvor dort gesessen haben, sind verschwunden, dafür sitzt jetzt ein älterer, blasser Mann mit wässrigen Augen da und betrachtet die schmelzenden Eiswürfel in seinem Drink.

Ich springe in das erste der wartenden Taxis. Will schon die

Agnesstraße als Ziel nennen, entscheide mich dann aber dagegen. »*Les Fleurs du Mal*«, sage ich, und der Fahrer hebt den Daumen.

Die *Blumen des Bösen* lassen mich nicht im Stich. Der Barmann versteht sich auf seinen Job, er mixt mir einen Drink, der *Salut Marin* heißt und in dem auf betörende Weise Gin mit Absinth kombiniert wird. Was so alles möglich ist, denke ich, proste dir in Gedanken zu und warte auf die Wirkung des Gebräus.

Vor meinem inneren Auge hält Markus seine Schwester im Arm, und sie streichelt zärtlich seinen Nacken. Als würden sie einander trösten. Oder als würden sie sich küssen wollen, was natürlich undenkbar ist vor allen Leuten. Schon diese eng umschlungene Haltung war … merkwürdig.

Ob es außer mir noch jemand gesehen hat?

Der zweite Salut Marin macht meinen Kopf so leicht, dass ich gedanklich dünnes Eis betrete. Frankfurt. Dort hat sich der Geschäftsführer der Vossens von einem der Bauprojekte in die Tiefe gestürzt. Nachts. Das Letzte, was er gesehen haben muss, waren wohl die Lichter dieser Stadt, die bei Dunkelheit so viel schöner ist als am Tag.

Frankfurt. Dort hat sich dein Blut mit meinem gemischt, wie jetzt Gin und Absinth in dem Glas, das vor mir steht. Du warst Gin – klar und stark; ich war Absinth – trüb, undurchsichtig, aber stärker, am Ende. Denn ich habe überlebt und du nicht.

Die Gin-und-Absinth-Metapher fällt mir sofort wieder ein, als ich am nächsten Morgen mit schmerzendem Kopf erwache. Gestern fand ich sie tief und wahr, heute lässt sie mich nur schmerzlich auflachen, was die Kopfschmerzen verstärkt.

Dumm von mir, die Idee mit der Bar, ich werde nie wissen, ob sie mich nicht die eine oder andere wichtige Erinnerung an den Galaabend gekostet hat.

Nicht die an Tamara und Markus jedenfalls. Auch nicht die an Georg Vossen, der mir auf Tamaras Wunsch München zeigen möchte. Will sie mich verkuppeln?

Ich schleppe mich ächzend ins Badezimmer, wo das rote Kleid in einem Knäuel auf dem Boden vor dem Waschbecken liegt. Nachdem ich einen guten halben Liter kaltes Wasser getrunken und mir mindestens das Doppelte davon ins Gesicht gespritzt habe, fühle ich mich besser.

Mit Stift und Papier bewaffnet, setze ich mich an den Küchentisch, während die Espressomaschine zum Leben erwacht. Immerhin habe ich gestern ein paar Dinge beobachtet, die Robert vielleicht interessieren.

- Tamaras Mutter hasst Tamaras Vater.

- Markus Lambert mag mich nicht. Seine Schwester dafür mehr, als gut für beide ist.

- Johannes Lambert trinkt viel, zumindest, wenn er mit Vossens und Korbachs zu tun hat.

- Valentin Korbach ist ein unsympathisches Arschloch.

- Tamara vergöttert ihre Großmutter und umgekehrt.

- Vielleicht ist der Vossen-Geschäftsführer an den Unfällen schuld und hat sich deshalb umgebracht.

- Erich Lambert wirkt schüchtern und schwach; erstaunlich, dass er eine so große Firma führen kann.

- Etwas muss mit seiner Hand und seinem Bein passiert sein.

- Holger Lambert wirkt gegen ihn wie der geborene Firmenchef – wieso ist er es nicht?

Mehr fällt mir aufs Erste nicht ein, ich stehe wieder auf und drücke auf die Taste für den doppelten Espresso. Wobei mir noch etwas einfällt, was gestern passiert ist: Tamara Lambert hat sich für den Nachmittag zum Kaffee angesagt.

Als sie an der Tür läutet, sind meine Kopfschmerzen längst verschwunden, ich tue aber so, als würde ich immer noch am Restkater laborieren. Eine gute Ausrede für den Fall, dass ich mich nicht ganz so unbeschwert verhalten sollte wie bisher.

»Fandest du es erträglich gestern?« Sie streift ihre weißen Sneakers an der Tür ab und geht an mir vorbei ins Wohnzimmer. »Tut mir leid, dass ich so wenig Zeit für dich hatte, aber ich sehe meine Großmutter viel zu selten.«

»Macht ja nichts.« Ich stelle die Tassen auf den Couchtisch. »Sie ist eine sehr interessante Frau. Hat eine tolle Ausstrahlung.«

»Oh ja.« Tamaras Blick ist düster. »Sie und Großvater haben Lambert-Bau zu dem gemacht, was es ist. Wäre sie nicht so eine geschickte Geschäftsfrau gewesen, die Firma wäre heute bloß eine von vielen. Oder längst bankrott.«

Es klingt vorwurfsvoll. »Und dabei hat sie auch noch zwei Söhne großgezogen«, gieße ich Öl ins Feuer. »Tolle Frau.«

»Zwei Söhne«, grollt Tamara, »die sich um keinen Preis mehr in irgendwas reinreden lassen wollen. Die Oma bewusst von der Familie fernhalten, so lange, bis sie ihnen ihre Anteile überschreibt.«

Oh, die Information ist neu. »Ernsthaft? So haben sie auf mich gar nicht gewirkt.«

»Ernsthaft.« Tamaras Finger trommeln auf die Sofalehne, ich glaube nicht, dass sie es bemerkt. »Sie haben drei Pflegerinnen engagiert, die aber eher Wächterinnen sind. Eine davon hast du gestern gesehen. Wenn ich zu Besuch komme, ist immer jemand im Zimmer, es gibt keine Chance, mit ihr zu reden, ohne dass der Clan erfährt, worüber wir gesprochen haben.«

Der Clan. Bei dem Begriff wird mir kalt, aber aus Gründen, die nicht hierhergehören. »Wie sieht es mit Telefonieren aus?«, frage ich, während ich uns Kekse hinstelle.

»Ja, klar.« Sie schneidet eine Grimasse. »Dann kriegen sie die Gespräche sogar mitgeschnitten. Speziell Onkel Holger ist so scharf darauf, sie entmündigen zu lassen, er greift nach jedem

Strohhalm. Er will Papas Platz in der Firma und wird ihn sich unter den Nagel reißen, sobald Oma tot ist. Außer, sie ändert ihr Testament – und vererbt ihre Anteile Markus oder mir.« Ihre Züge verhärten sich. »Alle zwei Wochen kommt eine Ärztin, die Oma untersucht, auch auf ihren geistigen Zustand. Sobald da etwas merkwürdig wird, steht er mit seinen Anwälten auf der Matte, jede Wette.«

Ich versuche, mich zu erinnern, ob von diesen Zuständen gestern etwas zu merken gewesen ist. Eigentlich nicht. Zumindest oberflächlich gesehen war es ein friedlicher Abend.

»Deine Mutter«, sage ich vorsichtig, »hat die ganze Zeit über kaum etwas gesagt. Wegen dieser Familiensituation? Oder ... leidet sie an Depressionen?«

Tamara lacht auf. »Nein, sie ist bloß die Genervte in der Familie, der Depressive ist mein Vater. Und ich bin die Wütende. Ich glaube, das ist eine ganz gute Zusammenfassung.«

Eine überraschende, vor allem. »Dein Vater ist depressiv?«

Sie zögert ein paar Sekunden, dann nickt sie. »Ja. Vier Selbstmordversuche bisher, der erste davon mit fünfzehn. Der vorletzte, als ich gerade mal zehn war, der letzte vor drei Jahren. Papa ist ein zartes Pflänzchen. Jedenfalls, wenn es um ihn selbst geht.«

Diese Information muss ich erst mal sickern lassen. Vier Suizidversuche, der erste schon als Teenager. Stammt daher das Hinken? Hat Erich Lambert versucht, in den Tod zu springen?

Mir kommt der Geschäftsführer der Vossens in den Sinn. Ich sollte mir heute wieder eine Zeitung kaufen. Oder googeln. Oder beides.

»Tut mir leid, wenn ich neugierig bin.« Ich halte Tamara den Keksteller hin, sie schüttelt den Kopf. Okay, dann ist das Zeug eben nur Deko.

»Ist in Ordnung, du kannst ruhig fragen«, sagt sie. »Immerhin habe ich dich ja mitgeschleppt, danke übrigens noch mal, dass du mitgekommen bist. Das hat Papa davon abgehalten, Valentin Korbach unter irgendeinem Vorwand an unseren Tisch zu locken. Er träumt von Fusion durch Ehe.« Sie presst die Lippen ein paar Sekunden lang so fest aufeinander, als müsse sie gegen Brechreiz ankämpfen. »Er meint es noch nicht mal böse. Und er hat keine Ahnung, wie abartig diese Idee ist.«

Den letzten Satz sagt sie mehr zu sich selbst, trotzdem frage ich mich, ob Tamara immer und jedem gegenüber so offen ist. Oder ob ich wirklich etwas an mir habe, das die Menschen zum Reden bringt. Robert behauptet das gerne. Hat seiner Ansicht nach mit meinem Gesicht zu tun.

»Apropos, was hältst du eigentlich von Georg?« Sie beugt sich vor, echte Neugierde im Blick. »Ihr müsst euch ja angeregt unterhalten haben.«

Ah ja, Georg, von dem sie gerne möchte, dass er mir die Stadt zeigt. »Angeregt ist übertrieben«, taste ich mich vor. »Er ist ein netter Kerl. Unterhaltsam. Wieso?«

»Weil er ziemlich an dir interessiert ist. Er hat mir einen Haufen Fragen gestellt, als du weg warst.« Sie pustet in ihren Kaffee, obwohl er nicht mehr heiß sein kann. »Ich habe ihm natürlich keine einzige davon beantwortet.«

»Aha.« Ich hoffe, ich bekomme in dieses eine Wort die richtige Mischung aus Überraschung und Desinteresse verpackt.

»Er ist ein ziemlich gefragter Kerl hier in München.« Ohne davon getrunken zu haben, stellt sie die Tasse wieder ab. »Nur so zur Info.«

Ich frage mich, worauf sie hinauswill. »Du rätst mir, mit ihm auszugehen?«

Sie zuckt lächelnd mit den Schultern. »Ich rate dir gar nichts. Aber wenn du mehr Anschluss in München haben willst, ist er eine gute Adresse.«

Anschluss ist mir egal, Einblick wäre mir lieber. »Habt ihr

denn ein gutes Verhältnis? Ich hatte den Eindruck, du magst ihn nicht besonders.«

Mit einem Mal wirkt sie ungeduldig. »Das liegt an dem ganzen Mist rund um die Firmen.« Sie sieht auf die Uhr. »Und daran, dass er der Sohn seines Vaters ist.« Sobald die Sprache auf Herbert Vossen kommt, wird Tamaras Gesicht steinern. »Aber unsere geschäftlichen Angelegenheiten betreffen dich ja nicht.«

Ich murmle etwas Unbestimmtes, meine Gedanken kreisen nicht um Georg, sondern viel intensiver um die Frage, ob und wie ich Tamara auf ihren Bruder ansprechen soll.

»Markus war ohne Begleitung da«, sage ich schließlich.

Ihre Augenbrauen wandern in Richtung Haaransatz. »Wie kommst du jetzt auf Markus?«

»Nur so. Ihn hast du vorhin bei deiner Familienanalyse gar nicht erwähnt.«

»Weil es nichts zu erwähnen gibt. Er wird den ganzen Kram einmal erben, und das ist okay so, solange er mich auszahlt. Seine Freundinnen nimmt er zu Familienereignissen nie mit. Warum auch. Bis wir uns den Namen gemerkt haben, ist die betreffende Frau längst nicht mehr aktuell.«

Der abfällige Ton in ihrer Stimme passt überhaupt nicht zu der Szene, die ich gestern beobachtet habe. Ich werde nicht schlau daraus. Ist Tamaras ablehnendes Verhalten Eifersucht? Oder Tarnung? Damit niemand auch nur im Entferntesten auf die Idee kommt, dass sie und ihr Bruder ...

Bloß würde das ohnehin niemand. Außer natürlich, die beiden tauschen bei einem öffentlichen Anlass Zärtlichkeiten aus, so wie gestern.

Vielleicht war zu viel Alkohol im Spiel. Aber auch die Erklärung fühlt sich falsch an.

»Du bist noch müde, hm?«, missinterpretiert Tamara mein Schweigen. »Dann gehe ich besser wieder. Mir sitzt der Abend auch in den Knochen.«

Nachdem sie fort ist, mache ich mich auf zum Supermarkt, frisches Brot kaufen, ein paar Becher Joghurt ... und Zeitungen, wie mir einfällt, als ich an der Kasse warte. Am besten die *FAZ*, dort wird man am ehesten über den Selbstmord von – wie hieß er noch mal? – Manfred Henig berichten. Und die *Süddeutsche*.

Auf dem Rückweg bemerke ich, dass ich eine Gewohnheit aus Wien wieder aufgenommen habe: nie die gleiche Strecke zurückgehen, die man gekommen ist. Ich schlage Haken durch Seitenstraßen, obwohl mir bewusst ist, dass ich dadurch einen Verfolger auch dann nicht abschütteln würde, wenn er auf Krücken ginge. Aber ihn eher bemerken, das würde ich.

An der Haustür kommt mir ein Mann mit asiatischem Aussehen entgegen – muss der japanische Mieter sein, dessen Namen ich vergessen habe. Er würdigt mich keines Blickes, sondern tippt auf seinem Handy, während er über Funk einen anthrazitfarbenen Mercedes entsperrt, der gegenüber parkt.

Jetzt fehlt nur noch das Ehepaar und dieser London-Reisende Martin Blach, dann sind mir alle Hausbewohner mal über den Weg gelaufen.

Ich setze mich mit einer Tasse Tee, ein paar Stücken Käse und den Zeitungen an den Küchentisch. Zwei Minuten später fühle ich kaltes Entsetzen meinen Nacken hochkriechen. Ich werde das Haus bis auf Weiteres nicht mehr verlassen.

In der *Süddeutschen* findet sich kein Wort über den toten Geschäftsführer, dafür aber ein doppelseitiger Bericht zur Galanacht. Ich war so vorsichtig, trotzdem glotzt mir von einem der Fotos mein eigenes Gesicht entgegen. Von ungewohnt dunklem Haar umgeben und weit im Hintergrund – der Vordergrund gehört einem Schauspieler und seiner Ehefrau –, aber trotzdem. Trotzdem ich.

Schlimmer ist der Bericht in der *FAZ*. Eine halbe Seite, zwei Fotos. Auf einem davon hat jemand Georg Vossen und mich im Gespräch abgelichtet und dabei genau den Moment erwischt, in dem ich Tamara und Markus in enger Umarmung entdeckt habe. Die beiden sind nicht auf dem Foto, dafür aber mein Profil, von dem man blankes Erstaunen ablesen kann. Vossen hat den Kopf halb zur Kamera gedreht, sein Weinglas hält er vor die Brust, und er lächelt.

In dem Artikel geht es hauptsächlich um den Selbstmord und nur am Rande um die Gala, was eine merkwürdige Mischung ergibt. Georg Vossen wird zitiert – er trauere um Manfred Henig, und seine Gedanken seien bei dessen Familie. Dass er sich trotzdem auf einer öffentlichen Veranstaltung zeige, liege nur daran, dass es hier um einen guten und wichtigen Zweck gehe.

Sein Vater kommt ebenfalls kurz zu Wort, so wie Erich Lambert und einer der Ingenieure, die das Wasserprojekt leiten. Das alles ist mir gleichgültig, mein Blick klebt an dem Foto. Ich und Vossen. In der *Frankfurter Allgemeinen*. Frankfurt.

Das Bild ist nicht groß, aber man wird es ohne Zweifel auch im Netz finden. Ich nehme einen Schluck Tee, die Tasse in meiner Hand zittert. Ruhig jetzt, ganz ruhig. Wie ähnlich sehe ich meinem alten Ich auf dem Foto? Wenn man nicht damit rechnet, mich darauf zu entdecken, erkennt man mich dann auf den ersten, den zweiten oder erst den fünften Blick?

Ich kann es nicht beurteilen. Für mich ist es so deutlich, als wäre mein Name quer über das Bild gedruckt; mein echter Name. Und ich kann sie vor mir sehen: Pavel, Boris, Vera. Vielleicht sogar Andrei selbst. Wie einer dem anderen die Zeitung reicht, wie sie nicken und feixen. Haben sie es doch gewusst.

In dieser Nacht schlafe ich keine Minute lang. Wenn einer von ihnen das Bild gesehen und mich tatsächlich erkannt hat, wird es schnell gehen. Es ist kein Geheimnis, dass die Gala in München war, also wird München ihr erstes Ziel sein und die Vossens ihr erster Anhaltspunkt. Sie werden jemanden finden, der ihnen erzählt, dass die dunkelhaarige Frau auf dem Foto die

Nachbarin der Lambert-Tochter ist. Warum auch nicht, ist ja nichts dabei. Tamaras Adresse herauszufinden, dauert dann keine zwei Minuten mehr, und eine Stunde später wird Boris vor meiner Tür stehen. Oder Pavel; Pascha, wie Andrei ihn genannt hat. Wahrscheinlich würde er ihn schicken, denn Pascha muss mein Überleben am persönlichsten nehmen.

Es ist halb vier Uhr nachts, als ich es im Bett nicht mehr aushalte. Die Vergangenheit ist wieder so greifbar, mit all ihren blutigen Bildern. Ohne das Licht anzumachen, hole ich den Koffer aus dem Schrank und baue mein Gewehr im Schein des Handydisplays zusammen. Sie wissen nicht, dass ich mir die Barrett besorgt habe, sie werden nicht damit rechnen, dass ich bewaffnet bin.

Ich stelle sie mit dem Bipod in die Diele und richte den Lauf auf die Tür. Sobald ich höre, dass jemand sich am Schloss zu schaffen macht, ballere ich das ganze Magazin leer. Vielleicht werfe ich vorher noch einen schnellen Blick durch den Spion. Vielleicht.

Doch die Nacht bleibt ruhig. Erst gegen sechs Uhr morgens höre ich einen von Frau Breiners Hunden kläffen, die Straße vor dem Haus erwacht zum Leben. Während es draußen heller wird, setze ich mich auf den Boden unter das Wohnzimmerfenster und vergleiche das Zeitungsfoto mit den Beerdigungsfotos. Dem Bild, das sie vor meinem Sarg aufgestellt hatten.

Es sind zwei verschiedene Frauen. Nicht nur, weil die eine lächelt und die andere aussieht, als hätte sie eben ein Kalb mit zwei Köpfen entdeckt. Nein, sie ähneln sich auch vom Typ her nicht sonderlich.

Das sollte mich beruhigen. Tut es aber nur bedingt. Wenn Vera die Zeitung zu Gesicht bekommen hat, bin ich trotzdem verloren. Sie hat einen ausgezeichneten Blick für Details; sie war die Einzige, die manchmal etwas an meinen Fälschungen auszusetzen hatte.

Aber vielleicht lesen sie alle keine Zeitung, ich habe nie einen von ihnen dabei gesehen. Heißt natürlich nichts. Es gibt jetzt da draußen einen hunderttausendfach gedruckten Beweis für mein Überleben, von Bildern im Internet ganz abgesehen.

Das ist eine Katastrophe. Robert hätte mich nie in diese Situation bringen, ich hätte nie auf diese idiotische Gala gehen dürfen.

Um halb acht überprüfe ich meine Vorräte. Es ist Brot im Haus, Toast, Butter, Käse. Wein ist ab sofort tabu, der dämpft meine Aufmerksamkeit und lässt mich zu tief schlafen. Wenn ich einigermaßen sparsam mit dem Vorhandenen umgehe, müsste ich vier Tage auskommen, ohne einkaufen zu gehen. Vielleicht sogar fünf.

Kaffee ist noch für gut drei Wochen da, und den werde ich brauchen. Jetzt gleich zum Beispiel, die durchwachte Nacht macht sich bemerkbar. Weniger durch akutes Schlafbedürfnis als durch wachsende Gleichgültigkeit. Sollen sie doch. Mich finden, mich fangen, mich erschießen.

Nur dass sie mich nicht erschießen würden, das ist das Problem.

Ich reibe mir übers Gesicht, um die Bilder zurückzudrängen, die an die Oberfläche wollen, und schalte die Maschine ein.

Kann ich, soll ich, darf ich aus dem Fenster schauen? Ich entscheide mich für Nein. Wenn jemand mir auflauert, würde ich ihn ohnehin nicht sehen, er mich dafür umso besser. Meine Ungewissheit wäre die gleiche wie zuvor, nur hätte ich noch einen Fehler mehr gemacht.

Der Kaffee ist stark und hilft mir beim Denken. Ich muss weg aus München, möglichst schnell. Ich lasse Carolin Springers Sachen einfach hier, meine eigenen sind sowieso großteils in Wien geblieben. Ich gehe also auf dem schnellsten Weg zum Bahnhof, kaufe mir dort ein Ticket und bin weg.

Es gibt nur ein paar kleine Schönheitsfehler bei dem Plan.

Wenn ich schon beobachtet werde und es trotzdem bis zum Zug schaffe, ist mein wahrer Rückzugsort ebenfalls dahin. Dann wissen sie, wo ich bin, und können in aller Ruhe den perfekten Moment abwarten, um zuzuschlagen. Zu einem Zeitpunkt, an dem ich mich verhältnismäßig sicher glaube.

Nein, zurück nach Wien geht es für mich nur im hinteren Teil eines Kastenwagens, in den niemand mich hat einsteigen sehen. Also genau so, wie ich auch nach München gekommen bin.

Im Moment – so schwer zu akzeptieren das ist – bin ich hier am sichersten. Also bleiben, ein Bündel aus Panik auf dem Dielenboden, das den Schritten vor seiner Tür lauscht. Jedes Mal mit seinem Leben abschließt, wenn sie innehalten. Die Toten von früher vor dem inneren Auge aufmarschieren lässt, verstümmelt, verkohlt, halb zersetzt.

Das halte ich keine zwei Stunden lang aus. Ich muss mir Möglichkeiten überlegen, hier wegzukommen. Ungesehen.

Ich verbringe den Tag auf dem Boden unterhalb des Fensters, abwechselnd sitzend und liegend. Ab und zu nicke ich ein, aber nie für lange. Wenn ich in die Küche oder auf die Toilette muss, krabble ich auf allen vieren durch die Wohnung, damit man von der Straße aus keine Bewegung hinter den Fenstern sieht.

Am Nachmittag klingelt es an meiner Tür, und mein Herz setzt einen Schlag aus, bevor es in doppeltem Tempo weiterhämmert. Ich krieche zur Tür. Erst ist da kein Laut, dann ein leises Geräusch. Winseln.

Erleichtert atme ich aus. Frau Breiner und ihre vierbeinigen Flokatis. Nochmaliges Klingeln. Ich stelle mir das Gesicht vor, das sie machen würde, wenn sie durch die Tür sehen könnte. Ein Snipergewehr, direkt auf sie gerichtet, und daneben, flach auf dem Boden, die neu zugezogene Carolin Springer mit wirrem Haar und roten Flecken im blassen Gesicht. Hätte ich nicht so viel Angst, müsste ich lachen.

»Sie ist nicht zu Hause«, erklärt Frau Breiner ihren Hunden, dann entfernen sich Schritte.

Ich bleibe liegen, wo ich bin. Weil es egal ist. Weil ich keinen Grund habe, aufzustehen. Irgendwann muss ich eingeschlafen sein, denn ich schrecke von Stimmen auf dem Gang hoch. Und Absatzgeklapper. »Du kaufst den Wein für heute Abend?«, erkundigt sich eine unangenehm hohe Frauenstimme.

»Ja. Wie besprochen.«

Das muss das Ehepaar sein. Tina und Lukas. Ich bin viel zu erschöpft und langsam, um mir durch den Spion anzusehen, wie sie gemeinsam die Treppe herunterkommen. Aber ich schaffe es immerhin, wieder in die Küche zu kriechen und mir Kaffee zu machen. Auf dem Wohnzimmerboden liegen noch die Fotos und Zeitungen.

Klug wäre vermutlich, auch das Internet zu checken. Nachzusehen, was sonst noch an Bildern von der Gala herumschwirrt, und wie oft ich darauf zu sehen bin. Ich traue mich nicht. Alle meine Vorsichtsmaßnahmen, die ganze Mühe der letzten zehn Monate – für nichts. Jetzt gibt es bildliche Beweise dafür, dass ich lebe. Für jeden zugänglich. Und es ist meine eigene Schuld, in Anbetracht der Allgegenwart von Presse und Handykameras war ein öffentlicher Auftritt einfach nur dumm. Kostet mich jetzt möglicherweise das Leben. Den letzten Rest innerer Ruhe auf jeden Fall.

Im Schneidersitz auf dem Küchenboden umklammere ich meine heiße Kaffeetasse. Die grauen Fliesen bringen die Erinnerung an einen anderen Boden zurück, rissiger und bei Weitem nicht so sauber.

Andrei hatte mich mit einer Plastikflasche Wasser zu dem jungen Mann geschickt, der in dem Kellerraum eingesperrt war. Ein aufgelassenes Fabrikgelände, die übliche Szenerie für die Exekutionen der Karpins.

Ich kannte den Namen des Jungen nicht. Eine seiner Hände

war mit Handschellen an ein Heizungsrohr in Bodennähe gefesselt, und er lächelte, als ich hereinkam.

»Wasser«, sagte ich und hätte fast zu heulen begonnen, als er sich bedankte, immer noch lächelnd, die Augen voller Angst.

»Was passiert?« Er deutete auf sich, mit der Hand, in der die Wasserflasche zitterte. Sein Deutsch war schlecht, sein Akzent rumänisch, glaube ich.

Ich zuckte nur mit den Achseln. »Weiß ich nicht«, presste ich heraus und floh. Es war eine Lüge, ich wusste es genau, ich wusste auch, dass Andrei mich wieder dabeihaben wollte. Es dem Jungen zu sagen, wäre grausam gewesen und hätte mir zudem einen Mut abverlangt, den ich nicht hatte.

Ich musste damals an die Agenten denken, die Giftkapseln bei sich führen, für den Fall, dass sie dem Feind in die Hände fallen. Zyankali, glaube ich. Man zerbeißt die Kapsel, das erfordert Überwindung und ein großes Maß an Gewissheit darüber, dass Hoffnung nur noch Selbsttäuschung ist. Der Tod ist von Krämpfen begleitet und nimmt sich ein wenig Zeit, aber er ist gnädiger als die Alternativen.

Hätte ich eine solche Kapsel gehabt, ich hätte sie dem Jungen gegeben. So konnte ich nur meine Lippen blutig beißen und zusehen, wie alles nach Andreis Vorstellung ablief.

Jetzt, auf dem Küchenboden, frage ich mich, wie ich auf schnellem Weg an Zyankalikapseln kommen könnte.

11

Es ist kurz vor zwei in der darauffolgenden Nacht, als es an meiner Tür läutet. Zweimal kurz hintereinander.

Ich liege verkrümmt auf dem Wohnzimmerboden und muss eingeschlafen sein, denn im ersten Moment weiß ich nicht, ob das Geräusch echt oder Teil eines Traums war. Dann leises Klopfen. Meine Kehle wird eng. Sie sind da.

Ich stehe auf und schleiche in die Diele, die Barrett zielt nach wie vor auf die Tür, und ich bringe mich in Position. Ich werde warten, bis sie das Schloss aufgebrochen haben, und erst schießen, wenn das Schussfeld frei ist. Dann über die Leiche – oder die Leichen – springen und rennen. Ich greife nach meinen Schuhen und ziehe sie an. Wahrscheinlich wartet draußen ein Wagen, aber wenn ich sofort nach links abbiege ...

»A- Carolin? Carolin!«

Neuerlich zartes Klopfen. »Mach auf, ich will nicht das ganze Haus wecken. Und wenn ich einfach reinkomme, trifft dich wahrscheinlich der Schlag.«

Robert, das ist Roberts Stimme. Ich vergewissere mich mit einem Blick durch den Spion, dann knie ich mich hin und baue mit fliegenden Fingern mein Gewehr auseinander. Verstaue es im Koffer und den Koffer im Schrank, während Robert weiter ans Türblatt klopft. Wenn ich mich nicht beeile, wird er mit seinem Schlüsselsatz einfach aufschließen.

»Seit wann hast du so einen tiefen Schlaf?«, fragt er, als ich ihm endlich öffne. Ohne meine Antwort abzuwarten, geht er ins Wohnzimmer und lässt sich auf die Couch fallen. In der Hand hält er tatsächlich die Schlüssel zu Haus und Wohnung. Damit wäre immerhin das geklärt.

Er sieht todmüde aus, das sehe ich sogar im schwachen Licht, das von der Straße hereinfällt. Das spärliche Haar klebt teils am Kopf, teils steht es ab wie Flaumfedern bei einem frisch geschlüpften Küken.

»Du wolltest mit mir sprechen«, brummt er. »Hier bin ich.«

Ich hocke mich wieder auf den Boden. Wie schnell manches zur Gewohnheit wird. »Ja«, sage ich. »Danke. Du musst mich bitte zurück nach Wien bringen, ich habe einen riesigen Fehler gemacht. Ich werde dir hier nichts mehr nützen. Wenn ich in München bleibe, bin ich so gut wie tot.«

Er sieht mich unter halb geöffneten Lidern an. »Wegen dem Scheiß in der *FAZ*?«

Na bitte. Ich bin zu erkennen, da ist der Beweis. Trotzdem lacht Robert leise auf. »Ach komm, mach dir nicht ins Hemd. Ich habe fünf Mal hinsehen müssen, um sicher zu sein, dass wirklich du das bist. Interessante Sache, die du mit deinem Haar gemacht hast. Steht dir zwar nicht, funktioniert aber.«

Wenn er denkt, dass ich ihm in diese Falle gehe, hat er sich geschnitten. »Wenn du mich erkennst, kriegen andere das auch hin. Vera zum Beispiel, die hat ein verdammt gutes Auge. Und du weißt, dass sie dann nicht lange fackeln.« Ich kann hören, wie meine Stimme schwankt. »Bitte, Robert.«

Er beugt sich vor. »Hör zu, Mädchen. Ich habe dich nur erkannt, weil ich weiß, dass es dich erstens noch gibt und dass du zweitens gerade mit den Lamberts, den Vossens und dem ganzen Gesocks zugange bist. Ich war ziemlich beeindruckt, dass du dich auf diese Party gewagt hast. War's aufschlussreich?«

Ich schüttle stur den Kopf. »Bring mich aus München raus, Robert.«

Er denkt kurz darüber nach, oder zumindest tut er so. »Nein«, sagt er dann. »Aber ich mache dir ein Angebot: Wir haben die Karpins sowieso die ganze Zeit im Blick, und diesen Blick schärfen wir noch ein bisschen, okay? Sobald sich irgendeine Bewegung in Richtung Süden zeigt oder dein Name fällt oder etwas anderes Besorgniserregendes passiert, bist du innerhalb von zwei Stunden hier weg. Versprochen.«

»Das genügt mir nicht.« Ich schlinge meine Arme um die angezogenen Knie. »Du weißt selbst am besten, wie sie agieren. Wie oft es keine Vorwarnung gibt, keine Anzeichen dafür, dass sie zuschlagen werden. Das war doch einer der Gründe, warum ihr mich ihnen in den Pelz gesetzt habt.«

Robert streicht sich in einer resignierten Geste das Haar zurück. »Eben. Wir denken mit. Hast du offenbar vergessen.«

Ich richte mich ein Stück auf. »Heißt das, ihr habt wieder jemanden bei ihnen eingeschleust? Nachdem sie wissen, dass ihr das schon einmal getan habt? Puh, der muss aber Eier haben. Oder die.«

»Zieh ruhig deine eigenen Schlüsse.« Ohne sich die Hand vorzuhalten, reißt Robert den Mund auf und gähnt. Ich vermute, er wird demnächst einfach auf meiner Couch zur Seite kippen und bis morgen früh hier schlafen. Auch okay. Dann habe ich gewissermaßen Polizeischutz.

»Tatsache ist, sie beschäftigen sich derzeit mit allem Möglichen, aber nicht mit dir. Sie haben da und dort Ärger am Hals, der sie auf Trab hält, sie jagen dich nicht. Wie gesagt, du siehst auf den Bildern völlig fremd aus.« Er hält kurz inne, dann lächelt er. »Weißt du, wo sie gelegentlich auftauchen? In der Nähe deines Grabes. Ich denke, sie wollen sehen, ob jemand frische Blumen hinstellt oder Kerzen anzündet. Ob es da jemanden gibt, den du damals eingeweiht hast und bei dem man nachfühlen müsste, ob er etwas weiß.«

Das ist, im Rahmen des Möglichen, eine gute Nachricht. Ich bin immer noch tot, in ihren Köpfen, dann übersehen sie die Bilder in der Presse vielleicht doch ...

»Ich bringe dich sofort wieder zurück nach Wien, sobald die Dinge in München geklärt sind«, nutzt Robert meine Gedankenpause. »Aber davon kann leider noch keine Rede sein. Du hast gehört, dass Manfred Henig Selbstmord begangen hat?«

»Der Vossen-Geschäftsführer? Ja.«

»Tja.« Robert reibt sich die Schläfen, als hätte er Kopfschmerzen. »Es hat eine gründliche Obduktion gegeben. Dabei hat unser Rechtsmediziner festgestellt, dass Henigs Netzhaut Verletzungen aufweist, vor allem am linken Auge.«

Ich begreife nicht, worauf er hinauswill. »Und?«

»Er meint, Augenschäden wie diese findet man in den letzten Jahren vor allem bei Kindern, die mit Laserpointern spielen und sich gegenseitig damit blenden. Allerdings dürfte es in Henigs Fall ein besonders starker Lichtstrahl gewesen sein.«

Mir dämmert, was Robert daraus schließt. »Du meinst, er wollte nicht springen? Sondern ist ins Leere getreten, weil jemand ihn geblendet hat?«

Bedächtiges Nicken. »Halte ich für denkbar. Die Kollegen auch.«

»Und ihr meint, es war kein Unfall, sondern jemand wollte, dass Henig abstürzt?«

»Ich verwette meinen Arsch drauf.« Robert zieht seine Zigaretten aus der Jackentasche, sieht meinen Blick und steckt sie seufzend wieder ein. »Ist doch clever gedacht. Ist wie Schubsen ohne Hände. Daher auch keine Abwehrspuren und keine Gefahr, mit nach unten gerissen zu werden. Alles sieht nach Selbstmord aus, nur Abschiedsbrief gibt es leider keinen. Dafür aber einen Anruf von Henig bei einer der Münchner Dienststellen: Er wollte mit einem Kripobeamten sprechen, sobald er aus Frankfurt zurück sei. Es gäbe etwas, das er ihnen erzählen müsse.«

Das ist allerdings interessant. Ob die Vossens das wussten? Oder die Lamberts?

»Kann natürlich auch sein, dass er Selbstanzeige erstatten wollte«, denkt Robert laut weiter. »Wenn er zum Beispiel für den Unfall der beiden Arbeiter verantwortlich war. Einem von beiden geht es sehr schlecht, er steht immer noch auf der Kippe – wobei stehen nicht wörtlich gemeint ist. Sein Rückenmark ist hinüber.«

Ich hasse Roberts Sinn für das, was er Humor nennt. »Wäre also auch möglich, dass er sich erst selbst anzeigen wollte, es sich dann aber überlegt hat und gesprungen ist«, fasse ich zusammen.

»Das würde ich in Betracht ziehen, wenn nicht die Sache mit den Augen wäre.« Robert holt sich eines der Sofakissen heran. »So denke ich, er wollte nicht sich selbst anschwärzen, sondern jemand anderen.«

Wen denn? Seinen eigenen Arbeitgeber?

In der kurzen Pause, die eintritt, während ich die Galabesucher vor meinem inneren Auge vorbeidefilieren lasse und mir überlege, wer von ihnen das Ziel von Henigs Anzeige hätte werden können, schläft Robert ein. Das Kissen umarmt er gewissermaßen, sein Oberkörper ist zur Seite gerutscht, und er schnarcht in unregelmäßigen Atemzügen.

Ich betrachte ihn ein oder zwei Minuten lang, denke mir wieder einmal, dass er einer der unattraktivsten Männer ist, die ich kenne, und tappe ins Schlafzimmer. Ohne mich auszuziehen, lege ich mich aufs Bett.

Es ist Robert zuzutrauen, dass er mich in Sicherheit wiegt, einfach, weil es seinen Zwecken dient.

Andererseits bewegt er sich auf dünnem Eis. Dass er mich hier bei einer Sache einsetzt, die nicht das Geringste mit unserem anfänglichen Deal zu tun hat, wird für ihn zu einem echten Problem, sobald mir etwas zustößt. Ich weiß nicht, wer die Aktion von oben abgesegnet hat, aber dem üblichen Vorgehen entspricht sie nicht. Wäre interessant zu wissen, gegen wie viele Regeln wir verstoßen.

Mein Vorsatz, nicht einzuschlafen, scheitert kläglich. Als ich wieder aufwache, ist es draußen längst hell, und in der Wohnung riecht es nach Kaffee. »Du hast mir gestern gar nichts mehr von der Gala erzählt.« Robert reicht mir eine volle Tasse; schwarz und stark. In den Geruch des Kaffees mischt sich der von Schweiß; ich weiche drei Schritte zurück.

»Die Gala war vor allem langweilig. Die Lamberts sind eine komplizierte Familie – die Großmutter blind, der Vater depressiv und ein wenig gehbehindert, die Mutter finster und stumm, der jüngste Sohn an Leukämie gestorben.« Ich probiere den Kaffee, der viel zu heiß ist. Lavatemperaturen, wie macht Robert das?

»Weiß ich alles. Klingt nach Soap-Opera«, konstatiert er trocken.

»Sehr wahr, und es wird noch schlimmer. Tamara und ihr noch lebender Bruder Markus verabscheuen sich nach außen hin, aber wenn sie sich unbeobachtet fühlen, wirken sie wie ein Liebespaar. War merkwürdig mit anzusehen.«

Jetzt habe ich Roberts volle Aufmerksamkeit, Sexgeschichten findet er unwiderstehlich. »Ernsthaft? Was haben sie denn gemacht? Geknutscht?«

Ich habe das Bild noch deutlich vor Augen. »Nein, so kann man es nicht sagen. Aber sich gegenseitig angefasst, anders, als Geschwister das normalerweise tun.«

Er grinst genüsslich. »Du denkst also, die beiden treiben es miteinander?«

Einmal abgesehen von Roberts widerlicher Sensationsgier – denke ich das? Als ich sie zusammen in der Ecke stehen gesehen habe, war es mein erster Eindruck. Intim. Ein Paar.

Aber es wäre verrückt, oder nicht? Selbst wenn, würden sie doch in aller Öffentlichkeit eher versuchen, einen entsprechenden Verdacht gar nicht erst aufkommen zu lassen.

Außer natürlich ...

»Vielleicht wollen sie, dass man das glaubt«, grüble ich laut vor mich hin. »Auch wenn ich nicht kapiere, was es bringen soll.«

Robert kratzt sich am Kopf, das Heben seines Arms setzt

eine weitere Wolke Schweißgeruch frei. »Provokation?«, schlägt er vor. »Aufmerksamkeit in der Presse? Oder es ist eben doch etwas dran. Und sie können die Finger nicht voneinander lassen.«

Dann hätte ich Markus aber hin und wieder hier gesehen, oder? »Es kann auch sein, dass ich zu viel in die Szene hineininterpretiere«, überlege ich. »Und in Wahrheit war Tamara bloß betrunken, und Markus hat sie gestützt, damit sie nicht umkippt.«

Noch während ich den Satz beende, weiß ich, dass er falsch ist. Denn wenig später, bei meiner Verabschiedung, war Tamara vollkommen nüchtern und nur darauf aus, noch Zeit mit ihrer Großmutter zu verbringen.

»Oder«, fällt mir eine weitere Option ein, »sie wollen einfach die Familie um ihren guten Ruf bringen. Tamara mag ihrer eigenen Aussage nach niemanden aus der Sippe, mit Ausnahme ihrer Oma.«

»Aber der Bruder will das Geschäft übernehmen«, widerspricht Robert. »Der wird sich hüten, einen Skandal zu provozieren, egal, ob er seine Altvorderen leiden kann oder nicht.«

Das stimmt. Wie ich es auch drehe und wende, der Sinn meiner Beobachtung erschließt sich mir nicht. Wahrscheinlich war ich so überreizt von dem Abend, dass meinen Eindrücken nicht zu trauen ist.

»Wer mit wem ins Bett geht, ist im Grunde egal«, konstatiert Robert. »Für uns ist relevant, ob hier einer den anderen aus dem Geschäft drängen will. Und bereit ist, dafür Menschenleben zu opfern.«

Verstanden. Ich versuche, den Abend noch einmal unter diesem Aspekt gedanklich Revue passieren zu lassen. »Sie gehen sehr zivilisiert miteinander um, vor allem Erich Lambert war ausgesprochen freundlich. Er hat Herbert Vossen kondoliert und sich für die Spenden an *Clear Water* bedankt. Die beiden wirkten entspannt bei ihrem Gespräch. Nicht, als würden sie einander hassen.« Lambert war sogar sehr herzlich, erinnere ich mich. Wie er Vossens Hand umfasst und ihm Hilfe angeboten hat. »Ich hatte den Eindruck, sie achten einander. Wenn jemand von Vossens Anwesenheit genervt war, dann Doris Lambert, Tamaras Mutter. Sie wollte kurz nach dem Gespräch gehen, aber sie war ohnehin den ganzen Abend lang schlechter Laune.«

Robert verzieht das Gesicht, ob es am Kaffee oder der mageren Ausbeute meiner Beobachtungen liegt, kann ich nicht sagen. »Bleib dran. An dieser Tamara, an der ganzen Bauunternehmer-Szene. Was war eigentlich mit den Korbachs? Waren die nicht auf der Gala?«

»Doch. Valentin Korbach ist ein arroganter Arsch, der die Lamberts nicht leiden kann. Beruht auf Gegenseitigkeit und wirkt, als wäre es persönlich, nicht geschäftlich.«

»Okay.« Energisch stellt Robert seine Tasse auf dem Küchentisch ab. »Ich muss zurück nach Frankfurt. Du hältst mich auf dem Laufenden, ja? Mach weiter wie bisher, wenn du einen vorzeitigen Durchbruch schaffst, bist du früher wieder hier raus. Und mach dir keine Sorgen wegen der Karpins, wir haben sie im Auge. Wenn etwas darauf hinweisen sollte, dass sie Mätzchen machen wollen, warnen wir dich sofort und holen dich. Gut?«

Nein, gut ist anders. Ich nicke beklommen. »Und ... immer noch keine Spur von Andrei?«

»Nein. Vielleicht ist er ja tot, der Bastard.« Robert hängt sich seine Jacke über die Schulter und marschiert auf die Tür zu. »Viel Erfolg. Bis bald.« Er geht und lässt nichts zurück als seinen Schweißgeruch.

Obwohl ich Robert nur bedingt traue, hat seine Gelassenheit in puncto Karpins beruhigende Wirkung auf mich. Seit letzter Nacht kein Adrenalinschub mehr, dafür merke ich erst jetzt, wie müde ich bin. Ich bearbeite das Sofa, auf dem Robert gelegen hat, mit Wäscheduftspray, dann lege ich mich ins Bett und wache erst wieder auf, als Musik durch die Wände dröhnt. Ich kenne die Nummer, sie stammt von Muse und trägt den aufmunternden Titel »Dead Inside«. Tamara ist zu Hause.

Für den nächsten Tag habe ich mir vorgenommen, endlich wieder selbst aktiv zu werden. Saskias Perücke, das Bauchkissen und die Brille liegen bereit, der Presseausweis steckt im Portemonnaie, und die Billigsneakers aus Wien stehen neben der Tür.

Mein Plan ist nicht, als Journalistin aufzutreten, ich will bloß Tamara zu ihrer Arbeitsstätte folgen, ohne erkannt zu werden.

Es ist kurz vor acht, als ich mich aus dem Haus schleiche. Im wörtlichen Sinn, ich setze meine Schritte so leise, wie ich kann, und hoffe inständig, dass niemand mir begegnet. Saskia Kraffczyks Auftritte sollen sich nicht häufen. Als Versteck habe ich mir die Garageneinfahrt eines der Häuser schräg gegenüber ausgesucht – schwer einsehbar und schattig.

Soweit ich es bisher mitbekommen habe, verlässt Tamara das Haus erst nach acht Uhr. Gelegentlich auch gegen neun. Das heißt, ich werde Geduld brauchen.

Umso erfreuter bin ich, als sie gegen halb neun auf die Straße tritt, sich sofort nach links wendet und bald um die erste Biegung verschwindet. Wie es scheint, nimmt sie den Weg zur U-Bahn. Wenn sie sich dabei zufällig umdreht, soll sie mich zumindest aus der Entfernung nicht erkennen. In meine Nähe kommen darf sie ohnehin nicht, dafür kennt sie mich bereits zu gut.

Ich haste ihr nach, sie jetzt zu verlieren wäre ärgerlich. Die Sporttasche trägt sie über der linken, ihre Handtasche über der rechten Schulter – blitzschnell nach mir umdrehen wäre also gar nicht so einfach.

An der Station Josephsplatz verschwindet sie unter der Erde, und ich folge ihr, wobei ich versuche, gleichzeitig schnell und unauffällig zu sein. Am Bahnsteig stelle ich mich zehn Schritte von ihr entfernt hin und tue, was fast alle Menschen tun, die auf den nächsten Zug warten: Ich starre auf mein Handy.

Wir betreten denselben Waggon; sie vorne, ich hinten. An der Station Silberhornstraße steigt sie aus, fährt mit der Rolltreppe nach oben, biegt einmal nach links ab, einmal nach rechts – und bleibt dann vor einem Hauseingang stehen. Sie klingelt, und nach wenigen Sekunden springt die Tür auf.

Ich gehe langsam näher. Gibt es in diesem Gebäude ein Tanzstudio? Nein, jedenfalls weist keines der Namensschilder neben den Türklingeln darauf hin.

Aber dafür gibt es etwas anderes. Ein großes Messingschild, das unübersehbar an der Tür angebracht ist.

Eva Matissek, Ärztin für Gynäkologie und Geburtshilfe
Sprechzeiten Mo.-Do. 9-12 Uhr / 14-17.30 Uhr und nach Vereinbarung

Tamara hat einen Arzttermin, und sie hat auf dem Weg hierher nervös gewirkt. Ich verziehe mich in einen der Hauseingänge gegenüber und warte, auch wenn ich weiß, dass es vielleicht länger dauern wird.

Kann natürlich ein normaler Vorsorgetermin sein. Oder sie macht sich Sorgen, dass sie krank ist. Oder ...

Die Erinnerung an Markus, der Tamara im Arm hält. Beruhigend, tröstend. Vielleicht hatte sie schlechte Nachrichten für ihn.

Aber bevor wir losgezogen sind, war ihr nichts anzumerken, außer einer Mischung aus Anspannung und Vorfreude. Und ... sie hat Alkohol getrunken. Was nichts heißen muss, denn würde sie unter den Umständen, die meine Fantasie mir gerade vorgaukelt, das Kind tatsächlich bekommen wollen?

Gut vierzig Minuten lang stehe ich mir die Beine in den Bauch, dann tritt Tamara wieder aus dem Haus. Sie wirkt gehetzt, wirft Blicke nach rechts und links und läuft zurück in Richtung U-Bahn.

Ich dagegen wende mich in die entgegengesetzte Richtung. Per Google suche ich mir den nächstgelegenen Baumarkt. Es wird Zeit für ein paar technische Verbesserungen.

Der neue Türspion passt perfekt in das Bohrloch des alten, aber er hat einen Sichtwinkel von 200 Grad. Wenn das nächste Mal jemand vor Tamaras Tür steht – ihr Bruder zum Beispiel –, werde ich das problemlos sehen können. Was aber noch viel besser ist: Das Ding hat einen klitzekleinen Bewegungsmelder, den man von außen nicht sieht. Die eingebaute Kamera überträgt ihre Aufnahmen auf die SD-Karte des mitgelieferten Vier-Zoll-Tablets oder – noch viel besser – schickt sie mir auf mein Handy. Je nach Einstellung nur dann, wenn jemand an meiner Tür klingelt, oder immer, wenn eine Bewegung registriert wird.

Ich wähle die zweite Option, die für Paranoiker, obwohl mir klar ist, dass sie mich in den Wahnsinn treiben wird. Andererseits erspare ich mir auf diese Weise, immer zur Tür zu hechten, sobald ich draußen jemanden höre. Und mir entgeht keiner von Tamaras Besuchern mehr, sei es am Tag oder in der Nacht.

Meine Umbauaktion hat weder Schmutz noch Lärm gemacht und nur eine knappe Viertelstunde gedauert. Es ist Mittagszeit, niemand ist vorbeigekommen.

Auch wenn ich es mir noch nicht wirklich eingestehe – hauptsächlich habe ich mir den Luxusspion geleistet, weil er mir böse Überraschungen ersparen wird. Sollte mir die Kamera ein Foto von Pascha aufs Handy schicken, bin ich gewarnt.

Einstweilen passiert aber nichts Bedeutendes. Um 13.35 Uhr kommt Rosalie Breiner mit ihren Hunden die Treppe hinunter.

Um 14.19 Uhr ist sie zurück. Um 16.12 Uhr läuft ein Paketbote nach unten; herauf muss er mit dem Aufzug gefahren sein.

Es ist 16.28 Uhr, als Tamara nach Hause kommt. Das Bild, das der Spion mir schickt, zeigt sie blass und mit hängenden Schultern. Ich warte darauf, dass in der Nebenwohnung gleich die Musikanlage losdröhnen wird, aber es bleibt ruhig.

Ich warte zwanzig Minuten, dann hole ich eine Flasche Wein aus dem Kühlschrank und klingle an der Nebentür. Es dauert, bis Tamara öffnet.

Sie trägt einen cremefarbenen Bademantel und ein dazu passendes Handtuch um den Kopf. Den hält sie merkwürdig; so, dass ich nur ihre linke Gesichtshälfte sehe.

»Oh, tut mir leid, wenn ich störe.« Ich hebe die Weinflasche hoch. »Mein Tag war heute nicht so toll, ich dachte, vielleicht trinken wir zusammen ein Glas?«

Tamaras Lächeln ist verkrampft. »Eher morgen, okay? Ich habe Kopfschmerzen und schon zwei Tabletten genommen. Die vertragen sich nicht mit Alkohol.«

»Na klar, dann entschuldige bitte die Störung.« Ich mache kehrt, drehe mich aber nach zwei Schritten noch einmal um. »Wenn du etwas brauchst …«

»Nein. Danke.« Sie schließt die Tür, doch ich habe gesehen, was ich bereits vermutet hatte. Unter ihrem rechten Auge, an der höchsten Stelle des Backenknochens, schimmert es rötlich-blau. Es ist ein frischer Bluterguss, der wohl noch weiter anschwellen wird. Eine Verletzung wie von einem Schlag.

Ich schlafe fest in dieser Nacht. Als ich am Morgen den ersten Blick auf mein Handy werfe, sehe ich, dass mein Türspion mir zwei neue Bilder geschickt hat: Markus, wie er um 1.35 Uhr unser Stockwerk betritt. Und wie er es um 2.42 Uhr wieder verlässt.

12

Jemand hat Tamara geschlagen, sie hat ihren Bruder angerufen, und er ist vorbeigekommen, um sie zu trösten, sage ich mir, während ich auf dem Balkon meinen Morgenkaffee trinke.

Oder.

Oder er selbst war es, dem sie das blaue Auge zu verdanken hat. Und er hat sie nachts besucht, um sich zu vergewissern, dass sie ihn nirgendwo anschwärzt. Schade, dass ich ihr nach der Arztpraxis nicht noch ein Stück gefolgt bin, dann wäre ich jetzt vielleicht schlauer.

Es ist bereits nach acht, aber bisher ist kein Foto von einer das Haus verlassenden Tamara auf meinem Handy aufgeploppt. Vielleicht hat sie sich für heute krankgemeldet. Fände ich verständlich, eine Prellung im Gesicht wirft Fragen auf. Und niemand glaubt einem die Geschichte von dem Küchenschrank, gegen den man versehentlich gelaufen ist. Das weiß ich besser als die meisten.

Um neun Uhr beschließe ich, bei ihr zu klopfen, doch als ich in meine Schuhe schlüpfe, höre ich, wie die Nachbarstür geöffnet und wieder geschlossen wird. Zwei Sekunden später verkündet ein lautes *Ping* das Eintreffen eines neuen Bildes.

Ohne zu überlegen, öffne ich die Tür, meine Handtasche habe ich schon über der Schulter. »Hey, guten Morgen!«

Tamara gibt sich redlich Mühe, so zu tun, als freue sie sich über mein Auftauchen. »Hallo. Geht's dir gut? Ich bin leider spät dran, vielleicht komme ich heute Abend vorbei!« Damit klackert sie in ihren Absätzen die Treppe hinunter.

Ich würde ihr gerne folgen, denn sie hat ihre Tanzutensilien nicht dabei, aber nach kurzer Überlegung lasse ich es. Einfach aus dem Gefühl heraus, dass sie mich heute bemerken würde.

Dafür google ich nach Markus Lambert und finde ein Facebook-Profil, auf dem sich – zumindest im öffentlichen Bereich – seit drei Jahren nichts mehr tut. Auf einem seiner Profilbilder ist er mit einer rothaarigen Frau zu sehen, die etwa so groß ist wie er selbst. Typ Model.

Schönes Paar, haben Freunde daruntergeschrieben, oder: *viel Glück euch beiden.*

Das Foto ist vier Jahre alt. Ich schätze, die beiden sind nicht mehr zusammen, sonst hätte die Frau Markus ja wohl auf die Gala begleitet.

Danach google ich nach Tanztherapie-Studio und finde drei in München; beim zweiten ist Tamara auf dem Gruppenbild der Tanzlehrer erkennbar.

Es läutet an meiner Tür, und zwar lang, als würde jemand sich nicht entschließen können, den Finger vom Klingelknopf zu nehmen. Ich fahre herum, warum hat mein Handy mich nicht gewarnt?

Hat es, wie sich zeigt, ich war nur zu vertieft in meine Recherche, um es zu hören. Das Foto auf dem Display zeigt einen Polizisten in Uniform; mittelgroß und übergewichtig. Kein Killer in Kostüm, so sehen Andreis Leute einfach nicht aus.

Ich öffne die Tür. »Ja, bitte?«

»Frau Springer?« Der Polizist zeigt mir unaufgefordert seinen Dienstausweis, der echt zu sein scheint. Andererseits sind die nicht schwer zu fälschen. »Darf ich kurz reinkommen?«

Ich bin zu überrascht, um Nein zu sagen. Kommt der Mann von Robert?

Wir setzen uns ins Wohnzimmer. Der Polizist mustert erst mich, dann den Raum ausgesprochen gründlich. »Geht es Ihnen gut?«

Ist er gekommen, um Small Talk zu machen? »Ja«, sage ich vorsichtig. »Warum sollte es mir nicht gut gehen?«

»Bei uns ist eine Meldung eingegangen, dass aus Ihrer Wohnung in der letzten Nacht Geräusche zu hören waren. Wie von einem Kampf. Und dass eine Frau geschrien hat.«

Ich bin so verblüfft, dass mir für einige Sekunden buchstäblich der Mund offen stehen bleibt. »Wie bitte?«

Er beugt sich vor. »Einer Ihrer Nachbarn hat angerufen, allerdings erst heute Morgen. Er habe bei Ihnen geklingelt, wollte nachsehen, ob Sie okay sind, aber niemand sei zur Tür gegangen.«

Ich versuche, zu begreifen, was da läuft, aber es gelingt mir nicht. »Das war falscher Alarm, fürchte ich. Ich wohne hier allein und hatte keinen Besuch. Also auch keinen Streit. Und niemand war heute an meiner Tür – außer Ihnen.«

Der Polizist sieht unschlüssig drein. Wahrscheinlich hört er solche Sprüche zu oft. Misshandelte Frauen schämen sich fürs Misshandeltwerden.

»Sie können mir wirklich glauben«, sage ich lächelnd, während mir Tamaras rot-blau geschlagene Wange einfällt. »Ich würde Ihre Hilfe nicht ablehnen, wenn ich sie brauchte.«

Er steht seufzend auf. »Das hoffe ich. In Ihrem eigenen Interesse.« Er drückt mir eine Karte in die Hand. »Falls doch einmal etwas passieren sollte – hier ist die Nummer der nächstliegenden Polizeistation.«

Nachdem er draußen ist, bleibe ich noch ein paar Sekunden hinter der geschlossenen Türe stehen.

Ich weiß, wer gestern Nacht bei Tamara war. Ich muss nur noch den Gynäkologenbesuch mit ins Kalkül ziehen, und alles ergibt ein ziemlich schlüssiges Ergebnis.

Sie ist schwanger. Der Vater ist jemand, der es keinesfalls sein darf. Und es besteht Uneinigkeit darüber, ob sie das Kind bekommen soll. Oder nicht.

Ich mache mir den dritten Cappuccino des Tages und puzzle Fakten und persönliche Eindrücke in meinem Kopf zu einem Bild zusammen.

Die Puzzlestücke, die dabei übrig bleiben, haben mit den Vossens, den Korbachs und den gehäuft auftretenden Unfällen zu tun, aber vielleicht handelt es sich eben um zwei ganz verschiedene Geschichten.

Als Tamara am Abend nach Hause kommt, gebe ich ihr nicht mehr als eine Viertelstunde, dann klingle ich bei ihr. Diesmal ist sie schneller an der Tür und wirkt entspannter. »Dir ist langweilig, oder?«, sagt sie und zwinkert. Die Schwellung auf der rechten Gesichtshälfte ist zwar noch sichtbar, die Verfärbung aber nicht. Den Grund dafür entdecke ich wenige Sekunden später neben dem Spiegel in der Diele: Concealer, und zwar einer von den teuren. Damit kann man auch Tattoos unsichtbar machen.

»Mir ist tatsächlich langweilig«, lache ich. »Ich hätte nicht gedacht, dass es so schwierig ist, in München Anschluss zu finden. Zum Glück gibt es dich, aber du musst mir sagen, wenn es dir zu viel wird, okay? Ich will dich nicht nerven.«

Sie schüttelt entschieden den Kopf. »Tust du nicht. Immerhin habe ich dich gleich an deinem ersten Tag hier mit Beschlag belegt, nicht wahr?«

Ich warte, bis sie mir etwas zu trinken anbietet, plus eine Schüssel mit Wasabi-Nüssen, dann erst rücke ich mit der Sprache heraus. »Ich hatte heute merkwürdigen Besuch. Die Polizei war da, angeblich hätte man aus meiner Wohnung Kampfgeräusche gehört. Und Schreie.« Ich suche nach Überraschung in Tamaras Zügen, finde aber nur hochgezogene Augenbrauen.

»Ich habe in der Nacht geschlafen wie ein Baby«, fahre ich fort. »Nichts gehört, geschweige denn, dass bei mir etwas los gewesen wäre.« Ich versuche, nicht auf die geschwollene Stelle in ihrem Gesicht zu schauen.«Und du? Irgendetwas mitbekommen?«

»Nein. Bist du sicher, dass der Polizist an der richtigen Adresse war?«

»Absolut. Er wusste meinen Namen.«

»Puh.« Sie dreht den Kopf wieder so, dass die Prellung aus meinem Blickfeld verschwindet. »Ich kann mir nur vorstellen, dass es Rosalie war. Vielleicht hat sie sich etwas eingebildet.«

»Also hast du auch nichts gehört?«

»Nein. Mir ging es wie dir, ich habe die ganze Nacht fest geschlafen.«

So, da haben wir zumindest eine klare Lüge. Ihr Bruder war zwischen halb zwei und Viertel vor drei bei ihr. Und es würde mich überhaupt nicht wundern, wenn es in dieser Zeit Kampflärm gegeben hätte, auch wenn ich keine frischen Blessuren an Tamara entdecken kann. Erstaunt bin ich nur darüber, dass ich nichts davon gehört habe. Tamaras Musik dringt schließlich auch bis in die letzten Winkel meiner Wohnung, und mein Schlaf ist alles andere als tief.

»Hast du dir schon überlegt, Georg anzurufen?« Sie wechselt das Thema ein bisschen zu schnell für meinen Geschmack. »Du hast schon recht, es ist nicht einfach, in München Kontakt zu bekommen, aber Georg hat einen großen Freundeskreis.«

»Mache ich vielleicht.« Ich tue so, als wäre mir gerade ein Gedanke gekommen; mein nächster Zug ist gewagt, aber ich kann nicht widerstehen. »Sag mal«, ich zögere ein wenig, »hat dein Bruder eigentlich eine Freundin?«

Ihre Augen werden groß. »Wieso?«

»Ach, nur so. Ich habe zwar fast nicht mit ihm gesprochen, aber ich finde ihn ... interessant.«

Damit habe ich Tamara kalt erwischt, das ist offensichtlich. Es ist ihr anzusehen, wie sie nach einer geeigneten Antwort sucht. »Er hat immer wieder ... Affären, die er eiskalt beendet, sobald jemand auftaucht, den er für attraktiver hält.« Ein bitterer Zug bildet sich um ihren Mund. »Er ist ein Jäger. In Amerika würde man sagen, er ist ein Player. An deiner Stelle würde ich die Finger von ihm lassen.«

Zurück in meiner Wohnung, überprüfe ich mein Handy auf neue Schnappschüsse des Kameraspions. Masaru Ogata hat auf seinem Weg nach unten heute offenbar auf den Aufzug verzichtet. Eine mir unbekannte Frau hat sich im Stockwerk geirrt. Ist kurz im zweiten ausgestiegen und sofort wieder in die Fahrstuhlkabine zurückgegangen. Keine grandiose Ausbeute.
Deprimiert von der Aussicht, nach dem gesamten Tag auch den Abend zu Hause verbringen zu müssen, setze ich mich auf den Balkon. Halte Ausschau nach schwarzen Audis und versuche, die neuen Puzzleteile in das Gesamtbild einzufügen. Tamara will nicht, dass ich mit ihrem Bruder ausgehe. Ich bin nicht sicher, ob ihre Reaktion mit Eifersucht zu tun hatte oder mit ihrer Abneigung gegen ihn oder mit der Angst, dass er mir bei näherem Kontakt mehr verraten könnte, als ich wissen soll. Ich werde ...
Ping, macht mein Handy und schickt ein neues Foto. Tamara, die einen Papiersack außen an ihre Türklinke hängt und dabei genau den einen Schritt zur Seite macht, der meinen Bewegungsmelder anschlagen lässt. Sieht nach Altpapier aus; oben ragen zerknitterte Werbeprospekte heraus. Ich warte zehn Minuten, dann schleiche ich auf Socken auf den Gang hinaus und werfe einen Blick in den Sack.
Zeitungen, Postwurfsendungen, ein Eierkarton und die Verpackung der Wasabi-Nüsse, die wir vorhin gegessen haben. Bevor mich jemand sieht, kehre ich in die Wohnung zurück, innerlich kopfschüttelnd. Demnächst werde ich auch noch ihren Hausmüll durchwühlen, bloß, weil die Situation mich zusehends ratlos macht. Weil ich keine Ahnung habe, wie ich he-

rausfinden soll, was Robert wissen will. Je schneller ich das schaffe, desto eher kann ich zurück nach Wien.

Der Abend bleibt ruhig. Morgen könnte ich endlich Rosalie Breiner besuchen und meine bisherigen Recherchen mit ein bisschen Klatsch aufpeppen.

Ping. Wieder ein Foto auf dem Handy. Ich brauche einen Moment, bis ich den Mann erkenne, der da aus dem Aufzug steigt. Es ist Anton, Tamaras Klient mit dem kurzen, blonden Haar, den sie bei sich zu Hause therapiert. Ich stelle mich an die Tür und schaue durch den Spion, der jetzt den gesamten Gang zeigt. Verzerrt, aber vollständig.

Anton steht da und klingelt; das kann ich auch in meiner Wohnung hören. Ist es nicht ein bisschen spät für Tanztherapie? Er und ich warten gewissermaßen gemeinsam darauf, dass Tamara öffnet, doch das tut sie nicht.

Man muss Anton Geduld bescheinigen, oder er braucht sehr dringend eine Therapiestunde, denn er steht minutenlang da, drückt die Klingel, wartet, drückt wieder. Wirkt zunehmend unruhig. Dann scheint ihn alle Kraft zu verlassen, er sinkt auf den Boden, lehnt den Kopf gegen die Wand und beginnt, den Papiersack an Tamaras Tür zu streicheln, als wäre es Tamara selbst.

Am nächsten Morgen ist endlich die freundliche Stirb-Schlampe-Aufforderung vor dem Eingang verschwunden. Nur noch ein paar rötliche Spuren sind geblieben.

Kurz nach acht beziehe ich in Perücke und Brille meinen Beobachtungsposten in der Garageneinfahrt gegenüber. Zwei Mal muss ich ihn schnell verlassen, weil das Hebetor sich in Bewegung setzt und jemand hinausfährt, aber dann taucht Tamara auf. Sie betrachtet kurz die verbliebenen roten Spuren auf dem Asphalt, bevor sie sich auf den Weg macht. In die gleiche Richtung wie beim letzten Mal. Zur U-Bahn.

Der Tag ist sonnig, und ich schwitze unter meiner Perücke. Wenn Tamara gleich wieder zu ihrer Gynäkologin fährt, weiß ich wenigstens, wie die Dinge stehen.

Nein, weise ich mich selbst zurecht. Wissen werde ich es auch dann nicht. Ich habe mir geschworen, keine voreiligen Schlüsse mehr zu ziehen. Nicht nach allem, was geschehen ist.

Meine Überlegungen erweisen sich als überflüssig, denn Tamara nimmt zwar einen Zug in die gleiche Richtung wie beim letzten Mal, steigt aber schon am Hauptbahnhof aus. In der Menschenmenge muss ich mir zwar kaum Gedanken darüber machen, dass ich ihr auffalle, andererseits besteht das Risiko, dass ich sie aus den Augen verliere.

Menschenmenge. Ich verbanne den Gedanken daran, wie oft die Karpins und ihre Handlanger sich auf Bahnhöfen herumgetrieben haben, ich darf mir nicht vorstellen, wer möglicherweise derzeit dieselbe Luft atmet wie ich. Ich war schon letztens hier, der Fotos wegen. Niemand hat mich erkannt.

Trotzdem senke ich unwillkürlich den Kopf und verpasse daher beinahe, wie Tamara den Weg zur U4 einschlägt. Wieder stelle ich mich ans andere Ende des Waggons, der sich von Station zu Station leert. Ich studiere den Netzplan, wir fahren nach Süden. Ist dort das Therapiezentrum?

Arabellaplatz. Endstation. Es sind kaum noch zehn Leute im Waggon, jetzt wird es schwierig, nicht aufzufallen. Ich tue so, als kramte ich in meiner Handtasche, warte, bis Tamara sich auf dem Bahnsteig nach links wendet. Dann erst steige ich aus und folge ihr mit großzügigem Abstand.

Draußen stellt sie sich an eine der Busstationen, und ich bin drauf und dran, meine laienhafte Beschattung für heute aufzugeben. Wenn Tamara mich ein wenig genauer ansieht, erkennt sie mich, und dann muss ihr klar sein, dass etwas Grundlegendes mit mir nicht stimmt. Sie wird den Kontakt abbrechen und mich meiden, so gut es möglich ist.

Allerdings konzentriert auch sie sich die ganze Zeit auf ihr Handy, und als der Bus einfährt und sie einsteigt, beschließe ich, es zu wagen. Ich warte, bis sie sich gesetzt hat, und haste mit gesenktem Kopf an ihr vorbei. Setze mich zwei Reihen hinter sie und beginne ebenfalls, auf mein Smartphone zu starren. Zu dumm, dass ich nicht die rotblonde Perücke genommen habe, da hätte ich mich hinter langen Haaren verstecken können.

Nach nicht einmal zehn Minuten steht sie auf und stellt sich zur Tür. Als Einzige. So weit habe ich dummerweise nicht gedacht. Schachmatt, denn wenn nur wir beide den Bus verlassen, wird sie mich sehen. Und erkennen. Daran führt kein Weg vorbei.

Also bleibe ich sitzen, mit dem Gefühl totalen Versagens, lehne die Stirn an die kühle Scheibe des Busfensters und schaue hinaus. Das hier muss eine der besten Gegenden Münchens sein. Eine Villa reiht sich an die andere, die Grundstückspreise will ich mir überhaupt nicht ausmalen. Hohe Zäune, perfekt gepflegte Rasen. Nirgendwo ein Trampolin im Vorgarten. Ein Gärtner stutzt eine Hecke. Teure Autos sind hier kaum geparkt, die stehen alle in ihren Garagen.

Und dann blicke ich im Vorbeifahren durch eines der schmiedeeisernen Gitter und kenne plötzlich Tamaras Ziel. Es sind nicht ihre Klienten, die auf sie warten.

13

Es ist ihre Großmutter. Ich steige an der nächsten Haltestelle aus und laufe eine Viertelstunde lang die Straßen auf und ab. So lange, bis ich relativ sicher sein kann, dass ich Tamara nicht mehr begegnen werde.

Ich will ohnehin nur deshalb noch einen Blick durch diesen Zaun werfen, damit ich den Weg hierher nicht ganz umsonst gemacht habe. Die Straße trägt den schönen Namen »Wahnfriedallee«, und obwohl mir bewusst ist, dass das irgendwie mit Richard Wagner zu tun haben muss, kann ich ein Grinsen nicht unterdrücken. Wenn es um Wahn geht, passe ich ziemlich gut dazu.

Vorhin habe ich Elsa Lambert direkt am Tor ihres parkähnlichen Gartens gesehen, in ihrem Rollstuhl. Dahinter eine der Pflegerinnen, aber nicht die, die auf der Gala mit dabei war. Jetzt ist keine Spur mehr von ihr zu entdecken, wahrscheinlich sind alle ins Haus gegangen. Das Grundstück ist nur am Eingang einsehbar, überall sonst bietet eine Hecke Sichtschutz.

Ich bin schon ein Stück weitergegangen, als ich Tamaras Stimme höre. »... sehr nette Klientin. Sie hat vor einem Jahr erfahren, dass sie unter Multipler Sklerose leidet, aber das Tanzen hilft ihr, sagt sie. Seit sie bei mir ist, hat sie keinen Schub mehr gehabt.«

»Das ist wunderbar, mein Schatz.« Die brüchig-sanfte Stimme von Elsa Lambert ist weniger leicht zu verstehen als die ihrer Enkelin. »Gerda, würden Sie uns noch Tee nach draußen holen? Und eine Karaffe Orangensaft.«

»Ich sage Dagmar Bescheid.«

Eine kurze Pause tritt ein, dann höre ich wieder Gerdas Stimme. »Dagmar? Bring bitte noch eine Kanne Tee. Und Orangensaft. Hm? Ja, nimm ruhig ein paar von den Keksen mit, Fräulein Lambert mag sie doch so.«

Ich wollte eigentlich nur kurz hier stehen bleiben, aber dieser Dialog lässt mich zögern. Soweit ich es einschätzen kann, war Elsa Lamberts Bitte um Tee in Wahrheit eine Bitte um ein paar Minuten Privatsphäre mit Tamara. Das wurde ihr sehr höflich und elegant verwehrt.

Entsprechend dreht sich das weitere Gespräch der beiden um Elsas Gesundheit und Tamaras Beruf, um das Wetter und den Tee, der erstaunlich schnell kommt.

Ich stehe da und tue anfangs so, als würde ich in mein Handy tippen, nach einer gewissen Zeit betrachte ich aber nur noch den Sperrbildschirm.

Tamara hat mir die Wahrheit gesagt. Sie bekommt keine Chance, mit ihrer Großmutter allein zu sein. Wenn Elsa ihr Gesicht betastet hat, so wie auch bei der Gala, muss sie die Schwellung bemerkt haben. Doch davon ist in dem Gespräch nichts zu hören.

Als der Tee kommt, mache ich mich auf den Heimweg, ich bin schon verdächtig lange hier. Noch auf der U-Bahn-Toilette nehme ich Perücke und Brille ab, ziehe das Klebeband weg, das das Kissen hält, und stopfe alles in meine riesige Umhängetasche. Mit verschwitztem dunklen Haar komme ich zu Hause an. Ein Glück, denn noch bevor ich in die Agnesstraße einbiege, laufe ich fast in Rosalie Breiner. Sie strahlt.

»Geht es Ihnen gut? Wir wollten doch gemeinsam Kaffee trinken! Wenn Sie in einer Stunde Zeit haben – ich habe einen Apfelkuchen gebacken.«

Sie sieht mich so erwartungsvoll an, dass ich es nicht übers Herz bringe, Nein zu sagen. Wird heute eben der Tag der alten Damen.

Der Kuchen lohnt sich wirklich, stelle ich nach dem ersten Bissen fest. Was gut ist, ich muss nämlich eine Menge davon essen. Einfach um den Mund voll zu haben und mir auf diese Weise Denkpausen zu verschaffen, denn Rosalie Breiner bombardiert mich schneller mit ihren Fragen, als ich lügen kann.

Ich erfinde mir also ein neues Paar Eltern (Irene und Helmut), die auch immer Hunde hatten (Cockerspaniel) und im Urlaub am liebsten nach Griechenland fuhren. Meine kürzlich gescheiterte Ehe (mit Niklas) liegt mir noch schwer auf der Seele.

Das alles werde ich mir merken müssen und am besten notieren, wenn ich zurück in meiner Wohnung bin. Dafür setzt Rosalie mir keinerlei Widerstand entgegen, als ich vorsichtig beginne, sie nach Tamara auszufragen. Und ihrem Bruder.

»Der war ein unglaublich lieber Mensch.« Sie faltet die Hände auf dem Tisch. »Weißt du, meine Hunde haben ein sehr genaues Gespür für so etwas, und sie haben sich jedes Mal gefreut wie verrückt, wenn sie ihn gesehen haben.« Sie seufzt. »So ein lieber Kerl, bisschen verrückt vielleicht, besonders von seiner Kleidung her. Hat mir meine Einkäufe getragen. Mich immer gefragt, wie es mir geht.«

Ich unterbreche sie nur ungern. »Ich glaube, ich meine den anderen Bruder. Markus. Den, der noch lebt.«

Rosalie verzieht den Mund. »Der! Der ist ein unhöflicher Klotz. Das sieht Tamara genauso. Sie haben kaum Kontakt, sagt sie.«

Außer um zwei Uhr nachts und dann, wenn sie sich unbeobachtet glauben. Ich ziehe ein nachdenkliches Gesicht. »War das denn immer schon so?«

Rosalie legt den Kopf schief und einen Finger ans Kinn, wie eine altkluge Dreijährige. »Nicht ... immer. Ich glaube, sie und ihr Bruder haben sich zerstritten, als sie mit dem Vossen-Erben zusammen war. Markus war wütend, weil er dachte, Vossen wollte die Beziehung mit Tamara nur deshalb, weil er sich Zugriff auf Informationen erhofft hat. Und Einfluss auf die Lambert-Firma.«

Ich brauche ein paar Sekunden, um diese Information zu verarbeiten. »Tamara war mit Georg Vossen zusammen? Das ... das hat sie mir gar nicht erzählt.«

Rosalie freut sich offensichtlich über die Wirkung, die ihre Geschichte erzielt hat. »Tja«, sagt sie genießerisch. »Ist schon drei Jahre her, aber damals ist er hier ein und aus gegangen. Sie waren ein so hübsches Paar. Aber die Familie war immer gegen die Beziehung. Vor allem Tamaras Großmutter, und die dürfte dann auch den Ausschlag für die Trennung gegeben haben.«

Noch eine erstaunliche Neuigkeit. Elsa Lambert wirkt auf mich nicht wie der Typ, der sich ins Privatleben seiner Enkel einmischt. »Ganz sicher?«, frage ich nach. »Und Tamara hat auf sie gehört?«

Rosalie schürzt nachdenklich die Lippen. »In aller Deutlichkeit hat sie es nicht gesagt, aber es war für mich klar herauszuhören. Sie war wirklich niedergeschlagen, aber tapfer.« Lächelnd deutet sie auf mich. »Hat auf diesem Platz gesessen, ich habe ihr Marmorkuchen gebacken. Weiß ich noch genau. Und sie meinte etwas wie: ›Bei manchen Menschen weiß man, sie meinen es gut mit einem. Und dann hört man besser auf sie. Im Grunde haben Georg und ich nie wirklich zusammengepasst.‹«

Schwer vorzustellen, dass Tamara eine Beziehung sausen lassen würde, nur weil Oma sie darum bittet. Oder – sie erpresst? Mit Geld? Aber dann wäre das Verhältnis der beiden wohl kaum so herzlich, wie es ist.

Da war sie also mit Georg Vossen liiert. Der mir auf ihren Wunsch hin München zeigen möchte. Das sehe ich jetzt in völlig neuem Licht; möglicherweise ging es ihm gar nicht um mich. Kann sein, dass er bloß jemanden sucht, der ihm erzählt, was seine Ex so treibt.

»Wissen Sie, was Markus von der Beziehung gehalten hat?«, frage ich und nicke widerwillig, als Rosalie mir noch ein Stück Kuchen anbietet.

»Wir sind doch jetzt per Du«, sagt sie in gespielt vorwurfsvollem Ton. »Nein, weiß ich nicht so genau. Aber du scheinst dich ziemlich für ihn zu interessieren, nicht wahr?«

Ich zucke mit verschämtem Lächeln die Schultern. »Er sieht nicht schlecht aus.«

Rosalie faltet ihre Papierserviette zusammen. Kante auf Kante. »Er hat mich mal als alte Kuh beschimpft, die ihre hässliche Nase aus anderer Leute Angelegenheiten raushalten soll, wenn sie nicht will, dass jemand sie ihr einschlägt.« Sie blickt hoch. »Hübsch sein ist nicht alles, Herzchen.«

Ich höre die Musik aus Tamaras Wohnung schon, als ich die Treppen aus dem dritten Stock hinuntergehe. Diesmal nichts Aggressives, sondern eine weiche Frauenstimme, die spanisch singt. Ein schneller Blick auf mein Handydisplay zeigt mir fünf Fotos, vier davon interessant. Zweimal Johannes, der um 15.42 Uhr erst bei Tamara, dann bei mir geklingelt hat. Dann Tamara selbst, die um 16.22 Uhr nach Hause gekommen ist, da war Johannes bereits weg. Und schließlich ein junges Mädchen, erschreckend dünn, das auf Tamaras Tür zusteuert. Wahrscheinlich tanzt sie gerade zu spanischen Klängen gegen ihre Essstörung an.

In den Abendnachrichten bringt man eine Kurzmeldung zu Freda Trussek, der eingemauerten Journalistin. Rainer Korbach wird zitiert, der der Polizei jede erdenkliche Unterstützung zusagt. Zum ersten Mal höre ich, dass von einem möglichen Tötungsdelikt gesprochen wird und nicht von einem Unfall.

Korbach, der Vater des unhöflichen Valentin. Ich habe ihn

bei der Gala mit anderen an seinem Tisch sitzen sehen, aber wir haben kein Wort gewechselt. Ich glaube nicht, dass er mich überhaupt wahrgenommen hat.

Auf ihn könnte ich Saskia Kraffczyk noch einmal loslassen. Morgen werde ich mir die Baustelle ansehen, auf der die Journalistin eingemauert wurde. Vielleicht finde ich den Arbeiter, der den Beton in die Verschalung gegossen hat.

Saskia Kraffczyk tritt gegen neun Uhr dreißig aus dem Haus. Sie hat sich vorab vergewissert, dass Tamara zur Arbeit aufgebrochen und Rosalie von ihrer Hunderunde zurückgekommen ist. Ihre Perücke sitzt ebenso wie die Brille, und sie hat die große, braune Ledertasche über der Schulter hängen. Saskia ist wie ein Schleier, hinter dem ich mich verstecke.

Die letzten Reste roter Farbe kleben immer noch vor der Tür; ich steige darüber und werfe je einen Blick nach rechts und links. Flüchtiger als sonst, weniger ängstlich. Dass trotz des Galaabends und der unglückseligen Fotoberichterstattung alles ruhig geblieben ist, verleiht mir ein Sicherheitsgefühl, auf das ich mich allerdings nicht verlassen sollte.

Die fragliche Baustelle liegt auf der Schwanthalerhöhe, und sie ist deutlich schwerer zu betreten als letztens die der Vossens. Ich umrunde das Gelände und schieße Fotos, weiche einem Gabelstapler aus, bleibe schließlich vor dem alles überragenden Kran stehen.

Der ist gerade nicht im Einsatz, ein Blick durch mein Teleobjektiv zeigt mir, dass die Führerkabine leer ist. Ich gehe näher ran und schieße weiter Fotos; es wird nicht mehr lange dauern, bis das jemanden beunruhigt.

Knappe zwei Minuten, dann legt sich eine schwere Hand auf meine Schulter.

Berührungen dieser Art lassen mich immer noch unverhältnismäßig heftig zusammenschrecken. Mir rutscht die Kamera aus den Fingern, glücklicherweise hängt sie an einem Riemen um meinen Hals. Hinter mir steht ein breiter, kahlköpfiger Mann mit Walrossbart und Muskelshirt. Der Bauch hängt ihm ein gutes Stück über die Hose; Arme, Schultern und sogar die Glatze sind tattoobedeckt.

»Kann ich Ihnen helfen?« Es klingt wie eine Drohung.

Ich zücke meinen Presseausweis. »Guten Tag. Ich bin Journalistin und recherchiere zu der Unfallserie, die es derzeit auf deutschen Baustellen gibt.«

»Aha.« Er greift nach der Ausweiskarte und mustert sie eingehend. »Saskia Kraf... Kraff – wie spricht man das denn aus?«

»Tschechisch«, sage ich lächelnd, ohne zu wissen, ob das stimmt. »Ist auch gar nicht so wichtig. Denken Sie, ich kann mich hier ein bisschen umsehen? Soviel ich weiß, ist eine Kollegin von mir auf dieser Baustelle umgekommen.«

Er nickt langsam. »Für welche Zeitung schreiben Sie?«

»Ich bin freie Journalistin. Ich verkaufe meine Artikel an unterschiedliche Medien. Kommt immer darauf an, wer eine Geschichte haben will. Und wie viel er dafür zahlt.«

Das scheint ihn zu interessieren. »Wieviel zahlen die denn so?«, fragt er und gibt mir den Ausweis zurück.

»Kommt drauf an. Wenn es ein echter Renner ist, schon mal ein paar Tausend Euro.« Wieder ein Schuss ins Blaue, aber der Tattoo-Mann wird es kaum nachprüfen.

»Hm«, macht er. »Und was kriegen die Leute, die Ihnen die Informationen liefern?«

Hoppla. »Unterschiedlich«, antworte ich zögernd. »Je nachdem, wie wertvoll das ist, was sie erzählen können.«

Er denkt nach, betrachtet das Piraten-Tattoo auf seinem linken Handrücken. »Das hier ist mein Kran«, sagt er und deutet auf das Stahlungetüm, das neben uns in den Himmel ragt. »Ein Turmdrehkran. Das gleiche Modell, mit dem Charly umgekippt ist.« Er zieht eine Packung Zigaretten aus seiner Hosentasche. »War ein Kumpel von mir. Seine Frau hat ihn noch in der Leichenhalle gesehen. Sie sagt, sein Brustkorb war total zerquetscht und sein Kopf fast ab.« Er zündet sich eine Zigarette an, so feierlich, als täte er es in Charlys Gedenken.

»War das auch auf einer Baustelle von Korbach-Bau?«, frage ich und zücke Block und Kugelschreiber. Das wirkt weniger bedrohlich als ein Aufnahmegerät.

»Nö. Vossen.« Er nimmt einen tiefen Zug. »Aber das gibt einem zu denken, verstehen Sie?«

»Verstehe ich sogar sehr gut.« Ich kritzle auf meinem Block herum. »Denken Sie, es war Sabotage? Kann man diesen Kran einfach zum Umstürzen bringen?«

Er antwortet nicht gleich. Blickt nach oben zur Führerkabine, dann auf seine staubigen Schuhe. »Schwierig«, brummt er. »Wenn so was passiert, ist es meistens ein Fehler des Kranführers. Aber Charly war kein Stümper.« Er tritt von einem Fuß auf den anderen, schaut immer wieder hinauf zu seiner Führerkabine. »Haben Sie gewusst«, sagt er dann, »dass diese Freda Trussek, diese Journalistin, schon einmal hier war, bevor wir sie dann in der Mauer wiedergefunden haben?«

Nein, das ist mir neu. »Sind Sie sicher?«

»Und wie. Sie hat sich nämlich mit mir unterhalten. Wollte merkwürdige Sachen wissen. Hat mich zu ein paar Leuten ausgefragt.«

Ich halte meinen Schreiber fester. »Was wollte sie wissen? Um wen ging es?«

Der Kranführer nimmt mich am Oberarm und führt mich näher an den Rohbau heran. Ein paar Schritte entfernt lagert Baumaterial. Große Betonplatten, Verschalungsteile und Ähnliches schirmen uns von den Blicken der anderen ab.

Er lehnt sich ans Baugerüst und mustert mich prüfend. »Wie viel Geld, haben Sie gesagt, bekommen Informanten?«

Ich seufze. »Was halten Sie von dreihundert Euro?«

Er lacht kurz auf. »Achthundert. Und nicht jetzt, sondern heute Nacht. Halb elf, genau hier, ist das okay für Sie?«

Allein bei der Vorstellung krampft sich alles in mir zusammen. Nachts allein auf einer Baustelle, nur mit dem tätowierten Glatzkopf. »Können wir uns nicht auch in einem Lokal treffen? Auf ein Bier, zum Beispiel?«

»Können wir.« Er verschränkt die Arme vor der Brust. »Allerdings kann ich Ihnen dort nicht zeigen, was die Polizei übersehen hat.«

Halb elf ist gar nicht so spät, argumentiert ein Teil von mir, während der andere ihm einen Vogel zeigt. Das alles geht weit über das hinaus, was Robert mir aufgetragen hat. Ich sollte nur in der Wohnung sitzen und mich mit Tamara anfreunden. Nicht nachts mit tätowierten Bauarbeitern an Schauplätzen potenzieller Morde herumklettern. Aber dieser Mann jagt mir keine Angst ein, ihm geht es nur um Geld. Ich bin andere Kaliber gewohnt. Ich werde auf der Hut sein, falls er mich doch reinlegen will.

»Sie müssen keine Angst haben«, sagt er und reicht mir seine Pranke. »Übrigens heiße ich Max. Und Sie werden sehen, achthundert Euro sind ein Schnäppchen.«

Ich bin schon auf dem Weg zurück zur Straße, als sich mir ein Mann in den Weg stellt, und mein Herz sinkt mir bis in die Schuhe. Valentin Korbach. Der auf der Gala erklärt hat, wie uninteressant er mich findet. Ich hoffe, hoffe, hoffe, das war die Wahrheit. »Was haben Sie hier zu suchen?«

Ich senke den Kopf. Kehre den sächsischen Akzent so deutlich hervor, wie ich kann. »Och. Ich recherchiere.«

»Ohne Erlaubnis?« Er packt mich am Arm. »Kommen Sie mit.«

Ein paar Schritte lasse ich mich von ihm mitzerren, dann mache ich mich los. »Ich glaube nicht, dass Sie so mit mir umspringen dürfen«, protestiere ich und schlinge mir mein Halstuch so um, dass es das Kinn verdeckt.

Er deutet auf den blauen Container, an dem ein Schild mit der Aufschrift »Bauleitung« hängt. »Da drin unterhalten wir uns.«

Ich würde für mein Leben gerne abhauen, noch hat er mich nicht erkannt, da bin ich sicher. Die Brille war die beste Investition seit Langem.

»Ich bin von der Presse«, sage ich so würdevoll wie möglich. »Nach dem, was einer meiner Kolleginnen hier passiert ist, wäre es klug von Ihnen, mich nicht so grob anzufassen.«

Wir sind am Container angekommen. Er bittet mich mit einer Handbewegung hinein.

In dem winzigen Raum herrscht Chaos. Pläne, Werkzeug, gelbe Schutzhelme. Dazwischen leere Kaffeetassen, Wasserflaschen, ein einsamer Apfel.

»Setzen Sie sich bitte.« Er räumt einen Stuhl frei. »Ich darf doch sicher Ihren Presseausweis sehen?«

Ich hole ihn aus der Jackentasche.

»Saskia Kraffczyk, aha. Sie schreiben für ...«

»Ich bin freie Journalistin. Ich biete meine Artikel relativ breit an. Und mit wem habe ich es zu tun?« Ich habe Papier und Stift hervorgeholt. Wenn ich tue, als würde ich schreiben, kann ich den Kopf weiterhin gesenkt halten.

Er betrachtet meinen Ausweis eingehend, bevor er ihn zurückgibt. »Valentin Korbach. Ich leite die Firma, gemeinsam mit meinem Vater. Sagen Sie mir, was Sie hier wollen?«

Raus will ich, nur raus. »Ich wollte mir den Ort ansehen, an dem Freda Trussek ums Leben gekommen ist. Ich denke, sie muss einer großen Sache auf der Spur gewesen ...«

»Es war ein Unfall.« Korbachs Stimme ist noch leiser geworden. »Sie hat die Baustelle unbefugt nachts betreten. Es ist uns allen ein Rätsel, wonach sie gesucht hat, aber jedenfalls ist sie unglücklich gestürzt. Leider hat sie sich morgens nicht bemerkbar gemacht. Niemand bedauert das so sehr wie wir.« Korbach richtet sich auf. »Ich fürchte auch, ich muss Sie enttäuschen, was die große Geschichte angeht, hinter der Frau Trussek angeblich her war. Sie hat mich nach dem Gerlach-Gebäude gefragt, nach der Baugeschichte, aber das war gar nicht unser Projekt. Ist außerdem ewig her.« Er verengt seine blassgrünen Augen. »Ich habe ihr also gesagt, sie solle doch bitte besser recherchieren und könne dann gerne einen Termin über meine Sekretärin ausmachen. Und das Gleiche sage ich Ihnen jetzt auch.«

Er steht auf, ich ebenfalls. Mir einen Platz anzubieten, hätte er sich für die paar Sekunden wirklich sparen können. »Hat denn die Polizei ihre Ermittlungen schon eingestellt?« Eine echte Journalistin würde sich so schnell nicht abspeisen lassen, also versuche ich einfach mein Glück. »Ist man dort auch sicher, dass Freda Trusseks Tod ein Unfall war?«

Er schüttelt den Kopf, ohne eine Miene zu verziehen. »Ich habe Ihnen gesagt, was ich weiß. Auf Wiedersehen, Frau Kraffczyk.«

14

Er hat mich nicht erkannt. Ich bin so gut wie sicher, ein plötzliches Aha-Erlebnis lässt sich kaum verbergen, die Reaktion ist wie ein Reflex, man sieht sie in den Augen.

Trotzdem nutze ich auf dem Rückweg eine der öffentlichen Toiletten, um mich dort wieder von Saskia in Carolin zu verwandeln. Und an einer der seltenen Telefonzellen ergreife ich die Gelegenheit nachzuhorchen, wie die Dinge in Wien stehen.

Eileen hebt ab und quietscht vor Freude, als sie meine Stimme hört. »Ich dachte schon, du hättest uns vergessen! Wie läuft es denn bei dir?«

»Na ja, nicht so toll. Ich muss noch ein wenig dableiben, um meinen Opa steht es nicht gut. Und bei euch?« Im Hintergrund höre ich Matti mit einer Kundin sprechen, und mein Wunsch, zurückzukehren, wird so heftig, dass er fast schmerzt.

»Bianca ist ganz nett, aber sie ist kein Ersatz für dich«, erklärt Eileen. »Erzählt immer nur von ihren fünf Katzen. Sie ist schon okay, doch ich freue mich trotzdem darauf, dich wiederzusehen.«

»Geht mir genauso«, murmle ich. »Bis demnächst. Grüß Matti von mir. Ich melde mich wieder.«

Das Gespräch hat meine Laune nicht gehoben. Als ich die Telefonzelle verlasse, merke ich, dass ich ein paar blonde Saskia-Strähnen im Reißverschluss meiner Handtasche eingezwängt habe, der nun klemmt. Wütend zerre ich so lange daran herum, bis er die Haare endlich freigibt.

Gut, dass ich es noch bemerkt habe. Es sind Kleinigkeiten wie diese, die einen zu Fall bringen können. Blondes Haar, das aus einer Handtasche quillt, und jemand, der die richtigen Schlüsse zieht.

Bevor ich zu Hause ankomme, überprüfe ich mein Handy. Rosalie ist kürzlich an meiner Wohnung vorbeigekommen, außerdem Tamara und das dünne Mädchen. Es ist erst kurz nach Mittag, aber in der Wohnung läuft Musik, die Privattherapie scheint in vollem Gange zu sein. Ich schließe zweimal hinter mir ab und lege mich vollständig angezogen aufs Bett.

Kann ich das Risiko dieses Treffens heute Abend wirklich eingehen? Kran-Max ist kein zartes Bürschchen. Wer sagt, dass nicht er es war, der die Journalistin beseitigt hat? In dem Fall hätte er wohl kaum Hemmungen, ein zweites Mal zuzuschlagen.

Ich stehe auf, öffne den Kühlschrank, finde nichts, was ich haben möchte, und lasse mich auf einen der Küchenstühle fallen. Ich tue viel mehr als das, worum Robert mich gebeten hat, sage ich mir wieder.

Als ich mich am Nachmittag wieder aufs Bett lege, schlafe ich tatsächlich für eine halbe Stunde ein, danach schnappe ich mir die Perücke und beginne, sie zu bürsten.

Wenn Max nicht gelogen hat, werde ich in ein paar Stunden um eine wichtige Information reicher sein, und die wird Robert nur zu meinen Bedingungen bekommen.

Bei Nacht ist es schwieriger, einen Zugang zu der Baustelle zu finden. Straßenseitig, wo es am hellsten wäre, ist es zu auffällig, auf der Hinterseite dafür stockdunkel. Überall Gefahrenschilder an Sicherheitszäunen, hinter einem davon klafft ein tiefes Loch, vermutlich ein Kabelschacht. Plötzlich scheint es mir nicht mehr unwahrscheinlich, dass Freda Trussek doch verunglückt ist.

In der Nähe des Bauleitungscontainers finde ich eine Stelle, wo die Absperrung aus kaum mehr als ein paar gespannten Bändern besteht. Dort schlüpfe ich durch.

Der Kran ragt hoch in den dunklen Himmel. Wenn ich rechts davon vorbeigehe und dann noch etwa fünfzig Meter, bin ich am vereinbarten Treffpunkt.

Unter jedem meiner Schritte knirscht irgendetwas; wenn er da ist, muss er mich längst hören.

Tut er auch. Er tritt aus dem Schatten eines Stapels Betonplatten hervor, ich kann einen Schrei nur mühsam unterdrücken. »Pünktlich«, sagt er gut gelaunt. »Das gibt einen Pluspunkt. Das Geld hast du dabei?«

Ich nicke, während mein Herz langsam in den normalen Rhythmus zurückfindet. Max sieht sich um. Keiner da, trotzdem drängt er mich wieder zwischen Baustofflager und Rohbau. »Achthundert Euro?«

»Wie vereinbart. Aber die gibt es nicht vorab«, sage ich, obwohl mir vollkommen bewusst ist, dass er sie mir jederzeit abnehmen kann. »Erst, wenn du erzählt hast, was es zu erzählen gibt.«

Er überlegt kurz. »Vierhundert vorher«, erklärt er dann, »und vierhundert danach.«

Meinetwegen. Ist schließlich Roberts Geld. Ich greife in meine Jackentasche und ziehe Geldscheine heraus. Erst drei, dann noch einen.

Max zählt nach. »Schön«, sagt er und steckt die erste Hälfte ein. »Also, hör gut zu.« Er zündet sich eine Zigarette an. »Deine Kollegin wollte zuerst wissen, wie die Arbeitsbedingungen sind. Ob Sicherheitsbestimmungen eingehalten werden und solcher Kram.« Er hebt gelangweilt die Schultern. »Aber sie ist bald umgeschwenkt, und dann ging es nur noch um den alten Korbach. Ob ihn vielleicht jemand erpresst. Ob ich irgendwann gehört habe, dass jemand das Gerlach-Gebäude erwähnt hat. Korbach selbst oder sein Sohn. Oder andere Besucher, vielleicht sogar Journalisten? Verwandte? Konkurrenten?« Er nimmt einen tiefen Zug. »Sie war so was von an der falschen

Adresse bei mir. Ich hab ihr erklärt, dass die Chefs mich normalerweise nicht zu ihren Privatgesprächen einladen, und sie hat gemeint, alle Korbachs würden sich weigern, mit ihr zu reden. Danach hat sie mich stehen lassen.«

Er sieht mich an, als erwarte er eine Reaktion, und als keine kommt, verzieht er spöttisch den Mund. »Das ist noch keine achthundert wert, ist mir schon klar, da musst du nicht so säuerlich dreinsehen. Ich habe die Zeitungstante dann wieder vergessen – bis sie sie aus der Mauer geholt haben. War ein Schock, sage ich dir. Aber diese Mauer ...« Jetzt steht Vorfreude in seinem Gesicht, als würde er im nächsten Moment ein Geschenk hinter seinem Rücken hervorzaubern wollen. »Ich zeige es dir gleich. Ich war der Einzige, der das entdeckt hat. Ist ja kein Wunder, die anderen hatten keine Chance. Eigentlich habe ich es bloß meinem Bruder zu verdanken, dass ich es gecheckt habe.«

Er nimmt einen genüsslichen Zug von seiner Zigarette. »Willst du es sehen?«

Ich nicke, und er lacht, wirft mit der Rechten seine Zigarette fort und greift mit der Linken an das Baugerüst neben sich.

Ein Schrei, ich springe zur Seite, im ersten Moment verstehe ich nicht, was passiert, warum er sich krümmt, sich nach hinten wirft, zuckt, aber ich weiche automatisch zurück, bis ich mit dem Rücken heftig an die gestapelten Betonplatten stoße.

Diffuser Schmerz an der Wirbelsäule; vor mir ist Max in die Knie gegangen, seine linke Hand umklammert den Holm des Baugerüsts, die rechte rudert unkoordiniert durch die Luft. Der Geruch nach verbranntem Fleisch steigt mir in die Nase; holt schlagartig Bilder zurück. Brennende Menschen. Max brennt nicht, aber er zuckt immer noch.

Strom. Das Baugerüst muss unter Strom stehen, und Max ist in den Stromkreis geraten.

Was soll ich tun? Ihn wegzerren? Nein, zu gefährlich. Wenn es Starkstrom ist, sterbe ich hier mit ihm.

Den Strom abstellen, das wäre richtig, aber ich weiß nicht, wo. Hilflos drehe ich mich um die eigene Achse, nirgendwo ein Sicherungskasten, nirgendwo ein Hinweis. Ich laufe ein Stück in Richtung Straße, stolpere über ein Kabel, leuchte mit dem Handylicht nach rechts und links. Mein Atem kommt in kurzen, schnellen Stößen.

Bis ich das Gelände nach der Schaltstelle für die Stromversorgung abgesucht habe, wird alles zu spät sein. Also zurück. Zurück zu Max.

Er liegt am Boden und rührt sich nicht mehr, seine Hand ist immer noch in Kontakt mit dem Metall des Gerüsts. Ich sehe ihn an, wage mich nicht näher, drehe mich schließlich um und renne, wobei ich mir meiner Erbärmlichkeit bewusst bin. Noch im Laufen wähle ich die Notrufnummer der Rettung.

»Hallo? An der Baustelle der Firma Korbach in der Ridlerstraße ist eben ein Arbeiter in den Stromkreis geraten, ich kann ihm nicht helfen! Die Hausnummer weiß ich nicht, aber bitte kommen Sie schnell, er liegt am Baugerüst gegenüber dem großen Kran!«

Ich lege auf und renne weiter. Laufe, höre kurze Zeit später die Sirene eines Einsatzfahrzeugs, hoffentlich ist das für ihn, hoffentlich ist es nicht zu spät, hoffentlich.

Nach weiteren zehn Minuten geht mir allmählich die Luft aus, aber ich kann nicht stehen bleiben, etwas in mir rennt einfach weiter und weiter. Bis ich an die Isar komme. Dort werfe ich mein Handy ins Wasser.

Der Weg nach Hause dauert fast zwei Stunden, was daran liegt, dass ich kaum darauf achte, wohin ich gehe.

Keine Sekunde kommt mir das Geschehene unwirklich vor, diese Art von Schutzmechanismen haben bei mir längst zu wirken aufgehört. Ich weiß, dass es tatsächlich passiert ist, und ich weiß, dass es kein Unfall war.

Was ich nicht weiß, ist, ob die Falle Max gegolten hat, der jemandem zu geschwätzig geworden ist, oder mir. Beziehungsweise Saskia Kraffczyk. Eine zweite tote Journalistin auf derselben Baustelle – das hätten die Korbachs niemandem als bedauerlichen Zufall verkaufen können.

Wenn ich wenigstens wüsste, ob Max noch lebt. Ob die Rettungskräfte ihn reanimieren konnten, ob sie überhaupt gekommen sind.

Wie ein Tonnengewicht senkt sich das altbekannte schlechte Gewissen auf meine Schultern. Ich habe nicht einmal versucht, ihn zu retten. Weil ich zu wenig Ahnung von Strom habe. Man soll ihn zuerst abschalten, das lernt man in jedem Erste-Hilfe-Kurs – aber wenn das nicht möglich ist?

Irgendwann taucht vor mir ein kleiner Park auf. Ich setze mich auf eine Bank und schließe die Augen. Wieder kehren die alten Bilder zurück, als würden sie von neuem Blut angelockt. Oder von neuer Asche. Damals konnte ich nicht eingreifen, es gab nicht den Hauch einer Chance, die Opfer zu retten. Heute hätte ich es vielleicht gekonnt, wenn ich gewusst hätte, wie.

Ich hätte mich nie auf Roberts Vorschlag einlassen dürfen.

Nur mit Mühe komme ich wieder von der Parkbank hoch, ich fühle mich kraftlos, als wäre ich neunzig. Doch erst, als ich zu Hause bin und meine Tür doppelt versperrt habe, wird mir klar, was das Wegwerfen meines Handys an Folgen nach sich zieht.

Es loszuwerden war zweifellos richtig. Es ist für die Polizei nachvollziehbar, von welchem Gerät aus der Notruf abgesetzt wurde – und wer weiß, für wen sonst noch. Das Telefon wäre geortet worden, und innerhalb von drei oder vier Stunden hätte jemand vor der Tür gestanden.

Aber jetzt kann ich Robert nur noch über Mail kontaktieren.

Das war so nicht geplant, ich habe nicht einmal seine Mail-Adresse, bis vor Kurzem gab es ja keinen Computer in meinem Leben. Kurznachrichten über eine – seiner Aussage nach – sichere App, das war alles. Und selbst das war für mich immer mit Bauchschmerzen verbunden. Jetzt allerdings wünsche ich mir, die Option stünde mir offen.

Tiefschlag Nummer zwei: Ich kann die Fotos nicht mehr empfangen, die mein Türspion mir schickt. Das gute Gefühl, zu wissen, wer ein und aus geht, egal ob bei Tag oder Nacht, ist futsch.

Aber alles Peanuts im Vergleich zu Max' Schicksal. Ich mache kein Licht an in der Wohnung, nur den Fernseher bei zugezogenen Vorhängen. Den Ton drehe ich so leise, dass ich selbst kaum etwas hören kann, dann mache ich mich auf die Suche nach einem Nachrichtensender.

Den finde ich schnell, aber es wird nichts von einem Stromunfall berichtet. Eine volle Stunde sitze ich einen Meter vor dem Bildschirm, eingewickelt in den Sofaüberwurf, mit einem Puls, der kaum je unter hundertzwanzig geht.

Wenn nicht berichtet wird, heißt das, die Polizei hält die Nachricht noch zurück? Oder heißt es, keiner ist meinem Notruf gefolgt? Dann liegt Max immer noch auf der Baustelle und ist mittlerweile ganz sicher tot.

Ich kämpfe den Impuls nieder, noch einmal nach draußen zu laufen und nachzusehen. Es würde nichts daran ändern, dass ich mich schlecht und schuldig und beschissen nutzlos fühle. Um halb drei lege ich mich ins Bett, um vier stehe ich wieder auf und öffne eine Flasche Wein. Eigentlich ist er zu gut, um ihn als reines Betäubungsmittel zu missbrauchen, aber ums Genießen geht es wirklich nicht. Wird es lange nicht mehr gehen, das weiß ich. Das Sterben hat mich eingeholt, es findet wieder vor meinen Augen statt.

Halb fünf. Die Flasche ist leer, mir ist ein wenig übel, aber mein Kopf produziert keine Gedanken mehr, das war der Zweck der Übung.

Ich mache mir nicht die Mühe, mich bis ins Bett zu schleppen. Ich rolle mich auf der Couch zusammen und warte darauf, dass die Welt sich auflöst.

Zu den Neun-Uhr-Nachrichten bin ich wieder wach, mein Schädel dröhnt, was sich auch nach einem halben Liter Wasser nicht ändert. Fröstelnd und innerlich klamm schalte ich den Fernseher ein.

Jetzt ist der Vorfall Topmeldung des Tages. »Die Unglücksfälle auf deutschen Baustellen reißen nicht ab«, sagt die Sprecherin, dazu zeigen sie Archivaufnahmen von einem Bagger, der Erdreich aushebt. »Auf einer Baustelle im Münchner Stadtteil Schwanthalerhöhe ist in der vergangenen Nacht ein achtundvierzigjähriger Kranführer ums Leben gekommen. Offenbar hat ein Baugerüst unter Strom gestanden, und der Mann geriet in den Stromkreis.« Die Kamera zeigt jetzt den Rohbau; sie fährt langsam die Stockwerke nach oben. »Wieso er zu dieser Zeit noch an seinem Arbeitsplatz war und aus welchen Gründen der Strom durch das Gerüst floss, ist derzeit Gegenstand polizeilicher Ermittlungen.«

Er ist tot. Ich lasse den Fernseher laufen und schleppe mich ins Schlafzimmer. Saskia Kraffczyk hat ihn auf dem Gewissen. Wahrscheinlich ist er an ihrer Stelle gestorben.

Sobald ich die Energie dafür aufbringen kann, muss ich mir überlegen, wie ich an ein neues Handy gelange. Das Gerät an sich ist nicht das Problem, eher der dazugehörige Vertrag. Um den abzuschließen, brauche ich einen Personalausweis – das ist einfach – und eine Bankverbindung. Das wird schon schwieriger. Es gibt nur ein Konto in Österreich, das läuft auf Carolin Bauer, und ich werde den Teufel tun, eine Spur von München nach Wien zu legen.

Ein Konto unter falschem Namen zu eröffnen, ist praktisch chancenlos. Mein Fantasieausweis würde gegengecheckt werden, und man würde sehr schnell herausfinden, dass es die Person, die ich zu sein behaupte, gar nicht gibt.

Also ein Prepaid-Handy? Das ist wahrscheinlich die beste Lösung. Im Supermarkt oder Elektrofachmarkt den neuen Ausweis vorlegen und dann eben die Karte regelmäßig aufladen. Übers Netz, in der Hoffnung, dass niemand zwei und zwei zusammenzählt.

Allerdings kann ich Robert dann immer noch nicht kontaktieren, denn seine Nummer kenne ich nicht auswendig.

Ich drehe mich auf die Seite und rolle mich embryoartig zusammen. Es ist nicht zu leugnen, ich scheitere hier. Schon wieder. Wenn Robert auch nur drei funktionstüchtige Gehirnzellen hat, lässt er mich endlich aus der Sache raus.

Ich bleibe den ganzen Tag im Bett. Einmal klingelt es an der Tür, aber ich rühre mich nicht. Nachdem sie daraufhin niemand aufbricht, waren es wohl nicht die Karpins, die mir einen Besuch abstatten wollten. Der Türspion schickt das dazugehörige Foto leider an die Fische in der Isar.

Erst am Abend krieche ich unter meiner Decke hervor, braue mir einen doppelten Espresso und setze mich vor das Notebook. Vielleicht finde ich doch einen Weg, an ein funktionierendes Telefon zu kommen. Ein gebrauchtes mit noch gültigem Vertrag wäre ideal ...

In der Inbox meines Mailprogramms befindet sich eine Nachricht. Spam bekomme ich keine, dafür müsste ich die Adresse irgendwann im Netz verwendet haben, trotzdem halte ich die Mail auf den ersten Blick für Werbung oder einen Irrläufer. Ist wohl meiner schlechten Verfassung zuzuschreiben.

Auftrag: Bukett, bestehend aus siebzehn Schwertlilien und dreißig weißen Rosen, Lieferung morgen an die be-

kannte Adresse. Telefonische Bestellung scheint nicht möglich, bitte um schriftliche Bestätigung.

Die Absendermail besteht nur aus einer Buchstaben- und Zahlenkombination bei einem Provider, den ich nicht kenne. Aber nachdem ich meinen Kaffee geleert habe, dämmert mir Stück für Stück, was man mir sagen will.

Die Nachricht kommt natürlich von Robert, er wird versucht haben, mich über unseren üblichen Weg zu erreichen. Dann muss er gesehen haben, dass ich sie auch nach Stunden noch nicht geöffnet hatte. Weiße Rosen bedeuten Schweigen. Mein Schweigen. Schwertlilien stehen für den Wunsch nach Kontakt. Man könnte fast meinen, Robert mache sich Sorgen. Und er hat seinen Besuch angekündigt, morgen um siebzehn Uhr dreißig.

Er hat keine einzige Blume dabei, dafür eine kleine Schachtel, in der sich mein neues Handy befindet. Dass ich mein altes ins Wasser geworfen habe, findet er vernünftig, nachdem er die ganze Geschichte kennt. »Auch wenn du keinen Notruf mehr abgesetzt hättest, es wäre gecheckt worden, welche Geräte sich zur Zeit der Tat in der Nähe der Baustelle befunden haben. Deines wäre auf der Liste ganz oben aufgetaucht, sie hätten es getrackt und mit dir in Verbindung gebracht. Ich hätte dich zwar rausgehauen, aber mir ist lieber, die Münchner Kollegen wissen nicht, dass ich dich eingeschleust habe.« Er klopft mir auf den Oberschenkel. »Dir doch auch, nicht wahr? Du willst schließlich tot bleiben.«

Ich nicke müde. »Und auf wen ist dieses Handy angemeldet?«

Er zieht einen Mundwinkel nach oben. »Spielt doch keine Rolle, oder? Nicht auf dich jedenfalls, wenn dir das Sorgen machen sollte.«

Ich drehe das Gerät hin und her. Roberts spezielle Kommunikationsapp ist schon installiert. »Wer außer dir hat die Nummer?«

»Niemand. Aber du kannst sie deinen Freunden geben, das ist kein Problem. Du sollst schließlich wirken wie ein normaler Mensch.«

Das ist ein Kunststück, das ich noch nie besonders gut beherrscht habe. Als Erstes wird jedenfalls mein Freund, der Türspion, die neue Nummer bekommen.

Robert wirft einen Blick auf die Uhr. »Versuche bitte, auf dieses Handy aufzupassen. Ich kann nicht so oft nach München fahren, das könnte den falschen Leuten auffallen, und sie könnten versuchen herauszufinden, wen ich hier besuche.«

Als er aufstehen will, halte ich ihn am Ärmel fest. »Wie lange soll das hier noch gehen? Ich finde nichts Brauchbares heraus, niemand redet über diesen Großauftrag, Tamara interessiert sich nicht für die Firma ihres Vaters, sie hat kein einziges Mal das Krankenhausprojekt erwähnt, um das es angeblich geht. Ich verschwende hier meine Zeit, Robert, außer ich unternehme solche Extratouren wie vorletzte Nacht, und dann sterben gleich Menschen.« Ich fühle, wie mir Tränen in die Augen treten, und drehe den Kopf zur Seite. »Ich habe viel mehr Einsatz gezeigt, als vereinbart war.«

»Das weiß ich auch sehr zu schätzen.« Ist das Ironie in Roberts Stimme? »Aber auch, wenn niemand es erwähnt, die Vergabe des Krankenhausprojekts ist ein Riesenthema bei den Lamberts. Der jüngere Bruder hält die Sache schon für entschieden, er ist in Champagnerlaune. Überhaupt seit dem Tod des Kranführers. Der lässt die Korbach-Bau in richtig schlechtem Licht dastehen.«

Holger. Der charismatische zweite Mann. »Ihr hört nach wie vor die Telefone ab?«

Robert verdreht die Augen. »Natürlich. Und ich kann dich

beruhigen, du bist nirgendwo Thema. Keiner spricht über Tamaras schrullige Nachbarin. Oder doch, pardon, einmal hat Holger Lambert dich erwähnt. Seinem Bruder gegenüber, kurz nach der Gala. Er meinte, es wäre typisch für Tamara, dass sie ein einsilbiges, blasses Mädchen anschleppen würde, neben dem sie umso mehr zur Geltung käme.« Er zwinkert. »Sorry, waren seine Worte. Aber dafür seist du genau der Typ seines Sohns, der hätte eine Schwäche für blutleere Durchschnittsfrauen.«

Johannes, der einzig wirklich Sympathische in der Familie. Es interessiert sich also niemand für Carolin Springer, gut. Aber wie steht es mit ...

»Hat jemand eine Saskia Kraffczyk erwähnt?« Ich habe Robert erzählt, dass ich mich für meine Extratouren möglichst unkenntlich mache; meinen Decknamen habe ich bisher nicht erwähnt.

Erst will Robert den Kopf schütteln, dann hält er inne. »Warte mal. Das kann sein. Es gab vor zwei Tagen ein Gespräch zwischen Valentin Korbach und Erich Lambert. Korbach hat gesagt, es wäre schon wieder eine Journalistin bei ihm aufgetaucht. Er hat Lambert gefragt, ob er die kennen würde. Der Vorname war Saskia, das weiß ich noch, den Nachnamen kann ich im Protokoll nachlesen.«

»Musst du nicht.« Dem widerlichen Korbach-Sohn war ich also so sehr ein Dorn im Auge, dass er sich bei der Konkurrenz nach mir erkundigt hat. »Was hat Lambert gesagt?«

»Dass er den Namen noch nie gehört hat. Bei ihm wären auch gehäuft Journalisten aufgetaucht in letzter Zeit, aber die Frau wäre nicht dabei gewesen.«

Okay. Tagsüber reden sie über mich, und in der Nacht steht ein Baugerüst unter Strom. Hat Max geplaudert? Jemandem erzählt, dass er sich mit dieser blonden, Brille tragenden Journalistin treffen wird?

»Saskia Kraff-dings warst also du.« Robert reibt sich das Kinn. »Sehr gut. Kann ich eine Unbekannte aus der Gleichung streichen.« Er will aufstehen, aber wieder halte ich ihn fest. »Warte, ein paar Kleinigkeiten gibt es noch.«

Er sinkt aufs Sofa zurück. »Und zwar?«

»Die Großmutter wohnt in einem sündteuren Herrenhaus und wird von ihren Pflegerinnen regelrecht bewacht. Ich bin Tamara einmal dorthin gefolgt und habe ein wenig durch die Hecke gelauscht. Die beiden konnten kein ungestörtes Wort miteinander wechseln.«

Robert verzieht den Mund. »Na, wie aufregend.«

»Du wolltest doch wissen, mit wem Tamara Umgang hat, oder?« Ich muss aufpassen, dass ich nicht laut werde. »Also, zum Beispiel mit ihrer Oma. Sie hat sie am Vormittag besucht, zu einer Zeit, zu der sie sonst arbeiten geht.« Was ich noch nie wirklich gesehen habe, fällt mir ein. Ich bin ihr zweimal gefolgt. Das erste Mal war sie beim Gynäkologen, das zweite Mal bei Elsa.

»Erzähl mir lieber, wie es um Tamara und ihren Bruder steht. Markus. Wieder Techtelmechtel?« Irgendwann werde ich Robert sagen, wie unprofessionell ich sein anzügliches Grinsen finde. Und wie ekelig. »Er war sie einmal besuchen«, murmle ich. »Nachts, zwischen zwei und drei ungefähr, aber am nächsten Tag hat Tamara behauptet, sie hätte herrlich durchgeschlafen.«

»Na, das lässt doch Raum zur Interpretation«, stellt Robert zufrieden fest. »Es hat nur eben gar nichts mit Großprojektvergaben und Milliardenbudgets zu tun. Hab trotzdem ein Auge drauf.« Er steht auf und tätschelt mir väterlich den Kopf. »Und auf alles andere auch.«

Es ist fast acht Uhr, als er geht, und ich beginne, den Türspion umzuprogrammieren, doch der weigert sich, das neue Handy zur Kenntnis zu nehmen. Ich konsultiere das Manual, versuche, die alte Nummer zu löschen, aber nichts klappt.

Ich bin so konzentriert auf den Kampf mit der Technik, dass ich Schritte, Klingelgeräusche und Türenknallen von draußen kaum wahrnehme und zu spät reagiere. Als ich durch den Spion spähe, liegt der Gang ruhig da. Aber in Tamaras Wohnung wummert die Musik los, Led Zeppelins *Dazed and Confused*. Als wüsste sie, wie es gerade in meinem Kopf aussieht.

15

Am nächsten Tag habe ich mich so weit gefangen, dass ich Tamara gerne wieder folgen würde, aber es wäre sträflich leichtsinnig, Saskia Kraffczyk noch einmal loszuschicken. Die rothaarige Perücke möchte ich nicht leichtfertig einsetzen, wer weiß, ob sie nicht zu einer anderen Gelegenheit nützlicher ist.

Auf einen Tag mehr oder weniger kommt es nicht an, beschließe ich und setze mich mit meinem Morgenkaffee auf den Balkon. Mehr als die Richtung, in die Tamara das Haus verlässt, werde ich so zwar nicht sehen, aber da kann man nichts machen. Ich brauche ohnehin Zeit, um mir meine nächsten Schritte zu überlegen. Und endlich den Türspion wieder zum Laufen zu bringen.

Doch Tamara taucht nicht auf. Zwischen acht und neun behalte ich die Straße durchgehend im Auge. Ab neun Uhr mit gesteigerter Aufmerksamkeit.

Als es Viertel vor zehn ist, gehe ich nach drüben und klingle. Niemand öffnet, in der Wohnung rührt sich nichts, auch nicht, als ich zum zweiten Mal läute.

Ich verfluche den Verlust meines alten Handys. Es hätte mir verraten, ob Tamara letzte Nacht das Haus verlassen hat oder ob sie noch in der Wohnung ist. Eventuell krank oder …

Nein. Quatsch. Ich sehe schon wieder überall Tod und Mord, was nach Max' Ende zwar kein Wunder ist, aber trotzdem muss ich einen klaren Blick behalten.

Und den Türspion dazu bewegen, mich wieder mit Bildern zu versorgen. Noch einmal studiere ich das Manual, starte das WLAN neu, und siehe da, plötzlich lässt sich die alte Nummer löschen und die neue eingeben. Ich mache die Probe aufs Exempel und stelle mich vor die eigene Tür; Sekundenbruchteile später habe ich ein wenig schmeichelhaftes Selbstporträt auf dem Display. Mein blasses Gesicht umrahmt von dunklen Haaren, die Mundwinkel leicht nach unten gezogen. Ich sehe aus wie die personifizierte schlechte Nachricht.

Tamara kommt den ganzen Tag lang nicht aus ihrer Wohnung. Ich gehe einen Sprung einkaufen und klemme mich danach hinter den Computer, doch das erweist sich schnell als Fehler.

Eigentlich möchte ich nur nachsehen, was die Medien zu der Unfallserie schreiben, aber als Allererstes springt mir ein grobkörniges Foto ins Auge. Eine kurzhaarige, blonde Frau mit großer Brille, die eine Kamera in der linken Hand hält und halb nach oben blickt. Saskia Kraffczyk.

Der Name taucht tatsächlich in dem Artikel auf. Allerdings wird dort sofort geklärt, dass nirgendwo in Deutschland eine Saskia Kraffczyk gemeldet ist und es sich bei der Frau wohl um eine Betrügerin handelt. Die Leser werden aufgefordert, sich bei der Polizei zu melden, wenn sie zu wissen glauben, wer sich hinter dem falschen Namen verbirgt.

Ich starre das Foto an, kann den Blick nicht abwenden. Wie gut bin ich darauf zu erkennen? Für mich ist die Ähnlichkeit unübersehbar, aber wenn man es nicht weiß –

Im nächsten Artikel das gleiche Bild, auch nicht besser aufgelöst. Auf der Korbach-Baustelle muss es Überwachungskameras geben, wahrscheinlich noch nicht seit Langem, sonst wüsste man Näheres zum Tod von Freda Trussek.

Nach Saskia Kraffczyk wird intensiv gesucht. Wer unter falschem Namen auf fremden Baustellen herumschleicht, ist wohl auch fähig, Kranführer per Stromschlag zu töten. So lautet der Subtext aller Beiträge, die ich lese, auch wenn es nirgendwo explizit geschrieben wird. Dass die angebliche Journalistin sich bislang noch nicht gemeldet hat, ist jedenfalls verdächtig.

»Ich weiß, dass sie sich am Tag vor Max Werderits' Tod mit ihm unterhalten hat, ich habe die beiden zusammenstehen gesehen«, wird Valentin Korbach zitiert. »Danach habe ich sie in mein Büro gebeten und mir ihren Presseausweis zeigen lassen. Das hat sie getan und angekündigt, sie werde sich melden und einen Interviewtermin mit mir vereinbaren, doch ich habe nichts mehr von ihr gehört.«

Wird er auch nicht. Saskia ist vom Erdboden verschwunden, und das soll sie auch bleiben, aber nun gibt es dieses Foto. Zum zweiten Mal innerhalb weniger Tage findet sich ein Bild von mir in den Medien. Beide Male in München aufgenommen. Mein Herz schlägt so schnell, als wolle es jede Sekunde nutzen, die es noch hat.

Die Fotos von der Gala wurden auf den Seiten mit den Gesellschaftsnachrichten veröffentlicht, und ich war eine Hintergrunderscheinung. Dieses Foto jetzt zeigt mich und nur mich. Die Leute werden aufgefordert, es genauer anzusehen und nach Möglichkeit die Person darauf zu identifizieren.

Ich halte das Bild, das der Türspion mir vorhin geschickt hat, neben das der Überwachungskamera auf dem Notebook-Display. Versuche, beide mit dem Blick einer Außenstehenden zu betrachten.

Wenn man es weiß, sieht man es. Wenn nicht, retten mich wahrscheinlich Brille und Sofakissen plus Make-up-Contouring, das mein Gesicht viel voller wirken lässt. Die blonde Saskia ist ein anderer Typ als ich, die Übereinstimmungen liegen nicht an der Oberfläche.

Und wenn man davon ausgeht, dass ich tot bin ...

Ich drücke mir die Daumenballen gegen die Augen. Robert sagte, sie suchen nicht nach mir. Dann wird das Bild allein sie nicht stutzig werden lassen, allerdings erwähnt der eine Artikel die Sache mit dem Presseausweis. Der auf eine Saskia Kraffczyk ausgestellt ist, die es nicht gibt.

Gefälschte Ausweise, da könnten die Karpins hellhörig werden und das Foto doch genauer unter die Lupe nehmen. Und dann ...

Ich öffne das Mailprogramm und die Bestellmail, die Robert mir kürzlich geschickt hat. Klicke auf *Antworten*.

Sonderangebot: Christrosen und Blausterne zum halben Preis, entsprechend unserer Werbeeinschaltung in der Süddeutschen. Wer zuerst kommt, hat die volle Auswahl! Bestellen Sie noch heute!

Ich schicke die Nachricht ab; wenn er darauf nicht reagiert, kann ich später noch per Handy nachhaken. Christrosen stehen für Angst, Blausterne für Fehler, die man gemacht hat. Wenn Robert meine Botschaft richtig versteht, sieht er sich die *Süddeutsche* an, findet das Bild genauso beunruhigend wie ich und ist doch bereit, mich hier rauszuholen. Nachdem nun auch seine eigenen Kollegen nach mir suchen.

Den Nachmittag verbringe ich in Deckung auf dem Balkon, den Blick auf die Straße gerichtet. Ich halte Ausschau nach Leuten, die sich so verhalten, wie ich es sonst tue. In Hauseingängen stehen bleiben und dabei vorgeben, ihr Handy zu checken. Sich umsehen, als würden sie nach einer Adresse suchen. Ihr Auto parken, aber nicht aussteigen.

Nichts davon passiert, und nachdem auch Tamara ihre Wohnung weder verlässt noch betritt, beschließe ich am Abend, noch einmal bei ihr zu klingeln.

Nach dem ersten Mal geschieht nichts, beim zweiten höre ich Geräusche hinter der Tür. Schließlich öffnet sich die Tür einen winzigen Spaltbreit. »Hi, Caro.« Tamaras Stimme ist dünn. »Mir geht es nicht so gut, kannst du morgen noch mal ...«

Normalerweise ja, aber diesmal nicht. Ich drücke die Tür ein Stück weiter auf und bin ein paar Sekunden lang sprachlos.

Tamara sieht schrecklich aus. Ihr rechtes Auge ist zugeschwollen, ihre Unterlippe aufgeplatzt. In einem ihrer Nasenlöcher sind Spuren getrockneten Bluts zu erahnen, und über ihr Kinn zieht sich ein tiefer Kratzer, der ebenfalls geblutet haben muss.

»Meine Güte, was ist mit dir passiert?« Ich schließe die Tür hinter uns und lege ihr einen Arm um die Schultern. Sie zuckt zusammen.

»Warum hast du mir nichts gesagt? Wer war das? Hast du die Polizei gerufen?«

Sie antwortet nicht, sondern geht ins Wohnzimmer. Allem Anschein nach muss jeder Schritt sie schmerzen. Und das Hinsetzen erst recht.

»Tamara!« Ich gehe vor ihr in die Hocke. »Du bist doch nicht irgendeine Treppe runtergefallen, oder? Wenn jemand dich so zugerichtet hat, musst du ihn anzeigen!«

»Ich muss überhaupt nichts«, murmelt sie undeutlich. »Ich hatte Streit, okay? Aber ich will weder jemanden anzeigen, noch möchte ich, dass man mich so sieht.« Sie schließt das unverletzte Auge. »Ich will auch nicht, dass du zur Polizei gehst, ist das klar? Die Sache geht dich nichts an. War mein Fehler, meine eigene Dummheit. Wenn du mir einen Gefallen tun willst, misch dich nicht ein.«

»Okay.« Dass ein Besuch bei der Polizei aktuell das Letzte ist, worauf ich Lust habe, kann sie ja nicht wissen. »Trotzdem: Wer war es?«

Sie antwortet nicht, und das bestätigt mich in meinem Verdacht. Sie schützt ihren Bruder, der sie nachts besuchen kommt. Vergangenen Abend war auch jemand da, zu dumm, dass ich nicht sehen konnte, wer es war, aber ich habe laute Musik gehört. Sehr gut möglich, dass sie Kampfgeräusche übertönen sollte.

»Kann ich dir sonst irgendwie helfen?«

Erst schüttelt Tamara den Kopf, dann hält sie inne. »Eventuell«, sagt sie zögernd, »könntest du morgen für mich zu Vossens gehen? Ich wollte Georg etwas vorbeibringen, aber so, wie ich aussehe ...«

»Klar«, sage ich, obwohl mir bei dem Gedanken überhaupt nicht wohl ist. »Mache ich gerne. Und jetzt? Soll ich dir Tee kochen? Oder möchtest du etwas Kaltes für dein Gesicht?«

Sie nickt, immer noch mit geschlossenen Augen. Beim Durchwühlen ihres Eisfachs finde ich zwei Kühlakkus, einen davon wickle ich in ein frisches Küchenhandtuch und bringe ihn ihr. Sie presst ihn erst gegen ihre Lippe, dann gegen das zugeschwollene Auge. »Mach dir keine Sorgen um mich«, sagt sie. »Und erzähl niemandem etwas, okay? Nicht den Vossens und niemandem aus meiner Familie. Vor allem will ich nicht, dass Oma davon erfährt.«

Als ich am nächsten Morgen wieder vor ihrer Tür stehe, um abzuholen, was ich Vossen übergeben soll, sieht sie um keinen Deut besser aus als am Vortag. Aber sie winkt mich herein, und im Wohnzimmer sehe ich wieder die Tube mit dem Concealer liegen, was in gewisser Weise wie Routine wirkt. Als wäre sie schon öfter verletzt worden, nicht nur die beiden Male, die ich mitbekommen habe.

Wir setzen uns an den Küchentisch, sie spült drei Pillen mit schwarzem Kaffee hinunter. »Du versprichst mir, dass du nicht zur Polizei gehst?«

Ich nicke, aber sie wirkt nicht überzeugt. »Du würdest mir damit keinen Gefallen tun, falls du das denken solltest. Im Gegenteil. Es wäre eine Katastrophe.«

Wieder nicke ich. Wenn ich die Hintergründe richtig zusammenpuzzle, kann ich ihre Sorge verstehen. Ein inzestuöses Verhältnis mit dem eigenen Bruder, vielleicht eine Schwangerschaft – das darf um keinen Preis an die Öffentlichkeit gelangen. »Du kannst dich auf mich verlassen«, versichere ich ihr. »Keine Polizei.«

Sie lächelt, was schmerzhaft zu sein scheint. »Danke.«

Ich drehe die Kaffeetasse zwischen meinen Händen. »Du und Georg Vossen«, beginne ich vorsichtig, »stimmt es, dass ihr einmal ein Paar wart?«

Sie sieht mich starr an.

»Rosalie hat mir davon erzählt«, füge ich hastig hinzu. »Sie hat eine Schwäche für Tratsch, fürchte ich.«

Tamara lehnt sich in ihrem Stuhl zurück. »Ja, da hat sie dir die Wahrheit gesagt. Wir waren mal zusammen, vor ein paar Jahren. Ein Riesenfehler. Danach haben wir eine Zeit lang überhaupt nicht miteinander gesprochen, aber jetzt geht es wieder.« Sie schluckt. »Erzähl ihm nicht, wie ich aussehe, okay?«

»Nein. Wenn du das nicht willst.«

»Danke.« Sie steht auf, geht langsam ins Wohnzimmer und nimmt einen weißen Umschlag vom Sideboard. »Bring ihm das hier, bitte. Die Vossens haben ihr Büro am Frankfurter Ring. Ist nicht allzu weit von hier.«

Es ist albern, aber nicht zu ändern, dass die Erwähnung von Frankfurt mich jedes Mal zusammenzucken lässt. »Okay. Ich hoffe, er ist da.«

»Wenn nicht, nimm es wieder mit«, sagt Tamara drängend. »Es ist für ihn persönlich. Lass dich nicht von seiner Sekretärin beschwatzen, es zu hinterlegen. Oder von seinem Vater.«

Ich verspreche es und mache mich auf den Weg. Der Umschlag ist an einer Seite flach, an der anderen ausgebeult und weich. Es befindet sich also nicht nur Papier darin, sondern auch irgendein Gegenstand, der sich zusammendrücken lässt.

Mein erster Weg führt mich in einen Bürobedarfsladen, wo ich ein Zehnerpack Kuverts kaufe, die genauso aussehen wie das von Tamara.

Sie hat mir das Versprechen abgenommen, nicht zur Polizei zu gehen und den Umschlag Georg Vossen persönlich zu übergeben.

Ich habe ihr nicht versprochen, ihn nicht vorher zu öffnen.

Es ist ein kleines, unauffälliges Café, und ich setze mich an den hintersten Tisch. Bestelle mir Orangensaft und betrachte Tamaras Kuvert.

Etwas wie Anthrax wird nicht drin sein, oder? Eine Briefbombe schließe ich einfach mal aus, da müssten Drähte zu fühlen sein. Glaube ich. Außerdem habe ich es hier nicht mit den Karpins zu tun, verdammt, deshalb ist das Weiche, das ich durch das Papier des Umschlags fühlen kann, auch sicher kein abgeschnittener Finger.

Dass ich ihn öffnen werde, ist beschlossene Sache. Ich wäre eine Idiotin, wenn ich es nicht täte; mein Auftrag hier hat Priorität vor allem anderen. Und vielleicht – vielleicht ist der Inhalt des Briefs so aufschlussreich, dass ich Robert damit überreden kann, mich nach Hause zu lassen.

Ich schlitze den Umschlag mit dem Stiel meines Kaffeelöffelchens auf und luge hinein. Halte zuerst Ausschau nach einer Art »Siegel«, dessen Fehlen mich später verraten könnte. Ein Haar, zum Beispiel, das im Originalkuvert vorhanden ist und in meinem nicht mehr. Oder ein Brotkrümel, irgendetwas dergleichen.

Aber es befinden sich nur zwei Dinge in Tamaras Umschlag, und nachdem ich beide eingehend studiert habe, bin ich nicht mehr sicher, ob der Weg zur Polizei nicht doch der richtige wäre, zumindest in der Theorie.

Oder der Weg zu einem Psychiater.

Der weiche Gegenstand entpuppt sich als kleines Stofftier. Ein Bär mit T-Shirt, Sonnenbrille und Schirmkappe, an deren höchstem Punkt ein kleiner Metallring angebracht ist. Ich vermute, das Bärchen war früher einmal ein Schlüsselanhänger. Vielleicht ein Geschenk von Georg an Tamara? Das sie ihm mit großer Verspätung zurückgibt?

Viel beunruhigender als das Mini-Stofftier ist allerdings der Brief, der beiliegt. Er ist mit der Hand geschrieben, die Buchstaben sind gleichmäßig und nirgendwo zittrig, was in Anbetracht des Textes erstaunlich ist.

Georg,
ich flehe dich an, und du weißt, Flehen liegt mir nicht. Aber ich flehe dich an: Hilf mir. Du weißt, wie die Dinge stehen. Ich weiß, wie groß dein Einfluss auf deinen Vater ist. Der Zwischenfall mit Markus tut mir leid, er ist bereit, sich zu entschuldigen, er ist bereit, alles zu tun. Genau wie ich.
Niemand soll davon erfahren, das ist mir genauso wichtig wie dir. Aber die Zeit wird knapp. Ich bitte dich von Herzen, und ich schwöre dir, niemand wird zu Schaden kommen. Im Gegenteil.
Wir haben einander doch einmal viel bedeutet. Kannst du diese eine Sache für mich tun? Danach musst du nie wieder mit mir sprechen, wenn du es nicht willst. Du musst mich auch nie wieder ansehen. Aber bitte, lass mich jetzt nicht im Stich.
Tamara.

Darunter ein schwungvoller Strich, unter dem in großen Blockbuchstaben zwei Worte stehen:

FICK DICH!

Das alles wirkt zutiefst verstörend. Als wäre es Tamara gelungen, sich eine ganze A4-Seite über zu beherrschen, um ihren Ex um einen sehr wichtigen Gefallen zu bitten, nur um am Ende jede Kontrolle über sich zu verlieren und ihn wüst zu beschimpfen.

Oder ist es keine Beschimpfung? Ist es ein ausgesprochen schräges Angebot, Sex zu haben? Ein Insider von früher vielleicht?

Ich halte den Brief gegen das Licht, möglicherweise gibt es eine versteckte Ergänzung, die den Widerspruch aufklärt, aber ich werde nicht fündig. Also fotografiere ich Papier und Bärchen mit meinem Handy und stecke beides in einen neuen Umschlag.

Der Brief beschäftigt mich so sehr, dass ich mich auf dem Rest des Weges kein einziges Mal frage, ob Georg Vossen meine Ähnlichkeit mit dem Foto von Saskia Kraffczyk auffallen könnte.

Diese Sorge überfällt mich erst, als ich das Gebäude betrete. Die Niederlassung der Vossens erstreckt sich über den ganzen zweiten Stock, und man prallt beim Aussteigen aus dem Aufzug zuallererst gegen eine stylisch geschwungene Rezeptionstheke.

»Hallo.« Ich lächle die Empfangsdame freundlich an. »Ich müsste Herrn Vossen kurz sprechen. Georg Vossen. Ist er im Haus?«

Das Gesicht der Frau bleibt völlig unbewegt. »Sie haben keinen Termin?«

»Nein, aber es dauert auch höchstens zwei Minuten. Ich bin eine Bekannte. Carolin Springer.« Erst als ich meinen Namen nenne, wird mir bewusst, dass er Vossen vielleicht gar nichts mehr sagen wird. Wir haben uns auf der Gala ein paar Minuten lang unterhalten – das kann er längst vergessen haben. Dass er mir München zeigen wollte, war Tamaras Idee, nicht seine eigene.

Die Rezeptionistin hat ihren Telefonhörer am Ohr und drückt

ein paar Knöpfchen. »Hier ist eine Carolin Springer, die Sie gerne sehen möchte.« Ihre Augenbrauen wandern nach oben, sie nickt. »Sehr gerne.« Sie legt auf und kommt hinter dem schicken Empfangstisch hervor. »Kommen Sie bitte mit.«

Wir gehen einen langen, hellblau getünchten Gang entlang, den raumhohe Fotografien diverser Gebäude zieren. Georg Vossens Büro ist das letzte auf der linken Seite, und er öffnet uns persönlich die Tür. »Carolin! Schön, dich wiederzusehen.«

Waren wir per Du? Ich weiß es nicht mehr. »Ich freue mich auch«, sage ich ein paar Sekunden zu spät und wenig überzeugend. Die Rezeptionistin geht, und Georg lotst mich durch einen Vorraum an seiner Sekretärin vorbei in ein großes, holzgetäfeltes Büro. »Zwei Kaffee«, ruft er über die Schulter zurück, bevor er die Tür schließt.

Er bietet mir einen Platz auf der Ledersitzgruppe an, und ich lasse mich zögernd nieder. Eigentlich wollte ich nur zwei höfliche Sätze tauschen und Tamaras Brief loswerden. Nicht Kaffee trinken und Small Talk machen, der in meinem Fall ja nie entspannt sein kann, sondern immer den Charakter eines Spießrutenlaufs hat.

»Hattest du Spaß auf der Gala?«, fragt Georg aufgeräumt.

»Och. Schon.« Ich versuche, sehnsüchtige Blicke zur Tür hin zu vermeiden. »Obwohl ich natürlich fast niemanden gekannt habe. Ich war vor allem dabei, um Tamara einen Gefallen zu tun. Apropos Tamara ...«

Als ich in die Tasche greifen will, kommt die Sekretärin mit dem Kaffee herein. Sie stellt das Tablett vor uns ab und geht wieder.

»Ich weiß kaum etwas über dich«, stellt Georg nach dem ersten Schluck fest.

»Da gibt es auch nicht viel Interessantes«, erkläre ich. »Ich bin Grafikerin, war verheiratet, bin mittlerweile geschieden, und mein Exmann ist ein unangenehmer Typ. Deshalb bin ich nach München gezogen, in der Hoffnung, dass er mir hierher nicht folgen wird.« Ich nippe am Kaffee. »Bisher klappt's.«

Sein Blick ist amüsiert. »Du sprichst nicht gern über dich, oder?«

Das hat er gut erkannt. »Derzeit ist mein Leben ein großer, ungeordneter Haufen Altlasten. Das verdränge ich immer ganz gut, bis mich jemand danach fragt.«

Georg lacht auf. »Okay. Werde ich nicht mehr tun. Versprochen. Dann lass uns einen Termin für unsere Münchentour suchen. Ich wollte dir meine Lieblingsplätze zeigen, deshalb bist du schließlich hier, oder?« Er zwinkert.

»Nein.« Das alles ist einerseits unkomplizierter, andererseits aber unangenehmer, als ich es mir vorgestellt habe. »Ich bin hier, weil ich dir etwas von Tamara geben soll.«

Er verbirgt seine Überraschung gut. Ebenso wie den Missmut, der für die Dauer eines Wimpernschlags seine Miene überschattet und dann wieder verschwindet. »Aha. Und warum bringt sie mir das nicht selbst?«

»Es geht ihr gerade nicht besonders gut.«

»Oh, tut mir leid. Ist sie krank?«

»Sie ist ein wenig ... angeschlagen. Jedenfalls hat sie mich gebeten, dir das hier zu geben.« Ich ziehe den Briefumschlag aus der Tasche und lege ihn neben das Kaffeetablett.

Ein wenig habe ich gehofft, Georg würde ihn sofort öffnen. Ich hätte gern seine Reaktion gesehen und nachgefragt. Herausgefunden, ob er mich anlügen, mir die Wahrheit sagen oder ausweichen würde. Aber er betrachtet das Kuvert bloß mit leicht geneigtem Kopf und tippt auf die Erhöhung, unter der sich das Bärchen befindet. »Was ist da drin?«

»Keine Ahnung. Tamara sagte, du würdest es schon verstehen«, lüge ich.

»Na, wenn Tamara das sagt.« Mit einem Achselzucken beugt Georg sich vor. »Ich verstehe ja nicht, warum sie es nicht mit

der Post geschickt hat wie normale Leute, aber umso besser.«
Einen Moment lang denke ich, er will nach meiner Hand greifen, aber er nimmt bloß den Zuckerstreuer und lässt ein paar Kristalle in seine Tasse rieseln. »Tamara sagt auch, ich könnte dir den Start in München ein wenig erleichtern, das täte ich wirklich gern. Ich finde, ein guter Beginn, um eine Stadt kennenzulernen, sind ihre Restaurants. Wir könnten die nächsten Tage einmal essen gehen, wie fändest du das?«

»Das klingt verdächtig nach einem Date«, sage ich, »und nach so etwas steht mir derzeit noch nicht der Sinn. Sorry.«

Er hebt die rechte Hand wie zum Schwur. »Kein Date. Nur Essen. Ehrenwort.«

Mit dem Gefühl, einen großen Fehler zu machen, lasse ich mich darauf ein. Wir fixieren den nächsten Dienstag, neunzehn Uhr, und er will mich von zu Hause abholen.

Bis dahin vergehen noch ein paar Tage, sage ich mir. Ich kann absagen. Kostet mich nur einen Anruf. Als ich aufstehe, hält Georg mich nicht auf. Er habe leider in zehn Minuten einen Termin, sagt er, aber er freue sich schon sehr auf unser gemeinsames Essen.

Den Briefumschlag nimmt er mit, als er mich zur Tür begleitet, und legt ihn im Vorbeigehen auf seinen Schreibtisch.

Dort liegt noch etwas anderes, ich sehe es nur flüchtig, aber ich kenne es so gut, dass kein Zweifel besteht. Es ist der Ausdruck einer vergrößerten Fotografie, grobkörnig und mäßig scharf. Eine Frau mit Brille und kurzem Haar, die eine Kamera in der Hand hält. Das Bild von Saskia Kraffczyk auf der Baustelle der Korbachs.

16

Er hat mich erkannt. Der Gedanke begleitet mich den ganzen Rückweg über. Er hat mein Gesicht mit dem auf dem Foto in Übereinstimmung gebracht; die Essenseinladung ist eine Falle. Ich hätte mich nie auf das Treffen mit Max Werderits einlassen dürfen. Dann wäre er noch am Leben, und ich säße nicht ...

»Caro! Carolin! Caro!« Rosalie biegt um die Ecke, die Hunde im Schlepptau und eine Hand zu hektischem Winken erhoben.

Ich zwinge ein Lächeln in mein Gesicht und warte, obwohl mir der Sinn nach nichts weniger steht als nach Nachbarschaftsklatsch. »Ich habe vorhin schon bei dir geklingelt.« Sie hat mich erreicht, ihr Atem geht schnell, ihre Augen sind erwartungsvoll geweitet. »Wo warst du? Bei der Polizei?«

»Nein. Warum sollte ich?«

Rosalie sieht mich an, ein Ausdruck tiefsten Erstaunens im Gesicht. »Na, wegen deiner Freundin. Die überall gesucht wird. Hast du es nicht mitbekommen?«

Ein Gefühl wie eine Eisenklammer um den Magen. Natürlich. Rosalie hat mich in meiner ach so genialen Tarnung gesehen, und natürlich hat sie sich die Begegnung gemerkt.

»Saskia ... und ein relativ komplizierter Nachname. Krafzik?« Sie nickt bekräftigend, als wolle sie sich für ihr gutes Erinnerungsvermögen selbst loben. »Deine Freundin aus Halle. Aber in der Zeitung steht, sie ist gar keine Journ...«

Als wäre nicht alles schon schlimm genug, tritt in diesem Moment Tamara aus dem Haus. Sie trägt eine riesige Sonnenbrille und hat die Verfärbungen in ihrem Gesicht mit Concealer unsichtbar gemacht. Rosalie winkt sie heran, doch Tamara bleibt einige Schritte entfernt stehen. »Tut mir leid, ich habe es eilig.« Sie dreht uns die linke Gesichtshälfte zu, die weniger angeschwollene. Ihr Blick findet meinen. »Gibt es was Neues?«

»Alles gelaufen wie besprochen«, sage ich schnell und hoffe, dass Tamara gehen wird, doch Rosalie lässt ihr keine Chance.

»Stell dir vor, Caro war noch gar nicht bei der Polizei!«, ruft sie. »Obwohl sie mit dieser Journalistin befreundet ist, die jetzt alle suchen!«

Ich kann in Tamaras Miene sehen, dass es einen Augenblick dauert, bis der Groschen fällt. »Die Frau auf dem Foto? Die kennst du?«

In Krisensituationen ist auf meinen Kopf Verlass, er ist in den letzten Sekunden die verfügbaren Möglichkeiten durchgegangen, hat sie geprüft und sich für eine entschieden. Wenn ich lügen muss, kann ich das so, dass man mir glaubt. »Kennen ist zu viel gesagt. Wir hatten einmal Kontakt, und ich habe ihr meine Münchner Adresse gegeben.«

»Aha.« Tamara tritt einen Schritt näher.

»Ja.« Ich ziehe ein besorgtes Gesicht. »Sie wollte mich kontaktieren, weil sie eine Story über Stalking geplant hatte. Wir haben uns zweimal in einem Café getroffen, ich wollte sie erst ein wenig kennenlernen und herausfinden, ob ich ihr vertrauen kann.«

»Na, offensichtlich nicht«, ruft Rosalie. »Die Frau ist unter falschem Namen aufgetreten, ihr Presseausweis muss auch gefälscht gewesen sein, sagt die Polizei.«

»Wahnsinn.« Ich schüttle fassungslos den Kopf. »Aber warum? Es bringt ihr doch nichts. Ihre Redaktion wird schließlich ihren echten Namen kennen, und ich könnte mir vorstellen, sie bekommt Probleme mit dem Berufsverband, wenn sie mit einem gefälschten Presseausweis unterwegs ist.« Der sich in diesem Moment in meinem Portemonnaie befindet. Noch einmal schüttle ich den Kopf.

»Stimmt.« Tamara betrachtet ihre Fingernägel. »Außer, sie

recherchiert gar nicht, um am Ende etwas zu veröffentlichen. Sondern nur für eigene Zwecke.«

Ich will etwas entgegnen, aber Rosalie kommt mir zuvor. »Was für eigene Zwecke sollen das sein? Was hat sie denn davon, wenn Caro ihr Geschichten über ihren Exmann erzählt?«

»Sie hat damals etwas von einer Artikelserie gesagt«, spinne ich mein Lügenmärchen weiter. »Wenn sie genug Stoff zusammenbekäme, würde sie sogar ein Buch andenken.« Ich seufze. »Wenn ich mir vorstelle, dass ich fast einer Betrügerin die schlimmsten Erfahrungen meines Lebens erzählt hätte ...«

Tröstend tätschelt Rosalie meinen Arm. »Du hast ja noch einmal Glück gehabt. Aber es stimmt schon: Vertrauen ist gut, Kontrolle ist besser.«

Ich nicke lächelnd zu ihrem abgedroschenen Spruch und wünsche mir nichts mehr, als endlich in meine Wohnung fliehen zu dürfen. Die Perücke verbrennen, den Ausweis zerhäckseln. Oder so ähnlich.

»Und dann beginnt sie plötzlich, rund um die Baustellenereignisse zu recherchieren?«, meldet Tamara sich wieder zu Wort. »Eigenartig, oder?« Sie streicht sich eine Haarsträhne aus der Stirn und zuckt zusammen. Dreht den Kopf wieder so, dass Rosalie die angeschwollenen Stellen nicht sehen kann. »Du bist die Einzige, die sie kennt, Caro. Was weißt du über sie?«

»Sie kommt aus Halle«, sage ich schnell. »Und sie hat mir damals erzählt, sie hätte ebenfalls eine Missbrauchsbeziehung mit anschließendem Stalking hinter sich. Sie wäre freie Journalistin, die ihre Storys an interessierte Medien verkauft. Ansonsten haben wir über München gesprochen. Sie meinte, sie hätte mal ein paar Monate hier gelebt, und die Stadt wäre wundervoll. Tja. Sie hat dann vor allem übers Schreiben geredet. Ach, und ein paar Kochrezepte haben wir noch ausgetauscht. Das war's.«

Ich bin zufrieden mit mir. Meine Schilderung hat genug Details, um echt zu wirken, ist aber gleichzeitig so vage, dass sie keine Widersprüche in sich bergen kann.

Tamara rückt ihre Sonnenbrille zurecht. »Hm. Hast du ihre Handynummer?«

Ich tue so, als müsste ich kurz nachdenken. »Nein. Aber sie hat meine. Allerdings hat sie mich nie angerufen.«

»Nein, sie ist einfach direkt vorbeigekommen«, stellt Rosalie triumphierend fest. »Gut so. Ich habe sie der Polizei so genau beschrieben, wie ich konnte. Bei dir melden sie sich bestimmt auch bald, Caro.«

Da ist sie wieder, die Eisenklammer um den Magen. »Was? Wieso?«

»Na, weil ich ihnen gesagt habe, dass ihr euch kennt. Sie waren sehr froh darüber, einen Punkt zu finden, an dem sie einhaken können.«

Ich lächle und hoffe, es sieht nicht starr aus. Weil Tamara mich nicht aus den Augen lässt. »Ja, na klar. Ich erzähle ihnen alles, was ich weiß. Ich möchte schließlich wirklich gern wissen, wer mich da so belogen hat.«

Zurück in der Wohnung, stürze ich ein Glas eiskaltes Wasser hinunter, damit ich wieder klar denken kann. Dann lasse ich Saskia verschwinden, so gut es geht. Die Perücke stecke ich unter die Matratze – nur eine Zwischenlösung –, den Presseausweis schneide ich in kleine Schnipsel und spüle sie, in Klopapier gewickelt, die Toilette runter. Die Brille werde ich bei nächster Gelegenheit in einen öffentlichen Mülleimer werfen, nachdem ich sie gründlich geputzt habe, sie ist am wenigsten verräterisch. Abgesehen vom Sofakissen, das ohnehin längst wieder sein harmloses Dasein auf der Couch fristet.

Trotzdem. Die Schlinge um meinen Hals zieht sich zu. Es ist

jetzt polizeibekannt, dass ich eine Saskia Kraffczyk kenne, die es nicht gibt.

Und dann ist da noch Georg Vossen, der das Saskia-Foto groß ausgedruckt auf seinem Schreibtisch liegen hat. Sie war ja auch zu Besuch auf einer seiner Baustellen. Weiß er das?

Ich fahre den Computer hoch und sehe mir noch einmal die Fotos an, die ich damals geschossen habe. Vor allem dieses eine, auf dem der Mann mit dem Fernglas zu sehen ist.

Könnte das Georg Vossen sein? Im Grunde ja, aber wirklich erkennen kann man es nicht, der Großteil seines Gesichts ist verdeckt. Im Vergleich dazu hat das Foto von Saskia geradezu Studioqualität.

Ein leises Signal unterbricht meine Gedanken; eine Mail ist eben eingetroffen.

Das Sonderangebot in der Süddeutschen habe ich gesehen, aber es wird keinen Hund hinter dem Ofen hervorlocken. Für Christrosen besteht aktuell kein Anlass. Im Osten ist das Wetter ruhig, viel Erfolg bei deinen Unternehmungen!

Auf gut Deutsch heißt das, Robert findet das Foto nicht verräterisch, ich muss keine Angst haben, und bei den Karpins tut sich nichts Neues. Aber er weiß noch nicht, dass seit heute seine Münchner Kollegen zwischen mir und Saskia eine Verbindung herstellen können.

Durch die Blume kann ich ihm das nicht erklären, da müssen klare Worte her. Ich zücke mein neues Handy und öffne unsere ach so sichere Nachrichtenapp.

Deine Leute interessieren sich jetzt für mich, schreibe ich. *Wäre gut, wenn du ihnen auf die Finger klopfen könntest.*

Ich schicke es los und finde im gleichen Moment, dass ich nicht deutlich genug war. Dass die Karpins mich auf dem Foto nicht erkennen, ist die eine Sache. Aber Robert müsste wissen, dass es in seinem BKA eine Abteilung gibt, die auf Gesichtserkennung spezialisiert ist.

Ob meine Make-up-Künste und die schlechte Qualität des Fotos genügen, damit die Datenbank nicht einen Treffer ausspuckt? Das Foto einer Frau mit ganz anderem Namen? Einer Toten?

Das kann Robert unmöglich wollen. Er hat damals sämtliche Fäden gezogen, damit nur eine Handvoll Kollegen von meinem Überleben wissen. Weil nie sicher ist, dass nicht doch der eine oder andere Polizist Informationen weiterreicht. Gegen Geld. Oder aus Angst.

Während ich noch überlege, wie ich ihm meine Gedanken am besten klarmache, ertönt ein leises *Ping*, und gleichzeitig schickt der Türspion ein neues Bild auf mein Handydisplay. Zwei Männer, einer in Jeansjacke, der andere in Sakko. Im nächsten Moment klingelt es an der Tür.

Mein erster Impuls ist: tot stellen, aber es ist helllichter Tag, die beiden sind viel eher Polizei als Killerkommando. Und auf Nachfrage würde Rosalie ihnen bereitwillig erklären, dass ich zu Hause bin.

Ich öffne die Tür einen Spaltbreit. »Ja, bitte?«

Der in der Jeansjacke zieht eine Dienstmarke hervor. »Horst Thalmann, ich bin vom Landeskriminalamt. Und das ist mein Kollege Fischer.«

»Aha.« Ich zwinge mich dazu, den Türspalt ein wenig zu vergrößern. »Worum geht es?«

Thalmann klopft lächelnd an den Türstock. »Dürfen wir für ein paar Minuten hereinkommen?«

Ich nicke und trete zur Seite, während ich mich frage, ob auch sicher alle Ausweisschnipsel die Toilette hinuntergegangen sind. Einen Hausdurchsuchungsbefehl haben die beiden nicht, den gibt es nur, um Beweismittel sicherzustellen oder einen Täter zu fassen. Außerdem müsste dann einer der beiden Richter oder Staatsanwalt sein. Es gab eine Zeit, als es für mich wichtig war, diese Dinge zu wissen.

»Kann ich Ihnen etwas zu trinken anbieten?« Ich sollte mir bald Gedanken darüber machen, was ich mit der Barrett und dem Ausweisdrucker anstelle, ob ich …

»Wasser wäre nett. Danke.«

Ich trage zwei Gläser und eine Flasche San Pellegrino ins Wohnzimmer, werfe dabei einen möglichst unauffälligen Blick zum Schreibtisch. Der Ausdruck mit dem Saskia-Foto liegt unter anderem Papier, zum Glück. Das andere Papier ist leider eines meiner Beerdigungsfotos.

Ich schraube die Flasche auf und gieße den Beamten ihr jeweiliges Glas halb voll. Ohne dabei zu zittern, der Krisenmodus funktioniert immer noch.

»Wir sind hier, weil wir erfahren haben, dass Sie mit einer Frau bekannt sind, die sich Saskia Kraffczyk nennt.«

Ich stelle mich nicht überrascht, wozu auch. »Ja, eine Nachbarin hat mich darauf aufmerksam gemacht, dass wohl etwas mit ihr nicht stimmt. Ich fürchte nur, ich werde Ihnen kaum helfen können. Ich kenne Saskia nur flüchtig. Sie wollte mich interviewen.«

Ich erzähle den ganzen Kram von meinem stalkenden Ex und ihrer geplanten Reportage. Dass wir uns in München treffen wollten und sie deshalb offenbar hier war. Warum sie nicht vorher angerufen habe? Keine Ahnung. Nein, ihre Nummer habe ich nicht. Sie war es, die Kontakt aufnehmen wollte.

»Wissen Sie irgendetwas Persönliches über Frau Kraffczyk? Oder gibt es gemeinsame Bekannte?«

Ich überlege, versuche, das richtige Maß an Ahnungslosigkeit zu treffen. »Sie kommt aus Halle an der Saale, hat sie mir erzählt. Das Sächsische hört man auch ein wenig, wenn sie spricht. Aber sonst …« Wieder überlege ich. »Sie sagte, sie ist nirgendwo fest angestellt, sondern arbeitet für verschiedene Medien.«

»Hm.« Fischer, der bisher geschwiegen hat, zieht ein Handy aus seinem Sakko. »Haben Sie sich gar nicht für Frau Kraffczyks bisherige Artikel interessiert? Einfach mal gegoogelt, um zu sehen, wie sie schreibt?«

Ich zucke mit den Schultern. »Nein. Auf die Idee bin ich nicht gekommen.«

»Hm«, wiederholt Fischer. »Das macht doch heutzutage fast jeder. Man bekommt es mit jemand Neuem zu tun und googelt ihn erst mal. Nein?«

»Stimmt, gelegentlich habe ich das schon gemacht«, gebe ich zu. »Aber in dem Fall nicht.«

»Das ist schade«, erklärt Thalmann. »Dann hätten Sie nämlich festgestellt, dass es für diesen Namen keine Treffer bei Google gibt, und das ist heutzutage eigentlich kaum noch möglich. Es gibt auch keinen Treffer beim Einwohnermeldeamt, das heißt, Saskia Kraffczyk ist in Wirklichkeit jemand anders.«

Ich werfe einen sinnierenden Blick zu dem Bürostuhl, auf dem ich gesessen habe, als ich den Namen erfunden habe. »Ja, so etwas Ähnliches hat meine Nachbarin schon gesagt. Ich verstehe bloß den Grund nicht. Außer, sie will nicht, dass man ihren richtigen Namen unter ihren Artikeln findet.«

Thalmann lächelt gezwungen. »Tja, nur den falschen findet man ebenfalls nicht, wie ich schon sagte.«

Eine kurze Pause tritt ein. Fischer fegt ein unsichtbares Stäubchen von seinem Revers. »Wissen Sie, ich glaube nur in Ausnahmefällen an Zufall«, sagt er langsam. »Bei Ihnen überschneiden sich für meinen Geschmack zu viele Fäden, wenn Sie wissen, was ich meine.«

Ich ahne es, beschließe aber, mich dumm zu stellen.

»Sie kennen die nicht existierende Saskia Kraffczyk. Und Sie wohnen neben Tamara Lambert, die mit den Besitzern einer der aktuell im Fokus stehenden Baufirmen verwandt ist. Saskia Kraffczyk, wer immer sie sein mag, beginnt, zu genau diesen Zwischenfällen in der Baubranche zu recherchieren.« Er sieht mir forschend in die Augen. »Kein Zufall, dafür lege ich meine Hand ins Feuer.«

Mein Handy piept drei Mal, das ist das Signal für eine Nachricht auf der sicheren App. Robert hat geantwortet.

Ich klopfe meinen Leuten auf die Finger, sobald es nötig wird.

Ich lächle Fischer an. »Entschuldigen Sie. Meine Mutter. Darf ich ihr kurz antworten?«

Beide Polizisten nicken; Thalmann freundlich, Fischer gönnerhaft.

Dann jetzt, tippe ich. *Sie sitzen auf meiner Couch. LKA. Fischer und Thalmann.*

Ich stecke das Handy weg und wische mir die Hände an den Hosenbeinen ab. Verlegenheitsgeste, das sollte ich lassen. »Sie haben recht«, sage ich, »nach Zufall sieht das nicht aus. Erklären kann ich Ihnen den Zusammenhang aber trotzdem nicht. Es könnte allerdings sein, dass Saskia Tamara hier im Haus getroffen hat und das die Idee ausgelöst hat, in der Baubranche zu recherchieren.«

Das klingt unglaublich dünn. »Obwohl das weit hergeholt ist«, füge ich schnell an. »Wahrscheinlich müssen Sie Saskia selbst fragen. Wenn Sie herausgefunden haben, wer sie in Wahrheit ist.«

Jetzt. Jetzt wäre der Zeitpunkt, an dem einer der beiden Polizisten mit seiner Vermutung herausrücken müsste. Dass doch eine gewisse Ähnlichkeit zwischen mir und der Journalistin bestehe, dass man auf der Baustelle Fingerabdrücke gefunden hätte, die vielleicht von ihr stammen. Ob ich etwas dagegen hätte, sie mit meinen abgleichen zu lassen?

Bei der Vorstellung fällt es mir schwer, meine gleichmütige Miene aufrecht zu halten. Fingerabdrücke wären schlimmer als

Gesichtserkennung. Sobald man sie in die Datenbank einfütterte, würde es eine klare Übereinstimmung geben. Dann wäre klar, dass ich nicht tot sein kann.

Aber weder Fischer noch Thalmann ergreifen die Chance. »Es wäre uns geholfen, wenn Sie sich an möglichst viele Details aus Ihren Gesprächen mit Frau Kraffczyk erinnern könnten«, erklärt Fischer. »Oder, falls Sie sie schützen wollen – das ist nicht nötig. Nach dem aktuellen Stand der Ermittlungen hat sie nichts zu bef...«

Sein Handy vibriert, er wirft einen schnellen Blick aufs Display. Runzelt die Stirn. »Das muss ich annehmen. Einen Moment, bitte.«

Er hebt ab, sagt ein paarmal »Ja«, hört aber ansonsten nur zu. Sein Blick, der erst auf den Couchtisch gerichtet war, hebt sich langsam und heftet sich auf mich. »Aha«, sagt er. »Verstehe.« Dann nickt er nur noch und legt nach einem kurzen »alles klar« auf.

Auf Thalmanns fragenden Blick schüttelt er nur den Kopf und steht auf. »Gut, Frau Springer, das war es dann auch schon. Vielen Dank für Ihre Zeit. Wenn sich neue Fragen ergeben, melden wir uns bei Ihnen.« Er drückt mir die Hand. »Und selbstverständlich können auch Sie sich bei uns melden, wenn Sie etwas brauchen.«

Manchmal kann Robert wirklich schnell reagieren.

Danke, schreibe ich ihm kurz und werfe erst das Handy und anschließend mich aufs Bett. Atempause. Zumindest die Polizei wird fürs Erste nicht mehr hinter Carolin Springer her sein. Ob Robert ihnen auch erläutert hat, was es mit Saskia auf sich hat, wird sich zeigen.

Um 16.30 Uhr schickt mir der Türspion ein Foto des essgestörten Mädchens, das aus dem Aufzug steigt. Ein paar Minuten später dringt Enya mit *Only Time* durch die Wände. Wenn

Tamara ihrer Klientin den letzten Lebenswillen nehmen will, macht sie das ziemlich geschickt.

Ob Georg Vossen den Brief schon geöffnet hat? Sicher. Ich wüsste zu gerne, was beim Lesen in ihm vorgegangen ist. Er muss sich ebenfalls gefragt haben, wie labil sie eigentlich ist. Oder ihm war klar, was zwischen »Ich flehe dich an, hilf mir« und »Fick dich« passiert ist. Vielleicht war es ja ein Telefongespräch, in dem Georg sie auf irgendeine Weise enttäuscht hat. Aber warum dann noch den Brief schicken? Inklusive Bärenanhänger?

Ich öffne auf meinem Smartphone das Foto, das ich von der Nachricht und dem Plüschtier geschossen habe. Ziehe es so groß, dass ich den Text lesen kann.

Der lange und freundliche Teil ist mit ruhiger Hand geschrieben – gleich große Buchstaben, schöne Schwünge. Ich bin keine Grafologin, aber ich denke, jeder Laie kann sehen, dass die Schreiberin trotz aller Angst, die in dem Brief zum Ausdruck kommt, relativ gefasst ist. Die beiden Worte, die darunter stehen, sind dagegen hingefetzt. Die Wut lässt sich nicht nur aus dem Inhalt, sondern auch der Form ableiten.

Wut. Oder Panik?

Enya ist in der Nebenwohnung verstummt, ein paar Minuten später zeigt mir mein Handy das dünne Mädchen auf dem Weg zum Aufzug.

Kurz darauf wummert in Tamaras Wohnung andere Musik los. Nichts, das ich kenne oder kennen möchte. Es hört sich an, als würden dem Sänger ohne Narkose die Fingernägel ausgerissen.

SPÄTER

»Wie sind Sie hier reingekommen?«
»Mit ein bisschen Geschick und Fingerspitzengefühl.«
»Aber – die Alarmanlage ...«
»Sollte man vielleicht warten lassen.«
Er steht vom Küchenstuhl auf, schiebt sie zur Seite, sieht sich um. »Sie haben es nicht schlecht hier.«
»Ich weiß.«
»Trotzdem habe ich gehört, Sie möchten etwas verkaufen. Informationen, richtig?«
Sie lacht. »Ich habe etwas herausgefunden. Zufällig. Ich weiß jetzt, wie sie es machen.«
»Verstehe. Und Sie möchten Geld.«
»Ja, natürlich. Ich hätte allerdings nicht gedacht, dass ich das mit Ihnen besprechen würde.«
»Tja, tut mir leid. Das werden Sie müssen.«
»Eigentlich egal. Sie wissen, die Information ist eine Menge Geld wert. Mich interessiert nicht so sehr, von wem ich es bekomme. Wenn Sie nicht zahlen wollen, fallen mir noch ein paar andere Abnehmer ein.« Sie legt den Kopf schief, fast wirkt es neckisch. »Ist übrigens wirklich clever. Kompliment.«
»Schon gut.« Er kramt in seiner Umhängetasche. »Wie viel?«
»Fünfhunderttausend. Ein Schnäppchen.«
»Sie sind ja verrückt.«
Genüsslich verschränkt sie die Arme vor der Brust. »Finden Sie? Ich habe da etwas Interessantes gelesen.«
»*Sie* können *lesen?*«
»Jetzt werden Sie mal nicht beleidigend.«
»Schon gut. So war es nicht gemeint.«

Wieder lacht sie auf, es klingt höhnisch diesmal. »Also. Wie steht es? Wird etwas aus dem Geschäft?«

»Tja. Ich denke schon. Auch wenn der Preis unverschämt ist.«

»Och.«

»Ja. Und Unverschämtheit hat ihrerseits ihren Preis.«

Sie verzieht die Lippen zu einem Grinsen, das mehr ein Zähnefletschen ist. »Bei mir gibt's nichts zu holen. Und wenn Sie denken, Sie können mich runterhandeln, dann haben Sie sich geschnitten.«

Sie ist dumm, stellt er insgeheim fest. Dabei dachte er, er bekäme es mit einer gewieften Erpresserin zu tun. Nachdem sie herausgefunden hatte, was bisher allen verborgen geblieben war.

Trotzdem wird er jetzt schnell sein müssen. »Ich habe heute zu viel Kaffee getrunken«, sagt er, zum Schein resigniert. »Wo ist denn die Toilette?« Nicht, dass er das nicht längst wüsste.

Sie weist ihn aus der Küche. »Gleich die zweite Tür links.«

Er verriegelt hinter sich und zieht die Latexhandschuhe und den Elektroschocker aus der Hosentasche. Wischt mit einem Mikrofasertuch Riegel und Türschnallen ab, bevor er wieder nach draußen tritt.

Jetzt wird es schnell gehen. Keine Plänkeleien mehr, keine Verhandlungen. Als er die Küche betritt, blickt sie irritiert auf seine Handschuhe, aber im nächsten Moment hat er ihr bereits den Schocker an die Rippen gesetzt.

Sie bricht ohne einen Laut zuckend zusammen. Jetzt hat er Zeit, sich umzusehen. In der größten Schublade findet er das Kochmesser. Rasierklingenscharf, gut fünfunddreißig Zentimeter lang. Er legt es auf die Anrichte, dann nimmt er die Frau unter den Armen und zieht sie hoch auf den Küchenstuhl.

Sie versucht, etwas zu sagen, doch alles, was aus ihrem Mund kommt, sind unverständliche Laute. Als sie einigermaßen sicher sitzt, holt er das Messer. Er tritt hinter sie, nimmt ihre Hände und legt sie behutsam um den Griff. So wie er steht, wird er nicht viel von dem Blut abbekommen.

Mit seinen Händen nimmt er ihre, die unregelmäßig zucken. Er setzt die Messerspitze an ihren Hals, dann versetzt er dem Ende des Griffs einen kräftigen Schlag. Wie ein Hammer, der einen Nagel einschlägt.

Um den Rest muss er sich nicht mehr kümmern. Er dreht sich um und geht, er wird den Ausgang zur Garage nehmen, dort ist die Straßenbeleuchtung schwach.

Hinter sich hört er, wie mit einem satten Geräusch der Körper auf dem Boden aufschlägt.

»Alles aus Liebe«, murmelt er.

17

Der Aufruhr beginnt kurz vor acht Uhr. Johannes stürzt aus dem Fahrstuhl, den besorgten Ausdruck in seinem Gesicht erkennt man sogar auf dem qualitativ schlechten Foto des Spions. Tamara muss schon bei der offenen Tür auf ihn gewartet haben, denn als ich in der Diele ankomme und nach draußen spähe, liegt der Gang verlassen da.

Dafür höre ich aufgeregte Stimmen aus der Nebenwohnung. »Wir müssen sofort hinfahren«, ruft Johannes. »Sie ist völlig mit den Nerven fertig, die Polizei haben sie schon gerufen.«

Ich ziehe mir Schuhe an. Wir werden uns zufällig auf dem Gang begegnen, und ich werde versuchen, so viel wie möglich zu erfahren.

Die Tür einen Spalt öffnen, einen Fuß nach draußen stellen. Sobald ich höre, wie die Nachbarstür aufgeht: Action.

»Hey, guten Morgen«, sage ich fröhlich in die zwei verstörten Gesichter, lege aber schon im nächsten Moment die Stirn in besorgte Falten. »Alles okay? Ist etwas passiert?«

Johannes schafft die Andeutung eines Lächelns. »Probleme in der Familie. Ich bin hier, um Tamara abzuholen, wir müssen zu unserer Großmutter.«

»Oje. Geht es ihr schlecht?«

»Ja, aber das ist nicht das Hauptproblem. Entschuldige bitte, wir haben es wirklich eilig.« Johannes zieht einen Autoschlüssel aus der Hosentasche und lässt ihn prompt fallen.

»Das klingt ernst, wenn ihr wollt, fahre ich euch«, biete ich an. »Dann seid ihr schneller. Müsst keinen Parkplatz suchen, ihr könnt direkt vor der Tür rausspringen.«

»Ich weiß nicht …«, sagt Johannes, aber Tamara legt ihm

eine Hand auf den Arm. »Ist vielleicht eine gute Idee. Dann können wir uns inzwischen überlegen, wie wir die Nachricht dem Rest der Familie beibringen.«

Johannes wirft mir einen schnellen Blick zu. »Sicher? Ich finde, da muten wir Carolin zu viel zu.«

Ich habe schon meine Wohnungstür abgeschlossen und öffne den Fahrstuhl. »Quatsch«, erkläre ich mit Nachdruck. »Ich fahre euch wirklich gerne. Außer, es ist euch unangenehm, und ihr wollt unter vier Augen ...«

Tamara steht schon neben mir. »Nein, ich wäre froh. Aber es ist Johannes' Auto und damit seine Entscheidung.«

»Wie ihr wollt.« Er schiebt uns in den Aufzug und reicht mir den Schlüssel. »Hauptsache, schnell.«

Ich sitze bereits am Steuer, als mir klar wird, dass ich nach der Adresse fragen muss und sie nicht einfach ins Navi tippen kann, wenn ich keine berechtigten Fragen hören will.

»Wahnfriedallee 24«, sagt Tamara. Sie und Johannes sitzen hinten, tatsächlich so, als wäre ich ihre Chauffeurin. Während ich mich in den Verkehr einordne, beginnen sie, sich leise zu unterhalten. »Wir sehen uns die Situation jetzt erst mal an«, sagt Tamara, »und dann entscheiden wir, wen wir zuerst informieren. Bei deinen Eltern ist das ja kein Problem, denen wird es egal sein, aber Papa ...«

»Ich weiß.« Ich kann im Rückspiegel sehen, dass Johannes tröstend einen Arm um Tamara legt, während sie von ihm abzurücken versucht. Die Schwellungen in ihrem Gesicht sind immer noch sichtbar, wenn auch nicht mehr so stark wie gestern. Perfekt überschminkt sind sie sowieso.

»Ich will gar nicht wissen, wie er diesmal reagiert. Es können ja die winzigsten Anlässe Auslöser für eine Krise sein«, fährt sie fort. »Und das ist kein winziger Anlass.«

»Wir bekommen das hin.« Johannes klingt beruhigend. »Wenn es nicht mein Vater mit seinem unvergleichlichen Einfühlungsvermögen ist, der ihm die Nachricht überbringt, ist schon viel gewonnen.«

»Ja.« Tamaras Stimme ist jetzt so leise, dass ich sie kaum noch verstehe. »Scheiße, ich mache mir solche Sorgen um Oma.«

»Sie ist stark.«

»Ja, aber vor allem ist sie alt. Und blind. Und es machen ihr Dinge Angst, über die sie früher gelacht hätte.«

Ich konzentriere mich auf die Straße und auf die Anweisungen des Navigationsgeräts, deshalb bekomme ich nicht lückenlos mit, wie das Gespräch weitergeht. Ich hoffe, dass sie irgendwann erwähnen werden, was eigentlich passiert ist, aber das tun sie nicht. Sie sprechen hauptsächlich über die letzten Befunde der Großmutter, deren Herz Probleme macht.

Noch zehn Minuten bis zum Ziel, laut Navi. Der Frühverkehr ist dicht, aber die meisten Fahrzeuge kommen uns entgegen.

»Ein Bypass wäre gut«, sinniert Tamara. »Sagt ihre Ärztin, aber Oma will nicht. Doch jeder Stress setzt ihr zu, und vorhin – sie hat so aufgeregt geklungen, sie hat fast geweint.«

»Du wirst sie beruhigen«, sagt Johannes sanft. »Niemand kann das so gut wie du. Niemand steht ihr so nahe wie du.«

»Aber niemand ist ihr so wichtig wie Papa.« Täusche ich mich, oder ist da plötzlich Schärfe in ihrer Stimme?

»Na ja«, murmelt Johannes.

Fünf Minuten später halte ich direkt vor dem Haus in der Wahnfriedallee. Die beiden springen hinaus, und ich visiere einen Parkplatz an, den ich in fünfzig Metern Entfernung entdeckt habe.

»Ich bringe dir dann gleich die Autoschlüssel hinein«, rufe ich Johannes nach, doch der scheint mich nicht mehr zu hören.

Ich parke ein, schließe den Wagen ab und gehe zögernd auf das Gartentor zu. Ich fühle mich merkwürdig deplatziert, ich möchte nicht in die Privatsphäre einer blinden alten Frau eindringen, der es offenbar gerade schlecht geht. Von Polizei war auch die Rede, aber ich sehe nirgendwo einen Streifenwagen.

Mit einem Ruck schüttle ich die Gedanken ab und gehe weiter. Ich habe meine Hilfe im Grunde nur angeboten, um einen weiteren Einblick in die Angelegenheiten der Lamberts zu bekommen. Mich dezent zurückziehen kann ich immer noch, sobald ich kapiere, was los ist. Und Johannes den Autoschlüssel zurückgegeben habe.

Die Haustür ist nur angelehnt, ich drücke sie auf und stehe in einer Empfangshalle mit Marmorboden und einer Treppe, die in einem weiten Bogen ins erste Stockwerk führt. An der Außenseite sind Schienen für einen Treppenlift angebracht, der dazugehörige Sitz befindet sich am oberen Ende der Treppe. Weit und breit ist niemand zu sehen.

Zu hören allerdings schon; aus einem Raum, der sich irgendwo rechts von mir befinden muss, dringt eine aufgeregte weibliche Stimme. Ich folge ihr einen großzügigen Gang entlang und entdecke durch eine halb offene Tür auf der linken Seite ein Esszimmer, an dessen Tafel gut zwanzig Leute speisen können.

Dann rieche ich es.

Der Geruch weckt alle alten Fluchtinstinkte in mir. Metallisch und organisch. Trotzdem gehe ich weiter, die weibliche Stimme wird lauter. »... noch nicht da ist, ich habe vor einer halben Stunde angerufen, warum dauert das ...«

Es ist die Küche. Auf dem Boden liegt eine gekrümmte Gestalt. Das Blut ist fast bis zur Schwelle gelaufen, an manchen Stellen glänzt es noch, an manchen ist es verwischt, an anderen bereits geronnen.

Eine Frau. Ich trete näher, fast ohne es zu merken. Johannes steht ein paar Schritte von der Toten entfernt, eine Hand vor den Mund gepresst. Die Stimme, die mich hergeführt hat, gehört einer der Pflegerinnen, sie ist groß und knochig, ihr graublondes Haar fällt ihr in einem Zopf über den Rücken.

Jetzt haben sie mich bemerkt. »Wer sind Sie?«, ruft die Frau.

»Caro, geh bitte wieder«, sagt Johannes im gleichen Moment. Ich würde ja, aber ich kann nicht. Der Anblick nagelt mich förmlich fest. Wieder eine Tote. Das haben sie mir vorhin nicht gesagt, aber sie müssen es gewusst haben. Wäre mir klar gewesen, was mich hier erwartet, ich hätte mich nicht als Fahrerin angeboten. Glaube ich.

Sie liegt auf der Seite, neben einem umgekippten Stuhl. Ihre rechte Hand umfasst ein riesiges Messer, die helle Bluse ist rotschwarz vom Blut, das aus einer Halswunde geströmt sein muss. Überallhin.

Zahl mit Geld oder zahl mit Blut, höre ich Andrei in meinem Kopf sagen, und das löst meine Starre. Der Satz galt damals nicht mir, aber er hat sich mir unauslöschlich eingeprägt. So wie das, was dann folgte. Denn der Mann, an den die Worte gerichtet waren, hatte kein Geld.

Ich weiche zurück in den Gang, taumle gegen die Wand, ins Esszimmer. Sinke dort auf einen der lederbezogenen Stühle.

Nichts anfassen. Ich ziehe die Ärmel meines Sweatshirts bis über die Hände. Das Haus ist ein Tatort – oder wird zumindest von der Polizei als solcher behandelt werden. Auch wenn es aussieht, als hätte die Frau sich selbst getötet. Aber wer tut das auf diese Weise? Indem er sich mit einem Küchenmesser in den Hals sticht?

Draußen bremst ein Auto, Wagentüren schlagen zu, Schritte kommen den Gang entlang. »Es ist gleich hier«, höre ich Tamara sagen. »In der Küche. Gerda hatte die Nachtschicht, es ist immer mindestens eine Pflegerin bei meiner Großmutter. Als Sabine heute Morgen ihren Dienst angetreten hat, hat sie Gerda gefunden.« Kurzes Durchatmen. »Ich kann da nicht reingehen.«

»Das sollen Sie auch gar nicht.« Es ist die helle Stimme einer Frau, die antwortet. »Und Sie möchte ich jetzt auch bitten, den Raum zu verlassen. Haben Sie sehr viel angefasst?«

Die letzten beiden Sätze richten sich wohl an Johannes und die zweite Pflegerin. Sabine.

»Ich bin zu Gerda hin, als ich sie gefunden habe«, antwortet sie. Es klingt, als müsse sie Tränen zurückhalten. »Das ist doch normal. Oder?«

»Schon gut. Wo können wir uns hier in Ruhe unterhalten?«

Ich erstarre innerlich. Gleich wird Tamara das Esszimmer vorschlagen, und da sitze dann ich. Carolin Springer, bei der erst gestern zwei Polizeibeamte zu Besuch waren. Carolin Springer, die als Einzige Saskia Kraffczyk kennt.

»Am besten, wir gehen ins Wohnzimmer«, schlägt Tamara vor.

»Gut. Tom, Andreas, ihr könnt anfangen.«

Schritte, die sich entfernen. Ich warte, bis ich nichts mehr höre, dann schleiche ich mich aus dem Esszimmer. Ein schneller Blick nach links durch die offene Küchentür zeigt mir zwei Männer in weißen Overalls, die Blutspuren vermessen und fotografieren. Ich husche in die andere Richtung davon.

Kann ich den Autoschlüssel einfach in der Diele lassen? Wenn ich ihn deutlich sichtbar auf das Tischchen neben der Tür lege und dann einfach zum Bus ...

»Tami?« Eine brüchige Stimme aus dem ersten Stock. »Tami, bist du das?«

Metallisches Klirren. Die Treppe ist gewunden, ich kann das obere Ende nicht sehen, aber ich vermute dort Elsa Lambert in ihrem Rollstuhl. »Tami? Was passiert denn? Wer ist gerade gekommen?«

Wieder Klirren. Die Vorstellung, dass die alte Frau in ihrer Aufregung gleich samt ihrem Gefährt die Marmortreppe hinunterstürzt, treibt mich die ersten paar Stufen hinauf. Ja, da oben sitzt Elsa Lambert, das weiße Haar steht ihr unfrisiert vom Kopf ab. Sie trägt einen weinroten Morgenmantel. »Tami? Johannes?«

Sie hat gehört, dass jemand hier ist, ich kann sie nicht im

Ungewissen lassen.«Nein, Frau Lambert.« Ich steige die Treppe bis nach oben. *Nichts anfassen.* »Ich bin Carolin Springer, wir sind uns auf der Gala begegnet. Ich habe Tamara und Johannes hergefahren. Und ich wollte gerade gehen.«

»Niemand informiert mich.« Die Unterlippe der alten Frau zittert. »Ich weiß nur, dass Gerda tot ist, Sabine hat es mir gesagt. Sie konnte kaum sprechen, davor habe ich sie von unten aufschreien gehört. Es muss schlimm sein.« Ihre weißen Augen irren umher und richten sich schließlich auf den Punkt, an dem sie mein Gesicht vermutet. »Stimmt das? Tami war nur kurz bei mir oben und hat gesagt, dass alles gut wird, aber ... ist es schlimm?«

Elsa ist herzkrank, erinnere ich mich, aber sie wird es ohnehin erfahren müssen. »Ja, ich fürchte schon.«

Sie nickt. »Tamara will mich immer schonen.« Ihre Hand greift in meine Richtung, ich nehme sie. »Würden Sie mich in mein Zimmer zurückbringen? Vorhin ist die Polizei gekommen, habe ich recht?«

»Ja.«

»Die werden sicher noch mit mir sprechen wollen. Wir müssen gleich durch die erste Tür.«

Ich nehme den Rollstuhl bei den Griffen, achte darauf, dass die Ärmel meine Hände vollständig bedecken, und schiebe.

Elsa Lambert wohnt in einer Mischung aus Luxussuite und Hightech-Krankenhauszimmer. Ein Bett mit Bedienpaneel, ein Regal mit medizinischen Geräten – Blutdruckmesser, EKG, Sauerstoffkonzentrator.

Davon abgesehen, ist die Einrichtung herrschaftlich – alte Möbel, schwere Teppiche, Gemälde an den Wänden. Auf einem der Fensterbretter räkeln sich zwei Katzen.

»Ich glaube, ich habe Sie an der Stimme wiedererkannt.« Das Unglück in ihrem Haus scheint Elsa Lambert nur kurz aus der Fassung gebracht zu haben. »Dürfte ich trotzdem noch einmal Ihr Gesicht ...«

»Natürlich.« Ich beuge mich zu ihr, ihre Hände fahren routiniert über meine Stirn, meine Nase, mein Kinn. Sie verströmen einen leichten Duft nach Vanille.

»Ja, ich erinnere mich. Sie sind Tamaras Nachbarin, nicht wahr?«

»Genau. Es tut mir sehr leid, was passiert ist.«

Sie schließt die Lider über den weißen Augäpfeln. »Danke. Würden Sie ... wollen Sie es mir vielleicht schildern?«

Ich sehe den blutbedeckten Küchenboden vor mir, die Halswunde, das verklebte Haar. »Eigentlich nicht.«

Ihre Augen bleiben geschlossen, sie tastet nach meiner Hand. Als hätte ich ihr nicht gerade ihre Bitte verweigert.

»Wissen Sie, ich bin ja wirklich bloß eine Nachbarin«, sage ich, als die Stille mir zu lange dauert. »Ich wollte Tamara helfen, sie war so aufgeregt – aber ich hatte keine Ahnung, was hier passiert ist.«

Elsa Lambert nickt verständnisvoll. Schweigt weiter.

»Es muss ein Messer im Spiel gewesen sein«, höre ich mich nach einiger Zeit selbst sagen, »aber ob es ein Unfall war oder Absicht oder ob jemand anders schuld ist – ich weiß es nicht.«

»Die arme Gerda.« Elsa senkt den Kopf. »Mein Gott, die arme Frau. Und ich habe nichts mitbekommen. Nichts.« Sie atmet tief ein und drückt meine Hand. »Danke, dass Sie es mir gesagt haben.«

Danach bleibt es ruhig. Dass Elsa mit anhaltendem Schweigen kein Problem hat, habe ich eben erlebt, aber mich bedrückt es. Nur ist Small Talk über Katzen oder hübsche Möbel gerade nicht angebracht.

Ich blicke mich um. Auf der Kommode, gleich links von mir, reiht sich ein silberner Fotorahmen an den nächsten. Alles Bilder, die Elsa Lambert nicht sehen kann. Ein Schwarz-Weiß-Foto zeigt sie selbst, sehr viel jünger, mit einem kleinen Kind auf dem Arm, einem zweiten an der Hand. Schon damals waren ihre Augen trüb wie heute, trotzdem bedeckte sie sie nicht mit einer Sonnenbrille.

Auf einem anderen krabbelt ein kleines Mädchen durch den Sand, in einem roten Kinderbikini und mit einem gelben Sonnenhut auf dem Kopf. Das muss Tamara sein.

Ein Bild von einem Jungen in Badehose, der die Zunge rausstreckt.

Fotos einer Hochzeit – Erich und Doris, die beide glücklich aussehen.

Ein junger Holger Lambert mit einem Baby auf dem Arm. Johannes. Daneben das Bild eines Kleinkinds, schwarz-weiß. Helle Locken und ein ernster Blick aus dunklen Augen. Elsa selbst, schätze ich.

»Sie sind noch nicht lange in München?«, erkundigt sie sich.

»Nein, ich bin ganz neu zugezogen«, antworte ich, erleichtert, dass sie das Gespräch wieder in Gang bringt. »Ich kenne kaum jemanden hier, deshalb bin ich sehr froh, dass ich mit Tamara so eine freundschaftliche Nachbarschaft habe.«

»Wo haben Sie davor gelebt?«

Ich versuche, mich zu erinnern, was ich Tamara zu dem Thema erzählt habe. Nichts, soviel ich weiß. Und Johannes? Keine Ahnung mehr. Aber sagen muss ich etwas, über eine Frage wie diese denkt man normalerweise nicht lange nach.

»Das letzte halbe Jahr war ich in Hannover«, erkläre ich also, »davor habe ich versucht, mit meinem Mann eine IT-Firma aufzubauen. Jetzt sind wir geschieden.«

Elsa Lambert lässt meine Hand los und greift dafür nach meinem Handgelenk. Als wolle sie meinen Puls fühlen. »Das tut mir leid.«

»Mir nicht. Ich habe einen Fehler korrigiert, und ich bin froh darüber.«

Der trübe Blick der alten Frau heftet sich so intensiv an mein Gesicht, als könne sie sehen. »Seien Sie immer dankbar für Fehler, die sich korrigieren lassen«, murmelt sie. »Aber es tut mir leid, dass Sie getrennt sind. Eine gute Ehe ist das größte Geschenk.«

»Da kann ich nicht mitreden«, sage ich und denke an dich und alles, was hätte sein können.

»Das größte Geschenk.« Elsa Lamberts Stimme ist kaum ein Flüstern. »Abgesehen von Kindern.«

Von unten sind jetzt Stimmen zu hören, ein Mann und die Polizistin von vorhin. Dann Tamara. »Ich sehe nach ihr und gebe Bescheid, wenn sie so weit ist«, sagt sie. Unmittelbar darauf nähern sich Schritte über die Treppe.

Ich wollte eigentlich ungesehen hier verschwinden, aber das hat Elsa Lambert erfolgreich verhindert. In Kürze werde ich also wieder der Polizei Rede und Antwort stehen müssen.

Sekunden später erscheint Tamara in der Tür. »Oma, die Kommissarin wird gleich mit dir ... ach, hier bist du!«

Das gilt mir. »Ja. Ich habe deiner Großmutter Gesellschaft geleistet.«

»Weil ich sie darum gebeten habe«, stellt Elsa sofort klar.

»Das ist gut. Da bin ich froh.«

Ich stehe auf, Tamara setzt sich auf meinen Stuhl, und Elsa ergreift ihre Hände statt meinen. »Gerda ist gewaltsam umgekommen, stimmt das?«

Tamara zögert, ihr ist anzusehen, dass sie die schlechte Nachricht lieber schonender überbracht hätte. »Ja. Es muss vergangene Nacht passiert sein.«

»Mit einem Messer«, ergänzt Elsa kaum hörbar.

Tamara wendet sich zu mir um, ihr Blick ein einziger Vorwurf. »Ja, danach sieht es aus. Die Polizei sichert noch die Spuren, es ist möglich, dass es Selbstmord war.«

Elsa nickt gedankenverloren. Es wirkt, als hielte sie sich am Arm ihrer Enkelin fest, um nicht das innere Gleichgewicht zu verlieren. »Die arme Gerda.«

»Ja.« Um Tamaras Mund liegt ein bitterer Zug. »Ich mochte sie nicht, das weißt du, aber ... ja.«

In einer zärtlichen Geste streicht Elsa ihr über den Arm. »Ich weiß. Aber trotz ihrer ruppigen Art war sie fleißig, und manchmal ...« Sie stockt, als hätte sie eine weitere schlechte Nachricht erhalten. Sie atmet angestrengt ein; ihr Herz, denke ich. Doch als sie weiterspricht, klingt ihre Stimme kräftiger. Als hätte die Situation sich geändert. »Wo ist Jo?«

»Redet mit der Polizei. Sie werden dann alle gleich heraufkommen.« Tamara steht auf und zieht sich die Ärmel bis über die Handgelenke, als würde sie frieren. »Du hast nichts gehört letzte Nacht?«

»Nein. Du weißt, wie stark meine Schlaftabletten wirken.«

»Ja. Das erklären wir ihnen. Das kann auch Sabine bestätigen, sie ist unten und kann sich noch gar nicht beruhigen.« Sie richtet ihrer Großmutter die wirren weißen Locken.

Elsa Lambert verschränkt die knorrigen Finger ineinander. »Sie hat Gerda gefunden, nicht? Mein Gott. Ich kann mir vorstellen, wie sie sich fühlen muss.«

Während des Gesprächs habe ich mich ein Stück zurückgezogen und stelle mich nun ans Fenster.

Eine der Pflegerinnen von Elsa Lambert ist tot, schreibe ich an Robert. *Messerstich im Hals, soweit ich es sehen konnte. Bin im Haus, gleich hat mich die Polizei wieder im Visier. Bin ständig viel zu nah dran am Geschehen. Sorg dafür, dass sie mich in Ruhe lassen. Keine Fingerabdrücke nehmen. Ich habe aufgepasst, nichts angefasst.*

Ich schicke die Nachricht mit einem mulmigen Gefühl ab. Alles Geschriebene ist potenziell verräterisch, das habe ich unter Schmerzen gelernt. Also lösche ich den Text umgehend, sobald ich sehe, dass er angekommen ist, aber der Druck im Magen bleibt.

Die Polizistin, die wenige Minuten später das Zimmer betritt, ist etwa vierzig Jahre alt und hat dunkelbraune Strähnen ins kurze blonde Haar gefärbt. Sie sieht sich durch rahmenlose Brillengläser im Raum um, bevor sie auf Elsa Lambert zugeht.

»Guten Tag«, sagt sie. Ruft sie beinahe, als wäre die alte Frau taub und nicht blind. »Mein Name ist Ricarda Kainz, ich bin Oberkommissarin am LKA München. Gleich neben mir steht mein Kollege, Patrick Seibert.«

Wie vorhin bei mir streckt Elsa auch jetzt die Hand aus; Kainz ergreift und schüttelt sie. »Ich muss Ihnen ein paar Fragen stellen, fühlen Sie sich gut genug für ein kurzes Gespräch?«

»Ja. Natürlich.« Die alte Frau klingt völlig ruhig. »Meine Enkel haben mich bereits über das Geschehene informiert. Wie kann ich Ihnen helfen?« Jetzt, erstmals, kann ich mir vorstellen, dass Elsa Lambert in jüngeren Jahren eine erfolgreiche Geschäftsfrau war, trotz ihrer körperlichen Einschränkung. Sie verfügt über einen selbstverständlichen Business-Ton; freundlich und hart zugleich.

»Ich wüsste gern, wie der gestrige Abend verlaufen ist. Ob es Abweichungen von der Routine gegeben hat. Ob Sie etwas Ungewöhnliches gehört oder ges..., äh, also, gehört haben.«

Johannes hat Tamaras Platz ein- und die Hand der Großmutter in seine genommen. Sie geben ihr immer Orientierung im Raum, lassen sie ihre Gegenwart spüren. Es ist in jeder Minute unverkennbar, wie viel sie ihnen bedeutet.

»Alles war ganz normal gestern Abend«, sagt Elsa Lambert. »Außer vielleicht, dass Gerda weniger gesprächig war als sonst.«

»Hat sie bedrückt auf Sie gewirkt?«

Die alte Frau legt den Kopf schief. »Eigentlich nicht. Aber Gerdas Stimmung konnte schnell umschlagen. Was sie allerdings nie daran gehindert hat, ihre Aufgaben gewissenhaft zu erfüllen. Ich habe sie sehr geschätzt.«

Die Polizistin betrachtet die Bildergalerie auf der Kommode und wirft dann einen Blick aus dem Fenster. »Sie haben nicht gehört, dass es irgendwann an der Tür geklingelt hat? Oder andere Geräusche, wie von einem Einbruch?«

Lächelnd schüttelt Elsa den Kopf. »Nein, ich schlafe sehr tief. Das liegt an den Medikamenten, die ich nehme. Zaleplon, Sie können nachsehen, es muss im Regal neben meinem Bett stehen.«

Kainz macht sich eine Notiz. »Ihre Medikamente bekommen Sie von den Pflegekräften?«

»Ja. Sie sind alle sehr gut ausgebildet. Ich vertraue ihnen voll und ganz.« Wenn sie lächelt, bilden sich Tausende Knitterfältchen um ihre Augen, doch nun wird ihre Miene ernst. »Es ist schwierig mit Arzneien, wenn man nichts sieht.«

Sie unterbricht sich und dreht den Kopf zur Tür. Jetzt höre ich es auch. Eine Tür, die sich öffnet; Schritte, die näher kommen. Eine aufgeregte Männerstimme. »Meine Mutter ist oben?«

Holger ist der Erste, der ins Zimmer platzt. Mit Abstand folgt Erich, der auf Elsa zuhinkt und sie sogleich in den Arm nimmt. In seinem Gesicht haben sich hektische rote Flecken gebildet.

»Wieso informiert uns niemand?« Von Holgers Charme ist nicht viel übrig. »Johannes! Warum gibst du mir nicht Bescheid, wenn du schon zuerst erfährst, was hier passiert ist?«

»Wir kümmern uns um Großmutter«, sagt Tamara gefährlich ruhig. »Musst du nicht auf einer Baustelle sein?«

Einen Moment macht es den Eindruck, als würde Holger seine Nichte gern schlagen, seine Hand hebt sich ein winziges Stück. »Ich habe Sabine gerade erklärt, dass ich mir noch überlegen muss, ob sie ihren Job behält. Sie hat Anweisung, mich und Erich vor allen anderen zu informieren, wenn etwas vorfällt.«

»Nun, und ich habe sie gebeten, das zu lassen«, sagt Elsa Lambert ruhig. »Ich habe Tamara angerufen, sie hat dann Johannes Bescheid gegeben. Weil ich genau diese Art von hysterischem Auftritt vermeiden wollte.«

Holger schnappt nach Luft, es kostet ihn sichtlich Mühe, seiner Mutter gegenüber höflich zu bleiben. »Du bist doch mit dem Handy völlig überfordert. Was, wenn du versehentlich jemand Wildfremdes angerufen hättest? Erich und ich, wir zahlen deinen Betreuerinnen ihre großzügigen Gehälter auch, damit sie dir solche Dinge abnehmen.«

Die Polizistin verfolgt den Wortwechsel aufmerksam. Ob ihr sein Mangel an Erschütterung angesichts des Todes der Pflegerin ebenso auffällt? Bisher hat sich ihr niemand vorgestellt, doch jetzt löst Erich Lambert sich von seiner Mutter und hinkt auf sie zu. »Entschuldigen Sie bitte. Mein Name ist Lambert, ich bin der ältere Sohn. Und das hier ist mein Bruder Holger.«

Beide schütteln Kainz die Hand, Holger kehrt zu seinem gewinnenden Lächeln zurück, doch damit scheint er bei ihr nicht zu punkten. »Gut, dass Sie hier sind, aber warten Sie doch bitte draußen. Ich unterhalte mich dann später mit Ihnen.«

Erich protestiert. »Ich würde meiner Mutter gerne beistehen, sie ist ...«

»Das musst du nicht«, unterbricht ihn Elsa freundlich. »Es geht mir gut. Ich bin ja nicht alleine, und du regst dich zu sehr auf.«

Unter Tamaras triumphierendem Blick kapitulieren die Brüder und gehen nach draußen. Bisher haben mich beide ignoriert, wahrscheinlich haben sie mich nicht einmal bemerkt, doch bevor er durch die Tür geht, nimmt mich Holger ins Visier, nachdenklich, als wisse er nicht, wie er mich einordnen soll.

»Wir haben gerade von Ihren Pflegekräften gesprochen«, fährt Kainz fort, als wäre sie nie unterbrochen worden. »Können Sie mir erzählen, wie der Tagesablauf hier üblicherweise aussieht?«

Elsa berichtet, dass immer zwei Pflegerinnen gleichzeitig Dienst haben, nur nachts genügt eine, die im Nebenzimmer schläft und per Alarmknopf sofort hergerufen werden kann.

Über die drei Frauen sagt sie nur Gutes: fleißig, gewissenhaft, freundlich und hervorragend ausgebildet.

Außerdem sehr wachsam, ergänze ich in Gedanken, während ich durchs Fenster hinaus in den Garten schaue. Dort untersucht ein Mann von der Spurensicherung das Gras und die Hecke, vermutlich auf Fußabdrücke und geknickte Äste. Holger tritt nach draußen, eine Zigarette in der Hand, sieht den Polizisten und macht sofort wieder kehrt.

»Jetzt wüsste ich gerne, wer Sie sind.« Ich fahre herum, als mir jemand auf die Schulter tippt. Kainz steht hinter mir, ich habe sie nicht kommen gehört, ich war zu konzentriert auf den Mann in dem weißen Overall.

»Nur die Nachbarin«, sage ich hastig. »Tamaras Nachbarin. Ich habe sie und Johannes Lambert hergefahren, damit es schneller geht.« Es der Polizei gegenüber laut auszusprechen, macht mir bewusst, wie dünn diese Erklärung ist. Und dass ich im Grunde nicht verstehe, wieso Tamara meinem Vorschlag zugestimmt hat.

»Die Nachbarin, aha. Und wie heißen Sie, Frau Nachbarin?«

»Carolin Springer.« Ich habe einen Personalausweis dabei, der nicht gefälscht ist, sondern ein Teil der Basisausrüstung, die ich von Robert bekommen habe. Kainz notiert sich die Eckdaten und gibt ihn mir zurück. »In Ordnung. An Sie habe ich derzeit keine Fragen, aber wenn sich das ändert, komme ich auf Sie zu. Wenn Sie möchten, können Sie gehen.«

Ich möchte, und wie. Tamara nickt mir zu, ich drücke Johannes die Autoschlüssel in die Hand und verabschiede mich von Elsa. Auf dem Weg zur Treppe höre ich aus einem der zahlreichen Zimmer ein Geräusch, leise, wie ein Winseln. Die Tür steht halb offen; der Raum dürfte eine Art Bibliothek sein.

In einem von drei schweren Ledersesseln sitzt Erich Lambert. Er krümmt sich, seine Hände sind in die Lehnen gekrallt, es sieht aus, als würde er weinen. Oder als hätte er Schmerzen.

Einen Augenblick lang verharre ich; normalerweise würde ich zu ihm gehen und ihn fragen, ob ich ihm helfen kann. Aber die gleiche, wenn auch weniger selbstlos gemeinte Frage hat mich heute bereits in einer blutbesudelten Küche landen lassen. Außerdem bin ich sicher, dass es ihm unangenehm wäre, so gesehen zu werden.

Also husche ich vorbei und laufe direkt in Markus hinein. Er muss unbemerkt hereingekommen sein, und er mustert mich so skeptisch wie immer. Sein Blick wandert in Richtung Bibliothek, und ich kann an seinem Gesichtsausdruck sehen, dass er ebenfalls weiß, wie es um seinen Vater bestellt ist. »Schlimm, nicht wahr?«, sagt er, und es ist unklar, ob er die tote Pflegerin oder den in seiner Panikattacke gefangenen Erich meint.

»Ja«, hauche ich.

»Da hat jemand alles in der Hand. Könnte ein Imperium aufbauen und die Konkurrenz aushebeln – mit ein paar kurzen Sätzen.« Er lacht bitter auf. »Er könnte aus dieser Scheiß-Zitrone, die sein Leben ist, die beste Limonade aller Zeiten pressen. Aber stattdessen heult er. Und alle schonen ihn, den armen, behinderten Erich.« Markus wirkt, als wolle er am liebsten gegen die Wand treten.

»Ich ... verstehe nicht«, stottere ich.

»Ist mir klar. War auch nicht wichtig.« Er geht an mir vorbei und in die Bibliothek hinein. Hoffentlich gibt er seinem Vater nicht den Rest, aber wenn, kann ich es auch nicht ändern. Ich will bloß noch weg hier, laufe die Treppe hinunter und aus dem Haus. Es ist nicht weit bis zur Bushaltestelle.

18

Sie werden dich in Ruhe lassen, keiner nimmt deine Fingerabdrücke. LKA weiß Bescheid, ohne dass dein Name gefallen wäre.

Roberts Nachricht, die kurz vor fünf Uhr nachmittags eintrifft, beruhigt mich nur halb. Ich trete viel zu häufig in Erscheinung, als wäre ich seit Jahren eng mit der Familie befreundet. Selbst wenn die Polizei die Hände von mir lässt, muss das nicht für alle gelten. Und selbst wenn die Karpins weiterhin an meinen Tod glauben – es läuft hier jemand herum, der Messer schwingt und Baugerüste unter Strom setzt.

Ab jetzt werde ich mich an das halten, was mit Robert ausgemacht war. Hier in der Wohnung rumsitzen und Tamara ab und zu auf einen Kaffee einladen. Die Fotos sammeln, die der Türspion mir schickt, und sie weiterleiten. Mehr nicht. Auch wenn mir vermutlich in ein paar Tagen die Decke auf den Kopf fällt.

Tamara taucht um halb sechs Uhr auf und steuert auf meine Wohnung zu, noch bevor sie ihre eigene betritt. Ich sehe ihr entschlossenes Gesicht auf dem Handydisplay im gleichen Moment, in dem ich die Klingel höre.

»Wir müssen reden.« Sie stürmt an mir vorbei und lehnt sich mit verschränkten Armen an meine Küchenanrichte. Ich folge ihr langsamer, versuche, Zeit zu gewinnen. »Sprich dich aus, möchtest du etwas trinken? War ein furchtbarer Tag, nicht wahr? Wie geht es deiner Großmutter?«

Sie reagiert auf keine meiner Fragen, funkelt mich nur schweigend an.

Etwas ist schiefgelaufen, ich muss einen Fehler gemacht haben – aber welchen? Hat die Polizistin eine Bemerkung darüber fallen lassen, dass ich hier bin, um zu spionieren? Hat es etwas mit dem Brief an Georg Vossen zu tun?

Mein Gehirn geht eine Möglichkeit nach der anderen durch, bis Tamara ihr Handy hervorzieht, ein wenig tippt und wischt und es mir dann unter die Nase hält.

»Die Polizei hat die Aufnahmen der Überwachungskameras an Omas Grundstück durchgesehen. Sie haben mich, Papa und Holger gebeten, anzugeben, welche der Gesichter wir kennen. Na? Was sagst du?«

Ich könnte mich ohrfeigen. Kameras, natürlich, bei einem solchen Anwesen. Auf dem Foto steht Saskia Kraffczyk am Zaun, sie hat den Kopf gesenkt und starrt konzentriert auf ihr Smartphone. Ein Smartphone, das ich mittlerweile nicht mehr besitze – könnte Tamara es trotzdem erkennen? So wie mein Profil, das man nicht runder schminken kann?

Das einzig Gute ist, dass die Kamera die Aufnahme von schräg oben geschossen hat, dadurch wirken meine Gesichtszüge verzerrt, aber trotzdem ...

Ich beschließe, das Spiel so lange zu spielen, wie es irgend möglich ist. »Das ist Saskia, nicht wahr? Die war beim Haus deiner Großmutter?«

Jetzt. Entweder wird Tamara mir das Handy und ihre neue Erkenntnis um die Ohren schlagen, oder ...

»Eben.« Ihre Stimme ist ebenso schneidend wie ihr Blick. »Genau das habe ich mich auch gefragt: Was sucht diese Journalistin bei Oma? Ist sie mir gefolgt? Am Tag der Aufnahme war ich bei ihr zu Besuch.« Sie steckt das Handy wieder ein. »Du bist das Bindeglied zu ihr, wäre ja möglich, dass sie hier in der Wohnung gewartet hat und mir gefolgt ist. Ich könnte mir vorstellen, du kennst sie besser, als du zugibst.«

Sehr wahr. Viel besser. »Nein«, antworte ich, nach außen hin völlig ruhig. »Wir haben uns wirklich nur zwei Mal getroffen, und da hat sie mich ausgefragt, nicht umgekehrt. Warum sollte ich dir Märchen erzählen? Mir liegt nicht das Geringste an der Frau.«

Tamara sieht mich nachdenklich an. »Ach, weißt du, ich habe mich gefragt, ob du wirklich rein zufällig hier wohnst. Oder ob sie dich hier eingeschleust hat. Ob ihr zusammenarbeitet.«

Ich lache auf, einerseits, weil das unangenehm nahe an der Wahrheit ist, andererseits, weil ich so etwas nie für einen läppischen Zeitungsartikel täte. »Bei aller Freundschaft, Tamara, ihr seid eine interessante Familie, aber eine Story, die diesen Aufwand rechtfertigt, gebt ihr auch wieder nicht her.«

Sie wendet sich ab und schüttelt den Kopf. »Nein. Das stimmt. Aber die Frau ist offenbar in den Tod des Kranführers auf der Baustelle der Korbachs verstrickt. Dann taucht sie bei Oma auf, und eine ihrer Betreuerinnen wird getötet. Auffällig, oder?«

Ich wäge meine Worte sehr sorgfältig ab. »Ja, andererseits hat es doch schon eine Reihe von Unfällen am Bau gegeben, bevor sie aufgetaucht ist, nicht wahr? Die Medien sind voll davon.«

Tamara beißt sich auf die Lippen, und ich glaube, ich weiß, was sie denkt. *Davor hat es nie unsere Familie betroffen.*

Doch als sie wieder spricht, sagt sie etwas anderes: »Den Eindruck macht es, ja. Aber vielleicht sind wir bloß erst spät auf sie aufmerksam geworden.«

Ich fange an, Tee zu kochen, egal, ob Tamara welchen möchte oder nicht. »Sieh mal«, taste ich mich vor, »es ist doch schon erwiesen, dass die Frau in Wahrheit gar nicht Saskia Kraffczyk heißt. Sie hat mir also einen falschen Namen genannt, da kannst du davon ausgehen, dass sie mir auch sonst kein wahres Wort über sich verraten hat.« Der Duft von Orangen durchzieht die Küche. »Keine Ahnung, was sie sich davon versprochen hat. Vielleicht genau das, was jetzt passiert: Sie wäre theoretisch in ziemlichen Schwierigkeiten – wenn jemand wüsste, wer und wo sie ist.«

Tamara murmelt etwas von *Gesichtserkennung* und *nur eine Frage der Zeit*. Womit sie völlig recht hätte, würde nicht Robert seine schützende Hand über mich halten. In dem Fall würde dummerweise nicht der Name Carolin Springer als Übereinstimmung auftauchen, sondern ein ganz anderer. Und dann wäre die Katze aus dem Sack, keiner von Roberts Tricks würde noch nützen.

Ich darf nicht länger darüber nachdenken, sonst wird mir übel. Schon beim ersten Foto hätte ein einziger Mensch gereicht, der eine Ähnlichkeit bemerkt, um mich auffliegen zu lassen. Jetzt gibt es zwei Bilder. Wenn man die von der Gala mitzählt, vier.

Ich stelle eine Tasse Tee vor Tamara ab und sehe dem Dampf beim Aufsteigen zu. »Hast du die Tote gesehen?«

Ihre Augen sind dunkler als sonst. »Nicht genau. Johannes hat mich sofort weggeschoben und zu Oma geschickt. Aber das viele Blut habe ich gesehen.«

»Ich auch.« Und noch ein wenig mehr, aber auch mich hat Johannes verscheucht, kaum dass ich angekommen war. Nobel und rücksichtsvoll, falls er mich schonen und mir den furchtbaren Anblick ersparen wollte. Ich hatte gehofft, das oder Schlimmeres nie wieder sehen zu müssen.

»Deine Großmutter hat sehr ruhig reagiert.«

»Ja. Sie ist stärker als irgendjemand sonst, den ich kenne.«

»Stärker als dein Vater, das war deutlich.«

Tamara senkt den Kopf. »Ich mache mir Sorgen um beide. Um Oma, weil es da vielleicht eine Sicherheitslücke im Haus gibt.« Sie nimmt die Teetasse hoch, ohne zu trinken. »Und Papa ... er tut mir einfach leid.«

Das Saskia-Thema ist vom Tisch, aber es arbeitet sicher weiter in Tamaras Kopf. Auf die Gefahr hin, einen Fehler zu begehen, wage ich einen Vorstoß. »Hör mal«, sage ich, »nach allem, was passiert ist, könnte ich verstehen, wenn du erst mal keinen Kontakt mehr zu mir haben möchtest. An deiner Stelle würde mich die Sache mit der Journalistin auch stutzig machen, ich habe nur leider selbst keine Erklärung dafür. Wenn du also ...«

»Nein!«, fällt sie mir ins Wort. »Vermutlich hat sie dich auch einfach benutzt, ob für eine eigene Story oder um an uns ranzukommen, ist eigentlich egal. Du kannst nichts dafür, schätze ich.« Nun nimmt sie doch einen Schluck Tee. »Und du warst eine große Hilfe heute. Danke.«

Der Signalton für die Bildübertragung auf mein Handy weckt mich um 2.18 Uhr. Ich taste schlaftrunken im Dunkel nach dem Gerät; gleichzeitig wird es vor der Türe laut. Schritte, Tamaras aufgeregte Stimme.

Das Foto zeigt Markus, mit todernstem Gesicht, wie er auf Tamaras Wohnung zugeht.

Ich setze mich auf, unschlüssig, da sendet der Türspion schon das nächste Bild. Die Geschwister gemeinsam, auf dem Weg nach draußen.

Es muss etwas passiert sein, und diesmal werde ich nicht erfahren, was. Ich kann den beiden unmöglich folgen, und ich werde mir bestimmt kein Taxi in die Wahnfriedallee nehmen, einfach nur auf gut Glück. Auch wenn ich fast sicher bin, dass sie dorthin unterwegs sind.

Die Vorstellung, dass Elsa etwas zugestoßen sein könnte, berührt mich stärker, als sie sollte. *Ein schwaches Herz.* Auf keinen Fall, schärfe ich mir ein, auf keinen Fall werde ich mich auch noch emotional in die Angelegenheiten der Familie Lambert hineinziehen lassen.

Ich drehe mich im Bett herum, weiterschlafen wäre jetzt das

Beste, nur dass mein Kopfkino alle möglichen Szenarien durchspielt. Elsa, die einen Herzinfarkt erleidet. Elsa, die demselben Mörder zum Opfer fällt wie einen Tag zuvor Gerda. Elsa, die in ihrem Rollstuhl die Treppen hinunterstürzt, weil sie glaubt, ein Geräusch gehört zu haben.

Okay, nein, die letzte Version ist Unsinn, das würde sie nicht ...

Wieder der Nachrichtenton auf meinem Handy. Diesmal habe ich es sofort bei der Hand und sehe Johannes auf dem Display, in seiner Lederjacke und mit wirrem Haar. Mit einem Sprung bin ich aus dem Bett, wickle mich in meinen Morgenmantel und beziehe Posten hinter dem Türspion.

Johannes klingelt bei Tamara. Tritt einen Schritt zurück. Wartet. Klingelt wieder. Sieht sich um. Zückt dann sein Handy und hält es sich ans Ohr, nur um es zehn Sekunden später kopfschüttelnd wieder einzustecken.

In dem Moment, als er sich zum Gehen wendet, öffne ich die Tür. Mit schlaftrunkenem Gähnen lehne ich mich an den Türrahmen. »Heute Nacht ist hier ganz schön was los.«

Johannes springt förmlich zurück. »Caro! Wieso ...« Er fährt sich durchs Haar. »Verbringst du die Nacht lauernd hinter der Tür?«

Tja, so ähnlich. »Nein, ich bin nur vorhin aufgewacht, weil es in Tamaras Wohnung so laut war. Gerumpel, Türenknallen, Stimmen. Ich dachte eben, sie kommt zurück.«

Johannes sieht mich aus großen Augen an. »Zurück? Heißt das, sie ist gar nicht hier?«

Ich nicke, trotzdem geht er noch einmal zu ihrer Tür und drückt die Klingel. »Unglaublich«, stellt er fest. »Sie läutet mich mitten in der Nacht aus dem Bett, damit ich sie ins Krankenhaus fahre, und dann ist sie schon fort.«

Krankenhaus, ich wusste es. »Komm doch rein«, sage ich und winke Johannes heran. »Ich kann sowieso nicht mehr einschlafen.«

Erst denke ich, er wird Nein sagen, doch er zuckt nach kurzem Überlegen die Schultern. »Wenn ich dich nicht störe. Dann erfahre ich wenigstens heute Nacht noch, wie es ihm geht.«

Ihm? Ich schließe die Tür hinter uns und lotse Johannes ins Wohnzimmer. »Was ist denn überhaupt passiert?«

In einer resignierten Geste fährt er sich übers Gesicht. »Onkel Erich hat es wieder einmal versucht. Angeblich hätte er es fast geschafft, Tamara ist vollkommen fertig.«

Wieder einmal versucht. »Du meinst, er wollte Selbstmord begehen?«

Johannes nickt müde. »Ja. Zum fünften Mal, wenigstens, soweit ich es weiß. Tamara hat nur unzusammenhängende Dinge ins Telefon gestammelt. Etwas von Autoabgasen in der Garage, Doris hat ihn gerade noch rechtzeitig gefunden.«

Doris. Die Ehefrau mit dem steinernen Gesicht, in das die heutige Nacht weitere Furchen graben wird.

»Sie hoffen jedenfalls, dass es noch früh genug war.« Er legt die gefalteten Hände vor den Mund. »Ich dachte, es ginge ihm besser, und sie hätten endlich die richtige medikamentöse Einstellung gefunden. Aber wer weiß ... vielleicht war der Tod der Pflegerin Auslöser.«

Ich habe wieder das Bild des schluchzenden Manns vor Augen, zusammengekrümmt auf dem Ledersessel in der Bibliothek. »Ist natürlich möglich«, murmle ich.

Schweigen breitet sich aus. Johannes blickt bekümmert zu Boden, ich betrachte mein Spiegelbild im Küchenfenster. Sortiere dabei mögliche Selbstmordmotive: Depression, Angst, Selbsthass, Schuldgefühle. Innere Leere.

In den wenigen Momenten, in denen ich daran gedacht habe, mir das Leben zu nehmen, war der Grund dafür immer Angst. So unerträglich, dass ich sie um jeden Preis abstellen wollte. Todesangst durch den Tod zu beenden ist nur auf den ersten Blick ein unlogisches Konzept. Wenn die Alternative ein langsames, schmerzerfülltes, erniedrigendes Getötetwerden ist, bekommt Selbstmord eine eigene Logik.

»Hat sie ein Taxi genommen?« Johannes reißt mich aus meinen Grübeleien. »Hast du das zufällig gesehen?«

»Nein, Markus hat sie abgeholt.«

»Markus? Wirklich?«

»Ja. Was erstaunt dich daran so?«

Er wischt verlegen mit den Fingern über die Tischplatte. »Nichts. Es ist nur … Markus schätzt seinen Vater nicht sonderlich. Ich hätte nicht gedacht, dass er zu ihm fährt, gerade unter diesen Umständen. Und dass er es gemeinsam mit Tamara tut, schon gar nicht.«

Ich würde rasend gerne von meiner Beobachtung auf der Gala erzählen. Von dieser Umarmung, die ganz und gar nicht geschwisterlich gewirkt hat, aber so weit wage ich mich nicht vor.

»Ich hoffe, Doris ist zu Hause geblieben«, murmelt Johannes.

»Was? Wieso?«

Er betrachtet seine ineinander verschränkten Finger. »Weil sie alles, bloß nicht einfühlsam ist. Als Arthur krank wurde, hat sie Erich drei Packungen Schlaftabletten hingelegt und gesagt, er solle es gleich hinter sich bringen, den Tod seines Sohnes würde er sowieso nicht verkraften, und sie hätte immerhin eine Sorge weniger.«

Oh Gott. Ich starre Johannes fassungslos an. »Das hat sie wirklich gesagt?«

»Ja, ich war dabei. Erich hat es ganz gut weggesteckt, für seine Verhältnisse. Er wusste, wie groß Doris' Angst war. Dafür hat Tamara ihr bei einer anderen Gelegenheit ein volles Glas Rotwein ins Gesicht geschüttet.«

Die Lambert'schen Familientreffen müssen schon immer eine Freude gewesen sein. »Warum? Weil sie auf Erich losgegangen ist?«

Johannes schüttelt den Kopf. »Nein. Weil sie meinte, Tamara solle sich bloß nicht vermehren, ihre Kinder würden alle Idioten werden. Oder Krüppel wie ihr Vater.«

So furchtbar diese Aussage ist, so unmittelbar ergibt sie für mich Sinn, unter zwei Bedingungen. Tamara und Markus haben tatsächlich eine sexuelle Beziehung zueinander. Und ihre Mutter weiß davon.

»Das ist unfassbar«, presse ich heraus.

»Fand Tamara auch. Sie ist abgehauen. Wir anderen haben Doris trocken getupft und sie den restlichen Abend bestürmt, sich bei Tamara zu entschuldigen. Oder uns wenigstens zu erklären, wie sie etwas so Furchtbares sagen kann.« Er hebt ratlos die Hände. »Beides hat sie nicht getan. Sie hat nur gelacht und ein wenig später geweint.« Er blickt zur Seite. »Es läuft so vieles schief in dieser Familie.«

Wieder Schweigen. Doris weiß es, denke ich. Und sie duldet es? Oder hält sie nur den Mund, damit ihr zerbrechlicher Ehemann nicht umkippt?

Nein. Dann würde sie nicht so mit ihm umspringen. Kein Wunder, dass sie die Gala so schnell verlassen wollte. Familientreffen sind Dynamit.

»Wie war denn euer Verhältnis zu dem jüngsten Sohn? Tamaras kleinem Bruder.«

Johannes seufzt. »Arthur? Der war eigentlich der Sonnigste in der Familie. Tamara hat ihn wahnsinnig geliebt, ein bisschen zu sehr vielleicht.«

Es ist nichts Zweideutiges in der Art, wie Johannes das sagt, trotzdem schrillt die Warnsirene in meinem Hinterkopf noch lauter. Eine zweite fragwürdige Geschwisterbeziehung in derselben Familie? Dann ist Doris' Bemerkung doppelt erklärbar. Aber ihr Schweigen nicht. »Und wie hat er sich mit seinem Bruder verstanden? Oder mit seinem Vater?«

»Markus mochte Arthur auch, und im Gegenzug hat der ihn

von ganzem Herzen bewundert.« Johannes blinzelt und wischt sich über die Augen. »Für Erich war er ... du fragst, weil du denkst, sein Tod könnte Ursache dafür sein, dass Erich ...«

Ich brauche noch einen Moment, um mich von der Vorstellung zu lösen, dass Tamara mit beiden ihrer Brüder Sex hatte.

»Glaubst du nicht? Er hat sein Kind verloren, und seine Familie ist ihm kein Halt.«

»Hm. Vielleicht. Aber eigentlich stand Arthur seiner Mutter näher. Ihr und Tamara. Mit Erich gab es immer wieder Krach, weil sich Arthur als Einziger in der Familie dagegen gewehrt hat, etwas zu studieren, das für die Firma brauchbar sein würde. Hoch- und Tiefbau oder eventuell auch Jura. Er hat sich am Ende zu Bauingenieurwesen überreden lassen, aber er war nicht glücklich dabei.«

»Ernsthaft?« Für so vorsintflutlich hätte ich die Lamberts nicht gehalten. »Er musste das gegen seinen Willen?«

»Na ja. Er hat sich sanftem Druck gebeugt. Den Hinweisen auf Erichs labilen Zustand. Papa würde sich doch so freuen, wenn beide seiner Söhne in seine Fußstapfen treten könnten ... Du kannst es dir vorstellen.«

Ja, kann ich. Armer Kerl.

»Arthurs Beerdigung ist eine der schlimmsten Erinnerungen meines Lebens. Doris musste man mit Gewalt vom Sarg ziehen, Tamara ist am Grab zusammengebrochen. Ich habe Omas Rollstuhl geschoben. Sie hat die ganze Zeit keinen Ton von sich gegeben. Als wäre sie selbst gestorben. Sie hat danach zwei Wochen lang nicht gesprochen, haben uns die Pflegerinnen erzählt, und erst wieder gegessen, als man ihr mit künstlicher Ernährung gedroht hat.«

Eine Beerdigung, so viel schlimmer als meine. Ein Teil von mir würde gerne Fotos sehen. Die Kränze, die Gestecke, die Kerzen. Seit wann genau ist das so, dass Einsegnungshallen und Friedhöfe mir das Gefühl von Geborgenheit geben?

Tamara und Markus. Tamara und Arthur. Ich erinnere mich, wie ablehnend sie auf meine Idee reagiert hat, ihren Bruder besser kennenzulernen. Und ich habe bis auf den Papiersäcke streichelnden Anton noch keinen Mann bei ihr ein oder aus gehen sehen.

»Hatte Arthur eine Freundin?«, frage ich so beiläufig wie möglich.

Johannes runzelt die Stirn. »Wieso? Nein, nicht, dass ich wüsste. Als er noch gesund war, sagte Tamara mal, er wolle keine Bekanntschaften mit nach Hause bringen. Ich konnte das gut verstehen, Doris war ihm eine Gluckenmutter. Und Erich hatte immer etwas zu meckern, wenn jemand *fremde Leute* mitgebracht hat.« Langsam, als hätte er Schmerzen in den Gliedern, steht Johannes auf, geht zum Fenster und blickt nach draußen. »Erstaunlich, dass er nichts gegen dich einzuwenden hatte, als Tamara dich auf die Gala an den Familientisch geschleppt hat.«

»Liegt wahrscheinlich an meinem natürlichen Charme.«

Er dreht sich zu mir um und betrachtet mich nachdenklich. »Dafür ist er nicht empfänglich. Tamara auch nicht, ich bin immer noch erstaunt, dass sie so viel Zeit mit dir verbringt. Sie legt eigentlich keinen Wert auf Freundinnen.«

Sie und Markus kehren im Morgengrauen zurück. Johannes ist immer wieder auf seinem Küchenstuhl in sich zusammengesackt, kurz danach mit einem Ruck erwacht, nur um gleich wieder wegzudämmern.

Der Klingelton, mit dem das Foto der Geschwister auf meinem Handy eintrifft, lässt ihn hochfahren. Ich schalte schnell das Display aus. »Guten Morgen.«

Er reibt sich die Augen und die Bartstoppeln am Kinn. »Wie spät ist es?«

»Halb se...« Ein Knall, bei dem wir beide zusammenzucken,

unterbricht mich mitten im Wort. Nur die Tür, beruhige ich mich selbst. Die Tür der Nachbarwohnung.

Im nächsten Moment höre ich Tamara aufheulen, es klingt verzweifelt. Vielleicht auch wütend. Johannes sieht mich erschrocken an. »Oh Gott«, sagt er. »Ich fürchte ...«

»Ich auch«, erwidere ich leise. »Hört sich nach schlechten Nachrichten an.«

Ohne ein weiteres Wort steht er auf und geht nach draußen, auf den Gang. *Ping*, macht mein Handy. Wieder ein Foto.

Es dauert, bis jemand ihm öffnet. Markus. Ich habe mich in die Tür gestellt, immer noch im Bademantel. Johannes nimmt Markus an den Schultern. »Es tut mir so leid«, sagt er. »Ich habe bei Caro darauf gewartet, dass Tamara zurückkommt, sie wollte ursprünglich, dass ich sie fahre.«

Markus sieht abweisend aus wie immer. »Ja«, sagt er. »Und?«

»Ist Erich ... ist dein Vater ...«

Im Hintergrund weint Tamara lauter. Eine Antwort ist eigentlich nicht mehr nötig. Ich sollte vielleicht hinübergehen, versuchen, sie zu trösten.

»Du willst wissen, ob er tot ist?« Markus verschränkt die Arme vor der Brust. »Nein. Ist er nicht. Sonst noch was?«

In Johannes' Gesicht spiegelt sich die gleiche Überraschung, die ich selbst empfinde.

»Ach so. Ich dachte, weil Tamara ...«

»Sie ist einfach nur erleichtert«, sagt Markus kalt.

Im nächsten Moment erscheint Tamara in der Tür, die Augen verquollen und rot, die Hände zu Fäusten geballt. Sie stößt Markus zur Seite. »Nein, ich bin nicht erleichtert«, zischt sie. »Es hätte jetzt endlich hinter uns liegen können, das alles. Die Rücksichtnahme, die falschen Entscheidungen, die Angst, dass er sich etwas antut, wenn man ein falsches Wort sagt.« Sie wischt sich mit dem Ärmel übers Gesicht. »Du verstehst das nicht, du bist nicht mit ihm als Vater aufgewachsen. Aber irgendwann wird ohnehin einer seiner Versuche gelingen, und ich habe so gehofft, so sehr, dass es dieser sein würde.«

Die Überraschung in Johannes' Gesicht ist blanker Fassungslosigkeit gewichen. »Das meinst du nicht so.«

»Doch«, spuckt sie ihm entgegen, und im gleichen Moment entdeckt sie mich. Ich bin überzeugt davon, dass ich das nächste Ziel ihrer Wut sein werde – die neugierige Nachbarin, die rumspioniert und wahrscheinlich gleich eine Journalistin mit der Geschichte füttern wird –, und wappne mich innerlich.

Doch Tamaras Blick wandert bloß von mir zu Johannes und wieder zurück. Sie atmet durch. »Hi, Caro. Tut mir leid, wenn wir dich geweckt haben. Und der Ausbruch eben auch, der war eigentlich nur für die Familie bestimmt.«

Sie dreht sich um und geht zurück in die Wohnung. Markus folgt ihr und schlägt Johannes buchstäblich die Tür vor der Nase zu.

Der bleibt einige Sekunden lang wie betäubt stehen.

»Soll ich uns Kaffee machen?«, frage ich in Ermangelung einer besseren Idee.

»Nein.« Er wendet sich dem Fahrstuhl zu. »Nein, ich muss das jetzt erst mal verdauen. Und dann fahre ich Onkel Erich besuchen. Ich hoffe nur, Tamara hat ihm nicht das Gleiche erzählt wie uns eben.«

19

Die durchwachte Nacht hat ihre Spuren bei mir hinterlassen. Den Kaffee, den Johannes nicht wollte, koche ich mir selbst und setze mich damit ins Wohnzimmer, nahe an die Wand zu Tamaras Wohnung. Wenn es etwas zu hören gibt, habe ich hier gewissermaßen den besten Empfang. Doch ich warte vergeblich, kaum fünf Minuten später meldet mein Handy jemanden auf dem Gang. Es ist Markus auf dem Weg nach draußen.

Dann kann ich mich also schlafen legen. Oder ich könnte, wenn nicht gerade eine Nachricht von Robert über die App hereinkommen würde.

Keine Panik. Wir ziehen das Bild schnellstmöglich aus dem Verkehr.

Es fühlt sich an, als würde mein Herz plötzlich im Hals schlagen statt in der Brust.

Welches Bild?, schreibe ich hastig zurück.

Als Antwort schickt er mir den Screenshot eines Facebook-Postings, verfasst von jemandem namens Nora Heiring. Das Posting besteht hauptsächlich aus dem Foto, das die Überwachungskamera in der Wahnfriedallee von mir als Saskia geschossen hat. Blonde Perücke, Kissenbäuchlein, den Blick aufs Handy gesenkt. Die Bildqualität ist schlechter, als ich sie in Erinnerung hatte. Vermutlich hat Nora Heiring das Kamerabild abfotografiert.

BITTE TEILEN!, steht in großen Lettern darunter.

Diese Frau wurde vor dem Haus beobachtet, in dem meine Mutter vor zwei Tagen einem Verbrechen zum Opfer gefallen ist. Sie hat sich noch nicht bei der Polizei gemeldet, ihre Identität ist unbekannt, aber vielleicht hat sie wichtige Informationen. Ich will, dass der Mörder meiner Mutter gefasst wird. Helft alle mit!!! TEILT DIESES BILD, vor allem im Raum München. DANKE!!!

Zu dem Zeitpunkt, als Robert den Screenshot gemacht hat, hatte der Beitrag achthundertdreiundzwanzig Likes und war dreißigmal geteilt worden.

Scheiße. Ich werfe das Handy auf die Couch und vergrabe das Gesicht in den Händen. Saskia Kraffczyk zu erfinden war eine der dümmsten Ideen meines Lebens, und da gab es viele dumme. Was hat es mir gebracht? Ein paar Baustellenfotos, ein weiteres traumatisches Erlebnis – per Stromschlag habe ich zuvor noch nie jemanden sterben sehen. Und jetzt eine Suchkampagne über die sozialen Medien. Es wird nicht mehr lange dauern, bis jemand die vor Kurzem gesuchte Journalistin auf diesem Foto erkennt. Wahrscheinlich ist das längst passiert.

In den letzten Tagen hatte sich meine Angst, plötzlich Pascha oder Boris gegenüberzustehen, auf ein selten gekanntes Minimum reduziert. Es gab die Fotos der Gala, aber keine Reaktion darauf. Es gab das Bild von der Baustelle der Korbachs – ebenfalls nichts. So langsam reagiert Andrei nicht, wenn jemand mich erkannt hätte, wäre der Schlag spätestens zwei Tage später ausgeführt worden. Man hätte nicht riskiert, dass ich meinen Standort wechsle. Zumindest hätten sie jemanden geschickt, der sich umgesehen und -gehört hätte. Wahrscheinlich eine Frau – sympathisch, hübsch und nach außen hin völlig harmlos.

Ich versuche nachzurechnen. Zähle die Tage, seitdem die Fotos von der Gala aufgetaucht sind, mit dunklem Haar. Dann die seit dem Bild von der Baustelle.

Am Ende bin ich so klug wie zuvor. Ich kann nichts ausschließen. Aber möglicherweise Robert.

Wie steht es im Osten?, tippe ich mit tauben Fingern. *Gibt es etwas Neues?*

Zwei Minuten lang starre ich wie gelähmt auf das Handydisplay, bis seine Antwort eintrifft.

Nein. Alles ruhig. Keep cool.

Ich könnte ihn erwürgen für seine flapsige Art. Und mich selbst für meinen Leichtsinn. Robert hat nicht von mir verlangt, dass ich draußen rumlaufe, in dämlichen Verkleidungen. Ich kann ihm noch nicht mal die Schuld für meine Misere geben.

Und dann fällt mir siedend heiß ein, dass heute Abend auch noch das Treffen mit Georg Vossen ansteht. Essen gehen mit dem Mann, der schon das erste Foto von Saskia vergrößert ausgedruckt auf seinem Schreibtisch liegen hatte.

Wie schön. Wenn er gerne auf Facebook rumsurft, kann er seiner Sammlung ein weiteres Stück hinzufügen.

Ja sovershenno nichego ne znaju heißt auf Deutsch: Ich weiß überhaupt nichts.

Kljanus tebe heißt: Ich schwöre es dir.

Eto byl ne ja bedeutet: Ich war das nicht, und *ja tebe vsjo skazal:* Ich habe dir alles gesagt.

Es endete jedes Mal mit *Pozhalujsta, ne nado:* bitte nicht.

Ich spreche kein Russisch, aber diese Sätze habe ich so oft gehört – geflüstert, geweint, geschrien –, dass sie mir für immer geläufig sein werden.

Ich liege im Bett, das Handy umklammert und an den Strom angeschlossen, damit auch sicher der Akku nicht leer wird, und wiederhole sie im Kopf wie ein Gebet. Ich weiß, dass einige von Andreis Leuten Facebook nutzen, hauptsächlich, um möglichst viele Details über Geschäftspartner zu erfahren. Die haben zwar nur selten selbst Accounts, ihre Kinder aber schon.

Ich will nicht nachsehen, wie oft das Foto mittlerweile geteilt wurde.

Die Barrett habe ich aufgebaut und auf die Tür gerichtet; wenn der Spion mir ein Foto von Pascha, Boris oder sonst jemandem schickt, der sich an der Tür zu schaffen macht, bin ich bereit.

Georg Vossen abzusagen wäre der logische nächste Schritt. Aber ich zögere noch. Das Treffen mit ihm würde zumindest eine Frage klären, schätze ich: Ob er mich in Saskia erkannt hat. Und dann ist da dieser Brief, zwischen Anflehen und Verfluchen. Der kleine Teddybär.

Ich weiß nicht, was ich tun soll. Ich weiß es einfach nicht.

Am Ende vertreibt die Erschöpfung die Angst. Ich schlafe zwar immer wieder minutenweise ein, aber die meiste Zeit dämmere ich nur dahin. Außer, wenn jemand in die Schusslinie meiner Türkamera gerät, dann überfällt mich jedes Mal Panik. So lange, bis ich den- oder diejenige als harmlos identifiziert habe.

Schon allein, um dieser Situation zu entkommen, sollte ich das Treffen nicht ausfallen lassen, beschließe ich gegen siebzehn Uhr. Ich krieche unter meinen Decken hervor, zerlege und verstaue die Barrett und versuche, aus meinem fahlblassen Gesicht etwas Ansehnliches herauszuschminken.

»Du siehst gut aus«, ist das Erste, was Georg Vossen sagt, nachdem er mir rechts und links Wangenküsschen verpasst hat.

Guter Witz, ich lächle gezwungen. »Kein Date, du erinnerst dich?«

Er strahlt mich an. »Natürlich. Wir gehen essen, und ich lasse mir Geschichten aus deinem Leben erzählen.«

Das klingt nach einer Drohung. Georg öffnet die Beifahrertür seines silberfarbenen Audi – kein R8, aber ein A8 – und lässt mich einsteigen. »Ich habe uns einen Tisch im *Atelier Gourmet* reserviert. Ich hoffe, du magst französische Küche?«

»Sehr«, sage ich, während mein Magen sich zu einem Knoten ballt. »Und nach dem zweiten Glas Wein musst du mir dann verraten, warum du so wild darauf warst, mich auszuführen.«

Er sieht mich erstaunt an. Startet den Motor. »Das kann ich

dir gleich sagen, du bist eine sehr attraktive Frau. Jaja, ich weiß schon – kein Date, aber glaube mir, mich macht schon ein netter Abend froh, den ich mit jemandem verbringen kann, der nicht aus der Branche ist.«

Mein Misstrauen legt einen Gang zu. *Sehr attraktiv* war ich vielleicht einmal, jetzt sieht man mir das Erlebte zu deutlich am Gesicht an, aus dem alles unbeschwert Fröhliche verschwunden ist. Georg Vossen sieht gut aus, ist erfolgreich und hat Geld, er würde jederzeit hübsche Begleiterinnen aus anderen Branchen finden. Der Modelbranche, zum Beispiel.

Das *Atelier Gourmet* ist ein Restaurant von schlichter Schönheit. Cremefarbene Wände, braune Lederbänke. Eine in kunstvollen Lettern handgemalte Speisekarte auf einer hohen Tafel.

Georg bestellt vier Gänge, wobei er jeden von mir abnicken lässt. Bretonische Makrele mit Romanesco-Tempura, Steinköhlerfilet mit Tropea-Zwiebeln an Sauerrahm-Schaum, Entrecote mit Datteltomaten und Zucchini und zu guter Letzt weiße Schokoladenmousse mit Himbeer-Buttercreme und Litschi-Sorbet.

Ich sage deshalb zu allem Ja, weil Essen mich von der Pflicht befreit, Konversation zu betreiben. Die übernimmt aber ohnehin Georg, wie es aussieht. Er reicht mir meinen Aperitif. Schwärmt von München. Fragt mich zwischendurch nur, ob ich mich schon eingelebt habe.

Nach dem ersten Gang und ein paar Schlucken Wein entspanne ich mich allmählich. Ich erkundige mich nach aktuellen Ausstellungen, nach Ausflugszielen. Nach Weinbars.

Georg hat auf alles eine Antwort und hört sich zweifellos gerne reden. Ich warte die ganze Zeit darauf, dass er sein Handy zücken und mir das Bild von Saskia Kraffczyk unter die Nase halten wird, aber er tut es nicht. Er wirft mir keine prüfenden Blicke zu, er lauert nicht darauf, dass ich mich in einem unvorsichtigen Moment verrate.

Nach dem Fischfilet fühle ich mich beschwingt genug, um

einen Themenwechsel zu riskieren. »Sag mal«, sage ich und lächle, »was war eigentlich in dem Umschlag, den ich dir letztens gebracht habe?«

Georg zuckt mit keiner Wimper, er setzt sein Glas ab und grinst mich an. »Hast du denn gar nicht reingesehen?«

»Natürlich nicht«, erwidere ich und hoffe, es klingt angemessen empört. »Würde ich nie tun.«

»Es war ein Brief«, erklärt Georg gelassen. »Nichts Besonderes, bloß ein paar nette Worte und eine Art Glücksbringer. Ich verstehe wirklich nicht, warum sie dich damit geschickt hat, statt ihn einfach frankiert in einen Briefkasten zu werfen.«

»Tja.« Gar nicht leicht, meine höflich interessierte Miene beizubehalten. Er hat mich gerade belogen, aber er darf mir nicht ansehen, dass ich das weiß. »Eigentlich schade, dass es aus der Mode gekommen ist, das Briefeschreiben«, sage ich versonnen. »Mails sind so viel unpersönlicher.« Ich schiebe Georg mein Glas entgegen, damit er mir nachschenken kann. Viel darf ich nicht mehr trinken.

»Unpersönlicher, das ist wahr«, sagt er. »Und sie sind nicht endgültig zu vernichten. Bei einem Brief reicht ein Streichholz. Bei einer E-Mail ...« Er zuckt die Schultern. »Die bleibt immer irgendwo gespeichert. Ist gewissermaßen für die Ewigkeit.«

Ein Schluck Wein bedeutet fünf Sekunden Denkpause. Hat Georg da den springenden Punkt getroffen? Ahnt Tamara, dass die Polizei ihren Postein- und -ausgang mitliest? Wer darf nicht von ihrem verzweifelten Hilferuf erfahren?

Markus, schießt es mir spontan durch den Kopf. Wenn sie wirklich ihm die Blessuren im Gesicht verdankt. Und natürlich auch die Polizei, bei der sie ihn bisher nicht angezeigt hat.

»Hast du den Brief denn verbrannt?«, frage ich in gespielter Verwunderung.

Georg zuckt lachend die Schultern. »Wozu? Er war harmlos. Eine nette, kleine Erinnerung an vergangene Zeiten.«

Harmlos. *Niemand soll davon erfahren, das ist mir genauso wichtig wie dir. Aber die Zeit wird knapp. Ich bitte dich von Herzen ...*

Ich habe große Teile des Wortlauts im Kopf. Und ich habe den ganzen Brief als Foto auf meinem Handy gespeichert. Egal, ob Georg ihn verbrannt hat – vernichtet ist er nicht.

»Ihr wart mal ein Paar, stimmt das? Hat mir eine Nachbarin erzählt.« Ich blicke verlegen zur Seite. »Ich habe es nicht von Tamara selbst, könnte also auch falsch sein.«

Die Frage scheint Georg überhaupt nicht unangenehm zu sein. »Das ist wahr. Ich fand die Zeit schön, Tamara sieht das heute leider anders. Sie ist nicht die Art Frau, von der man sich freundschaftlich trennen kann.« Er lacht auf. »Ah! Da kommt unser Entrecote!«

Das Essen ist köstlich, und zwischen den einzelnen Bissen erzählt Georg mir, was er über die Rinderzucht in Argentinien weiß. Ich höre nur mit einem Ohr zu, ich würde zu gern das Gespräch wieder auf Tamara bringen. Doch dann, kurz nachdem der Kellner unsere leeren Teller abserviert hat, tut Georg das selbst.

»Wie geht es Tamara eigentlich? Auf der Gala hat sie einen angespannten Eindruck gemacht.« Er trinkt einen Schluck Wein.

Die Frage zeugt von echter Kaltblütigkeit. Oder hat er ihren Brief doch nicht gelesen? *Du musst nie wieder mit mir sprechen, mich nie wieder ansehen, aber bitte lass mich nicht im Stich ...*

»Es geht ihr nicht besonders gut.« Ich spreche leise und zögernd, er soll ruhig merken, dass man mein Vertrauen nicht einfach so nebenbei gewinnt. »Ich weiß nicht, ob es ihr recht wäre, wenn ich dir mehr erzähle.«

Mit einem Schlag wirkt er doppelt so aufmerksam. »Das klingt ernst. Was ist denn passiert?«

Nun ist mein Zögern echt. Würde er es ohnehin erfahren?

Oder würde die Familie versuchen, Erichs Selbstmordversuch zu vertuschen? Verschaffe ich Georg einen geschäftlichen Vorteil, wenn ich ihm reinen Wein einschenke?

»Ich weiß nicht«, murmle ich. »Vossen und Lambert sind Konkurrenten. Ich würde Tamara in den Rücken fallen, wenn ich dir etwas erzähle, das du eigentlich nicht wissen sollst.«

Er neigt nachdenklich den Kopf. »Konkurrenten – hm. Man könnte auch sagen, Kollegen.«

»Na ja. Im Moment kämpft ihr beide um das Krankenhausprojekt. Kann ich auch verstehen, da steckt enorm viel Geld drin.«

Er lächelt, als hätte ich etwas sehr Naives gesagt. »Das ist wahr. Viel Geld. Und viel Ärger. Viel Stress.« Georg beugt sich vor und nimmt meine Hand; falls er mitbekommt, dass ich zusammenzucke, lässt er es sich nicht anmerken.

»Soll ich dir etwas verraten? Ich habe kein Problem damit, und du kannst es Tamara gern weitererzählen: Wir überlegen, aus der Ausschreibung um das Krankenhaus auszusteigen. Es ist noch nicht ganz sicher, aber intern wird es ernsthaft besprochen. Wir haben zwei andere vielversprechende Projekte in Aussicht, auf die wir uns dann besser konzentrieren könnten.«

»Wirklich?« Ich sehe ihn ungläubig über das Dessert hinweg an, das eben serviert wird. »Steckt da nicht schon extrem viel Arbeit drin?«

»Leere Meter gehören zum Geschäft. Erfolg hängt davon ab, ob man bereit ist, für richtige Entscheidungen Opfer zu bringen.« Gut gelaunt beginnt er, seine weiße Mousse zu löffeln. »Denkst du, dein Geheimnis knallt mehr rein als meines?«

Ich beschließe, es zu riskieren. Erinnere mich noch einmal an das, was Tamara geschrieben hat. *Ich weiß, wie groß dein Einfluss auf deinen Vater ist.* Kann es sein, dass es in Wahrheit um etwas ganz anderes ging als darum, dass Tamara verprügelt worden war? Nämlich – wieder einmal – darum, den labilen

Erich Lambert zu schonen? War das etwas, das Herbert Vossen in der Hand hatte?

»Tamaras Vater hat letzte Nacht versucht, sich das Leben zu nehmen. Er wollte sich mit Autoabgasen vergiften.«

Der Löffel mit der Mousse bleibt mitten in der Luft stehen. Georg sieht mich aus großen Augen an. »Oh Gott. Warum? Wie geht es ihm?«

»Er dürfte über den Berg sein«, sage ich leise. »Warum – das weiß ich nicht. Wirklich nicht.«

Georg schiebt seinen Teller beiseite, ich dagegen beginne jetzt, das Zuckerzeug in mich hineinzulöffeln. Hilft gegen Nervosität. Habe ich einen Fehler gemacht? Tamaras dünnes Vertrauen restlos verspielt?

»Ich mag Erich«, murmelt Georg. »Ehrlich. Auch seine Mutter. Bei Holger bin ich mir nicht so sicher, aber ... na ja.« Er streicht sich übers Kinn. »Dass er immer wieder Krisen hat, ist in der Branche kein Geheimnis. Aber er ist ein hervorragender Geschäftsmann. Er weiß wirklich, was er tut.« Mit sichtlichem Bedauern schüttelt er den Kopf. »Danke, dass du es mir gesagt hast. Wir haben ja gerade selbst einen Mitarbeiter und Freund auf diese Weise verloren.«

Oder auch nicht. Ich denke an das, was Robert mir über Manfred Henigs Obduktion erzählt hat. Schwere Verletzungen der Hornhaut. Wie von einem starken Laser.

»Ich würde Erich gern im Krankenhaus besuchen.« Wenn Georg seine Betroffenheit nur spielt, macht er es gut. »Weißt du, wo er liegt?«

»Keine Ahnung«, antworte ich wahrheitsgemäß.

»Ist vielleicht besser. Tamara würde mir sicher irgendwelche niedrigen Motive unterstellen, wenn ich dort auftauche. Und mein Vater ...« Georg lacht bitter auf. »Er würde so falsch reagieren, wie er das immer tut.«

Es ist das erste Mal, dass er seinen Vater erwähnt. »Er sieht die Sache mit Konkurrenten und Kollegen wahrscheinlich etwas anders?«

»Er ist eine andere Generation.« Georg sieht mich forschend an, als versuche er herauszufinden, ob ich mehr weiß, als ich zugebe. Oder als überlege er doch, ob da nicht eine Ähnlichkeit zu der kurzhaarigen, blonden Journalistin bestehe.

»Würdest du Tamara etwas von mir ausrichten?«, fragt er schließlich.

»Klar, gerne. Willst du auch ein Briefchen schreiben?«

Er geht auf meinen mickrigen Scherz nicht ein. »Sag ihr bitte: Es tut mir leid. Und wie auch immer die Sache ausgeht, ich bin auf ihrer Seite, wenn sie das möchte.«

»Du meinst die Krankenhaussache?«

Er betrachtet nachdenklich sein Weinglas. »Sie wird wissen, was ich meine.«

Nachdem Georg die Rechnung beglichen hat, schlägt er vor, mir noch eine seiner Lieblingsbars zu zeigen. Ich habe keine große Lust, und auch er wirkt eher pflichtbewusst als enthusiastisch, trotzdem sage ich Ja. In der Hoffnung, dass er mit ein bisschen mehr Alkohol im Blut etwas deutlicher wird.

Wir fahren nicht ins *Fleurs du Mal*, sondern in eine Bar namens *Call Soul*, die nicht allzu weit von meiner Wohnung liegt. Auch hier gefällt mir die Einrichtung – die Holztheke ist gewissermaßen schneckenförmig; eines der Enden kringelt sich hoch zur Decke. Georg hat einen ausgezeichneten Geschmack.

Doch die Stimmung ist gedrückter als zuvor. Erichs Tat scheint Georg wirklich zu Herzen zu gehen. Ich habe mir auf Empfehlung einen Cocktail namens *Mysterious Man* bestellt, der knallrot ist und in einem Laborkolben serviert wird. Mit schwarzem Strohhalm. Labor. Allmählich schwant mir auch, worauf der Name der Bar anspielt. Georg möchte nichts weiter als ein Bier.

»Steht denn mit Sicherheit fest, dass es ein Selbstmordversuch war?«, fragt er, nachdem er den ersten Schluck getrunken hat.

Die Frage überrascht mich. »Ja, ich denke schon. Jedenfalls war Tamara überzeugt davon. Ich hatte auch nicht den Eindruck, dass ihr Bruder daran gezweifelt hätte.«

»Ah. Der war also auch da.« Georg starrt auf meinen blutroten Drink.

»War er.« Ich rühre mit dem Strohhalm im Glas. »Und bei eurem Geschäftsführer? Hatte da ganz sicher niemand anderes seine Hände im Spiel?«

Ich habe mit einem schnellen »natürlich nicht« gerechnet, aber Georg sieht mich bloß schweigend an. »Manfred war wegen Burn-out in psychologischer Behandlung«, sagt er dann. »Das wusste niemand von uns.«

Eine Antwort, die weder Ja noch Nein bedeutet, aber ich hake nicht nach.

»Ganz ehrlich, ich mache mir Sorgen«, sagt er nach einer weiteren Minute, in der wir beide nur in unsere Gläser starren. »Nachdem ja im Haus der Großmutter eine Frau getötet wurde – vielleicht hat es jemand auf die Lamberts abgesehen.«

20

Zurück in der Wohnung, schleudere ich die Pumps von den Füßen und kämpfe gegen die Versuchung an, mir ein Bad einzulassen. Aber in der Badewanne ist man noch hilfloser als im Bett, es genügen eine kräftige Hand und zwei Minuten, um jemanden fast lautlos aus dem Weg zu räumen.

Als ich ausgestiegen bin, hat Georg mich darum gebeten, ein Auge auf Tamara zu haben. Ihn zu informieren, wenn ich den Eindruck gewinne, dass etwas bei ihr nicht stimmt.

Ich habe ihm nichts von den Blessuren in ihrem Gesicht gesagt. Auch nichts von dem *Stirb-Schlampe*-Graffito vor der Haustür. Ich dachte nur an das FICK DICH in ihrem Brief. Er hat ihr offenbar bereits einmal die Hilfe verweigert – warum sollte ich ausgerechnet ihn kontaktieren, wenn sie wieder welche braucht?

Ich verriegle meine Tür, dann erst sehe ich mir die Bilder an, die mir mein Türspion im Lauf des Abends geschickt hat.

Tamara, um 20.31 Uhr. Sie steht ganz nah, offenbar wollte sie mich besuchen. Um 21.05 Uhr Rosalie, die mit ihren Hunden zur Abendrunde aufbricht. Um 21.32 Uhr kommt sie zurück.

Dann, um kurz nach zehn ein Mann, den ich noch nie im Haus gesehen habe. Er kommt offenbar von oben, hat also Ogata oder Tina und Lukas besucht. Ein Bild von seiner Ankunft finde ich nicht, da muss er den Fahrstuhl genommen haben.

Danach nur noch ein Foto, von mir selbst, wie ich beim Heimkommen mit gezücktem Schlüssel auf die Tür zugehe. 23.46 Uhr.

Ich fühle mich noch nicht danach, schlafen zu gehen. Mir spukt Erichs Versuch mit den Abgasen im Kopf herum. Ebenso wie Manfred Henigs Sturz aus sechzig Metern Höhe oder mehr.

Und unweigerlich folgen die Bilder der Selbstmorde, deren Opfer ich selbst gesehen habe. Es waren nicht viele, nur zwei – Andrei schätzte es nicht, wenn die Leute ihr Schicksal in die eigene Hand nahmen, und traf entsprechende Vorkehrungen.

Mir ist besonders einer der Vorfälle in Erinnerung, ich habe lange nicht mehr daran gedacht, und ich wünschte, er wäre mir nicht ausgerechnet jetzt eingefallen. Der Tote war ein Mann von etwa vierzig Jahren, dessen Namen ich nie erfahren habe. Er schaffte es, sich an seiner Unterhose zu erhängen, dem einzigen Kleidungsstück, das man ihm gelassen hatte. Andrei war so wütend, wie ich ihn nur selten erlebt hatte. Er schrie nicht herum, wie er es bei kleinen Ärgernissen tat, sondern wurde vollkommen ruhig und eiskalt. Er befahl Pascha, dem Toten Nägel in die Knie- und Ellbogengelenke zu schlagen, ihm die Zunge abzuschneiden, ihn dann mit den Füßen an die Stoßstange eines der Lkw zu binden und ein paarmal um das Fabrikgelände zu fahren. Es war Nacht, und es standen Wachen an allen Zufahrtswegen, er ging kein Risiko ein.

Erst als die Leiche so aussah, wie er sich das vorstellte, ließ er den Toten bei seinen Leuten abliefern. Niemand sollte denken, dass man Andrei Karpin durch ein bisschen Erhängen entkommen konnte, wenn er andere Pläne hatte. Niemand sollte auch nur einen Funken Angst oder Respekt verlieren.

Mir und Vera befahl er, den Toten nach der Prozedur vom Lkw zu schneiden. Er fand es witzig, vor allem, mir dabei zuzusehen, wie ich gegen den Brechreiz kämpfte. Vera lachte die ganze Zeit, hysterisch, immer wieder versucht, die blutigen Handschuhe vor den Mund zu pressen.

»Wenn du kotzt und die Bullen die Leiche in die Finger kriegen, haben sie deine DNA«, grölte Andrei in meine Richtung. »Und ich fürchte, dann muss ich dich loswerden, Koschetschka.«

Ich kotzte nicht, obwohl ich wusste, dass die Polizei den Toten nie zu Gesicht bekommen würde. Er gehörte einer Gang an, die ihre Dinge selbst regelte. So wie die Karpins.

Allein durch die Erinnerung fühle ich mich dreckig. Baden werde ich tatsächlich nicht, aber duschen. Kalt, falls das nötig ist, um die Bilder aus meinem Kopf zu vertreiben.

Wenn ich mich einseife, sind mir die Narben unter meinen Fingern immer noch fremd.

»Wie geht es deinem Vater?« Nachdem ich weiß, dass sie am Vorabend zu mir wollte, habe ich keine Bedenken, am Morgen bei Tamara zu klingeln. Doch aus welchem Grund sie auch gestern mit mir sprechen wollte, heute scheint er sich erledigt zu haben.

Sie bittet mich herein, aber es ist offensichtlich, dass sie es widerwillig tut. »Er lebt. Er redet nicht. Er macht sich nicht die Mühe, Mama oder mir oder Markus zu erzählen, was diesmal der Anlass gewesen ist.«

Ich spaziere in ihr weißes Wohnzimmer. Auf einer Kommode liegt noch immer oder schon wieder die Tube mit dem Concealer, obwohl Tamaras Gesicht heute ziemlich unauffällig aussieht. Wenn die blauen Flecken gelb werden, reicht normales Make-up.

»Das muss eine furchtbare Belastung sein«, sage ich.

Tamara bemüht sich nicht, ihre Wut zu verbergen. »Allerdings. Es ist ein Albtraum, so einen Vater zu haben.« Sie sieht mich so hasserfüllt an, als hätte ich ihn zu dem gemacht, was er ist. »Was ich gestern gesagt habe, war mein Ernst. Ich wünschte, er hätte Erfolg gehabt.« Sie hält inne. »Für mich selbst wünsche ich mir das, aber für Oma bin ich froh.« Tamara schlingt die Arme um den eigenen Körper, als müsse sie ihm Halt geben. »Ich war gestern bei ihr und habe versucht, ihr die halbe Wahrheit zu sagen. Dass es eher ein Versehen als Absicht war. Dass er in der Garage im Auto sitzen geblieben ist und auf seinem

Handy herumgetippt hat, ohne den Motor abzustellen.« Sie lacht auf. »Oma hat mir kein Wort geglaubt. Sie hat geweint. ›Ich möchte ihn so gern beschützen‹, hat sie gesagt.«

Auch in Tamaras Augen sind Tränen getreten. »Ich hasse das alles so sehr«, sagt sie mit erstickter Stimme. »Aber weißt du was? Onkel Holger hat schon Ersatz für Gerda aufgetrieben. Eine gewisse Andrea, die bereits die wichtigsten Grundregeln verinnerlicht hat: Auf keinen Fall die alte Frau Lambert mit irgendjemandem alleine lassen, auch wenn sie das gerne möchte.«

»Unbegreiflich«, murmle ich. »Wie eine Gefangene im eigenen Haus.«

»Ja, nicht wahr?«, braust Tamara auf. »Ich könnte ihn erwürgen. Gerade in so einer Situation, wenn es Oma schlecht geht, will ich niemanden neben uns rumsitzen haben, den das alles nichts angeht.«

Das kann ich gut nachvollziehen. Ich greife in einer tröstenden Geste nach Tamaras Hand, doch sie entzieht sie mir sofort. »Entschuldige. Aber ich bin gerade viel zu angepisst für so was.« Sie lächelt mir gezwungen zu. »Sorry. Bin keine gute Gesellschaft im Moment.«

Ihr Handy klingelt. »Hallo, Johannes.« Sie dreht sich von mir weg. »Ja. Ja, immer noch stabil.«

Ich will es nicht wirken lassen, als hörte ich zu, also schlendere ich Tamaras Bücherwand entlang. Sie liest gerne französische Literatur, wie es scheint. Eine ganze Reihe Dumas, Flaubert, Hugo. Eine Etage tiefer Krimis – Harlan Coben und Joy Fielding überwiegen. Großformatige Bildbände scheint sie auch zu mögen. Italienische und englische Landhäuser, Gartengestaltung und eine ganze Reihe Architekturfotografie.

An einem Buch am Ende der Regalreihe bleibt mein Blick hängen. 50 Jahre Lambert-Bau – 1954–2004. Goldener Prägedruck auf einem rotledernen Buchrücken. Ich ziehe den Band heraus.

»... weiß nicht, ob er Besuch will«, erklärt Tamara gerade. Sie klingt erschöpft. »Alles, was man tut, kann falsch sein. Du kennst ihn doch. Mach, was du für richtig hältst.«

Das Buch ist eine Firmenchronik, gespickt mit Fotos. Alles Nennenswerte, was die Lamberts in den ersten fünfzig Jahren der Firmengeschichte gebaut haben, ist hier abgebildet. Dazwischen finden sich immer wieder Fotos von Elsa und ihrem Mann. Auf denen, die aus den Fünfzigern und Sechzigern stammen, trägt sie eine Sonnenbrille und die Armschleife mit drei Punkten. Sie trägt sie über schicken Businesskostümen, über karierte Blusen, auf Bällen sogar zum Abendkleid. Wie eine Auszeichnung.

In den Siebzigern lässt sie sie immer öfter weg, in den Achtzigern tut sie das auch mit der Sonnenbrille. Sie muss etwa Mitte fünfzig sein und blickt mit offenen weißen Augen in die Kamera.

»Interessiert es dich?« Tamara hat ihr Gespräch beendet. »Ist jetzt auch schon wieder sehr veraltet. Aber sieh mal, was Oma früher für eine schöne Frau war!«

»Ist sie immer noch«, sage ich. »Auf die Gefahr hin, dass das indiskret ist – war sie schon immer blind?«

Tamara streicht über das Foto. »Nein. Sie hatte Masern, da war sie gerade erst vierundzwanzig Jahre alt. Ein Jahr zuvor hatten sie und Opa geheiratet. Steht alles hier drin.« Sie wendet sich ab. »Kannst es dir ausleihen, wenn du willst.«

Das Angebot ist gleichzeitig ein freundlicher Hinausschmiss, ich kann spüren, dass Tamara mich los sein möchte. »Sehr gern, danke. Ich bringe es dir morgen wieder zurück.«

»Hat keine Eile.«

Ich würde sie gerne noch fragen, was sie gestern Abend von mir wollte, aber nachdem ich offiziell nichts von ihrem Besuch wissen kann, beiße ich mir auf die Zunge. Wenn auch nicht in jeder Hinsicht.

»Übrigens, ich soll dich grüßen lassen.«

Sie wirkt nur mäßig interessiert. »Aha. Von wem?«

»Georg Vossen. Ich war gestern mit ihm essen.«

»Na, so was.« Das scheint sie immerhin zu belustigen. »Und? War's nett?«

»Es war ganz okay. Ich soll dir außerdem etwas ausrichten. Er sagte: Egal, wie die Sache ausgeht, er ist auf deiner Seite, wenn du das willst.«

Sie blinzelt ein paarmal, dann lächelt sie. »Das ist eine Überraschung.«

Die Firmenchronik ist für heute die perfekte Beschäftigung. Sie erlaubt mir, in meinen eigenen vier Wänden zu bleiben und gleichzeitig zu recherchieren. Ich setze mich mit dem Buch und einer Tasse Kaffee aufs Sofa und blättere.

Theo Lambert, Elsas Mann, war groß und gut aussehend; Holger ähnelt ihm sehr. Er war Bauingenieur, und nachdem ihr Bruder im Krieg gefallen war, wurde Elsa zur Erbin eines Unternehmens, das damals noch Bohring-Bau hieß. Ihr Vater starb 1950, sie führte es weiter, heiratete 1951 Theo Lambert, und gemeinsam hoben sie Lambert-Bau aus der Taufe. Erich kam 1957 zur Welt, Holger 1959.

In den Fünfzigern wurde in ganz Deutschland gebaut, die Firma florierte. Ich blättere durch die Seiten mit den Fotografien der Gebäude. Zwei Brückeneröffnungen sind auch dabei. Theo und Elsa, er führt ihre Hand, damit sie gemeinsam mit irgendeinem Politiker ein Band durchschneiden kann.

Ping. Ich greife nach meinem Smartphone. Tamara verlässt das Haus, sie trägt eine Sonnenbrille, als wolle sie Solidarität zu ihrer Großmutter demonstrieren.

Ich blättere zum Ende der Chronik vor, möchte gern sehen, wie oft Tamara darin auftaucht. Oder Markus.

Von beiden gibt es jeweils ein Bild auf einer Baustelle, mit Schutzhelm, und einige andere, die sie auf offiziellen Anlässen zeigen. *Clear Water* wurde 1990 ins Leben gerufen, aber es gibt nicht von jeder der jährlichen Galas ein Bild. Aus dem Jahr 2007 finde ich allerdings eines, auf dem alle drei Lambert-Geschwister zu sehen sind. Markus, Tamara und Arthur.

Ich hatte ihn mir zart und blass vorgestellt. Als müsse sein künftiges Schicksal schon immer Schatten auf ihn geworfen haben. Aber auf dem Bild sieht er groß aus für die etwa zwölf Jahre, die er zählen muss. Groß und sportlich. Sein Haar steht widerspenstig vom Kopf ab, und er grinst schief.

Die Korbachs oder die Vossens tauchen auf manchen Fotos als Randerscheinungen auf, aber immer nur bei offiziellen Anlässen. Man wirkt nicht, als würde man verbissen konkurrieren, im Gegenteil. Auf einem der Bilder beugt sich der schon recht betagte Theo Lambert zu einem Mann im Rollstuhl hinunter, der ähnlich alt sein muss wie er selbst. Er legt ihm eine Hand auf die Schulter, der Mann blickt zu ihm hoch. *Theo Lambert und Rainer Korbach beim Neujahrsempfang der Bayrischen Ingenieurkammer-Bau* steht in der Bildunterschrift.

Seufzend klappe ich das Buch zu, und als hätte ich das Geräusch damit ausgelöst, klingelt es. Es ist nicht der Glockenton der Tür, sondern der Gegensprechanlage.

Ich zögere, das ist unsicheres Terrain, keine Kamera verrät mir, wer der Besucher ist.

Erneutes Klingeln, drängend und ungeduldig. Das ist nicht die Vorgehensweise der Karpins oder ihrer Handlanger, und elf Uhr am Vormittag nicht ihre Zeit. Trotzdem.

Kurz darauf höre ich es auch bei Tamara läuten – gut möglich, dass das vorhin schon passiert ist und ich, versunken in die Chronik, es nicht wahrgenommen habe.

Ich stecke Handy und Wohnungsschlüssel in die Hosentasche, drücke den Öffner, schlüpfe auf Socken auf den Gang und ziehe die Tür hinter mir zu. Ich werde ins obere Stockwerk laufen, dort warten und sehen, wessen Porträt mir der Spion schickt.

Im Vorbeihasten sehe ich etwas an Tamaras Tür hängen.

Kein Altpapier diesmal, sondern eine Art Tragetasche aus Stoff. Grün mit einem aufgedruckten Regenbogen.

Mit einem metallischen Geräusch setzt sich der Aufzug in Bewegung, doch er ist erst auf dem Weg nach unten. Mir bleiben gut dreißig Sekunden, um mich zu verstecken. Ich nehme den Stoffsack in Augenschein und weiß schon, bevor ich hineinsehe, was er enthält. Der Geruch ist unverkennbar.

Es ist Brot, frisches Brot. Ein länglicher Laib, mehlbestäubt. Warum hängt Tamara Brot an ihre Tür?

Der Aufzug ist unten angekommen, gleich wird er zurück nach oben fahren. Ich husche die Treppe hinauf, am dritten Stock vorbei bis zum Ausgang aufs Dach. Dort bleibe ich stehen. Lausche mit angehaltenem Atem.

Der Aufzug hält in der zweiten Etage. Jemand steigt aus. Schritte. *Ping.*

Ich beiße mir auf die Lippen, hoffentlich hat man das nicht bis unten gehört. Aber selbst wenn, schlimm wäre das nicht, denn das Foto, das auf dem Display erscheint, zeigt Anton. Tamaras Klienten. Haben sie sich verpasst, oder hat sie vergessen, dass er bei ihr einen Termin hat?

Der Ton ihrer Türklingel dringt sehr gedämpft bis zu mir. Einmal, nach einer kurzen Pause noch einmal. Dann wieder Schritte. *Ping.* Kurz darauf setzt sich der Fahrstuhl in Bewegung, abwärts.

Ich gehe ebenfalls langsam die Treppen hinunter.

Unten schlägt gerade die Tür zu, als ich mein Stockwerk erreiche. Anton ist fort. Die Tasche mit dem Brot hat er mitgenommen.

Es beschäftigt mich den ganzen Nachmittag lang. Hat Tamara dieses merkwürdige Präsent wirklich für Anton hinterlassen? Oder, was naheliegender wäre, für das unterernährte Mädchen, das ebenfalls regelmäßig zu ihr kommt?

Neue Beobachtung: Tamara hinterlässt Lebensmittel für ihre Klienten an der Tür, die sie sich holen, wenn sie nicht zu Hause ist, schreibe ich an Robert. *Kannst du damit etwas anfangen?*
Er würdigt mich den ganzen Nachmittag über keiner Antwort. Dafür ruft Georg an. Bedankt sich für den schönen Abend. Fragt, ob ich weiß, wie es Erich geht.
»Ich hoffe, du hast die Sache nicht überall herumerzählt?« Ich klinge unfreundlicher als beabsichtigt.
»Natürlich nicht.« Er räuspert sich. »Aber mein Vater wusste es heute Morgen bereits. Woher, hat er mir nicht gesagt. Er ist ebenso froh darüber wie ich, dass Erich überlebt hat.«
Die Vossens sind also erleichtert, oder tun zumindest so, während Tamara sich nicht einmal Mühe macht, das vorzutäuschen.
Ich beende das Gespräch schneller, als höflich wäre, aber Telefonieren verursacht mir Bauchschmerzen, seit ich weiß, wie einfach das Mithören ist. Die Polizei braucht dafür richterliche Beschlüsse; für andere Leute ist illegales Abhören die geringste ihrer Gesetzesverletzungen.
Am Abend ist der Selbstmord des Vossen-Geschäftsführers Teil der Nachrichten. Beziehungsweise die Frage, ob es wirklich ein Suizid war. Erstmals. Im Zuge dessen wird auch das Krankenhausprojekt erwähnt.
»Die Vossen AG ist einer von drei Mitbewerbern um den Bau des Münchner Klinikzentrums«, sagt der Sprecher, während als Bild eine OP-Szene eingeblendet ist. Zwei Chirurgen und eine Krankenschwester, alle in Grün, die sich über den Operationstisch beugen. »Eine Entscheidung wird in den nächsten zwei Wochen erwartet. Die ungewöhnliche Häufung von Unglücksfällen auf den aktuellen Baustellen der Bewerber hat bereits zu Verzögerungen geführt, kurz war sogar von einer Neuausschreibung des Projekts die Rede.«
Kein Wort darüber, dass Vossen seine Bewerbung zurückge-

zogen hätte. Kann natürlich noch kommen. Oder Georg hat mir Märchen erzählt.

Tamara kehrt um sieben nach Hause zurück, in Begleitung des dünnen Mädchens. Minuten später schallt wieder Enya durch die Wand.

Ich rolle mich auf der Couch zusammen und vertiefe mich weiter in die Jubiläumsbroschüre der Firma Lambert.

Ein *Ping* gegen drei Uhr morgens macht mich mit einem Schlag hellwach.

Ich greife nach dem Handy, um mir das Foto anzusehen, doch da ist nichts außer Schwärze. Meine Nervosität steigt, ich weiß mittlerweile, dass alle Hausbewohner das Minutenlicht einschalten, wenn sie nachts heimkommen. Jemand, der im Schutz der Finsternis durchs Treppenhaus schleicht, ist vermutlich ein Fremder.

Vor der Tür bleibt es ruhig. Kein Kratzen am Schloss, auch nicht das leise Sirren eines Bohrers. Ich schleiche zur Tür, lege mein Ohr dagegen. Würde ich jemanden atmen hören?

Ich verharre gut zehn Minuten in meiner Lauschposition, dann werfe ich einen Blick durch den Türspion. Alles stockdunkel. Also zurück ins Bett, nur leider ist der Schlaf in weite Ferne gerückt. Zu viele Bilder von früher. Zu viel Angst. Erst als draußen der Morgen zu dämmern beginnt, fallen mir wieder die Augen zu.

Beim Aufwachen zeigt mir das Handy fünf neue Bilder an, die der Spion geschickt hat. Auf keinem davon ist etwas anderes zu sehen als Schwärze.

Ich springe aus dem Bett, wickle mich in meinen Morgenmantel, reiße die Tür auf und begreife. Die Linse des Spions ist ebenfalls schwarz. Es muss Lack sein, der sich weder abziehen noch abkratzen lässt.

Damit habe ich nicht gerechnet. Entweder, jemand hat mitbekommen, dass ich eine fortgeschrittene Türgucker-Version installiert habe, und das stört ihn, oder jemand möchte grundsätzlich verhindern, dass ich sehen kann, wer vor meiner Tür steht.

Ich ziehe mich ins Wohnzimmer zurück, mit dem Gefühl, verletzlicher zu sein denn je. Die Situation ist jetzt schlimmer als zuvor, der eingebaute Bewegungsmelder funktioniert nämlich noch. Bei jedem, der vorbeigeht, bekomme ich ein schwarzes Bild geschickt und kann meiner Fantasie freien Lauf lassen.

Lust auf Kaffeetrinken? Ich würde gerne. Markus.

Es ist eine ganz normale SMS, die Markus Lambert mir schickt, denn WhatsApp habe ich nicht installiert, ich bin ja nicht verrückt.

Ich starre die Nachricht minutenlang an. Wer weiß, ob sie wirklich von ihm stammt, ich kenne seine Handynummer nicht, und mir war nicht klar, dass er meine hat.

Warum?, schreibe ich schließlich zurück.

Du hast letztens unserer Großmutter beigestanden, vielen Dank dafür. Es gibt aber noch ein oder zwei andere Gründe, die ich lieber persönlich mit dir besprechen würde.

Eine Stunde lang antworte ich nicht. Ich war vorhin draußen und habe Lackentferner gekauft, damit bearbeite ich die Türlinse und denke nach.

Was für großes Aufhebens alle davon machen, dass ich Elsa kurz Gesellschaft geleistet habe. Es ist beinahe albern. Andererseits hatte ich dabei Gelegenheit, mit ihr allein zu sein; etwas, das Tamara offenbar schon ewig nicht schafft.

Will Markus wissen, was sie mir erzählt hat?

Das ist tatsächlich der einzige Grund, der mir einfällt. Ich wüsste nicht, warum er sich sonst für mich interessieren sollte.

Umgekehrt stehen die Dinge anders. Ich könnte mit ihm über Tamara sprechen. Über Johannes. Erich. Ich könnte mir die Familie noch mal aus einer anderen Perspektive schildern lassen.

In der Chronik suche ich mir die Bilder heraus, auf denen Markus zu sehen ist. Schon als kleiner Junge sieht er meistens ernst aus. Steht neben seinem Vater, der ihm die Hand auf die Schulter legt. Erich lächelt wenigstens manchmal.

In Ordnung, tippe ich in dem Bewusstsein, dass ich vielleicht einen großen Fehler mache. *Wann? Wo?*

Es dauert keine zwei Minuten bis er antwortet. *Ich hole dich ab, sechzehn Uhr, okay?*

Ich erinnere mich an das, was Tamara gesagt hat. Er ist ein Player. Hat sie ihm erzählt, dass ich Interesse an ihm bekundet habe? Das wäre unangenehm.

Sechzehn Uhr ist gut, antworte ich. Dann setze ich die Putzarbeiten am Türspion fort.

Das Ergebnis ist nicht, wie ich es erhofft hatte. Ich muss das falsche Lösungsmittel gekauft haben, denn der Lack geht zwar ab, dafür ist die Linse praktisch blind. Die Fotos, die mein Handy mir jetzt zeigt, haben etwas von moderner Kunst in verschiedenen Grau- und Weißtönen. Schlieren, Flecken, keine klaren Umrisse. Darauf jemanden erkennen zu wollen, ist hoffnungslos.

Am liebsten würde ich sofort losgehen, um eine neue Anlage zu kaufen, Geld dafür habe ich genug. Allerdings garantiert mir niemand, dass nicht in der kommenden Nacht wieder jemand mit Lack und Pinsel auftaucht. Leider sieht man allen Türspionen mit Kamera an, dass sie keine Durchschnittsfabrikate sind.

Bevor ich mich für mein Treffen fertig mache, schicke ich Robert eine Nachricht.

Gleich Kaffee mit ML. Falls ich plötzlich verschwunden sein sollte.

Markus ist überpünktlich, bereits fünf Minuten vor vier läutet es am Eingang. »Kommst du gleich nach unten?«, fragt er durch die Gegensprechanlage. »Ich habe keinen Parkplatz gefunden.«

Er hält mir die Beifahrertür des schwarzen Zweisitzers auf, wartet, bis ich mich angegurtet habe, und fährt los. Die Fahrt verläuft schweigsam, er sieht die ganze Zeit über auf die Straße. Fragt bloß irgendwann, ob ich lieber italienischen als deutschen Kaffee trinke. Als ich bejahe, zieht er seinen Wagen mit einem Ruck quer über drei Spuren, ignoriert das Hupen hinter uns und biegt rechts ab.

Das Café, in dem wir schließlich landen, ist voll mit Studenten und Vintagemöbeln, auf der Theke stehen große Glasschalen mit Cantuccini und Amarettini. Markus dirigiert mich an einen Tisch im hinteren Bereich.

Immer noch haben wir kaum drei Sätze gewechselt, und ich begreife nicht, was diese Verabredung soll. Bereue, dass ich mich darauf eingelassen habe. Es gab keinen Grund dafür, außer der diffusen Hoffnung, dabei etwas zu erfahren, was Robert wichtig genug ist, um meinen Einsatz in München zu beenden.

»So«, sagt Markus, nachdem wir je einen Cappuccino bestellt haben. »Also. Noch einmal danke, dass du meine Großmutter beruhigt hast. Sie hat sich sehr verloren gefühlt, alleine in dieser Situation.«

Es ist nichts Herzliches in seiner Stimme, er klingt, als führe er ein Businessgespräch.

»Gern geschehen«, sage ich, ebenso reserviert.

»In Ordnung. Dann wollen wir doch einmal Klartext reden.« Markus lehnt sich nach vorn. »Was willst du eigentlich von uns?«

Ich brauche eine Sekunde, um zu begreifen, dass die Unterhaltung gerade eine Wendung um hundertachtzig Grad genommen hat. »Wie bitte?«

Die beiden Kaffeetassen werden vor uns abgestellt. Markus

lässt mich keinen Moment aus den Augen. »Ich habe mal aus Neugier ein bisschen das Internet befragt. Eine Carolin Springer, die vor ihrer Scheidung mit ihrem Mann eine IT-Firma aufbauen wollte, lässt sich da nicht finden. Erstaunlich, wo es doch um Computer geht, nicht wahr? Es gibt Carolin Springers in Hannover, in der Nähe von Konstanz und tatsächlich auch in München, allerdings unter einer anderen Adresse. Eine ist gerade mal zwei Jahre alt und lebt in Heidelberg. Keine Einzige davon bist du.«

Dass das irgendwann kommen musste, war klar. »Manche Leute«, sage ich langsam, »legen Wert darauf, keine Spuren im Netz zu hinterlassen. Und sie haben gute Gründe dafür.«

Er lacht. »Jaja, der stalkende Ehemann, Tamara hat mir davon erzählt.« Er legt den Kopf schief. »Wer bist du wirklich?«

Ich zucke die Schultern, möglichst gelassen. Ziehe mein Portemonnaie aus der Handtasche, lege Personalausweis, Bankkarte und Führerschein vor ihm auf den Tisch. »Die deutschen Behörden hegen keinen Zweifel daran, dass ich ich bin.« Ich warte, bis er die drei Karten in Augenschein genommen hat, dann stecke ich sie wieder ein. »Schon witzig. Das erste Mal, dass ich mich bei einer Verabredung zum Kaffee ausweisen muss.«

Ich kann ihm ansehen, dass er damit nicht gerechnet hat. »Du warst letztens mit Vossen unterwegs«, sagt er.

»Ja. Und?«

»Ich weiß, dass die Vossens Tamaras Nachbarwohnung gern gemietet hätten, vor einiger Zeit. Vielleicht haben sie ja. Und dann dich hineingesetzt.«

Aha, daher weht der Wind. Aus einer ganz falschen Richtung, das ist beruhigend. »Schon wieder witzig«, sage ich, diesmal etwas gereizter. »Die Vossens habe ich erst durch euch kennengelernt, auf dieser unglaublich unterhaltsamen Gala. Davor waren sie mir kein Begriff. So wie ihr, übrigens. Ich hoffe, das verletzt deine Eitelkeit nicht.«

Ich greife nach meiner Handtasche und stehe auf, nach Hause kann ich auch mit der U-Bahn fahren, doch Markus hält mich zurück. »Entschuldige bitte. Ich mache mir eigentlich nur Sorgen um Tamara. Sie wirkt hart, aber es würde sie treffen, wenn sich herausstellen würde, dass du dich bei ihr eingeschlichen hast, um sie auszuspionieren.«

Bingo. Aber mit etwas Glück muss Tamara das nie erfahren. »Du machst dir Sorgen um sie?« Der Zweifel in meiner Stimme ist unüberhörbar.

»Natürlich. Sie ist meine Schwester!«

»Richtig. Deine ... Schwester.«

Seine Augen verengen sich zu Schlitzen. »Was soll das denn jetzt heißen?«

Ich schüttle bloß den Kopf, in der Bewegung fällt mein Blick auf das Fenster, und dahinter steht – Tamara. Als hätten wir sie eben herbeibeschworen.

Sie hat uns ebenfalls gesehen, winkt fröhlich und steht eine Minute später bei uns am Tisch. »Na, ihr zwei? Habt ihr einen schönen Nachmittag?«

Markus seufzt. »Was treibt dich denn her?«

»Ach, du sagtest, du wolltest Caro zum Kaffee einladen, und da war mir klar, dass ihr nur hier oder im Luitpold stecken könnt.« Sie setzt sich auf den dritten Stuhl am Tisch und bestellt einen Latte macchiato, springt sofort wieder auf und verschwindet auf die Toilette.

»Eigenartig.« Ich merke erst, dass ich laut gesprochen habe, als Markus mir den Kopf zuwendet. »Na ja, ich meine, dass sie in deine Verabredungen platzt. Macht sie das immer?«

»Nur manchmal.« Er schüttet Zucker in seine beinahe leere Kaffeetasse. »Aber ich bin ganz froh darüber, dass sie so gut gelaunt ist. Das war sie seit Monaten nicht mehr. Sie hat die merkwürdige Idee, dass die Vossens uns abhören. Oder die Korbachs. Oder die Polizei. Seitdem schläft sie schlecht. Hat sie dir das erzählt?«

Mein Blick wandert zu der Tür, hinter der Tamara verschwunden ist. »Nein.«

Er schüttelt resigniert den Kopf. »Sie hat einmal in ihrer Wohnung eine Art Mikrofon gefunden, irgend so etwas Kleines mit Kabeln dran. In einem ihrer Stiftebecher.«

Ich tue erstaunt. »Die Konkurrenz, okay. Aber warum sollte die Polizei euch abhören?«

»Aus dem gleichen Grund, aus dem sie uns jedes Mal ein Inquisitionskommando vorbeischicken, wenn auf einer fremden Baustelle etwas passiert. Ich fürchte, der alte Korbach hat ihnen den Floh ins Ohr gesetzt, dass wir Sabotage betreiben.«

Tamara lässt sich ganz schön lange Zeit.

»Und? Das tut ihr natürlich nicht, oder?«

Er sieht mich ausdruckslos an. »Natürlich nicht. Hätten sie uns doch längst nachgewiesen. Und weißt du was? Wem du auch Bericht erstattest, richte ihm das freundlicherweise aus.«

»Ich bin kein ...«

Er winkt lachend ab. »Bei mir kannst du dir das sparen. Heb es dir für meine Schwester auf, die glaubt dir, zumindest sagt sie das. Obwohl sie sonst misstrauischer ist als ein geprügelter Hund.«

Ich schüttle den Kopf, murmle etwas von Verfolgungswahn und will zum zweiten Mal aufstehen, da kommt Tamara von der Toilette zurück. Sie wirkt ein wenig aufgelöst, aber immer noch fröhlich. »Ah, mein Kaffee.«

»Wird vermutlich kalt geworden sein«, sagt Markus.

Tamara nippt, verzieht leicht den Mund und kippt den Inhalt des Glases in zwei Schlucken hinunter. »Trotzdem gut.«

Markus wirft einen Blick auf die Uhr. »Soll ich euch nach Hause fahren?«

Sie winkt ab. »Caro gerne, aber ich muss gleich noch weiter. Und danach ...« Sie atmet durch. »Wenn ich die Nerven dafür aufbringe, besuche ich Papa.«

Der letzte Satz klingt trotzig. Tamara steht auf, Markus ebenfalls. Sie sieht zu ihm hoch, dann presst sie sich in einer schnellen Bewegung an ihn, doch diesmal scheint ihm das unangenehm zu sein. Er nimmt sie sanft an den Unterarmen, drückt sie ein Stück von sich weg. Einige Sekunden lang verharren sie so, dann springt Markus förmlich zurück, als hätte er sich verbrannt. »Nein«, stößt er hervor. »Denk nicht einmal daran!«

Ich begreife nicht, was da eben passiert ist. Hat Tamara ihn auf eine Weise angefasst, die über schwesterliche Zärtlichkeit hinausgeht? Wieso habe ich es dann nicht mitbekommen?

Sie lächelt ihren Bruder an. »Oh doch«, sagt sie ruhig.

»Vergiss es«, zischt Markus. »Das lasse ich nicht zu.«

Tamara zieht sich ihre Jacke an. »Nicht deine Entscheidung. Ach, und ich bekomme morgen die Ergebnisse. Bis später, Caro!« Damit geht sie.

Markus ist wieder auf seinen Stuhl gesunken, hat den Kopf in eine Hand gestützt. Ich räuspere mich verlegen, doch er scheint mich überhaupt nicht mehr wahrzunehmen.

Nach ein paar Sekunden stehe ich auf und gehe nun meinerseits auf die Toilette – wenn ich zurückkomme und er immer noch so dasitzt, fahre ich wirklich mit der U-Bahn.

Außer mir ist niemand auf der Damentoilette; aber auf der Ablage über dem Waschbecken liegt etwas, das mir bekannt vorkommt. Tamaras Concealer. Und das oberste Papierhandtuch im Mülleimer sieht aus, als hätte jemand damit Blut weggewischt.

Auf der Heimfahrt spricht Markus kein Wort. Ich ebenfalls nicht, ich versuche zu begreifen, was vorhin passiert ist. Tamaras Concealer habe ich eingesteckt. Ich habe sie genau angesehen, als sie das Café betreten hat – sie war nicht verletzt, schon gar nicht so, dass sie geblutet hätte. Gut möglich, dass sie die Abdeckcreme auch gar nicht verwendet, sondern nur aus der

Handtasche genommen hat, um etwas anderes herauszuholen. Eine Bürste, zum Beispiel. Und dann hat sie die Tube auf der Ablage vergessen.

Das blutige Papiertuch kann ohnehin von jedem stammen.

Noch irritierender war aber der Dialog zwischen ihr und Markus. Ich begreife nach wie vor nicht, was seine extreme Reaktion ausgelöst hat, er war sichtlich schockiert von dem, was sie offenbar vorhat ...

Sie bekommt morgen Ergebnisse. Ich muss an ihren Besuch bei der Gynäkologin denken, aber wahrscheinlich liege ich damit falsch. Auf die Ergebnisse eines Schwangerschaftstests muss man nicht großartig warten.

Andererseits würde der Dialog perfekt passen. Tamara hat etwas vor, das Markus nicht zulassen will. Sie erwidert, das sei nicht seine Entscheidung.

Sie ist von ihm schwanger, pocht mein Hirn, und will das Kind behalten. Er verliert bei der Vorstellung völlig die Fassung. Aber – ihr Körper, ihr Kind. Niemand kann sie zwingen, es abtreiben zu lassen.

Es ist nicht mehr weit bis nach Hause. Ich werfe Markus einen vorsichtigen Blick von der Seite zu. Er ist blass. »Tut mir leid, die Szene vorhin.«

»Ach, kein Problem«, sage ich. »Ich habe nur nicht verstanden ...«

»... worum es ging?« Er lacht heiser auf. »Meinst du, deine Auftraggeber werden unzufrieden sein? Na gut, ich sage es dir. Familie. Geschäft. Der ganze Wahnsinn, um den die Lamberts kreisen, seit ich denken kann.«

Ich glaube ihm kein Wort. »Und in Geschäftsdingen kann Tamara Entscheidungen treffen, die dich nichts angehen?«

Seine Wangenmuskeln treten kurz hervor und entspannen sich wieder. »Tja, sie hat Anteile, so wie wir alle. Aber lassen wir das Thema, okay? Sie wird schon zur Vernunft kommen.«

Fünf Minuten später bremst er vor unserem Haus ab. »Du hast meine Telefonnummer, nicht wahr? Ruf mich bitte an, wenn Tamara sich merkwürdig verhält.«

Meine Hand liegt bereits auf dem Türgriff. »Was meinst du mit merkwürdig?«

Er denkt kurz nach, nur um dann den Kopf zu schütteln. »Ich weiß auch nicht genau. Ungewöhnlich eben.«

Ich kann mir ein spöttisches Lächeln nicht verkneifen. »Du meinst also, ich soll sie – wie sagtest du so schön – ausspionieren? Und dir dann Bericht erstatten?«

Sein Blick ist kalt. »Mach's gut, Caro.«

SCHON FAST NACHT

- Was haben Sie hier zu suchen?
- Ich habe etwas entdeckt. Etwas Wichtiges, und außer Ihnen ist niemand mehr hier, dem ich es melden kann. Sie haben doch gesagt, wir sollen die Augen offen halten!
- Das habe ich gesagt? Wann habe ich das gesagt?
- Vor einer Woche, ungefähr. Mirko hat es mir erzählt.
- Mirko? Das ist einer der Elektriker, oder?
- Ja, so wie ich. Und ich habe die Augen offen gehalten. Da ist etwas komisch beim Aufzugschacht.

Der Mann mit den Maßschuhen steht auf und folgt dem Mann mit den staubigen Arbeitsschuhen.

- Haben Sie Überstunden gemacht?
- Nicht so richtig. Ich wollte noch unser Werkzeug ordentlich verstauen. Die anderen lassen es oft einfach liegen, wissen Sie? Weil sie es morgen wieder brauchen. Aber ich nicht.
- Lobenswert.

Die beiden Männer gehen Treppen nach unten, in den Keller. Es gibt ausreichend Beleuchtung hier, sie ist noch provisorisch und hell wie in einem OP-Saal.

- Jemand hat an der Verkabelung vom Bedienpaneel herumgemacht. Und es gab doch gerade erst einen Stromunfall.
- Wo ist die Kabine?
- Gesichert im vierten Stock. Wissen Sie, sie wird als Arbeitsplattform für die Schachtarbeiten ...
- Ja, natürlich weiß ich das.

Der Mann in den staubigen Schuhen verstummt, nachdem er angeblafft wurde. Er zögert. Sie sind vor der Aufzugtür angekommen, die chromfarben glänzt.

- Vielleicht sollten wir doch bis morgen warten. Bis Mirko wieder da ist.

- Quatsch, Mann, jetzt haben Sie mich hergelotst, jetzt zeigen Sie mir wenigstens, wovon Sie sprechen. Und dann sichern Sie die Gefahrenquelle ab.

Der andere weicht eingeschüchtert zurück. Zieht sich Arbeitshandschuhe an und öffnet die Aufzugstüre. Er hält sich mit einer Hand am Rahmen fest und beugt sich weit in den Schacht.

- Sehen Sie? Mit der Zuleitung stimmt etwas nicht. Oder?

Er beugt sich tiefer hinein.

- Wie soll ich denn etwas sehen, wenn Sie mir die Sicht versperren.

- Oh. Entschuldigen Sie. Entschuldigen Sie bitte.

Er tritt zur Seite und macht den Weg frei. Der Mann in den Maßschuhen geht einen Schritt auf den Fahrstuhlschacht zu und wirft pro forma einen Blick hinein. Er ist kein Fachmann, was elektrische Anschlüsse betrifft, aber das wird er einem einfachen Arbeiter gegenüber nicht zugeben.

- Hm. Ich sehe, was Sie meinen.

- Soll ich Mirko anrufen?

- Was? Nein.

Er will nicht noch länger hier rumhängen, er hat noch etwas vor. Er trifft seine schöne junge Freundin, sie werden ein paar Drinks nehmen und dann zu ihm fahren. Er darf nicht vergessen, den Staub von seinen Schuhen zu putzen.

- Nicht jetzt. Ich schieße ein Foto von der Verkabelung, und dann sperren Sie den Schacht und schalten auf jeden Fall den gesamten Strom aus. Und danach, ja, dann rufen Sie Mirko an, damit er morgen früher kommt und sich das ansieht.

Er zückt sein Handy und beugt sich ein Stück vor.

Der Stoß kommt plötzlich und so fest, dass der Mann in den Maßschuhen keine Chance hat, sich noch irgendwo festzuhalten. Er stürzt, allerdings nur etwas mehr als einen Meter tief. Es schmerzt trotzdem, zum Glück hat er gute Reflexe, er fängt sich mit den Händen ab. Sein Smartphone schlittert über den Betonboden.

   - Sind Sie wahnsinnig?

Er kommt hoch auf die Knie, brüllt den Arbeiter an, der mit kaum sichtbarem Lächeln auf ihn hinunterblickt, bevor die beiden Türteile aufeinander zugleiten und sich schließen. Mit einem satten, metallischen Geräusch rasten sie ein.

   - Was soll denn der Scheiß? Machen Sie sofort auf!

Er tastet im Dunkel nach seinem Handy, wischt nach oben, aktiviert die Taschenlampe. Links und rechts sind die Führungsschienen. Vor ihm die geschlossene Tür.

Er legt das Handy auf den Boden, versucht, die Finger in den Mittelspalt zu zwängen, die beiden Türhälften auseinanderzudrücken. Chancenlos.

Der Mann im Arbeitsanzug steht einige Sekunden lang unbeweglich vor der Tür, hört sein Opfer rufen. Dann dreht er sich um und geht die Treppe hoch. Ins Erdgeschoss, den ersten Stock, den zweiten, dritten, vierten.

Da hängt die Kabine. Mehrfach gesichert, aber noch provisorisch.

Er weiß, was er zu tun hat. Es sind nur ein paar Handgriffe.

Die Metalltür lässt sich mit bloßen Händen nicht öffnen, der Mann mit den Maßschuhen brauchte einen Hebel, ein Brecheisen. Vernünftiges Werkzeug.

Er hat zu schwitzen begonnen. Sein Handy liegt zu seinen Füßen und blendet ihn. Er hebt es auf, und zu seiner Überraschung hat er tatsächlich Empfang.

Gut, dann wird er jetzt nach Hilfe telefonieren. Er hat die Nummer des Montageleiters gespeichert; es ist eine Handynummer, mit etwas Glück nimmt der Mann auch außerhalb der üblichen Zeiten ab.

Es tutet. Freizeichen. Der Mann atmet erleichtert aus. In spätestens einer halben Stunde ist er hier raus, und dann kann der Kerl, der ihn hier reingestoßen hat, sein Testament …

Ein Geräusch mischt sich in seine Gedanken, und im ersten Moment kann er es nicht einordnen. Ein Knacken, dann ein Rauschen, das sehr schnell lauter wird.

Als der Mann begreift, worum es sich handelt, sind gut fünf Sekunden vergangen. Er blickt nicht nach oben, das muss er nicht, er lässt sich einfach fallen.

Er rechnet damit, dass er sich Knie und Hände aufschürfen wird, vielleicht auch das Kinn an dem rauen Betonboden.

Doch nichts davon spürt er mehr.

21

Sieben grau-weiße Fotos hat mein Handy gespeichert, als ich am nächsten Morgen den ersten Blick darauf werfe. Grauweiß wie Salbeiblüten, die *Ich denke an dich* bedeuten.

Ich kann nicht sehen, wer an meiner Tür vorbeigekommen ist, aber ich weiß immerhin, wann. Zwei Personen um halb zwölf und 0.18 Uhr; fünf zwischen 6.30 Uhr und 8.03 Uhr. Niemand, der nachts hier war.

Beruhigt sinke ich noch einmal in meine Kissen zurück. Auch das zweite Saskia-Foto hat bisher keine Konsequenzen nach sich gezogen. Ein drittes wird es nicht geben.

Aus Tamaras Wohnung dringt Musik, leiser als sonst. Ich konzentriere mich, erkenne den Titel aber nicht. Zwischen Elektrogitarrenklängen kommt das Wort *Shit* sehr häufig vor.

Während ich dusche, erinnere ich mich an das, was Tamara gestern gesagt hat: dass sie heute die Ergebnisse bekommt. Es wäre ein guter Tag, um ihr wieder zu folgen, aber nachdem ich Saskia abgeschafft habe, ist das keine Option mehr.

Ich schlüpfe gerade in meine Jeans, als der Signalton ein weiteres weißes Foto auf meinem Handy ankündigt. Jetzt hilft nicht mal mehr der analoge Blick durch das blinde Guckloch. Im nächsten Moment klingelt es, allerdings an Tamaras Tür. Wer weiß, vielleicht kommen die Ergebnisse mit der Post.

Ein Blick auf die Uhr, es ist 8.12 Uhr. Eine gute Zeit, um pro forma einkaufen zu gehen. Ich schlüpfe hastig in meine Schuhe, schnappe mir eine Einkaufstasche und reiße die Tür auf.

Tamara hat ihre noch nicht geöffnet. Draußen steht Johannes, blass, mit hängenden Schultern. »Oh, hallo«, sage ich fröhlich. »Was machst du denn schon so früh hier?«

Er erwidert mein Lächeln nicht. »Ich will zu Tamara. Ich habe versucht, sie anzurufen, aber sie ist nicht rangegangen. Und jetzt macht sie nicht auf.« Er schluckt. »Weißt du, ob mit ihr alles in Ordnung ist?«

Der Shit-Song ist schon vor längerer Zeit zu Ende gegangen, seitdem herrscht Ruhe. Ich schätze trotzdem, dass Tamara noch zu Hause ist, sonst hätte ich ein weißes Foto mehr bekommen.

»Was soll mit ihr nicht in Ordnung sein?«, frage ich arglos. »Ich habe sie gestern noch gesehen, da war sie bester Laune.«

Johannes drückt noch einmal auf die Klingel. »Ich will mit ihr sprechen. Sie soll es nicht aus den Medien erfahren.«

Mein Puls beschleunigt sich. »Was ist passiert? Ist Erich …«

»Nein. Erich dürfte okay sein, zumindest den Umständen entsprechend.« Johannes sieht mich an, ihm muss klar sein, dass er mich nicht ohne weitere Erklärung stehen lassen kann.

»Es hat wieder einen Unfall gegeben. Nein, falsch. Die Polizei ist diesmal überzeugt davon, dass es keiner war.« Er legt den Daumen auf die Klingel und lässt ihn dort. Zehn Sekunden, fünfzehn. Nichts rührt sich in Tamaras Wohnung.

»Auf einer von euren Baustellen?«

Er seufzt. »Nein.«

Es ist offensichtlich, er will mir nicht mehr erzählen. Nachdem ich eben so getan habe, als wollte ich einkaufen gehen, muss ich das nun wohl oder übel durchziehen. Ich schließe also die Tür hinter mir, und im selben Augenblick geht die zu Tamaras Wohnung auf.

»Sag mal, bist du noch zu retten? Warum läutest du wie ein Irrer?«

Ich hebe grüßend eine Hand, unschlüssig, ob ich stehen bleiben oder weitergehen soll, doch weder Tamara noch Johannes beachten mich. Also gehe ich die Treppe hinunter, langsam und leise.

»Du bist nicht ans Telefon gegangen«, gibt Johannes scharf zurück.

»Ich hatte es stumm geschaltet, und?«

»Das tust du doch nie! Schon wegen Oma, und jetzt ist auch noch dein Vater im Krankenhaus.«

Ich habe den ersten Stock erreicht und bleibe stehen.

»Oma? Sie muss heute zum Hautarzt, das weiß ich.« Tamaras Stimme ist leise geworden. »Gibt es schlechte Nachrichten?«

»Nein. Auch nicht, was Erich angeht. Aber es ist trotzdem wichtig. Und es ist schlimm, also kann ich bitte endlich reinkommen?«

Und jetzt lässt sie ihn, dummerweise. Sie setzen das Gespräch in der Wohnung fort, das heißt, ich erfahre nicht, was passiert ist.

Draußen scheint die Sonne, und aus einem Auto, das mit offenen Fenstern an mir vorbeifährt, dringen Fetzen von Beethovens Eroica.

Ich wünschte, ich wäre wieder in Wien. Kein Unfall, hat Johannes gesagt, und dass die Polizei ermittelt. Immerhin war Saskia diesmal ganz sicher nicht in der Nähe.

Im Supermarkt kaufe ich gedankenlos ein, was mir in die Hände fällt. Nüsse, Toast, Butter, Salat. Die Schlagzeilen der Zeitungen an der Kasse wissen noch nichts von dem Vorfall, der Johannes in die Agnesstraße getrieben hat.

Als ich zurückkomme, ist es in der Nebenwohnung ruhig. Mein Handy hat zwei neue weiße Bilder geschickt, die alles bedeuten können. Ich beschließe, bei Tamara zu klingeln und die besorgte Nachbarin zu mimen, aber niemand macht auf.

Bis Mittag verfolge ich die Nachrichten im Radio und Fernsehen, ich habe auf dem Rechner zwei der größten News-Plattformen geöffnet, aber es findet sich nirgendwo etwas, das zu

Johannes' kargen Worten passt. Nicht ungewöhnlich, ich weiß von früher, dass die Medien oft zurückgehalten werden, bis die Polizei grünes Licht für eine Berichterstattung gibt. Ein paar Stunden normalerweise, mehr nicht.

Doch noch bevor ich bei meiner Medienrecherche Erfolg habe, klopft es zaghaft an der Tür. Ich hasse diesen neuen Zustand, nicht mehr zu wissen, mit wem ich es gleich zu tun haben werde. Als es kurz darauf klingelt, gehe ich in die Küche, hole das lange Messer aus der Schublade und lege es auf die Kommode im Flur, unter einen kleinen Stapel von Postwurfsendungen. Die rechte Hand lasse ich dort liegen, mit der linken öffne ich die Tür.

Tamara. Sie sieht mitgenommen aus. »Kann ich reinkommen?«

So unauffällig wie möglich nehme ich die Hand vom Messer und mache Tamara den Weg frei.

»Ich war bei Papa im Krankenhaus, die Polizei wollte zu ihm, doch das haben die Ärzte zum Glück verhindert.« Sie seufzt. »Aber Markus, der Idiot, hat ihm erzählt, was geschehen ist, und daraufhin mussten sie Papa mit den härtesten Psychohämmern ruhigstellen, die sie in petto haben.«

Ich setze mich auf einen der Wohnzimmersessel und versuche, mir nicht anmerken zu lassen, wie dringend ich ebenfalls wissen möchte, was passiert ist. »Dein Vater tut mir wirklich leid.« Sie reagiert nicht, also versuche ich es direkt. »Kannst du mir denn sagen, was die schlechte Nachricht ist? Wenn nicht, kein Problem, im Grunde geht es mich ja nichts an.«

»Na ja«, sagt sie zögernd. »In gewisser Weise geht es dich etwas an, du kennst ihn nämlich.« Sie blickt zu Boden. »Kanntest.«

Obwohl mir an niemandem, den ich bisher in München kennengelernt habe, allzu viel liegt, spüre ich, wie meine Handflächen feucht werden.

»Valentin Korbach ist tot.« Tamara stellt sich ans Fenster.

»Es hätte wohl wie ein Unfall aussehen sollen, aber das ist technisch eigentlich unmöglich. Die Polizei hat schon eine Horde Gutachter im Einsatz, die Baustelle ist bis auf Weiteres stillgelegt.«

Valentin Korbach. Der hagere Typ mit der bildschönen Freundin, der mir mangelnde Klasse attestiert hat.

»Oh Gott. Ist er auch abgestürzt? Wie der Vossen-Manager?«

Tamara sieht immer noch auf die Straße hinaus. »Nein. Er ist in den Fahrstuhlschacht gestiegen – warum, weiß kein Mensch, dort hat außer den Monteuren niemand etwas zu suchen. Und dann ... hat sich der Fahrstuhl gelöst, ist von oben durch den Schacht gerasselt und hat Valentin erschlagen.«

»Furchtbar.« Ich schließe die Augen, mein Magen krampft sich zusammen, die altbekannte Reaktion. Unwillkürlich habe ich Andrei vor mir, dem diese Art, jemanden zu töten, gefallen würde. Unausweichlich und mit Wucht. Ein bisschen zu schnell vielleicht.

»Gibt es denn keinen Sicherheitsraum oder wie man das nennt?«, erkundige ich mich mit belegter Stimme. »Du weißt schon. Platz zwischen der Kabine und dem Boden.«

»Doch. Das nennt sich Schachtgrube. Johannes hat sich schlaugemacht. Bei der Art von Aufzug, wie er bei dem Projekt eingebaut wurde, muss sie einen Meter fünfzehn tief sein.« Sie streicht sich das Haar zurück. »Eigentlich Platz genug, wenn man sich flach hinlegt. Man muss es nur rechtzeitig tun.«

Kein Unfall. Ich checke unauffällig die Kommunikationsapp, aber Robert schweigt, obwohl er sicher schon mehr über die Sache weiß.

»Ich mache mir Sorgen«, sagt Tamara, als wäre das ein Geständnis, das ihr schwerfällt. »Um Markus. Wenn jemand gezielt Menschen aus der Baubranche töten will ... Weißt du, er ist genau der Typ, der auf jedes Baugerüst klettert, wenn er es für nötig hält. Er wäre wahrscheinlich auch in den Fahrstuhlschacht gestiegen, wenn es dort Probleme gegeben hätte.« Sie denkt kurz nach. »Aber immerhin hängt er nicht bis spätabends auf den Baustellen rum.«

Was Korbach wohl getan hat. So wie Max Werderits, der bedauernswerte Kranführer, der nachts vor meinen Augen in den Stromkreis geraten ist. So wie Manfred Henig, der ebenfalls nachts vom Gerüst gestürzt ist. Mit verbrannter Hornhaut.

»Johannes ist am Boden zerstört«, fährt Tamara fort. Wenn ihr das fragwürdige Wortspiel bewusst ist, lässt sie es sich nicht anmerken. »Er und Valentin waren mal gute Freunde, während des Studiums. Er hätte sich gern mit ihm versöhnt, hat über die Jahre immer wieder Versuche gestartet.« Sie ballt eine Hand zur Faust, lockert sie wieder.

»Wie geht es deiner Großmutter?«, frage ich, um das Thema zu wechseln. Um die Bilder zu vertreiben, die mein Kopf unablässig produziert. Valentin Korbachs zerschmetterter Schädel, sein zerquetschter Körper.

»Ihr geht es gut, obwohl die Nachricht sie mitgenommen hat. Und der Arztbesuch hat sie angestrengt, aber sie hat ja eine neue Pflegerin, die es wohl sehr genau nimmt. Sie hat sie zum Hautarzt geschleppt, weil sie dachte, sie hätte eine ansteckende Hautkrankheit. Dürfte aber bloß eine allergische Reaktion gewesen sein, und Oma hat ein bisschen zu fest daran gekratzt.« Tamara zieht die Ärmel ihres weißen Pullovers bis zu den Fingerknöcheln. »Eigentlich bin ich froh, wenn die Pflegertruppe gut auf sie achtet. Aber man kann es auch übertreiben.«

Und deine eigenen Ergebnisse?, möchte ich gern fragen. *Warst du wieder bei der Gynäkologin, bist du schwanger, und wenn ja, von wem?*

Tue ich natürlich nicht. Ich reagiere auch nicht auf den leisen Ton, der mir anzeigt, dass eben jemand draußen vorbeigegangen ist. Kurz darauf läutet die Türglocke in Tamaras Wohnung. Wir hören es beide.

»Ich sollte rübergehen«, murmelt sie. Streicht mir im Vorbeigehen sachte über den Arm und ist fort.

So gern ich wüsste, ob es Markus ist, Johannes oder die Polizei, ich müsste ihr nachrennen, um sie zur Tür zu begleiten. Zu auffällig. Also gieße ich mir ein großes Glas Orangensaft ein und schalte den Fernseher an, wo Valentin Korbachs Tod nun endlich das große Thema ist.

Es heißt, er sei von einem schlecht gesicherten Bauteil erschlagen worden, die Polizei könne aber auch ein Verbrechen nicht ausschließen.

Sie interviewen Ricarda Kainz, die Polizistin, der ich in Elsa Lamberts Haus begegnet bin, und sie macht kein Hehl aus ihrer Meinung. »Wir gehen nicht von einem Unfall aus«, sagt sie. »Entsprechend intensiv läuft jetzt die Ermittlungsarbeit an.«

Danach gibt es eine kurze Zusammenfassung von Valentin Korbachs Leben. Eine Aneinanderreihung biografischer Daten, unterlegt mit Fotos. Aus der Schulzeit, der Studienzeit, dem Arbeitsalltag und von gesellschaftlichen Events.

Ich warte darauf, Tamara irgendwo zu entdecken, oder jemanden von den Vossens, doch dann ist es ein anderes Gesicht, bei dessen Anblick ich mich fast verschlucke.

Ein hübsches Gesicht, umrahmt von blondem Haar.

Das Foto ist so schnell wieder ausgeblendet, dass ich mir nicht sicher sein kann. Ich setzte mich vor den Computer und gebe *Valentin Korbach* in die Bildersuche ein.

Das Foto findet sich in der dritten Reihe und ist, was für ein Zufall, auf der *Clear Water*-Gala vor drei Jahren geschossen worden. Ich vergrößere es und studiere es genau, ich möchte sicher sein. Dann öffne ich auf meinem Handy den Ordner mit den Bildern des Türspions.

Ja, kein Zweifel. Das Gesicht ist heute ausgezehrter als damals und der Körper nur noch Haut und Knochen, aber es handelt sich um dieselbe Frau.

Tamaras essgestörte Klientin war früher Valentin Korbachs Freundin.

Ich schicke Robert das Bild noch einmal zu, mit der Anmerkung *V. Korbachs Ex geht zur Tanztherapie bei Tamara*. Danach behalte ich das Telefon unschlüssig in der Hand. Ich könnte Georg Vossen schreiben, dass er sich um die falsche Familie Sorgen macht. Schon allein, weil ich gerne wüsste, wie er reagiert. Ich beginne zu tippen, da läutet es unten an der Tür.

Ein Blick auf die Straße zeigt mir, dass dort ein Lieferwagen in zweiter Spur parkt. *Bukettdienst* steht in bunten Lettern auf der Seite.

Blumen. Ich klopfe gegen mein Handy, als würde es dann Informationen ausspucken. Warum schickt mir Robert keine Textnachrichten mehr? Ist die App riskant geworden?

Ich drücke den Türöffner und warte an der Schwelle. Das Messer liegt immer noch gleich hier auf der Ablage, aber ich werde es kaum brauchen, wie mir ein Blick auf den Jungen zeigt, der kurz darauf aus dem Aufzug tritt. Er ist schmal und schüchtern, und sein Gesicht besteht gewissermaßen nur aus Akne. »Frau Springer?«, fragt er.

»Ja.«

»Die sind für Sie.« Er reicht mir einen in Papier eingeschlagenen Strauß und lässt mich den Empfang quittieren.

»Riecht komisch«, sagt er, bevor er geht. »Eher nach Küche als nach Blumenstrauß.«

Damit hat er recht, wie ich feststelle, als ich das Papier abwickle. Optisch macht es den Eindruck, als hätte jemand auf einer Wiese alles abgerupft, was ihm zwischen die Finger gekommen ist. Geruchlich dominiert Salbei.

Ich erkenne Butterblumen; außerdem weiße Dolden – Wiesenkerbel? Nein, eher Bärenklau. Riecht erstaunlicherweise nach nichts. Um all das ist Frauenhaarfarn gewunden, ebenfalls weiß und fedrig.

Ich lege den merkwürdigen Strauß auf den Küchentisch, ratlos. Mit diesen Gewächsen hatte ich in der Blumenhandlung nie zu tun, ihre Bedeutung ist mir nicht geläufig. Das Buch habe ich nicht bei mir, also muss ich mich auf Google verlassen.

Bärenklau steht für »Kunst«, finde ich da. Aha. Salbei bedeutet »Achtung« – im Sinne von Vorsicht?

Gelbe Blumen symbolisieren selten Gutes, und das bewahrheitet sich auch für die Butterblume, die »Sorge« ausdrückt.

Ein Blick auf mein Handy. Immer noch keine Reaktion von Robert auf das Foto. Also weiter. Ich zerlege den Strauß in seine Einzelteile und finde weißblättrige Zweige, die aromatisch duften.

Nie gesehen. Nach fünf Minuten Bildersuche am Computer komme ich zu dem Schluss, dass es sich um Wermut handeln muss. Dessen Bedeutung lautet, zwei verschiedenen Quellen zufolge, »Abwesenheit«.

Ich versuche, mir die Botschaft zusammenzureimen. Robert ist abwesend und macht sich Sorgen. Er ermahnt mich, achtsam zu sein. Worum ich mich ohnehin, so gut es geht, bemühe.

Aber was meint er mit »Kunst«?

Ich google nach Frauenhaar und finde den Begriff »Vorsicht«. Damit ist es klar. Der Blumenstrauß ist eine Warnung, allerdings hat Robert keine blaue Schleife darum binden lassen. Das wäre unser Zeichen für »Hau ab«.

Wieder ein Blick auf mein Handy. Warum schreibt er nicht Klartext? Die nächste halbe Stunde tigere ich in der Wohnung herum, bei eingeschaltetem Fernseher.

Kunst. Was für ein Schwachsinn.

Erst als ich den Namen Korbach höre, halte ich inne. Eine der Nachrichtensendungen greift Valentins Tod vor Ort auf. Der Reporter steht mit seinem Mikro vor der Baustelle – nicht der, auf der die Journalistin und Max Werderits zu Tode gekommen sind. Das Gebäude, das im Hintergrund entsteht, ist kleiner als das, auf dem ich mich herumgetrieben habe und Valentin in die Arme gelaufen bin.

»Es ist nun der dritte Todesfall in kurzer Zeit, für den die Korbach-Bau sich verantworten muss, und diesmal trifft es den Juniorchef selbst. Valentin Korbach ist in der vergangenen Nacht im Aufzugsschacht dieser Baustelle ums Leben gekommen.« Er deutet hinter sich, die Kamera zoomt an das Gebäude heran. »Der Fahrstuhl hat sich aus seiner Verankerung gelöst, und Korbach konnte sich nicht mehr retten. Die Polizei hat vor einer halben Stunde auf einer Pressekonferenz bekannt gegeben, dass sie von Fremdverschulden ausgeht. Das wirft nun auch ein neues Licht auf den Tod von Freda Trussek und Max Werderits. Bei Werderits weiß man, dass ein schlecht isoliertes Kabel ein Baugerüst unter Strom gesetzt hat, mit dem er unglücklicherweise in Berührung kam. Bei Trussek sind die Umstände noch undurchsichtiger.« Ein Windstoß zerzaust das Haar des Reporters. »Es gibt bislang keine öffentliche Stellungnahme, Rainer Korbach, der Eigentümer von Korbach-Bau, hat darum gebeten, die Trauer und Privatsphäre der Familie zu respektieren.«

Schnitt. Eine Frau in Schwarz, die hinter einem Schreibtisch sitzt. »Wir sind fassungslos«, erklärt sie mit um Festigkeit bemühter Stimme. »Aber ich glaube an einen Unfall. Herr Korbach war sehr beliebt. Ein Vorgesetzter, wie man ihn sich nur wünschen kann.«

»Aber Sie müssen doch zugeben, dass eine solche Häufung von Unfällen nicht wahrscheinlich ist«, sagt die Reporterstimme aus dem Off.

Die Frau verschränkt die Finger ineinander. »Nein, aber alles, was in den Medien über krumme Geschäfte gemutmaßt wird, trifft einfach nicht zu. Ich würde das wissen. Das Vergabeverfahren rund um das Krankenhausprojekt läuft völlig fair und nach Vorschrift ab.« Sie beugt sich vor. »Die Journalistin, die ums Leben gekommen ist, war daran auch gar nicht interessiert. Sie wollte über Unterlagen aus einem Zeitungsarchiv sprechen, etwas über das Gerlach-Gebäude, solche Dinge. Sie sagte auch etwas von Dokumenten aus einem Krankenhaus, aber damit war nicht das neue Klinikzentrum gemeint.« Die Frau blickt trotzig zur Seite. »Das habe ich auch der Polizei erzählt.«

In meinem Kopf rastet etwas ein. Das Gerlach-Gebäude hat mir gegenüber schon einmal jemand erwähnt. War das nicht sogar Valentin Korbach?

Ich setze mich vor den Computer, befrage Google und habe einen Wimpernschlag später Bilder eines Betonklotzes mit vier Fensterreihen vor mir. Firmensitz eines Lebensmittelexportunternehmens und, laut Wikipedia, das erste große Projekt der Lambert-Bau, geführt von Theo und Elsa Lambert.

Das Gebäude sieht außerordentlich uninteressant aus. Ich suche noch ein wenig herum, finde aber keinen Grund, warum jemand von der Presse sich heute dafür interessieren sollte.

In der Chronik, die ich Tamara immer noch nicht zurückgegeben habe, ist der Klotz auch mehrmals abgebildet, unter anderem gibt es ein Foto vom Tag der Eröffnung. Theo Lambert steht gemeinsam mit dem Firmenchef und dem Bürgermeister von München vor dem Eingang.

Ich blättere weiter. Es gibt noch jede Menge ähnlicher Einweihungs-, Richtfest- und Spatenstichfotos aus späteren Jahren, aber dieses eine Bild unterscheidet sich von allen anderen: Elsa ist nicht mit abgebildet.

Sonst ist sie tatsächlich immer dabei, und ganz offensichtlich nicht als weibliches Anhängsel, sondern als gleichwertige Geschäftspartnerin.

Freda Trussek wollte über Unterlagen aus einem Zeitungsarchiv sprechen. Vielleicht sollte ich versuchen, diese Unterlagen aufzutreiben.

Trotz der frühsommerlichen Temperaturen habe ich mir einen tischtuchgroßen Baumwollschal um den Hals geschlungen und mein Haar unter einem Beanie versteckt. Frauenhaar steht für Vorsicht.

Ich laufe mit nichts als dem Eröffnungsdatum des Gerlach-Gebäudes in der Bayerischen Staatsbibliothek ein. Dem 18. Juni 1957. Das Ereignis müsste also am 19. Juni in den Medien gewesen sein. Wenn ich alle Münchner Zeitungen von diesem Tag sichte, habe ich zumindest einen Ansatzpunkt.

Die Bibliotheksmitarbeiterin, der ich mein Anliegen erkläre, macht mir keine Hoffnungen darauf, dass ich heute noch etwas zu lesen bekomme. »Kommen Sie bitte in zwei Tagen wieder, dann haben wir die entsprechenden Volumen ausgehoben.«

Ich wickle meinen Schal ab. »Geht es wirklich nicht schneller?« Ich will nicht zurück nach Hause. In die Wohnung hinter meinem blinden Türspion.

»Nein, tut mir wirklich leid, es dauert einfach ...«

»Den 19. Juni 1957?« Die Frau wird von einer älteren Kollegin unterbrochen, die im Hintergrund Bücher von einem Rollwagen in ein Regal räumt. Sie mustert mich von oben bis unten.

»Ja«, sage ich hoffnungsvoll.

»Sie sind auch Journalistin?«

Es sind nur drei Puzzleteile, die ich im Kopf zusammensetzen muss. »Nein, bin ich nicht. Aber wahrscheinlich waren Sie es, die Freda bei ihrer Recherche geholfen hat?«

Sie sieht mich immer noch prüfend an und nickt dann. »Sie sind keine Kollegin?«

»Nein. Eine Freundin.« Ich strecke ihr die Hand hin. »Ich heiße Carolin.«

Die Bibliotheksmitarbeiterin ergreift sie und drückt sie fest. »Mein Beileid zu Ihrem Verlust.«

»Danke. Wissen Sie, Freda hat so fieberhaft an dieser Story

gearbeitet, aber sie hat mir nicht gesagt, worum es gehen sollte.« Ich seufze schmerzerfüllt. »Nur, dass ich staunen würde. Und ich dachte mir ... also, ich dachte, ich könnte ihr diese Freude nun doch noch machen. Über ihre Entdeckung staunen.« Ich blicke zu Boden, dann wieder hoch, schüttle unsicher den Kopf. »Wahrscheinlich eine dumme Idee, entschuldigen Sie bitte ...«

Beide Frauen sehen mich mitleidig an. »Ich kann Sie gut verstehen«, sagt die Ältere. »Wissen Sie was? Ich habe für Ihre Freundin eine Menge Kopien gemacht. Es ist schon länger her, ich weiß nicht mehr genau, welche Artikel es waren, aber ich suche Ihnen die entsprechenden Zeitungen heraus. Bis morgen, einverstanden?«

Ich nicke und drücke ihre Hand. »Das ist so nett von Ihnen, vielen Dank!«

»Morgen Mittag«, sagt die Frau und wendet sich wieder ihrem Rollwagen zu.

Um Punkt zwölf Uhr stehe ich am nächsten Tag vor der Ausleihtheke. Das Haar unter der Mütze, den Schal habe ich heute weggelassen, dafür trage ich Sonnenbrille. Die Bibliotheksmitarbeiterin von gestern wuchtet mir ein paar gebundene Jahrgänge der *Süddeutschen*, des *Münchner Merkurs* und des *Donaukuriers* auf den Tisch. Zwei Bücher hat sie auch dazwischengepackt, vermutlich Architekturzeug. »Ich habe Ihnen die entsprechenden Ausgaben mit Post-its markiert.« Sie klopft stolz auf den obersten Band. »Da sieht man mal wieder, dass es sich lohnt, alles zu dokumentieren. Sie hätten sich sonst wohl dumm und dämlich gesucht!«

»Ich bin Ihnen ewig dankbar«, sage ich ganz ohne Ironie und sehe, wie sie strahlt. »Ich würde Sie sehr gerne auf einen Kaffee einladen, für Ihre Mühe.«

Sie strahlt weiter, winkt aber ab. »Ach, schon gut. Ich freue mich doch, wenn ich helfen kann. Die Polizei hat sich ja nicht dafür interessiert, aber was soll's. Die werden schon wissen, warum.« Sie nickt mir zu. »Ich wünsche Ihnen, dass Sie erfahren, was Ihre tote Freundin so beschäftigt hat.«

Ich schleppe die Bände in den Lesesaal und suche mir einen Platz an einer Säule.

Wie erwartet, stammt der Großteil der Zeitungen aus dem Jahr 1957, als das Gerlach-Gebäude eröffnet wurde, aber auch von 1956. Die nette Bibliothekarin hat mir zwar die betreffenden Ausgaben in den Sammlungen markiert, nicht aber die Seiten, also steht mir einiges an Herumgeblättere bevor.

Macht nichts. Entspannt mich. Ich beginne mit dem, was ich kenne, nämlich der Einweihung des hässlichen Betonklotzes in der Maxvorstadt am 18. Juni 1957; dem ersten Großprojekt, das Theo und Elsa gemeinsam angegangen sind.

In allen drei Zeitungen finden sich Fotos; in der *Süddeutschen* sogar eine ganze Seite. Ich prüfe jedes davon genau, aber wie auf dem Bild in der Firmenchronik ist Elsa auch hier nicht zu sehen. Sie dürfte tatsächlich nicht dabei gewesen sein.

Beim Durchsehen einer weiteren Zeitung, die nur zwei Wochen jünger ist, begreife ich auch, warum. Ich muss fast eine halbe Stunde lang suchen, denn der Eintrag ist winzig und findet sich auf einer der Anzeigenseiten, in der Rubrik »Geburten«.

Erich Lambert, *27. Juni 1957, Sohn von Theo und Elsa Lambert.

Damit kann ich erst mal sämtliche düsteren Theorien ad acta legen, mit denen ich mir Elsas Abwesenheit bei der Einweihung gern erklärt hätte. Sie war bloß hochschwanger, das ist alles.

Ich schätze, dann sollte ich in der Zeitung von 1956 am besten nach einer Hochzeitsanzeige suchen. Theo und Elsa freuen sich, bekannt zu geben …

Aber in der markierten Ausgabe findet sich nichts dergleichen, und mir fällt nach einiger Zeit ein, dass in der Chronik ein anderes Jahr als das der Hochzeit genannt ist. Trotzdem blättere ich vor und zurück, durch die Gesellschafts- und die Wirtschaftsseiten, und finde die Meldung schließlich in der Rubrik »Lokales«.

Die baupolizeilichen Ermittlungen an der Baustelle für den neuen Firmensitz der Firma Gerlach sind abgeschlossen. Offenbar dürften alle Vorschriften eingehalten worden sein. Der Unfall, bei dem die Unternehmerin Elsa Lambert verletzt wurde, scheint durch eigenes Verschulden passiert zu sein. Lambert wurde vor drei Tagen aus der Herzog-Carl-Theodor-Klinik entlassen.

Der Artikel stammt vom 17. Oktober 1956. Muss es nicht auch einen über den Unfall selbst geben? Ich durchsuche den Band, in dem immerhin alle Ausgaben von September und Oktober des Jahres enthalten sind. Nach ungefähr einer Stunde stoße ich auf eine kleine Meldung.

Sicherheitsmängel am Bau?

Die Arbeiten am neuen Firmensitz der Firma Gerlach sind vorübergehend eingestellt worden. Es wird geprüft, ob mangelnde Sicherheitsvorkehrungen zu einem Unfall geführt haben, bei dem am 3. Oktober eine Person schwer verletzt wurde.

Das ist alles. Keine Erwähnung von Elsa Lambert. Ich schätze trotzdem, dass sie gemeint gewesen sein muss. Freda Trussek hat das alles vor mir herausgefunden, aber wo ist hier die Sensation? Elsa hatte einen Unfall, sie war bei der Eröffnung ihres ersten großen Projekts nicht dabei, weil sie und Theo ein Kind erwarteten. Schade, aber kein großes Drama. Niemand würde eine Journalistin töten, bloß weil sie das herausgefunden hat.

Mit dem Gefühl, in eine Sackgasse geraten zu sein, greife ich nach einem der Bücher, die die Bibliothekarin mir ebenfalls herausgesucht hat. Es ist ein Fachbuch mit dem Titel *Embryologie: menschliche Entwicklung und Fehlbildungen*.

Ich atme tief durch. Laut Tamara ist Elsa aufgrund von Masern erblindet, im Alter von vierundzwanzig Jahren. Es war kein Geburtsdefekt. Was ja auch das Foto von ihr als Kind beweist, das ich auf der Kommode entdeckt habe.

Aber ... wie sieht es mit Erich aus? Sein Hinken habe ich nie hinterfragt. Erst dachte ich an einen Unfall, dann an einen seiner Selbstmordversuche. Gesprungen, aber aus zu geringer Höhe. Und seine zwei fehlenden Finger habe ich auf Zwischenfälle am Bau zurückgeführt. Abgequetscht durch schwere Bauteile, oder in eine Säge geraten.

Ich blättere durch das Buch, das mit deutlichen Abbildungen nicht sparsam ist, und bleibe bei einem Bild hängen, das eine Babyhand zeigt. Der kleine Finger ist nur im Ansatz vorhanden, der Ringfinger zu etwa einem Drittel.

Amniotisches Band-Syndrom nennt sich diese Fehlbildung. Soweit ich dem Text folgen kann, entsteht sie dadurch, dass während der Schwangerschaft fibröse Bänder Gliedmaßen des Ungeborenen abschnüren und sie deshalb verformt oder gar nicht wachsen. Eine Konsequenz, die das Syndrom ebenfalls nach sich ziehen kann, ist ein Klumpfuß.

Da haben wir es. Sieht ganz danach aus, als wäre das Erich Lamberts Schicksal gewesen, schon von Geburt an.

Ich suche nach Ursachen, nach Auslösern, und ich werde fündig: Röntgenstrahlen und bestimmte Medikamente.

Röntgenstrahlen. Ich ziehe den 1956er-Wälzer mit den gebundenen Zeitungen so schnell zu mir, dass ich eine Seite einreiße. Der Unfall war am dritten Oktober, Erich wurde am siebenundzwanzigsten Juni des Folgejahres geboren.

Ich rechne nach und komme auf ziemlich genau vierzig Wochen. Die Dauer einer Schwangerschaft. Dann war es vermutlich so, dass Elsa ins Krankenhaus kam, als sie noch gar nicht wusste, dass sie schwanger war. Sie wurde geröntgt, und ihr Kind trug bleibende Schäden davon.

Schlimm, gar keine Frage. Aber immer noch kein Grund, Freda Trussek zu töten, weil sie es herausgefunden hat. Eine Veröffentlichung hätte der Familie Lambert nicht geschadet, hätte ihr höchstens Sympathien eingebracht.

War es doch ein dummer Unfall, der Trussek das Leben gekostet hat? Aber was wollte sie überhaupt nachts auf der Baustelle der Korbachs? Und wen kratzen heute noch die Geschichten aus den Fünfzigern?

Irgendjemanden ganz entschieden, wie es aussieht. Ich frage mich immer noch, ob das Baugerüst für Max Werderits oder Saskia Kraffczyk unter Strom gesetzt wurde. Die nächste neugierige Journalistin. Max wollte mir etwas zeigen, das die Polizei übersehen hatte, an dem Ort, an dem Trussek starb. Dazu ist es nicht mehr gekommen.

Er hat damals seinen Bruder erwähnt. Dass er ihm seine Entdeckung gewissermaßen verdanke. Ob ich mich auf die Suche nach diesem Bruder machen soll? Oder lieber stillhalten? Ich will nicht die ganze Familie Werderits ausrotten.

Unschlüssig schiebe ich die geliehenen Bücher auf dem Tisch hin und her. Keine Ahnung, ob ich alles gefunden habe, was zu finden war. Soll ich mir die entsprechenden Artikel ebenfalls kopieren lassen?

Ja, beschließe ich, zumindest all das, was sich nicht über das Internet aufstöbern lässt.

Mit meiner Beute kehre ich nach Hause zurück, so sehr in Gedanken versunken, dass ich erst beim Betreten der Wohnung das Fehlen meiner Mütze bemerke. Ich muss sie in der Bibliothek vergessen haben. Ich werde unvorsichtig.

22

Die Kopien verstaue ich zusammengefaltet im Gewehrkoffer, gieße mir in der Küche ein Glas Wein ein und checke zum gefühlt hundertsten Mal mein Handy. Robert schweigt sich aus, frische Blumen hat er auch nicht geschickt.

Überhaupt treibt mich die Nutzlosigkeit meines Smartphones in den Wahnsinn. Die sechs weißen Fotos, die der Türspion mir seit vierzehn Uhr gesendet hat, lösche ich mit grimmiger Verachtung. Dann sinke ich mit Wein in der Hand und schweren Gedanken im Kopf aufs Sofa.

Ein Unfall im Jahr 1956. Selbst verschuldet, wie die Presse schrieb. Jede Menge Unglücksfälle in den letzten Wochen, die höchstwahrscheinlich keine waren.

Mein Gehirn kommt nicht zum Stillstand, treibt mich vor den Computer. *You shall not google*, lautet das erste Gebot für alle Hypochonder und vom Verfolgungswahn Geplagten, aber ich kann gerade nicht anders.

Zuerst suche ich nach Todesmeldungen von Polizisten in Frankfurt beziehungsweise Wiesbaden. Was, wenn sich Roberts Schweigen auf diese Weise klärt? Meine Zuneigung zu ihm hält sich in Grenzen, aber wenn er plötzlich fort wäre ... ich wüsste nicht, was ich täte.

Kein aktueller Treffer. Immerhin.

Danach suche ich nach dem Schlagwort »Werderits« und finde vor allem Max. Drei Todesanzeigen. Eine Facebook-Seite, die noch niemand gelöscht hat.

Vier Männer mit diesem Nachnamen gibt es im Großraum München, aber wer sagt, dass Max' Bruder hier lebt? Einer der vier ist Anwalt, einer IT-Berater, einer Masseur und einer Rentner. Den schließe ich für mich aus. Soll ich die anderen auf gut Glück kontaktieren? Nur, unter welchem Vorwand?

Ich beschließe, das Grübeln für heute sein zu lassen, und suche in der Küche nach meinen Kopfschmerztabletten. Als ich mir ein Glas mit Wasser fülle, ist die Lösung plötzlich da.

Ich muss nicht alle potenziellen Brüder durchtelefonieren, zumal der Richtige vielleicht gar nicht in München lebt. Aber er wird sicher zur Beerdigung kommen. Die ist laut Todesanzeigen übermorgen, um fünfzehn Uhr, auf dem neuen Südfriedhof.

Beschwingt kehre ich ins Wohnzimmer zurück. Setze mich vor den Fernseher und zappe so lange, bis ich auf einen Krimi stoße, in dem es um organisiertes Verbrechen geht.

Das Gezeigte ist so harmlos und so falsch, dass es meine Laune weiter hebt. Ich lasse den Rotwein in meinem Glas kreisen und überhöre beinahe das leise *Ping* des Handys. Jemand ist wieder in Reichweite meines Bewegungsmelders gekommen. Ich sollte schnellstens den Türspion erneuern oder wenigstens den alten noch mal einbauen, aber im Moment fühlt es sich an, als hätte das keine Eile.

Vorsicht, ermahne ich mich selbst. Erinnere dich, was mit Timur passiert ist. Mit Katja. Mit Frank. Als sie sich irgendwann zu sicher gefühlt haben.

Ich hole die Teile des alten Spions aus der Schublade, in die ich sie achtlos geworfen habe, und suche mir die nötigen Utensilien aus dem Werkzeugkoffer. Es sind nur ein paar Handgriffe, aber ich muss die Tür dafür öffnen.

Erst nur einen Spalt, niemand da, ich schlüpfe hinaus und schalte das Ganglicht ein. Zehn Sekunden, und ich habe die kaputte Linse entfernt; ich will die alte eben ins Bohrloch hineinstecken, als mein Blick auf Tamaras Tür fällt. Dort, an der Klinke, hängt wieder eine Stofftasche.

Ich sehe hin, sehe weg, sehe noch einmal hin. Montiere meinen Spion fertig ein.

Ob wieder Brot in dem Beutel ist? Oder diesmal etwas Aufschlussreicheres?

Ich werde nachsehen, so viel steht fest, aber ich darf mich nicht ertappen lassen. Einer Eingebung folgend, hole ich die Tube mit dem Concealer aus meiner Handtasche – wenn Tamara überraschend die Tür öffnen sollte, kann ich sagen, ich hätte sie im Café gefunden und wollte sie ihr zurückbringen.

Diesmal ist es kein Brot, das an der Klinke hängt. Es sind Bananen. Ich betrachte sie im Schein des Flurlichts – nicht mehr ganz frisch, da und dort haben sie schon kleine, braune Flecken, und sie fühlen sich ein wenig rau und mitgenommen an. Drei Stück. Der ovale Aufkleber an der obersten deklariert sie als Fair-Trade-Obst.

Um nichts klüger kehre ich in meine Wohnung zurück. Ein paar Minuten lang hänge ich hinter dem Türspion und behalte den Gang im Auge, dann geht das Licht aus. Kein Bewegungsmelder mehr. Kein Glockenton übers Handy. Wenn heute Nacht jemand bei mir eindringt, wird es keine Vorwarnung geben.

Doch ich wache am nächsten Morgen unbehelligt in meinem Bett auf, und das bestärkt mich in dem Gefühl, dass die Dinge gut laufen. Die Karpins verhalten sich ruhig, und ich habe von etwas so Harmlosem wie Bananen geträumt. Nur, dass Robert sich immer noch nicht gemeldet hat, irritiert mich. Ich habe seine Blumen – genauer gesagt, seine Pflanzen – in eine Vase gestellt. Noch halten sie sich ganz gut. Abwesenheit. Sorge. Achtung. Kunst.

Alles in allem wirkt es doch wie eine Warnung. Mit »Kunst« kann ich nach wie vor nichts anfangen, aber der Rest ist zumindest eine Vorankündigung von Roberts Verschwinden. Möglicherweise heißt es: »Ich bin eine Zeit lang nicht erreichbar, sei nicht zu besorgt, aber trotzdem vorsichtig.«

Andererseits hätte er mir zu seinem Abwesenheits-Wermut

und dem Vorsichts-Salbei dann auch ein paar Olivenzweige schicken können, die für Frieden und Ordnung stehen. Oder Klee, für Ruhe und Gelassenheit. Beides haben allerdings weder Floristen noch Gemüsehändler im Programm.

Nachdem ich die Botschaft nicht zufriedenstellend deuten kann, werde ich *Vorsicht* und *Sorge* vorrangig behandeln und mir heute nicht nur eine Mütze aufsetzen, sondern mich auch in Army-Hosen und einem ausgeleierten Hoodie auf den Weg zum Friedhof machen. Die Beerdigung ist morgen, das heißt, es ist höchste Zeit, die Lage zu sondieren.

Der neue Südfriedhof hat ein gänzlich anderes Flair als der Wiener Zentralfriedhof, trotzdem fühle ich mich sofort geborgen. Er ist viel kleiner und hügelig, in der Mitte gibt es einen See.

Ich schlendere die Grabreihen entlang. Zupfe unwillkürlich da und dort vertrocknete Blüten von Grabbepflanzungen, lese Inschriften und halte Ausschau nach einem frischen Grabaushub. Oder einem Minibagger bei der Arbeit.

Die Beerdigung ist morgen, die Grube wird nie am gleichen Tag gegraben, jedenfalls in Wien nicht. Wenn ich heute schon herausfinde, wo Max Werderits beigesetzt wird, kann ich mir einen geeigneten Beobachtungsort suchen. Mich dem Trauerzug anzuschließen wäre Irrsinn, denn es werden sicherlich Mitarbeiter der Korbach-Bau dabei sein, und wer weiß, wer noch.

Ich suche gründlich. Laufe jeden einzelnen Weg ab. Nach einer knappen Stunde stoße ich auf einen Bagger bei der Arbeit – hier könnte ich am richtigen Ort sein. Günstig liegt die Stelle nicht, sie ist nahe am See, und es gibt hier mehr Freifläche als mögliche Verstecke.

Aber ich habe Glück. Zehn Minuten später finde ich ein zweites offenes Grab, abgedeckt mit einer Plane – und dort steht bereits ein Grabstein.

Franz Werderits 1932–2006
Anneliese Werderits 1936–2008
Max' Eltern. Ich sehe mich um, Verstecke sind auch hier eher rar, doch eine Reihe weiter liegt ein frisches Grab, leicht zu erkennen an dem Berg von Kränzen, der es bedeckt. Ich stelle mich davor, überprüfe den Blickwinkel auf das Werderits-Grab und reibe mir innerlich die Hände. Von hier aus habe ich gute Sicht. Nachdem Max' Eltern nicht mehr leben, werden die Ehefrau und etwaige Kinder die ersten Trauernden sein; der Bruder müsste knapp danach kommen.

Mit ihm sprechen werde ich morgen wohl kaum. Aber mehr über ihn herausfinden. Eventuell bei einem der anderen Trauergäste, das muss der Moment ergeben.

Auf einem der Kränze lässt eine weiße Anemone den Kopf hängen. Ich zupfe sie ab und nehme sie mit. Anemonen stehen für Erwartung und Hoffnung. Von beidem brauche ich jede Menge.

Eine schwarze Mütze, eine riesige, schwarze Sonnenbrille, dunkle Jeans, dunkle Jacke. Ich bin schon um vierzehn Uhr auf dem Südfriedhof und spaziere gut eine Stunde am See entlang. Auf meinem Weg hierher habe ich die Trauerhalle gemieden, ich will nicht aus dummem Zufall schon jetzt jemandem begegnen.

Die Atmosphäre verstärkt meine Sehnsucht nach Wien, auch wenn in den Sternen steht, wann ich zurückkehren kann. Erst muss Robert wieder auf der Bildfläche erscheinen, und ich habe immer noch nichts von ihm gehört.

Ein Himmel, auf dem Wolken treiben, dazwischen lugt dann und wann die Sonne hervor und lässt den Marmor der Grabsteine glänzen. Kurz nach fünfzehn Uhr. Die Trauerfeier wird jetzt begonnen haben und mindestens eine halbe Stunde dauern.

Die Plane über dem Werderits-Grab ist bereits entfernt und der Absenkautomat in Stellung gebracht worden. Mein Brustkorb fühlt sich eng an. Der Mann, den man gleich in seinem Sarg in die Erde lassen wird, ist tot, weil er mir begegnet ist. Und wegen eines läppischen Versprechens von achthundert Euro.

Ich richte den umgekippten Porzellanteddy auf einem Kindergrab auf. Wische mit einem Taschentuch Taubendreck von einem dunkelgrauen Grabstein. Beziehe dann meine Position vor dem frischen Grab, das ich gestern entdeckt habe, und nehme Trauerhaltung ein. Sonnenbrille über den Augen, Hände gefaltet, Kopf gesenkt.

Es dauert. Ich warte. Denke an andere Tote, an deren Gräbern ich nie stehen konnte. Bei jedem Friedhofsbesucher, der sich nähert, fürchte ich, es könnte jemand sein, der den frisch Verstorbenen in dem von mir gekaperten Grab kannte und wissen möchte, wer zum Teufel ich bin.

Das Brummen eines Motors kündigt die Ankunft der Trauernden an, da ist es bereits kurz vor vier. Der Bestattungswagen kommt im Schritttempo den Weg entlanggefahren und hält neben dem Grab, der Pfarrer ist stehen geblieben. Hinter ihm sammeln sich gut achtzig Menschen in Schwarz, viele mit Blumen in der Hand. Hauptsächlich Rosen.

Während die Bestatter den Sarg aus dem Auto heben und auf die Gurte des Absenkautomaten stellen, betrachte ich durch meine Sonnenbrille die erste Reihe der Trauergäste.

Ganz vorne, das muss die Ehefrau sein. Sie weint nicht, aber ihr Gesicht ist grau. Ein Mann um die zwanzig hat ihr einen Arm um die Schultern gelegt, seine Ähnlichkeit mit Max ist unverkennbar.

Der Priester spricht ein paar Sätze und spritzt Weihwasser auf den Sarg, der nun langsam in die Tiefe sinkt. Ehefrau und Sohn treten vor, werfen je eine Schaufel Erde und eine Rose ins

Grab. Danach kommt ein älterer Mann, ein Onkel vielleicht. Danach ...

Ich habe unwillkürlich einen Laut ausgestoßen und muss mich zusammennehmen, um mir nicht die Hände auf den Mund zu pressen. Keine Frage, der Mann, der jetzt am Arm seiner Frau ans Grab tritt, ist Max Werderits' Bruder. Um das zu begreifen, muss ich nicht überprüfen, wie ähnlich sie einander sehen. Er ist mir noch nie begegnet, trotzdem ist es völlig klar, es ergibt Sinn, und es wirft ein neues Licht auf so vieles, was ich bisher nicht verstanden habe.

Diese Mauer, waren Max' Worte gewesen. *Ich war der Einzige, der das entdeckt hat. Ist ja kein Wunder, eigentlich habe ich es bloß meinem Bruder zu verdanken, dass ich es gecheckt habe.*

Er hat es gecheckt, und ich war meilenweit entfernt davon. Das Groteske ist, dass mir meine Erkenntnis nicht weiterhilft. Noch nicht.

Den Kopf noch tiefer gesenkt, die Arme um den Oberkörper geschlungen, wende ich dem Grab den Rücken zu und mache mich so schnell wie möglich auf den Weg zum Ausgang. Es gibt so vieles, worüber ich nachdenken muss.

Bananen, du meine Güte. Brot. Und blutige Taschentücher.

Zwei Tage später habe ich eine neue Freundin. Ich habe sie übers Internet gefunden, sie heißt Larissa, ist fünfzehn Jahre alt und begierig darauf, mir zu helfen. Ihre Mutter hat sie zu unserem Treffpunkt gebracht und sich davon überzeugt, dass ich kein Psycho bin, sondern bloß Hilfe brauche. Dann ist sie einkaufen gegangen.

In manchem erinnert Larissa mich an eine jüngere Ausgabe von Eileen. Schwarz gefärbtes Strubbelhaar und ein Grinsen, das durchtrieben wirken würde, wenn es nicht so charmant wäre.

Ich habe ihr erzählt, ich würde ein Rätselspiel mit Freunden spielen, daraufhin hat sie mir ein Buch mitgebracht. »Es ist wirklich einfach«, erklärt sie mir. »Man muss nur üben. So wie bei allem. Ich lerne gerade Tennisspielen, ist eine ziemliche Herausforderung.«

Danach beschwert sie sich über ihre Mathelehrerin und ihre Mutter, erzählt von ihrem Hund und dass sie im Sommer nach Spanien fliegen wird. Sie bestreitet das Gespräch im Alleingang, es reicht ihr völlig, wenn ich ab und zu interessierte Geräusche von mir gebe.

»Wenn ich das nächste Mal etwas finde, kann ich es dir dann zeigen?«, frage ich zum Abschied.

»Na klar!« Sie klimpert mit ihren zahlreichen Armreifen. »Ich helfe dir total gern. Ich liebe Rätsel!«

Dass ich Robert nicht erreichen kann, macht mich seit der Beerdigung noch nervöser als zuvor. Ich hätte endlich etwas zu berichten, etwas Entscheidendes, aber nachdem ich auf meine letzte Textnachricht seit Tagen keine Antwort habe, will ich keine neue schicken. Wer weiß, wo sie landet. Bei wem.

Außerdem fehlen mir jede Menge Zusammenhänge. Ich glaube zu wissen, was passiert, aber ich verstehe nicht wirklich, warum. Von meiner Theorie, dass Tamara und Markus ein Verhältnis miteinander haben, bin ich mittlerweile abgekommen. Doch das, was Freda Trussek begriffen haben muss, entzieht sich mir noch.

Und – ich habe keine Beweise für meine Beobachtung. Ich wünschte, ich hätte die Bananen geklaut.

Dass Tamara an diesem Abend bei mir anklopft, macht die Sache nicht einfacher. Sie ist ungeschminkt und sieht müde aus. »Papa ist heute aus dem Krankenhaus entlassen worden.«

Ich würde meine Erkenntnisse aus der Bibliothek gerne auf Wahrheitsgehalt überprüfen, aber ich lasse es. Tamara zu fragen, ob die körperlichen Auffälligkeiten ihres Vaters auf einen

Geburtsfehler zurückzuführen sind, wäre nicht nur distanzlos, sondern dumm. Sie soll gar nicht erst auf die Idee kommen, dass ich in ihrer Familiengeschichte herumschnüffle.

Ich halte also den Mund und lasse sie reden. Ihr Vater hat neue Medikamente verschrieben bekommen, erzählt sie. Und ihre Mutter hat sich für zwei Wochen an den Gardasee abgesetzt, wahrscheinlich, damit sie ihm nicht begegnen muss, wenn er nach Hause kommt. »Sie erträgt ihn nicht mehr«, murmelt Tamara. »Ihr wäre es lieber, er wäre tot.«

»So wie dir?« Der Einwurf rutscht mir reflexartig heraus, und ich bereue ihn in der nächsten Sekunde. Doch Tamara scheint ihn mir nicht übel zu nehmen.

»Das hat dich letztens schockiert, nicht wahr? Kann ich verstehen. Es war ja auch nicht wörtlich so gemeint, natürlich will ich nicht, dass mein Vater tot ist. Viel lieber wäre er mir lebendig und glücklich.«

Ich nicke, diesmal ohne etwas zu sagen. Den Sinn ihres Besuchs habe ich noch nicht begriffen.

»Jedenfalls muss ich mich in den nächsten Tagen ein wenig um ihn kümmern«, fährt sie fort. »Ihn seelisch aufrichten. Verhindern, dass Onkel Holger ihm mit ein paar fiesen Bemerkungen den Rest gibt.«

Wieder nicke ich schweigend. Tamara hält inne, sie scheint zu spüren, dass die Atmosphäre anders ist als sonst. »Du hast nicht zufällig Lust, heute Abend ein bisschen auszugehen?«, fragt sie, es klingt beinahe schüchtern. »Zum Italiener und danach auf ein paar Drinks? Könnte sein, dass es bei mir für ein paar Wochen der letzte frei verfügbare Abend ist. Ich würde gern etwas unternehmen.«

Ich nicht. Ich möchte bloß nachdenken. Robert erreichen. Aus den Bruchstücken, die ich gesammelt habe, ein erkennbares Bild zusammenstückeln. »Tut mir leid, ich fühle mich heute gar nicht danach. Kopfschmerzen, PMS, alles auf einmal.«

»Schade.« Sie steht auf und wischt sich ein paar unsichtbare Fussel von der weißen Hose. »Dann leg dich am besten hin. Ich finde schon jemanden, der Zeit hat.« Sie legt ihre Hand auf die Türklinke. »Schönen Abend noch.«

Ich schließe die Tür hinter ihr, und mein Blick fällt auf die Kommode im Flur. Dort liegt immer noch das Messer, nur zur Hälfte verborgen unter den alten Postwurfsendungen.

Falls Tamara es gesehen hat, war ihr das nicht anzumerken.

Die Mauer lässt mir keine Ruhe. Am liebsten würde ich mich noch einmal auf die Baustelle der Korbachs stehlen und nach der Stelle suchen, die Max mir nicht mehr zeigen konnte.

Aber das ist natürlich Quatsch, an Tamaras Türklinke hängt heute auch nichts, und von Robert gibt es auch am nächsten Morgen noch kein Lebenszeichen.

Vor allem der letzte Punkt macht mich zusehends unruhig. Der alte Spruch, dass keine Nachrichten gute Nachrichten sind, stimmt nur dann, wenn es nicht Antworten sind, auf die man wartet.

Ist es riskant, ihm zu mailen? Ist sein aktuelles Schweigen eine Maßnahme, mit der er mich schützt?

Der merkwürdige Strauß, den er mir geschickt hat, sieht bereits ziemlich welk aus. Die kleinen Blüten fallen in Massen von den Dolden des Bärenklaus, und plötzlich bin ich mir gar nicht mehr sicher, ob meine botanische Bestimmung richtig war.

Computer an. Googeln.

Zwei Minuten später bin ich schlauer, und mir ist schlecht. Von wegen Kunst. Robert hat mir keinen Bärenklau geschickt, sondern Schierling, und der symbolisiert Todesgefahr.

Ich Idiotin, warum habe ich nicht genauer hingesehen? Andererseits – warum war da kein blaues Band rund um den Strauß? Das ist das ultimative Warnzeichen und bedeutet, ich soll mich so schnell wie möglich aus dem Staub machen.

Wollte er mir sagen, dass er sich in Todesgefahr befindet? Und er meldet sich nicht, weil ...

Untätigkeit ertrage ich jetzt nicht, also verhülle ich mich, so gut es geht, mit meinem Schal und suche die nächste Blumenhandlungskette. Dort bestelle ich einen Strauß aus Schwertlilien und asiatischem Hahnenfuß, auch Ranunkel genannt, und lasse ihn an Roberts Büroadresse nach Wiesbaden schicken.

Die Verkäuferin stutzt nur kurz. »Wollen Sie wirklich Lilien und Ranunkeln ...«, fragt sie und zuckt die Achseln, als ich nicke. *Melde dich* und *Undankbarkeit* sind genau die Botschaft, die ich senden will.

»Vielleicht ein bisschen Schleierkraut dazu?«, schlägt sie vor.

»Auf keinen Fall!« Schleierkraut steht für *Zuneigung ohne Hintergedanken*. Das ist das Letzte, was auf mich und Robert zutrifft.

Danach liegt der Tag wie eine endlose Ebene vor mir. Roberts Strauß ist nicht erst heute gekommen, und da bisher nichts passiert ist, hat die Warnung vielleicht wirklich nicht mir gegolten.

Ich lege mich aufs Bett, halte es nicht aus, habe das Gefühl, ich muss in Bewegung bleiben. Mich beschäftigen.

Ich könnte versuchen, an Elsas Krankenakte heranzukommen, an die von ihrem Unfall. Falls es die überhaupt noch gibt, nach über sechzig Jahren. Wie hieß das Krankenhaus noch mal? Fürst ... nein, Herzog und dann etwas mit Theodor. Ich hole mein Handy heraus und google, lande sofort einen Treffer – und schnappe nach Luft.

Ich bin nicht aus München, sonst hätte ich bei der Erwähnung der Klinik wohl gleich gewusst, dass Elsa dort keine Knochenbrüche hat behandeln lassen. Das Haus ist eine reine Augenklinik.

Fünf Minuten später sitze ich in der U-Bahn und hoffe, dass ich in dieser Klinik jemanden auftreibe, der sich für Pressearbeit zuständig fühlt, doch als ich beim Portier nachfrage, schüttelt der nur den Kopf. »Nicht, dass ich wüsste. Haben Sie medizinische Fragen? Oder welche zum Haus an sich?«

Ich weiß, dass ich auf Granit beißen werde, noch bevor ich zu sprechen beginne. »Ich suche nach Informationen zu einer Patientin, die in den Fünfzigerjahren hier behandelt worden ist. Ziemlich chancenlos, ich weiß, aber ...«

»Ja, allerdings.« Der Portier sieht mich von oben bis unten an. »Erstens werden Patientenakten nicht so lange aufbewahrt, außer die Frau ist immer noch hier in Behandlung. Zweitens fällt das unter Datenschutz. Und drittens verstehe ich nicht, wieso in letzter Zeit so viele Leute an alten Krankengeschichten interessiert sind.«

Ich muss nicht nachfragen. Ich kann mir ausrechnen, dass es Freda Trussek war, die auch hier recherchiert hat.

»Haben Sie die anderen auch weggeschickt?«, frage ich zaghaft.

Er lacht. »Allerdings. Die Frau wollte wissen, ob es hier einmal eine gynäkologische Abteilung gegeben hätte. Guter Witz, oder? In einer Augenklinik?«

Ich starre ihn an. »Das hat sie gefragt?«

»Jepp. Da konnte sogar ich ihr Auskunft geben. Eine Krankenakte wollte sie außerdem sehen, aber da habe ich ihr das Gleiche erzählt wie Ihnen.«

Ich bedanke mich und trete zur Seite, die Information muss ich erst einmal sacken lassen. Viel weiß ich nicht über Freda Trussek, aber ich glaube nicht, dass sie dumm war. Wenn sie eine solche Frage gestellt hat, dann mit Grund. Wäre vielleicht eine gute Idee, mit ihrer Lebensgefährtin Kontakt aufzunehmen – doch von der weiß ich nicht einmal den Namen. Robert kennt ihn, aber der meldet sich ja nicht.

Draußen beginnt es zu regnen, ich sehe den Tropfen zu, wie sie die Glasfassade hinunterlaufen. In der Scheibe spiegelt sich hinter mir etwas Türkisfarbenes. Ich drehe mich um. Ein Arzt um die vierzig, der seitlich zu mir steht und auf seinem Handy tippt.

Ich gehe zu ihm, räuspere mich, er blickt auf.

»Kann ich Ihnen helfen?«

»Möglicherweise ja«, sage ich lächelnd. »Können Sie mir eine medizinische Frage beantworten?«

Er steckt das Handy weg. »Eventuell. Aber ich werde hier auf dem Flur keine Diagnosen stellen, das verstehen Sie sicher.«

»Das möchte ich auch nicht.«

»Okay. Worum geht's?«

»Warum wäre jemand, der in den Fünfzigern auf einer Baustelle verunglückt ist, in diese Klinik gebracht worden?«

Mit etwas so weit Hergeholtem hat er nicht gerechnet, das kann ich an seiner Miene ablesen. »In den Fünfzigern?«, wiederholt er. »Hm. Na ja, am wahrscheinlichsten wäre eine Bindehaut- oder Hornhautverletzung, damit haben wir es auch heute noch oft zu tun. Oft sind es kleine Metallpartikel, die wir aus dem Auge herausholen.« Er überlegt. »Natürlich gibt es auch schlimmere Traumata. Perforierende Verletzungen, Verätzungen – allerdings werden zum Glück meistens Schutzbrillen getragen.« Er zuckt die Schultern. »In den Fünfzigern war das noch nicht so üblich. Und damals wurde auch noch viel unbeschwerter mit gefährlichen Stoffen umgegangen.«

Ich muss mein Interesse nicht heucheln. »Mit welchen, zum Beispiel?«

Er betrachtet mich einen Moment lang, als würde er sich fragen, welche Rolle das denn spielt. »Vor allem ungelöschter Kalk. Er ist stark ätzend und hat bei Bauarbeitern oft zu Erblindungen geführt. Ganz schlimm war es, wenn die Betroffenen versucht haben, ihre Augen auszuwaschen. Großer Fehler, Wasser im Auge beschleunigt die Verätzung. Die Hornhaut wird weißlich trüb, der Mensch erblindet.«

Meine Kehle fühlt sich trocken an. »Solche Fälle wurden früher hier behandelt?«

Er legt die Stirn in Falten. »Recherchieren Sie für eine historische Arbeit oder etwas Ähnliches?«

Ich hebe halbherzig die Schultern. »Ja. Nein. Ich versuche, eine Geschichte zu rekonstruieren, die man mir erzählt hat.«

Das scheint ihn zufriedenzustellen. »Ja, diese Fälle waren hier früher häufig, aber Verätzungen gibt es immer noch. Putzmittel, Batteriesäure ...« Er wirft einen schnellen Blick auf seine Armbanduhr.

»Ich muss dann weiter, fürchte ich. Können Sie mit meiner Information etwas anfangen?«

»Ja. Absolut. Vielen Dank!«

»Dann schönen Tag noch.« Er reicht mir die Hand und wendet sich ab; ich trete hinaus in den nachlassenden Regen. Ich muss dringend ein paar Daten überprüfen.

23

Etwa sechs Monate vor meinem offiziellen Tod brachte Andrei eine neue Freundin mit in die Runde. Sie war zweiundzwanzig, schlank, platinblond, hatte riesige Brüste und Schlauchbootlippen. Dass sie kein Wort Deutsch sprach, war Andrei nur recht, er hielt sie wie ein Hündchen, und sie verhielt sich so. Wie ein Hündchen mit brillantenbesetztem Halsband.

Er war verrückt nach ihr und von allem anderen abgelenkt – damals kam mir das sehr gelegen, ich hatte mich schon verdächtig gemacht und war dankbar dafür, dass er meine Ausrutscher vergessen zu haben schien. Sie hieß Polina, aber in Gedanken nannte ich sie immer nur Barbie. Herablassend, ich weiß. Aber die Art, wie sie Andrei anschmachtete, und das Wissen darum, dass sie freiwillig mit ihm schlief, erfüllten mich mit einer Mischung aus Staunen und Ekel. Ich hielt sie für dumm, und wahrscheinlich war sie das, denn sie hatte keine Angst vor ihm. Ein riesiger Fehler.

Was genau sie getan hatte, weiß ich nicht, aber es hatte etwas mit Tanzen und einem anderen Mann zu tun. Vielleicht war Andrei ihrer nach drei Monaten auch bloß überdrüssig und dankbar für einen Vorwand, jedenfalls ließ er den Clan, wie er es nannte, antreten. Den Clan. Die Crew. Den Club.

Ich wusste, ich durfte mich nicht rausreden. Meine Angst, aufzufliegen, war damals schon so groß, dass ich kaum noch essen oder schlafen konnte. Ich hatte zehn Kilo abgenommen und sah sterbenskrank aus. Und jetzt würde ich lachen müssen – und applaudieren. Bei Gelegenheiten wie diesen wollte Andrei begeistertes Publikum haben.

Polina stand nur in Unterwäsche da und zitterte. Was sie

sagte, verstand ich nicht, mit meinen paar Fetzen Russisch. Andrei nahm sie in den Arm. »Polina hat mir viel Freude gemacht«, sagte er zärtlich. »Wir hatten eine schöne Zeit. Aber leider tanzt sie ein bisschen zu gern, nicht wahr?« Er sah Polina an, als würde er eine Antwort erwarten, wohl wissend, dass sie kein Wort verstanden hatte. Also wiederholte er seine Frage auf Russisch und in barschem Ton. Sie schüttelte den Kopf, stammelte etwas, begann zu weinen. Andrei stieß sie von sich.

»Ich muss zugeben, ich bin ein bisschen böse auf Polina. Ich habe ihr so viele schöne Sachen geschenkt ... aber weil ich ein netter Kerl bin, werde ich mir nur eine davon zurückholen.« Er nickte Pascha zu, der ihm ein Messer reichte. Polina begann zu schreien.

»Du hast die Wahl, Zajuschka«, erklärte Andrei lächelnd. »Welches meiner Geschenke soll ich mir nehmen? Die Lippen? Die Titten? Oder ...«, er senkte das Messer, »das Ding, das in deinem Bauch wächst?«

Boris neben mir lachte und warf mir einen prüfenden Blick zu. Ich hatte die Zähne gefletscht, hoffend, dass das einem Grinsen gleichen würde. In meiner Kehle stieg Magensäure hoch.

Polina weinte, strich Andrei mit zitternden Händen übers Gesicht. Sie hatte nicht verstanden, was er sie gefragt hatte, und das beteuerte sie auf Russisch, wieder und wieder.

Sein Lächeln verschwand mit einem Schlag, er brüllte sie in ihrer gemeinsamen Sprache an. Sie schrie, schüttelte den Kopf, versuchte wegzulaufen, doch Pascha fing sie mit der gleichen Mühelosigkeit ein, mit der man ein Küken fängt.

Andrei zog seinen Entscheidungsprozess in die Länge. Er tat, als müsse er nachdenken. Nachrechnen, ob Polina denn von ihm schwanger sein könne. Oder von jemand anderem, und wenn ja, von wem? Ob sie es überhaupt war? Zu dumm, um zu verhüten?

Das Messer glitt über ihr Gesicht, ihre Brüste, ihren Bauch. Je länger Andrei sich nicht entscheiden konnte, desto mehr Hoffnung schöpfte Polina. Sie war die Einzige, wir anderen kannten ihn besser. Ich hatte mich in mich selbst zurückgezogen, versuchte, den Blick nicht abzuwenden und trotzdem nichts zu sehen. Mein Grinsen beizubehalten und währenddessen ans Meer zu denken, an Wellen, die heranrollen und in weißer Gischt am Ufer brechen.

Am Ende entschied Andrei sich für die Brüste. Er entfernte Polina die Brustimplantate, während Pascha und Boris sie auf dem Boden festhielten.

Eines davon warf er mir anschließend zu, schleimig und blutverschmiert. »Würde dir auch stehen«, sagte er.

Die Erinnerung kehrt zurück, während ich die Kopien sichte, die ich in der Bibliothek habe machen lassen. Elsas Unfalldatum. Erichs Geburtsdatum. Die Entlassung aus der Augenklinik. Ungelöschter Kalk, hat der Arzt gesagt. Und Wasser.

Warum erzählt Tamara mir etwas von Masern? Wenn Elsa auf der Baustelle des Gerlach-Gebäudes mit ungelöschtem Kalk in Berührung gekommen und daraufhin erblindet ist, so ist das tragisch, aber es besteht kein Grund, es zu vertuschen. Außer, Elsa selbst wollte es so. Vielleicht war der Unfall ihre eigene Schuld, und sie wollte nicht inkompetent wirken. Wo es doch zu dieser Zeit ungewöhnlich genug war, als Frau gemeinsam mit dem Ehemann eine Firma zu leiten.

Röntgenstrahlen. Ungelöschter Kalk. Fehlbildungen.

Ich ziehe den Computer zurate und google, aber es scheint keine Folgen für das Kind zu haben, wenn eine Schwangere mit Kalk in Berührung kommt.

Ich klicke den Browser zu und checke meine E-Mails. Es bleibt dabei, Robert antwortet nicht.

Den Kopf voller ungeklärter Fragen, trete ich ans Fenster. Der Schierling ist verwelkt, die Todesgefahr hat sich bisher nicht gezeigt. Ich wüsste gerne, ob Polina noch lebt.

Die nächsten beiden Tage fühlen sich an, als wollten sie nicht vergehen. Es scheint nicht so, als hätten die Karpins meine Spur aufgenommen, das verbuche ich auf der Plusseite. Ich habe etwas Elementares herausgefunden, wenigstens glaube ich das, aber ich kann niemandem davon erzählen. Robert hat auf meinen Blumengruß nicht reagiert.

Am zweiten Tag laufe ich in meiner Ratlosigkeit zu einer der Telefonzellen, die in München ebenso spärlich sind wie in Wien, und rufe beim BKA in Wiesbaden an. Ich habe die Nummer der Nebenstelle, mit der ich ihn direkt erreichen kann, aber es hebt eine der Sekretärinnen ab.

»Herr Lesch ist nicht im Büro«, erklärt sie mir knapp.

»Wann wird er wieder da sein?«

Sie antwortet nicht sofort. »Das ... kann ich im Moment schwer einschätzen. Wollen Sie eine Nachricht hinterlassen?«

Ich überlege kurz. »Ja. Sagen Sie ihm, die Schafgarben verwelken, und ich hätte ein paar Pfirsichblüten für ihn. Dann weiß er schon, bei wem er sich melden soll.«

Ich lege auf. Schafgarbe steht für Geduld, Pfirsichblüten symbolisieren Wahrheit. Ich hoffe, Robert kapiert, dass es eilig ist.

Nachdem ich schon außer Haus bin, unternehme ich noch einen Vorstoß, auch wenn ich nicht sicher bin, wie ich ihn am besten angehen soll. Ich wappne mich dafür, dass der Versuch scheitern wird, aber als ich vor der Praxis der Gynäkologin ankomme, ist sie geöffnet.

Im Wartezimmer sitzen drei Frauen, zwei davon sichtlich schwanger. Ich ziehe mir meine Mütze tiefer in die Stirn. Die Sprechstundenhilfe hat eine eigene kleine Kammer, das kommt mir gelegen.

»Guten Tag!« Sie ist jung, und ihr Lächeln ist warm. »Haben Sie einen Termin?«

»Nein.« Mit einem Mal kommt meine Idee mir unglaublich dumm vor. »Ich wollte nur ... es geht um einen Test.«

Sie sieht mich aufmunternd an. »Ja?«

Ich kann sie nicht nach Tamaras Ergebnissen fragen. Oder so tun, als wollte ich sie abholen, weil Tamara mich als gute Freundin darum gebeten habe. Im schlimmsten Fall würde sie davon erfahren, und ihr Misstrauen ist ohnehin schon geweckt. Ich beiße mir auf die Lippen.

Die Sprechstundenhilfe wartet einige Sekunden, dann zieht sie einen Folder aus dem Halter, der auf ihrem Schreibtisch steht. »Wenn Sie nicht sicher sind, nehmen Sie doch einfach unsere Broschüre mit. Da steht alles drin, unser ganzes Leistungsangebot. Lassen Sie sich Zeit. Und dann rufen Sie einfach an und vereinbaren einen Termin.«

Ich nehme den Folder an mich, stammle ein Dankeschön und trete beschämt den Rückzug an. Wie eine Anfängerin habe ich mich benommen, als wäre Improvisieren eine Option.

Frustriert und ratlos setze ich mich in den nächsten Bus, lehne die Stirn ans Fenster und starre nach draußen. Sieht aus, als würde es demnächst wieder zu regnen beginnen.

Als der Bus bei einer Kreuzung hält, bleibt mein Blick an einer Gestalt hängen, die mir vertraut vorkommt. Ein Mann, ich sehe ihn nur von hinten, bevor er nach wenigen Sekunden in eine Seitengasse abbiegt.

Schütteres Haar, das über den Kragen hängt. Eine hellbraune Jacke, abgewetzte Jeans. Kann es sein, dass Robert in München ist, ohne sich bei mir zu melden?

Ich bin fast sicher, dass ich beim Nachhausekommen vor meiner Tür einen Blumenstrauß finden werde, doch auf der Matte liegt nichts, und es hat auch niemand eine Lieferbenachrichtigung in den Briefkasten geworfen.

Vielleicht war es nicht Robert, den ich gesehen habe, überlege ich, während ich in der Küche Wasser für Tee heiß mache. Oder ...

Ein Nachrichtenton meines Handys unterbricht mich. Es ist

nicht der, den ich für Roberts Kommunikationsapp eingerichtet habe, sondern bloß der für normale SMS. Trotzdem bin ich überzeugt, dass er es ist, der sich meldet, und begreife daher im ersten Moment überhaupt nicht, was ich lese.

Du steckst voller Überraschungen. Sehr gerne!

Die Nachricht stammt von Georg Vossen, und er muss sich wohl in seinem Adressbuch vertippt haben. Es ist die Antwort auf eine Frage, die ihm jemand anders gestellt hat.

Du meinst nicht mich, oder?, schreibe ich zurück und hänge ein Smiley dran. In dem Moment, als ich den Teebeutel aus dem Wasser hole, geht meine Türglocke.

Morgen, sage ich mir und wische meine Hände trocken, morgen holst du dir wieder einen digitalen Spion.

Immerhin habe ich jetzt zumindest den normalen, aber meine Erwartung, Robert draußen stehen zu sehen, wird enttäuscht. Es ist Tamara, mit strähnigem Haar und in ausgeleierten Jeans.

»Entschuldige, dass ich störe.« Sie ist ungeschminkt, ihre Haut fleckig. »Hast du Wein zu Hause? Nüchtern drehe ich heute durch.«

Ich lasse sie eintreten und hole eine Flasche aus dem Kühlschrank. Tamara hat sich auf die Couch gesetzt und stützt das Gesicht in die Hände.

»Ist wieder etwas passiert?«

Sie seufzt. »Nein. Nichts Neues. Nur Papa, der entweder im Bett liegt und an die Decke starrt, oder weint, oder mich anbrüllt.« Sie blickt auf, ihre Augen sind geschwollen. »Ich kann es Mama nicht verübeln, dass sie abgehauen ist. Ich weiß nicht, wie sie seine Abstürze bisher ertragen hat.«

Ich schenke uns ein, Tamaras Glas voller als meines. »Aber – er fängt sich doch jedes Mal wieder, nicht? Er leitet die Firma, er kümmert sich um die Charity.«

Sie wirft mir einen düsteren Blick zu. »Ja. Aber in seinem Inneren tickt es. Und Onkel Holger liegt auf der Lauer. Er hat heute fünf Mal angerufen, um Papas Zustimmung zu völlig unwichtigen Dingen einzuholen. Er tut das ganz bewusst, er lässt ihn nicht in Ruhe, bis Papa aufgibt und ihm die Zügel endgültig in die Hand drückt.«

Wäre vielleicht kein Fehler, denke ich.

»Die meisten finden, das wäre sowieso die beste Lösung«, faucht Tamara, als hätte sie in meinen Kopf gesehen. »Aber seine Position ist das Einzige, was Papa Stabilität gibt. Selbstbewusstsein, verstehst du? Er hat einmal gesagt, ohne die Verantwortung für die Firma wäre er nur ein hinkender, achtfingriger Krüppel.« Sie greift nach ihrem Glas und stürzt die Hälfte des Inhalts in einem Zug hinunter. »Und er ist wirklich gut in seinem Job. Er ist ein brillanter Geschäftsmann. Bloß nicht so ein Sonnyboy wie Onkel Holger.« Was noch im Glas verblieben ist, leert sie jetzt. Ich schenke nach.

»Das muss hart sein. Für die ganze Familie.«

»Ist es.«

Ich werfe einen möglichst unauffälligen Blick auf mein Handy. Robert schweigt, Vossen nimmt seinen Irrtum ebenfalls wortlos zur Kenntnis. »Kann ich dir denn irgendwie helfen? Außer mit Alkohol?«

Sie sieht mich ein paar Sekunden lang nachdenklich an. Lächelt dann unsicher. »Das könntest du wirklich. Wenn es dir nichts ausmacht? Oma bekommt morgen Abend Hausbesuch von ihrer Internistin – der zweiwöchentliche Routinecheck mit allem Drum und Dran. Normalerweise versuche ich, dabei zu sein. Weil ich selbst hören will, was die Ärztin sagt. In Omas Interesse.« Sie blickt zu Boden. »Es wäre nur das eine Mal. Weil ich erst um sieben bei Papa wegkann, dann hat er eine Nachtbetreuung. Die hat er akzeptiert. Also wäre es toll, wenn du entweder da oder dort einspringen könntest.« Sie schluckt. »Ist viel verlangt, ich weiß. Aber Markus will nicht, und Johannes hat er nach Hamburg geschickt.« Einen Moment lang blitzt etwas wie Hass in ihren Augen.

Ich antworte nicht sofort. Nein, viel verlangt ist es eigentlich nicht, es ist nur ... fast so, als würde sie mich in die Familie integrieren wollen, so bereitwillig, wie sie mich in die intimsten Angelegenheiten einbindet. Und das, obwohl sie mich erst so kurz kennt.

»Ich übernehme gern deine Oma«, erkläre ich. »Wenn es ihr recht ist.«

Tamaras Erleichterung ist nicht zu übersehen. »Ja, ich habe sie gefragt. Sie mag dich. Sie hält meine Sorge zwar immer für übertrieben, aber sie meinte, wenn es mich beruhigt, ist sie gerne einverstanden.«

Wieder leert Tamara ihr Glas und schenkt sich diesmal selbst nach. Ihr Blick schweift durch meine Wohnung, bis sie die Augen schließt und sich im Sofa zurücksinken lässt. »Wenn du dich umbringen wolltest«, murmelt sie, »würdest du es dann mit Autoabgasen tun?«

Auf diese Frage könnte ich ihr eine schnelle Antwort geben, denn ich habe einige Male darüber nachgedacht. Wenn ich fest entschlossen wäre zu sterben, dann keine Autoabgase, die sind zu unsicher. Auch kein Erhängen, keine Schlaftabletten und keine Pistole. All das kann im ungünstigsten Fall schiefgehen.

Ein Zug, auf offener Strecke, mit einhundertneunzig Stundenkilometern. Die anschließende Sauerei ist widerlich, aber nicht mehr meine Angelegenheit. Die zweitbeste Lösung ist Zyankali, als Notfallmaßnahme. Beides wünsche ich mir nicht, aber beides ist besser, als durch eine von Andreis Methoden zu sterben.

»Ich weiß nicht«, antworte ich vage. »Ich glaube, ich bin nicht der Selbstmordtyp.«

Tamara lächelt und nickt. »Ich auch nicht.« Sie stemmt sich

vom Sofa hoch. »Ups«, sagt sie, »das war zu schnell zu viel Wein.« Sie lacht und stützt sich an der Wand ab. »Ich gebe den Pflegerinnen Bescheid, dass du morgen kommst. Wäre gut, wenn du um halb sechs da wärst.«

Ich halte beide Daumen hoch.

Tamara wankt nach draußen, doch eine halbe Stunde später klingelt sie noch einmal an der Tür. »Hab ich ganz vergessen. Würdest du Oma das von mir mitbringen?« Sie hält mir einen Tontopf hin, aus dem eine orangefarbene Amaryllis wächst. Ich lache unwillkürlich auf. Tamara kommt mir allen Ernstes mit Blumen. »Hübsche Idee«, sage ich, immer noch grinsend.

»Oma mag den Duft, ich hoffe, sie wird sich freuen. Vergiss nicht, sie mitzunehmen, ja?«

Amaryllis stehen für Bewunderung, und die muss ich Tamara tatsächlich zollen. Sie ist erstaunlich einfallsreich.

»Vergesse ich ganz sicher nicht.«

Es ist halb zehn, und ich stelle den Blumentopf auf den Couchtisch. Innerhalb einer Minute habe ich gefunden, wonach ich gesucht habe, und ich hoffe, es ist noch nicht zu spät, um Larissa anzurufen. Sie hebt nach dem zweiten Läuten ab.

»Ich hätte jetzt etwas, das ich dir gern zeigen würde.«

»Klar!«, ruft sie. »Aber heute ist es schon zu spät, und morgen bin ich in der Schule.«

Ich überlege. »Es ist ein Topf mit einer langstieligen Blume. Kann ich ihn irgendwo deponieren, wo niemand ihn klaut und du ihn leicht findest?«

Nach kurzem Nachdenken schlägt Larissa vor, dass ich die Pflanze zwischen die Thujakübel stellen soll, die den kleinen Außenbereich der Schulcafeteria abgrenzen. »Dort finde ich sie, und du kannst sie von außen abstellen, ohne dass du in die Schule reinmusst. Sie sind da pingelig mit Erwachsenen, die keine Eltern sind.«

»Kann ich verstehen.«

»Okay. Ich werde um halb zehn sagen, dass ich aufs Klo muss, gucke mir deine Amaryllis an, und du schnappst sie dir wieder, noch vor der großen Pause um zehn vor zehn.«

»So machen wir's. Du bist echt clever.«

Larissa lacht fröhlich auf. »Ich weiß. Bis morgen!«

Sie hat die Stelle perfekt beschrieben, ich finde sie auf Anhieb. Um neun Uhr zwanzig schiebe ich den Amaryllis-Topf zwischen die Thujen, sodass man ihn von der Straße aus nicht sehen kann. Dann gehe ich weiter; wer neben einer Schule wartet, macht sich automatisch verdächtig.

Ich behalte mein Handy im Auge, sehe den Minuten beim Vergehen zu. Halb zehn. Insgeheim habe ich gehofft, Larissa meldet sich sofort, wenn sie etwas weiß, aber zehn Minuten später habe ich immer noch keine Nachricht.

Ich gehe zurück und nehme den Blumentopf an mich, kurz bevor die Pause beginnt.

Um neun Uhr zweiundfünfzig läutet mein Handy.

»Ich war da«, verkündet Larissa. »Aber es war nicht ganz einfach. Und was rausgekommen ist, finde ich komisch.«

Ich stelle die Amaryllis auf einem Mäuerchen ab. Sie sieht nicht mehr ganz so frisch aus wie gestern. »Ist egal. Sag es mir trotzdem.«

Larissa räuspert sich. »Wenn ich mich nicht getäuscht habe, dann heißt es: Vossen, nicht Korbach.«

Ich habe die Amaryllis zurück in die Wohnung gebracht und gegossen, jetzt steht sie auf dem Fensterbrett, und ich bin kein Stück schlauer.

Vossen, nicht Korbach. Was will Tamara ihrer Großmutter damit sagen? Sie wird natürlich verstehen, was gemeint ist, aber ich kann sie ja nur schwerlich danach fragen.

Vielleicht – Vossen bekommt das Krankenhausprojekt, nicht Korbach?

Vossen steckt hinter der Unglücksserie, nicht Korbach?

Vossen ist schuld am Selbstmordversuch meines Vaters, nicht ...

Ich gebe es auf. Noch fast sechs Stunden, bis ich mich in Richtung Wahnfriedallee aufmachen muss. Dass Robert sich nach wie vor nicht meldet, nehme ich beinahe schon stoisch hin. Wahrscheinlich habe ich mich gestern geirrt, und es war nicht er, den ich vom Bus aus gesehen habe, sondern irgendein anderer ungepflegter Typ.

Aber ich könnte die Zeit nutzen, um wieder einen digitalen Türspion zu kaufen und einzubauen. Tamara ist bei ihrem Vater, sie wird mich nicht beobachten, und Rosalie höre ich dank ihrer Hunde früh genug. Oder ...

Oder.

Die Idee ist mit einem Schlag da, und sie ist unwiderstehlich. Ich muss nur noch einmal kurz aus dem Haus, das meiste, was ich brauche, habe ich hier.

Ganz fair ist es natürlich nicht, und mein Gewissen pikst durchaus – wie passend –, als ich die Treppen hinunterlaufe.

Aber vielleicht bekomme ich so heute Abend wenigstens einen Hauch von Klarheit. In zumindest einer Sache.

ANDERSWO

Der junge Mann trat an das Bett des Alten. Daneben stand ein tragbarer Sauerstoffkonzentrator, auf dem Nachttisch lagen Hörgeräte.

Der Alte hatte die Augen nicht geöffnet, als die Tür sich öffnete und wieder schloss. Er schlief, oder zumindest döste er. Seine rötlichen Lider flatterten.

Warum wird bei alten Menschen bloß die Haut so dünn, fragte sich der junge. Wie durchgewetzte Kleidung. Morsch und leicht zu zerreißen. Er betrachtete seinen eigenen Handrücken, der glatt war; nur Adern und Knochen zeichneten sich ab. Schön war das, wie gemeißelt. Manche Menschen erreichten nicht das Alter für Falten, und vielleicht war das gut.

Verrückter Gedanke. Als wüsste er es nicht besser.

Ob er tun konnte, was er tun musste, ohne diese Hände zu benutzen?

Er hatte sich überlegt, ganz klassisch vorzugehen. Ein Kissen aufs Gesicht, dieser hier würde sich nicht wehren. Nicht mit so dünnen Ärmchen.

Ob er mitbekommen hatte, was passiert war? Ob man es ihm gesagt hatte? Vermutlich nicht, wozu auch. Alte Menschen durfte man nicht aufregen, das war bekannt. Obwohl der hier früher mal hart im Nehmen gewesen sein musste. Und noch härter im Austeilen, wenn es stimmte, was man über ihn erzählte. Über seine linke Wange zog sich eine Narbe, tiefer als die Falten.

Nun rührte sich der Alte, seufzte und drehte den Kopf zur Seite. In seiner Nase steckten durchsichtige Schläuche, die ihn im Bett mit Sauerstoff versorgten.

Was wohl passierte, wenn ...

Der junge Mann zog ein Paar hellblaue Latexhandschuhe aus seiner Hosentasche, er hatte sie aus einem der Mülleimer am Gang gefischt. Die konnte er anschließend leicht hier entsorgen; alle trugen sie. Pflegepersonal ebenso wie Ärzte.

Er beugte sich vor. Zog sachte an dem Steg, an dem die Nasensonden saßen. Es ging ganz einfach, und der Alte rührte sich nicht.

Keine EKG-Überwachung in Pflegeheimen, auch nicht in teuren, das war Glück. Der junge Mann betrachtete sein Opfer und fühlte Frieden in sich aufsteigen. Er würde hier sitzen bleiben können, bis es vorbei war. Das hier war anders als bei den anderen, kein Blut, keine Angst.

Und auch keine eigene Wut. Der Alte hatte ihm persönlich nichts getan. Eher im Gegenteil, wenn man es genauer überlegte. Ohne ihn hätte es die schönsten drei Jahre im Leben des jungen Mannes nicht gegeben.

Das, was danach kam, allerdings auch nicht.

Der Alte wurde jetzt unruhig. Eine Hand hob sich von der Bettdecke, ruderte ziellos in der Luft, tastete in Richtung Gesicht. Der zahnlose Mund klappte auf, ein kläglicher Laut drang heraus.

»Gleich vorbei«, murmelte der junge Mann und überlegte, ob es nicht doch gnädiger war, die Sache per Kissen zu beschleunigen.

Wahrscheinlich schon. Gnädiger. Und sicherer.

Vorsichtig, fast zärtlich, hob er den Kopf des Alten an, zog das Kissen hervor und bettete ihn zurück auf die Matratze.

Ein bisschen Druck genügte, die Hand des Alten griff nur zwei- oder dreimal kraftlos nach dem Stoff, der ihn erstickte, bevor sie lockerließ und seitlich über den Bettrand rutschte.

Noch zwanzig Sekunden, nur um sicherzugehen. Der junge Mann zählte, dann zog er das Kissen vom Gesicht des Alten.

Der Mund war geöffnet, die Augen geschlossen. Die Brust hob und senkte sich nicht mehr. Der junge Mann griff nach der Sauerstoffsonde und steckte sie dem Toten in die Nase zurück. Bevor er aus dem Zimmer trat, zog er den Mundschutz, der ihm um den Hals gehangen hatte, wieder bis unter die Augen und strich den geliehenen Pflegekasack glatt.

Niemand sah ihn, als er das Zimmer verließ, die Treppen ins Erdgeschoss hinunterspazierte und die Handschuhe dort in den Mülleimer warf. Alles ruhig. Die Zeit nach dem Abendessen war in den meisten Pflegeheimen eine tote Zeit, das wusste er.

Manchmal im wahrsten Sinne des Wortes.

24

Wieder eine Busfahrt. Ich balanciere die Amaryllis auf den Knien und scanne die Passanten, an denen wir vorbeiziehen. Als hätte ich nur durch Busfenster einen Blick in die geheime Dimension, in der Robert sich aufhält.

Die Tür zu Elsa Lamberts Villa wird von derselben Pflegerin geöffnet, die sie auch auf die Gala begleitet hat, einer rundlichen Frau mit grauen Strähnen im dunklen Haar. »Sehr nett, dass Sie sich die Mühe machen, aber nötig ist das wirklich nicht«, sagt sie, ohne ihre Verärgerung zu verbergen.

»Tamara Lambert hat mich darum gebeten.« Ich quetsche mich an der Frau vorbei in die Eingangshalle. »Sie hat mir außerdem ein Geschenk mitgegeben.« Der Gedanke, dass ich es gleich vor Elsa hinstellen werde und sie möglicherweise meine Finte durchschaut, lässt mich beinahe nervös kichern.

»Dagmar?« Eine unangenehme Stimme, die allein in dem einen Wort zweimal kippt, aber mühelos durchs ganze Haus dringt. »Ist das schon die Ärztin?«

»Nein, Tamaras Nachbarin.« Dagmar bedeutet mir, die Schuhe auszuziehen und ihr nach oben zu folgen.

»Frau Lambert! Besuch für Sie!« Extrem langsames und deutliches Sprechen ist sicherlich eine Berufskrankheit bei Altenpflegern, aber Dagmar übertreibt es. Als würde sie mit jemandem reden, der schwer von Begriff ist.

Elsa lächelt in meine Richtung. »Carolin, wie schön, dass Sie hier sind. Setzen Sie sich doch.« Sie streckt mir eine Hand entgegen, und ich muss erst die Amaryllis abstellen, bevor ich sie ergreifen kann.

»Tamara macht sich immer viel zu viele Sorgen um mich«,

fährt die alte Frau munter fort. »Aber so komme ich wenigstens in den Genuss Ihrer angenehmen Gesellschaft. Können wir Ihnen etwas anbieten?«

Ich begegne Dagmars grimmigem Blick. »Tee wäre nett.«

»Oh, für mich auch«, strahlt Elsa. »Wenn eine von Ihnen so freundlich wäre.«

Erst jetzt entdecke ich die zweite Pflegerin. Sie sitzt in einer dunklen Ecke auf einem Polstersessel und strickt. Etwas Blaues, Unförmiges. Ich gehe hin und reiche ihr die Hand. »Wir kennen uns ja noch gar nicht. Carolin Springer, freut mich sehr.«

Die Freude ist offensichtlich ganz auf meiner Seite. Seufzend legt die Frau ihr Strickzeug weg. »Andrea Menk.« Ihr Händedruck ist schlaff und kalt. Ich kehre zu Elsa zurück, voller Mitleid. Haben ihre Söhne es tatsächlich nicht geschafft, freundlichere Pflegekräfte zu finden?

»Wissen Sie etwas Neues von Erich?«, fragt sie und greift nach meiner Hand. »Tamara hat nicht viel gesagt. Sie hat versucht, mir weiszumachen, dass es ein Unfall war. Als ob ich meinen Sohn nicht besser kennen würde.« Ihre Stimme ist mit jedem Wort leiser geworden. Ich frage mich, ob ihr Andreas Anwesenheit ebenso bewusst ist wie mir.

An Elsas Stelle würde ich es hassen, belogen zu werden. »Ich glaube nicht, dass es ihm allzu gut geht«, sage ich daher. »Aber Tamara ist bei ihm. Sie passt auf.«

Die alte Frau schweigt und legt für ein paar Sekunden eine Hand über ihre milchig trüben Augen. *Ungelöschter Kalk*, geht es mir durch den Kopf. Was ich gleich tun werde, ist moralisch sehr zweifelhaft. Eine blinde Frau betrügen. Noch dazu ist es ein Schuss ins Blaue, und wenn ich Pech habe, nimmt Elsa ihr Handy, ruft Tamara an und redet Klartext mit ihr.

Andererseits sind da Andrea und Dagmar. Klartext ist unwahrscheinlich.

»Ich soll Ihnen etwas von Tamara geben.« Es klingt so unbeschwert, wie ich gehofft hatte. Die Amaryllis steht auf dem Fensterbrett; ich hole sie und stelle sie vor Elsa ab.

Sie schnuppert. Lächelt. »Ich liebe Blumen«, sagt sie und umfasst den Topf mit beiden Händen.

»Ich auch.« In Kränze gewunden, in Sträuße gebunden, in Gestecken angeordnet. In Wien.

»Ich bin schon so lange blind«, sagt Elsa, »aber ich kann mich noch daran erinnern, wie schön ich Tulpen fand. Oder Iris. Sogar Gänseblümchen.« Wieder fährt sie sich übers Gesicht. »Manchmal kann ich am Duft erraten, welche Blume ich vor mir habe. Aber ...«, jetzt lächelt sie verschämt, »... nur wenn meine Nase ganz frei ist. Irgendwo beim Bett müsste eine Schachtel mit Papiertaschentüchern stehen. Wären Sie so nett ...«

Ich stehe auf, mache mich auf die Suche. Finde die Box in einer der Nachttischschubladen. Als ich damit zurückkomme, sitzt Elsa noch genauso da wie vorhin, beide Hände um den Topf gelegt. Eine davon hebt sie, als sie mich hört, und ich lege das Taschentuch hinein.

Sie putzt sich die Nase, sehr leise, sehr dezent. Dann schnuppert sie. »Amaryllis?«

»Ganz richtig.« Ich nehme ihr das Taschentuch ab. »Das ist wirklich beeindruckend.«

»Ach«, sagt sie bescheiden, »das ist nur ein schwacher Ersatz für zwei sehfähige Augen.«

Sie hat ihren Satz noch nicht beendet, als unten die Glocke geht. Das wird die Ärztin sein.

»Ich warte draußen«, verkünde ich. »Gut? Und rede anschließend mit der Ärztin, so wie Tamara das möchte.«

»Sie sind sehr gut erzogen«, sagt Elsa. »Danke.«

Auf dem Flur kommt mir eine etwa sechzigjährige Frau mit Hochsteckfrisur entgegen, begleitet von Dagmar. Beide verschwinden in Elsas Zimmer, und ich sehe mich rasch um. Da vorne liegt der Raum, in dem ich Erich Lambert weinend habe zusammenbrechen sehen, an dem Morgen, als die tote Gerda gefunden wurde. Eine Art Bibliothek. Krankenakten bewahrt man eher in Büros auf, oder?

Ich examiniere die Regale, da sind sehr viele alte Bücher, aber keine Aktenordner. Neben einer Messinguhr mit Pendel entdecke ich Familienfotos; eine sehr junge Elsa mit zwei Erwachsenen, die wohl ihre Eltern sind. Sie trägt Zöpfe, die ihr weit über die Schultern fallen. Die Familie steht in Kniebundhosen und mit Rucksäcken vor einem Gipfelkreuz.

Dann Kinderfotos. Ein sitzendes Baby in Schwarz-Weiß, noch kein Jahr alt. Man erkennt Erich, seine Gesichtszüge ähneln denen von Elsa schon damals. Aber weder seine Hände noch seine Füße sind zu sehen. Er trägt Babyfäustlinge und gestrickte Schühchen. Und er lächelt; zeigt dabei die zwei ersten Schneidezähne im Unterkiefer.

Sehr viele Fotos von Elsa und ihrem Mann Theo. Sie meist mit Sonnenbrille. Er mit dem offenen Lachen, das Holger von ihm geerbt hat.

Ich weiß nicht genau, wonach ich Ausschau halte – wohl nach etwas, das mir sowohl Tamaras Masern-Lüge als auch das *Fuck you* an Georg Vossen erklärt. Etwas, das Valentin Korbachs Tod zur Folge hatte.

Vossen, nicht Korbach.

Etwas, das Freda Trussek herausgefunden haben muss. Möglicherweise das gleiche Etwas, das Manfred Henig in den Tod hat springen lassen, ob mit oder ohne Hilfe eines anderen.

Etwas, das Valentin Korbachs Exfreundin dazu gebracht hat, bei Tamara Therapiestunden zu buchen. Pro forma.

Und das außerdem Erich Lambert bewogen hat, sich das Leben nehmen zu wollen?

Wer weiß.

Ich tigere die Regale entlang, hoffe, dass die Ärztin sich Zeit lässt. Und dass Elsa mich nach der Untersuchung nicht sofort rauswirft. Die Familienchronik steht auch hier, logisch, aber die muss ich mir nicht ansehen, die liegt nach wie vor auf meinem Couchtisch.

Doch hier sehe ich oben etwas herauslugen, ein Blatt Papier, das wie ein Lesezeichen zwischen die Seiten gesteckt wurde.

Ich nehme das Buch an mich und öffne es. Das Blatt entpuppt sich als Todesanzeige.

Heinrich Korbach *23.5.1926, +18.11.2001

Wir nehmen Abschied von unserem
geliebten Mann, Vater und Großvater.
Trude Korbach, Ehefrau
Rainer Korbach mit Heike, Sohn
Regina Amann mit Christoph, Tochter
Valentin, Patricia und Iris, Enkel

Danach folgen Ort und Datum der Beerdigung sowie die Bitte, von Blumenspenden abzusehen.

Merkwürdig, dass Elsa diese Anzeige in der Firmenchronik aufbewahrt. Ich blättere sie durch, aber andere Einlegeblätter finde ich nicht.

Noch merkwürdiger, dass manche der Namen mit rotem Stift umkreist wurden. Rainer, Regina, Valentin und Patricia. Ich überlege, ob ich die Todesanzeige mitnehmen soll, aber im Grunde weiß ich nicht, wozu, daher stecke ich sie zurück und räume das Buch wieder an seinen Platz.

Als ich höre, dass die Tür zu Elsas Zimmer aufspringt, lasse ich mich in den Sessel fallen, in dem Erich Lambert gesessen hat, und greife nach der Architektur-Zeitschrift, die auf dem Beistelltisch liegt. Sie stammt aus dem Jahr 2009, ist also nicht mehr sehr frisch, aber Architektur ist ja schließlich für Jahrhunderte gedacht.

»Ich begleite Sie hinaus«, höre ich Dagmar sagen, doch als die Ärztin mich sieht, bleibt sie stehen. »Sie sind es, mit der ich heute sprechen soll, richtig?«

»Ja.« Ich trete aus der Bibliothek. »Wie geht es Frau Lambert?«

»Eigentlich sehr gut. Blutdruck und Blutzucker sind in Ordnung, das Herzgeräusch hat sich nicht verschlimmert. Ich habe aber zur Sicherheit ein EKG gemacht, auch da sieht alles aus wie immer.«

Ich versuche, mir so viele Details wie möglich zu merken. »Danke.«

»Und auf jeden Fall ist Frau Lambert nach wie vor geistig klar, es gibt keine Anzeichen für Demenz oder andere psychische Unregelmäßigkeiten.« Ein kalter Blick in Dagmars Richtung. »Ein Betreuungsverfahren einleiten zu wollen, ist sinnlos. Das können Sie der Familie gern von mir bestellen.«

Überraschend hakt sie sich bei mir unter und zieht mich zur Treppe. »Lassen Sie Tamara herzlich von mir grüßen. Ihrer Oma geht es gut, kein Anlass zu unmittelbarer Sorge. Ich fürchte allerdings, dass Herr Lambert sich bald nach einem Arzt umsehen wird, der Diagnosen stellt, die eher seinen Interessen entsprechen.«

Wir gehen gemeinsam die Treppe hinunter, Dagmar folgt uns mit einigem Abstand.

»Es ist immer ein Richterspruch nötig, um jemandem seine Rechte zu nehmen«, sagt die Ärztin leise, »aber wenn man es darauf anlegt, kann man fast jeden als zurechnungsunfähig darstellen.«

An der Tür reicht sie mir die Hand. »Ich bin froh, dass es mit Ihnen noch jemanden gibt, der Frau Lamberts Interessen im Auge hat. Sie ist eine außergewöhnliche Frau.«

Als ich ins Zimmer zurückkehre, sitzt Elsa in demselben Sessel wie vorher, die Hände liegen gefaltet auf dem Tisch.

»Sie sind ziemlich gesund, sagt Ihre Ärztin.« Ich setze mich ihr gegenüber. Die Amaryllis steht jetzt auf dem Nachttisch.

»Ja.« Es klingt weder erfreut noch erleichtert. »Wissen Sie, manchmal wünschte ich trotzdem, ich hätte es hinter mir. Aber es würde Tamara treffen. Und Erich ...«

Sie hält inne, und ich warte in der Hoffnung, dass sie etwas sagen wird, das mich klarer sehen lässt. Doch sie lässt den Satz halb fertig in der Luft hängen, also versuche ich, nachzuhelfen. »Erich wäre genauso unglücklich.«

Sie lacht auf. »Was? Nein! Er würde sofort dieses Haus übernehmen. Und dann wären es höchstens noch drei Wochen bis zu seinem nächsten Suizidversuch, denn Holger würde ihn aus der Firma drängen, ihm seine Funktion nehmen. Und die ist alles, woran sein Selbstbewusstsein sich festhalten kann.«

Im Hintergrund räuspert sich jemand. Andrea, die nach wie vor an ihrem blauen Ungetüm strickt. Ich drehe mich zu ihr um. »Wir hatten vor einiger Zeit Tee bestellt. Können Sie nachsehen gehen, ob der in der Zwischenzeit zu Teer geworden ist, so lange, wie er schon zieht?«

Sie sieht mich an, als hätte ich sie um ihr linkes Auge gebeten. »Was? Aber ... darum kümmert sich Dagmar.«

»Nein, offensichtlich nicht. Also wären Sie so freundlich?«

Immerhin legt sie ihr Strickzeug beiseite. »Ich habe Anweisung, Frau Lambert nicht alleine ...«

»Sie ist nicht alleine! Ich bin hier!« Mit einem Ruck stehe ich auf und breite die Arme aus. »Sehen Sie? Hier! Und Sie sind in diesem Haus angestellt, um Frau Lambert das Leben zu erleichtern, soweit ich weiß. Also setzen Sie sich freundlicherweise in Bewegung, ja?«

Ich vermute, es liegt daran, dass Andrea noch nicht so lange hier arbeitet und denkt, auf ein paar Minuten käme es nicht an.

Bei Dagmar hätte ich wohl auf Granit gebissen, aber Andrea steht mühsam auf. »Diesen Ton muss ich mir nicht gefallen lassen«, sagt sie pikiert und verlässt das Zimmer.

Elsa seufzt. »Bravo«, sagt sie müde.

Ich nehme ihre Hand. »Gibt es etwas, das ich Tamara bestellen soll? Wollen Sie ihr etwas sagen?«

Ein paar Sekunden lang denkt Elsa nach. »Sagen Sie ihr, ich freue mich über ihre Entscheidung. Es ist besser so.«

Mein Herz sinkt unmittelbar. Tief im Inneren hatte ich gehofft, dass ich mich irre. »Okay.«

»Und außerdem wäre es nicht schlecht, wenn Johannes erst mal in Hamburg bliebe. Markus hat das ganz richtig erkannt.« In ihrer Stimme klingt mit jedem Wort mehr die Firmenchefin durch. Wie eindrucksvoll muss Elsa früher gewesen sein. Sie greift meine Hand fester. »Und Sie, mein Mädchen«, sagt sie, »passen Sie auf sich auf.«

Darum hat mich schon lange niemand mehr gebeten. Ich schlucke und atme tief durch. »Elsa, es geht mich eigentlich nichts an, aber Tamara hat mir erzählt, Sie wären durch eine Maserninfektion erblindet. Ich weiß nicht, warum, aber ich glaube das nicht.«

Sie stutzt kurz, dann lacht sie auf. »Es stimmt auch nicht. Sie sagt es, weil sie mich schützen will. Ich hatte Augen wie ein Falke, und dann habe ich eine Dummheit begangen.«

»Als das Gerlach-Gebäude gebaut wurde?«, werfe ich ein, auf die Gefahr hin, Elsa zum Verstummen zu bringen.

Tatsächlich runzelt sie die Stirn über den weißen Augen. »Hat Ihnen das jemand erzählt?«

»Nein. Ich habe nur ... ein paar Schlüsse gezogen.«

»Klug. Die Schlüsse sind richtig, es war der Gerlach-Bau. Ich wollte das Projekt unbedingt haben, koste es, was es wolle.« Sie senkt das Kinn. »Ich habe es bekommen, und es hat gekostet. Mehr, als ich erwartet hatte. Ich bezahle heute noch.«

Bevor ich beginnen kann, ungelöschten Kalk ins Spiel zu bringen, kommt Dagmar mit dem Tee. »Hier, bitte.« Ihre Lippen sind zu einem Strich zusammengepresst. »Nicht nur, dass man in diesem Haus um sein Leben fürchten muss, man wird auch von Fremden angeblafft«, fügt sie hinzu.

»Aber man wird ganz sicher fürstlich bezahlt«, erwidere ich sanft. »Wenn auch nicht fürs Teekochen. Das habe ich verstanden.«

Sie dreht sich wortlos um und nimmt den Platz ein, auf dem zuvor Andrea gesessen hat. Wir stehen wieder unter Bewachung, aber ich kann nicht sofort aufbrechen, nachdem ich gerade so nachdrücklich nach Tee verlangt habe. Der viel zu heiß ist, um ihn zu trinken.

Ich schenke mir und Elsa die Tassen jeweils halb voll. »Noch ein bisschen warten, sonst verbrennen Sie sich«, sage ich. Elsa nickt. Ihre Hand schwebt auf die Tasse zu, bis sie den Dampf spürt, und zieht sich wieder zurück.

Sie bezahlt heute noch, denke ich und verfluche Dagmar, ohne die ich vielleicht den Rest der Geschichte gehört hätte. Im nächsten Moment klingelt irgendwo im Zimmer ein Telefon.

»Mein Handy«, sagt Elsa. »Auf dem Nachttisch, normalerweise.«

Ich springe auf, aber Dagmar ist schneller. Sie muss bereits beim ersten Ton aufgesprungen sein, nun huscht sie an mir vorbei und greift sich das Telefon. »Ja, bitte? Elsa Lamberts Apparat, Schwester Dagmar hier.«

Schwester Dagmar. Ich unterdrücke ein verächtliches Schnauben. Spitzel Dagmar.

»Sie wollen mit ... ähm, ja, aber ich kann auch gerne eine Nachricht ...«

Elsas Kiefermuskeln sind hervorgetreten. »Geben Sie mir das Telefon, Dagmar.«

Die Pflegerin kommt der Aufforderung widerwillig nach.

Wirft mir einen bösen Blick zu, als hätten nur meine Anwesenheit und mein Ausbruch von vorhin Elsa dazu bewogen, eine so ungeheuerliche Bitte zu äußern.

»Hier Elsa Lambert. Ah ... Markus, das ist ja eine Überraschung. Was gibt es denn?«

Sie lauscht, die Lider gesenkt. Irgendwann ballt sich die linke Hand zur Faust.

Ich hoffe, es ist nichts mit Erich passiert, oder mit Tamara. Aber dann würde Elsas Reaktion wohl dramatischer ausfallen.

»Danke, dass du mich informiert hast. Ja. Ja, das war wichtig. Danke.« Sie lässt das Telefon sinken. »Der alte Vossen ist tot.«

Dagmar nimmt ihr das Handy ab, und Elsa streicht in automatischen Bewegungen ihren Rock glatt, die blinden Augen immer noch gesenkt.

»Herbert Vossen?«, hauche ich und habe Georgs Vater vor Augen, so wie ich ihn auf der Gala kennengelernt habe. Graues Haar, grauer Bart, dunkle Augen. Noch sehr betroffen vom Selbstmord seines Geschäftsführers.

»Nein, nicht Herbert. Sein Vater.« Elsa streicht immer noch unsichtbare Falten fort. »Franz Vossen. Sie haben ihn tot in seinem Bett im Pflegeheim gefunden. Keine große Überraschung, er war dreiundneunzig.« Elsa schüttelt den Kopf, nicht erschüttert, eher, als würde sie sich über etwas wundern. Ihre Lippen bewegen sich.

Sie betet, denke ich erst, aber dann lächelt sie, während sie weiter stumm vor sich hinspricht. Als würde sie sich selbst etwas erklären.

Ich nippe an dem noch dampfenden Tee. Vossen, nicht Korbach. Vossen, nicht Korbach.

Und nun ist Vossen tot. Korbach allerdings auch. Der Alte schon seit 2001, der Jüngste seit zwei Tagen.

Was würde passieren, wenn ich Elsa diesen merkwürdigen

Satz servieren würde? *Ach, übrigens: Vossen, nicht Korbach.* Wie würde sie reagieren?

Ihr wäre Dagmars Anwesenheit bewusst, genauso wie mir. Also würde sie wohl nur die Achseln zucken und höflich nachfragen, was ich denn damit meine. Worauf ich keine Antwort hätte.

»Ich werde mich allmählich verabschieden«, sage ich und trinke den Rest meines Tees aus. »Es tut mir leid, dass wir den Abend mit einer traurigen Nachricht beenden mussten. Wenn es Ihnen recht ist, komme ich Sie bald wieder besuchen.«

Tausende Fältchen, als Elsa lächelt. »Das würde mich sehr freuen.« Ich reiche ihr die Hand, und sie hält sie fest. »Sagen Sie Tamara bitte, es ist gut, dass sie so auf ihren Vater achtet. Egal, was Markus sagt. Ich unterstütze ihre Entscheidung, und ich habe mich sehr über die Blume gefreut.«

»Mache ich.« Die Blume. Ich wäre so erleichtert gewesen, wenn Elsa ratlos darauf reagiert hätte.

»Kommen Sie gut nach Hause. Auf Wiedersehen.«

Auf der Rückfahrt sind meine Hände viel leerer und meine Gedanken viel schwerer, als sie es auf der Hinfahrt waren. Ich suche in der Handtasche nach meinem Handy und werde unruhig. Der Bussitz neben mir ist frei, und ich räume alles aus der Tasche; das Handy finde ich schließlich in einem der Seitenfächer, ganz tief unten.

Immer noch keine Nachricht von Robert, das kann keine Nachlässigkeit mehr sein. Es ist etwas passiert, so viel ist klar, aber niemand lässt mich wissen, was. Vielleicht liegen ja diesmal Blumen auf der Türmatte, wenn ich heimkomme.

Als ich meine Handtasche wieder einräume, stoße ich auf den Folder der Gynäkologiepraxis. Ich sollte ihn wegwerfen, bevor Tamara ihn zufällig bei mir entdeckt und damit weiß, dass ich ihr nachspioniert habe.

Gedankenverloren falte ich ihn auf und sehe in das lächelnde

Gesicht der blonden Ärztin. Darunter gut ausgeleuchtete Aufnahmen der Praxis, daneben das gesamte Leistungsangebot. Ich überfliege es, lese etwas von Zyklusstörungen und Wechseljahresbeschwerden, Infektionen, Krebserkrankungen und ...

Mein Blick bleibt an einem der angeführten Punkte hängen, und an dem, was klein gedruckt danebensteht. Ich habe Tamaras Gesicht wieder vor Augen, als sie verkündet, dass sie am nächsten Tag die Ergebnisse bekommen wird.

Ja. Ja, natürlich.

Die Erinnerung an das klirrende Geräusch, als ich an ihre Handtasche gestoßen bin. An das, was Doris angeblich gesagt hat. *Tamara soll sich bloß nicht vermehren, ihre Kinder würden alle Idioten werden. Oder Krüppel wie ihr Vater.*

Ihr Vater. Dem man keine Wahrheiten zumuten darf.

Ich habe meine Bushaltestelle verpasst und springe auf, aber es ist zu spät. Am nächsten Halt stürze ich hinaus auf die Straße, die rechte Hand um den zusammengedrückten Folder geklammert. Ich laufe die eine Station zurück zur U-Bahn, in meinem Kopf rattert es wie verrückt.

Einen Teil dessen, was Freda Trussek herausgefunden hat, habe ich nun ebenfalls kapiert, ich bin fast sicher. Ich verstehe die Hintergründe, aber nicht, warum sie diese Lawine an Gewalt auslösen. Oder doch – aber warum ausgerechnet jetzt?

In der U-Bahn beschließe ich, auf meine Ängste zu pfeifen und Robert über die App eine Nachricht zu schicken. Er ist seit Tagen von der Bildfläche verschwunden, aber falls er nicht tot ist, wird er vielleicht auf diese Botschaft reagieren.

Melde dich, so schnell du kannst. Ich weiß jetzt alles.

Das ist natürlich gelogen. Nicht alles, aber das Wichtigste. Und den Rest kriegt er mit seinen Polizeimethoden viel eher heraus als ich.

An der Station Josephsplatz steige ich aus und lege den Weg nach Hause so schnell zurück, wie es geht, ohne zu rennen.

Trotz des Jagdfiebers, das mich im Griff hat, berücksichtige ich zumindest die grundlegenden Sicherheitsregeln. Nicht auffallen. In der Menge untertauchen. Bei Dunkelheit, so wie jetzt, einsame Straßen meiden.

Ich wünsche mir brennend, dass Blumen vor der Tür liegen. Oder dass Robert mir heute noch antwortet. Bis dahin werde ich meine Rechercheergebnisse sortieren und rechnen. Vor allem rechnen.

Wenn die Dinge sich so verhalten, wie ich es glaube, habe ich meine Aufgabe mehr als nur erfüllt. Dann muss Robert mich zurück nach Wien lassen.

Mir fehlt die Geduld, auf den Aufzug zu warten, ich gehe die zwei Stockwerke zu Fuß hinauf. Auf der Türmatte liegt nichts, stelle ich enttäuscht fest. Eine weitere Chance ist der Computer, vielleicht hat Robert mir eine Mail geschrieben.

Ich schließe die Tür auf und fühle schon beim Eintreten, dass etwas anders ist, obwohl die Diele genauso aussieht, wie ich sie verlassen habe. Aber ich bin nicht allein in der Wohnung.

Sie haben mich gefunden.

Sofort wieder raus hier, schnell, einfach rennen. Dahin, wo Leute sind.

Doch im gleichen Moment höre ich Tamaras Stimme aus dem Wohnzimmer. »Caro? Gut, dass du da bist. Ich habe auf dich gewartet.«

Es sind nicht Pascha und Boris. Ich atme tief durch. »Sag mal, wie bist du in die Wohnung gekommen?« Meine Tasche lasse ich auf der Ablage liegen, mein Handy stecke ich in die hintere Jeanstasche. »Komische Art, sich dafür zu bedanken, dass ich dir einen Gefallen ge…«

Ich habe das Wohnzimmer betreten, und der Anblick, der mich dort erwartet, lässt mir die Worte im Hals stecken bleiben.

Auf einem Stuhl sitzt Georg Vossen, die linke Hand mit

Handschellen an den Heizkörper gefesselt, der rechte Arm mit Gafferband am Oberschenkel festgeklebt.

Auf dem Boden ist die Barrett aufgebaut, im Bipod fixiert und genau auf Vossen gerichtet. Dahinter lehnt Tamara entspannt auf einem Sessel. Sie trägt Handschuhe, und sie hat Saskia Kraffczyks blonde Perücke auf dem Kopf.

25

Der Anblick fegt jeden klaren Gedanken aus meinem Kopf. Ich verstehe nicht, was hier gerade passiert, ist das ein Spiel? Ein Witz?

»Wie seid ihr reingekommen?«, flüstere ich.

Tamara lacht. »Das ist es, was dich beschäftigt? Es ist so einfach, Caro. Dein Vormieter war selten hier, aber er hatte ein paar hübsche Pflanzen, die ich gern für ihn gegossen habe. Er hat mir einen Zweitschlüssel gegeben, und als klar war, dass er ausziehen würde, habe ich den kopieren lassen. Man weiß ja nie, ob der Zugang zur Nebenwohnung nicht noch mal nützlich sein könnte.« Sie rückt die Perücke zurecht. »Und das war er. Sehr.«

Mir fällt das Messer ein, das auf der Kommode in der Diele liegt. Jedenfalls, wenn Tamara es nicht entdeckt und entfernt hat. »Ich schätze, dann ist es nicht das erste Mal, dass du ohne mein Wissen hier zu Besuch bist?«

Sie sieht mich an, als wäre ich völlig beschränkt. »Natürlich nicht. Ich habe mich noch an dem Tag hier umgesehen, an dem du eingezogen bist, und habe sofort Lust bekommen, dich kennenzulernen. Ich muss sagen – Respekt. Ich war echt überrascht, was du so alles mitgebracht hattest.« Sie deutet auf die Barrett, die ich für meine Lebensversicherung gehalten habe. »Wer bist du eigentlich wirklich, Caro?«

Diesmal bin ich es, die lachen muss. »Keine Chance, dass ich dir das erzähle.«

Sie nickt, als hätte sie dafür volles Verständnis. »Macht nichts. Im Moment spielt es noch keine Rolle.«

Georg Vossen hat bisher kein Wort gesagt, erstmals wendet er jetzt den Blick von dem auf ihn gerichteten Lauf ab und mir zu. »Bitte, Carolin, hau ab und ruf die Polizei. Ich verspreche dir, ich werde für dich aussagen, wenn sie dich wegen verbotenen Waffenbesitzes drankriegen wollen. Du wirst es nicht bereuen. Du weißt, wie viel Geld meine Familie hat.«

Tamara steht von ihrem Sessel auf, tritt vor Georg hin und schlägt ihm ins Gesicht, zweimal, mit aller Kraft. »Jaaa, euer Geld«, zischt sie. »Blutgeld.«

»Das ist doch nicht wahr«, braust er auf, »du bist verrückt! Es hätte nichts geändert, nichts.«

Die Gelegenheit, zu verschwinden, wäre jetzt günstig, aber ich wüsste nicht, wohin ich sollte. Die Polizei ist keine Option, solange ich nicht weiß, was mit Robert los ist. Zudem habe ich Erfahrung mit Situationen wie dieser. Tamara ist nicht Andrei. Mit ihr werde ich fertig.

»Deine Großmutter lässt dich grüßen«, sage ich.

Ihr Kopf schnellt zu mir herum. »Ja? Wie geht es ihr?«

»Ganz gut. Auch in Anbetracht der Tatsache, dass sie heute Abend von Franz Vossens Tod erfahren hat.«

Georg versucht aufzuspringen, ungeachtet seiner Fesseln. Es klirrt, er kippt mit seinem Stuhl beinahe um, findet erst im letzten Moment die Balance. »Was? Mein Großvater ist tot?«

Tamara ignoriert ihn, sie nimmt langsam die Perücke ab, streicht darüber und platziert sie auf dem Sofa. »Ich glaube, Oma verkraftet die Nachricht. Schade ist allerdings, dass du ihr meine Blumen nicht mitgebracht hast.« Sie weist auf die Amaryllis, die auf dem Sideboard steht, und sieht mich herausfordernd an. Ich blicke gelassen zurück. In mir ist alles ruhig, wenn es nur um sie und mich geht, hat sie keine Chance.

»Sie hat Blumen bekommen. Amaryllis, so, wie du wolltest. Allerdings nicht deine, das ist wahr.«

Es fällt ihr schwer, ihre Wut zu verbergen. »Warum? Wenn ich etwas für sie aussuche, will ich auch, dass sie genau das bekommt.«

»Tja, das tut mir dann wirklich sehr leid«, sage ich freundlich. »Aber so, wie ich nicht wusste, dass du einen Schlüssel zu meiner Wohnung hast, weißt du nicht, dass ich eine neue Freundin habe.«

Die Gesprächswendung verblüfft Tamara sichtlich, und meine Gelassenheit passt ihr ebenfalls nicht. Sie tritt einen Schritt näher an die Barrett heran, als wolle sie mich damit einschüchtern.

»Meine neue Freundin«, erzähle ich im Plauderton, »heißt Larissa. Sie ist fünfzehn und beherrscht etwas, das ich leider nicht kann.«

Tamara weiß, was jetzt kommt, ich erkenne es daran, wie ihre Züge sich verhärten, aber ich fahre trotzdem fort, nicht ohne Triumph in der Stimme. »Blindenschrift. Ich habe ihr deine Amaryllis gebracht, und sie hat mir gesagt, was du auf den Stängel geschrieben hast. Interessante Mitteilung, fand ich.«

Sie sagt nichts. Sieht mich nur an. Dann die Perücke. Dann wieder mich.

»Alles, was wichtig war und was niemand mitbekommen sollte, hast du auf diese Art weitergegeben, an Leute, die es lesen konnten. Du hast Brot präpariert, Bananen und Papiersäcke.« Langsam und genüsslich ziehe ich meinen linken Ärmel hoch. »Und dich selbst, nicht wahr? Kleine Wunden in der Haut, die man tasten kann. Ich tippe auf Stiche mit einer dickeren Nadel, überdeckt mit Concealer. Nichts, was Narben hinterlässt, die Botschaften verschwinden nach kurzer Zeit wieder, als wären sie nie da gewesen.« Ich fange Georg Vossens fassungslosen Blick auf, doch er muss jetzt erst mal warten.

»Kannst du dir vorstellen, dass ich dachte, du hättest ein Verhältnis mit deinem Bruder? Ich habe euch auf der Gala beobachtet. Wie du ihm den Hals gestreichelt hast und er dir seine Hand in den Ausschnitt geschoben hat – ich wusste ja nicht, dass ihr bloß lest.«

Tamara schweigt. Sie ist wütend, das ist fast mit Händen zu greifen, aber da ist noch etwas anderes. Eine stille Zufriedenheit, als hätte sie ein Ass im Ärmel. Wahrscheinlich denkt sie, der hilflos festgetapte Georg Vossen ist eine Art Versicherung dafür, dass ich tun werde, was sie will.

Irrtum. Auch wenn seine Anwesenheit hier in gewisser Weise ein Rätsel für mich ist. Nicht zur Gänze – dass Tamara eine Einladung von mir vorgetäuscht hat, ist klar. Seine SMS, die ich für einen Irrläufer gehalten habe, war in Wirklichkeit die Antwort darauf. Aber – warum? Was soll er hier?

»Du bist ein paar Schritte zu weit gegangen«, sagt Tamara schließlich. Sie greift sich die Perücke und hält sie mir hin. »Damit, zum Beispiel. Ich habe dieses hässliche Ding schon bei meinem ersten Besuch gefunden, genauso wie das Gewehr. Nachdem Rosalie mir ihre Begegnung mit einer blonden Journalistin namens Saskia geschildert hat, habe ich zumindest vermutet, dass du das warst. Und nachdem das Foto aufgetaucht ist, habe ich es gewusst.« Sie zupft ein paar Haare auf der Perücke zurecht. »Würde mich wirklich interessieren, was für ein Spiel du spielst.«

Ich antworte nicht, sie deutet auf die Waffe. »Ich vermute, die besitzt du nicht legal?«

Ich lächle sie an. »Willst du die Polizei holen?«

Tatsächlich beginnen wir gleichzeitig zu lachen, es ist ein merkwürdiger Moment der Verbundenheit. »Nein«, gluckst sie. »Ebenso wenig wie du, nicht wahr?«

Georg sieht mich fassungslos an. »Doch, Carolin, das musst du. Sie wird uns erschießen, wenn du keine Hilfe holst, ich sage dir doch, sie ist verrückt.«

»Keine Panik.« Ich setze mich auf die Lehne der Couch und ziehe meine Jacke aus. »Ich wollte beim Nachhausekommen eigentlich etwas nachrechnen, aber ich fürchte, meine Unterlagen sind nicht mehr da, wo sie waren.«

»Die Sachen, mit denen schon Trussek ständig zu meinem Vater wollte?« Tamara schüttelt den Kopf. »Nein. Die habe ich, niemand wird das veröffentlichen. Wenn überhaupt, dann nur wir. Und das zum richtigen Zeitpunkt.« Sie richtet sich in ihrem Sessel auf. »Aber du musst nicht nachrechnen, ich bin dir sehr gerne mit Zahlen behilflich.«

Georg rüttelt lautstark mit den Handschellen an der Heizung. »Ihr seid ja beide nicht normal«, brüllt er. »Tamara, lass jetzt den Scheiß, mach mich los, und wir können wie vernünftige Leute über alles reden!«

»Zu spät«, sagt sie ruhig. »Und wenn du noch einmal so schreist, stopfe ich dir deine Socken in den Mund. Du weißt, wie hellhörig das Haus ist.«

Georg schließt die Augen. »Es gibt nichts, wofür du mich bestrafen müsstest, Tamara. Du weißt, ich habe mein Bestes getan.«

»Hast du nicht«, sagt sie leichthin. »Außerdem will ich gar nicht dich bestrafen. Sondern deinen Vater.«

Sie wendet sich mir zu. »Dann hast du also ein paar Sachen begriffen, wie es aussieht. Wenn das so ist, müsstest du ja verstehen, was wir tun. Und warum.«

Ich überlege kurz, mich zwischen Georg und die Barrett zu stellen, aber Tamara macht nicht den Eindruck, als wolle sie in Kürze schießen. Und wenn doch, davon bin ich überzeugt, würde sie dabei auf mich keine Rücksicht nehmen. Zwei Tote in der Nachbarwohnung, ich frage mich, wie sie glaubt, aus der Sache rauszukommen.

»Ich habe kapiert, dass deine Großmutter nicht durch Masern erblindet ist«, sage ich, »sondern durch einen Unfall, möglicherweise war ungelöschter Kalk im Spiel. Sie hat mir heute gesagt, sie hätte das Gerlach-Projekt um jeden Preis bauen wollen und würde immer noch dafür bezahlen. In ein paar alten Zeitungen habe ich Kurzmeldungen zu ihrem Unfall gefunden – und die

Geburtsanzeige deines Vaters. Ich schätze also, sie war schwanger, als sie verunglückt ist, und irgendwelche Behandlungen haben den Embryo geschädigt. Deshalb das Hinken, wahrscheinlich ein Klumpfuß. Und die fehlenden Finger.«

Was ich außerdem glaube, würde ich vorläufig gern noch für mich behalten. Tamara hebt die Hände. Applaudiert langsam und mit ironischem Grinsen. »Gar nicht schlecht, bis auf ein paar Ungenauigkeiten. Aber deswegen sitzen wir drei nicht hier, oder?«

Nein. Ich werfe Georg einen kurzen Blick zu. Weiß er, was jetzt kommt? Ja. Wahrscheinlich.

»Ich glaube, es hat damit zu tun, dass dein Vater nicht der Sohn von Theo Lambert ist. Sondern der von Franz Vossen. Du warst dir allerdings nicht sicher, es hätte auch Heinrich Korbach sein können. Deshalb hast du bei deiner Gynäkologin einen Gentest machen lassen. Du hast auf der Gala Gläser geklaut, von Rainer Korbach und von Herbert Vossen, Georgs Vater. Ein bisschen Speichel reicht ja für einen Test. Und vor einem Tag hast du die Ergebnisse bekommen.« Ich deute auf die Amaryllis. »Vossen, nicht Korbach.«

Tamara verschränkt die Arme vor der Brust. »Und weil du so clever bist und Oma dir von ihrem Ehrgeiz erzählt hat, was das Gerlach-Gebäude anging, denkst du jetzt, sie hat mit Franz und Heinrich geschlafen, damit die einen Rückzieher machen und ihr das Projekt überlassen?«

Ich werde jetzt nicht Ja sagen, denn diese Variante der Geschichte hat natürlich einen Schönheitsfehler, obwohl sie mir zugegebenermaßen durch den Kopf gegangen ist. »Es war eine harte Zeit für Frauen, die es beruflich zu etwas bringen wollten«, taste ich mich vor.

»Allerdings«, sagt Tamara. »Und ich finde, ich kann dir die Rechnerei ersparen. Die Dinge sind viel schlimmer, als du sie dir zusammenreimst.«

1956

Sie hatte beschlossen, mit dem Fahrrad zur Baustelle zu fahren. Theo wusste nichts von dem Treffen, das war auch besser so. Er hatte ohnehin den ganzen Tag zu tun, und er war nicht sehr diplomatisch, wenn es ans Verhandeln ging. Heute wollte er alte Freunde treffen, zu einer Art Stammtischrunde, bei der er seit Monaten nicht gewesen war. Das traf sich perfekt. Sie konnte die Sache alleine klären. Wenn es so lief, wie sie sich das vorstellte, war es ein Meilenstein und würde die Firma auf sichere Beine stellen.

Sie war früh genug losgefahren, um als Erste am Gelände zu sein. Das Fahrrad stellte sie an einer der Mauern ab, dann strich sie ihr Kostüm glatt und fuhr sich mit einem Kamm durchs Haar. Warf einen stolzen Blick auf das entstehende Gebäude. Modern, ohne Schnickschnack. Selbstbewusste Architektur.

Sie drehte eine Runde um den halb fertigen Bau, trat dann ein, lauschte dem hallenden Echo ihrer Schritte. Auf einem Stapel von Verschalungsplatten lagen drei Schutzhelme und drei Taschenlampen; die würden sie auf jeden Fall brauchen, es war schon jetzt fast dunkel. Aber tagsüber gab es hier keine Möglichkeit, sich ohne Zuschauer zu unterhalten.

Franz kam als Nächster. Sein Schritt war beschwingt, er hatte die Hände in den Hosentaschen und trat in die Halle, als gehöre sie ihm. »Guten Abend, Elsa.«

»Hallo, Franz. Schön, dass du gekommen bist.«

»Ist Theo nicht hier? Ich dachte, ihr wolltet mit uns reden.«

Ihr Herz sank. Ohne Theos Anwesenheit würden die beiden ihren Vorschlag wohl gar nicht ernst nehmen. »Ich habe volle Befugnisse bei Lambert-Bau«, sagte sie freundlich.

»Aber sicher.« Er lächelte. Die Narbe, die sich über seine linke Wange zog, stammte aus dem Krieg, hatte er einmal erwähnt, nicht von einem Arbeitsunfall. »Das hier wird später mal die Lobby?«

»Ja.« Sie strahlte ihn an. »Ein großzügiger Eingangsbereich mit Empfang, sehr luftig, sehr hell. Dahinten soll ein Brunnen hin, siehst du?«

Sein Blick war schwer zu deuten. »Ach. Originelle Idee.«

Schritte näherten sich von hinten. »Hier kann man sich ja zu Tode stürzen.« Heinrich Korbachs quengelnde Stimme. Er und Vossen schüttelten sich die Hände. Sie ähnelten einander nicht im Mindesten; der eine groß und kräftig, der andere dünn, mit hängenden Schultern. »Was für eine alberne Idee, eine Besichtigung bei Dunkelheit.«

»Ich habe Taschenlampen.« Sie kam sich jetzt tatsächlich ein wenig dumm vor, einen so späten Zeitpunkt verabredet zu haben. Aber sie wollte nicht, dass jemand dabei war, falls Korbach und Vossen ihr eine Abfuhr erteilen sollten.

Nervös verteilte sie Lampen und Schutzhelme. »Ich dachte, ich führe euch einmal herum. Wir verfolgen hier ein ganz neues Raumkonzept. Viel Glas, viel Beton, nichts soll eng und bedrückend sein.«

»Und sie werden einen Brunnen haben«, ergänzte Franz spöttisch.

Elsa schluckte. »Richtig.« Sie durfte sich nicht aus der Ruhe bringen lassen. »Ich war doch vor einem halben Jahr in New York, und dort entstehen fantastische Gebäude. Wenn man die Madison Avenue entlanggeht, bekommt man Inspiration für ein ganzes Leben. Mir ist schon klar, dass man in Deutschland nicht so groß bauen kann, aber …«

»Was willst du eigentlich?« Heinrich drehte sich im Kreis, der Kegel seiner Taschenlampe irrlichterte über die Wände. »Sollen wir deine Hirngespinste beklatschen?«

Sie holte tief Luft. Rief sich innerlich zur Ordnung; sie würde sich nicht provozieren lassen. »Nein«, sagte sie. »Ich wollte euch eine Art Kooperation vorschlagen. Keine Fusion – jede Firma bleibt grundsätzlich für sich –, aber bei Projekten, die man alleine nicht stemmen kann, könnten wir kooperieren. Und damit den Branchenlöwen ernsthafte Konkurrenz machen.« Sie suchte in Vossens Gesicht nach Zustimmung, aber da war nichts als ein kaum sichtbares Lächeln. Korbach hatte die Augen verdreht.

»Ich zeige euch, wie der Aufzug konzipiert ist«, sagte sie hastig, bevor einer der beiden zu lachen beginnen konnte. Ging voraus, hörte erleichtert, dass sie folgten. »Seht mal, hier ist der ...«

»Interessiert mich nicht«, unterbrach Franz Vossen sie. »Ernsthaft, Elsa, hast du uns hergebracht, um mit dem Gebäude zu prahlen, für das du den Zuschlag bekommen hast und wir nicht?«

»Was? Wieso? Nein! Ich wollte euch zeigen, in welche Richtung wir uns entwickeln wollen. Dass wir ein interessanter Partner für euch ...«

»Weiß Theo, was du hier tust?« Die Frage kam von Heinrich Korbach, und der Ton, in dem er sie stellte, suggerierte, dass er die Antwort darauf kannte.

»Ich habe es Franz bereits erklärt. Ich kann durchaus schon mal alleine erste Gespräche führen. Eine Entscheidung müsste er natürlich mittragen. Bisher ist es nur eine Idee.«

Korbach lachte auf. »Gott, was bin ich froh, dass ich eine normale Frau zu Hause habe und kein solches Flintenweib.«

»Wie hast du mich genannt?«

Heinrich Korbach lachte. »Flintenweib. Xanthippe. Du denkst, es ist dein Verdienst, dass ihr diesen Auftrag an Land gezogen habt, und wirst jetzt größenwahnsinnig.«

Es ging schief. Elsa bohrte sich die Fingernägel in die Handflächen. Sie nahmen sie nicht ernst, sie erwogen ihren Vorschlag nicht einmal. Sie hatten auch keinen Blick für die Großartigkeit dieses Bauwerks, sie waren einfach nur borniert. Hätte Theo diese Idee präsentiert, hätten sie zugehört. Zigarren herausgezogen und gemeinsam gepafft, ein wenig diskutiert und die Pros und Kontras gegeneinander abgewogen. Gut möglich, dass sie trotzdem Nein gesagt hätten, aber sie hätten sich nicht über den Vorschlag lustig gemacht.

»Wahrscheinlich«, sagte Franz gelassen, »ist Theo zu weich. Einer in der Familie muss ja die Hosen anhaben. Ich dachte mir immer schon, dass er nicht sehr viel taugt. War ja nicht mal an der Front.«

»Weil er noch zu jung war!« Die Wut schwappte so plötzlich in Elsa hoch, dass sie keine Chance hatte, ihr Einhalt zu gebieten. »Du bist vier Jahre älter. Und immer noch traurig, dass wir den Krieg verloren haben, stimmt's? Daran hätte ich denken sollen, bevor ich erzählt habe, dass ich in New York war.«

»Weil er ein Feigling war«, stellte Vossen fest. »Du hast einen Feigling geheiratet, Elsa. Wie fühlt sich das an?«

»Idiot!«, zischte sie. Wie hatte sie sich so irren können? Bei den Gelegenheiten, bei denen sie Vossen und Korbach – und ihren Gattinnen – bisher begegnet war, hatte sie keine Feindseligkeit gespürt. Man war per Du, man gratulierte sich gegenseitig zu gelungenen Geschäften. Vielleicht war sie wirklich zu naiv. Fehl am Platz. Zu Hause besser aufgehoben.

Vossen nahm die Beschimpfung gelassen hin. »Sag Theo liebe Grüße. Wenn er Lehrstunden darin nehmen möchte, was es heißt, ein Mann zu sein, soll er sich doch melden.«

»Theo ist mehr Mann als ihr beide zusammen«, rief sie und warf ihren Helm in eine Ecke.

Sie wusste, sie verhielt sich falsch. Zu unbeherrscht, zu impulsiv, aber sie konnte nicht anders. War ja auch egal jetzt. Ihre Idee war tot, es gab keinen Grund, sich und Theo noch weiter demütigen zu lassen.

Sie drängte sich an Vossen vorbei. Versuchte es zumindest, aber Korbach hielt sie am Arm fest und schubste sie zurück in Richtung Aufzugschacht. »Was glaubst du eigentlich, mit wem du redest?«

»Oh, spiel dich doch nicht so auf!«, fauchte sie. »Ich habe euch nichts getan, ich wollte euch einen Vorschlag machen, von dem wir alle etwas gehabt hätten, aber ihr seid leider zu dumm, um das zu begreifen. Also vergesst es.«

Wieder versuchte sie, in Richtung Ausgang davonzustürmen, stieß dabei Korbach zur Seite, der das Gleichgewicht verlor und sich gerade noch an einem der hinter ihm stehenden Baustofftröge abstützen konnte. Sekunden später hatten sie sie und hielten sie diesmal zu zweit fest. »Dumm sind wir also, ja? Ist das die Art, in der du mit Theo sprichst?«, lachte Vossen. »Der arme Mann. Oder nein, entschuldige. Das arme Männchen.«

Sie spuckte ihm ins Gesicht, und als er sie nicht losließ, hob sie die Taschenlampe, wollte zuschlagen, doch Korbach packte ihr Handgelenk und verdrehte es, bis sie sie fallen ließ.

Die Lampe kullerte in eine Ecke, malte eine hellgelbe Scheibe an die Wand. Ein überraschender Stoß in den Rücken ließ Elsa zu Boden gehen, und bevor sie sich wieder aufrichten konnte, warf jemand sich auf sie und nagelte sie förmlich auf dem Boden fest.

»Das ... war ein Fehler«, hörte sie Vossens Stimme unmittelbar an ihrem Ohr. »Aber wenn dein Mann dir kein Benehmen beibringen kann, muss das eben jemand anders erledigen.«

Sie begriff nicht, bis sie fühlte, wie ihr Rock hoch- und ihr Schlüpfer nach unten geschoben wurde. Sie schrie auf, doch sofort legte eine staubige Hand sich ihr über Mund und Nase, sie rang nach Luft, spürte reißenden Schmerz im Unterleib.

Das passierte nicht. Es passierte nicht wirklich.

Sie schloss die Augen, konzentrierte sich aufs Atmen, das fast unmöglich war, jedes Schnappen nach Luft ein Kampf.

Es passierte nicht wirklich.

Hinter ihren zusammengepressten Lidern sah sie weiße Punkte tanzen. Fühlte, wie einer von ihr abließ, schluchzte erleichtert auf, doch da war der Nächste auf ihr. In ihr.

Sie begann, sich wieder zu wehren, befreite sich, robbte ein Stück vorwärts, aber eine Hand packte sie am Hals, eine andere legte sich auf ihr Gesicht, über ihre Stirn, rutschte tiefer, und dann war da plötzlich ein Schmerz, als stünden ihre Augen in Flammen. Sie brüllte, bäumte sich auf, wurde wieder zu Boden gedrückt.

Sterben, dachte sie.

Doch sie starb nicht, sie verlor nicht einmal das Bewusstsein. Der Mann in ihr beendete, was er begonnen hatte, dann zog er ihr den Schlüpfer wieder hoch. Den Rock hinunter. Sie wimmerte. Fasste sich an die Augen, in die jemand glühende Spieße gebohrt haben musste.

»So. Das merkt sie sich.«

»Sollen wir sie einfach hier liegen lassen?«

»Och, die findet alleine nach Hause. Hat ja ein paar Taschenlampen.«

Lachen. Schritte. Stille.

Elsas Atem ging stoßweise. Der Schmerz verebbte nicht, er wurde schlimmer, mit jeder Minute. Sie lag da und biss sich die Lippen blutig, bis die Vorstellung, dass ihre Arbeiter sie morgen hier so finden würden, sie alle Kräfte zusammennehmen ließ. Sie wusste nicht, wie, aber sie musste hier raus.

Auf allen vieren robbte sie in Richtung Ausgang. Nässe lief ihr übers Gesicht, und sie hoffte, dass es Tränen waren und nicht ihre Augen selbst, die sich aufgelöst hatten und aus den Höhlen tropften.

Sie würde den Ausgang bald erreicht haben. Sie kannte das Gebäude in- und auswendig, fühlte allein am Luftzug, wo sie sich befand.

Dann war sie draußen. Sie und der Schmerz und die Angst. Sie holte tief Luft und schrie um Hilfe.

»Es war ein Unfall.«
Jemand hielt ihre Hand, er hatte gesagt, dass er Arzt war. Sie lag in einem Bett mit gestärkter Wäsche. Es roch sauber.
»Aber wie konnte das ...«
»Ich war unvorsichtig. Übermütig. Ich habe einen Kontrollgang gemacht, bin gestürzt und muss mit einer Hand in den Behälter mit dem Kalk gefasst haben. Danach habe ich mir wohl die Augen gerieben.« Sie atmete tief ein. »Meine Güte. Dass mir so etwas passiert.«
»Frau Lambert, wir werden alles versuchen, aber ich kann Ihnen nicht versprechen, dass wir Ihr Augenlicht retten können.«
Ausatmen. »Ich verstehe.«
»Und es war niemand außer Ihnen dort?«
»Nein. Ich war ganz alleine.«

Theo kam jede freie Minute ins Krankenhaus. »Elsa, mein Liebling, was wolltest du denn um diese Zeit allein auf der Baustelle?« Er weinte. Sie tröstete ihn. Sagte, dass sie etwas vergessen habe. Dass es dumm von ihr gewesen sei. Dass es ihr leidtue.

Es tat ihr leid, von ganzem Herzen. Aber sie war eher bereit, sich die Zunge abzubeißen, als irgendjemandem zu erzählen, was tatsächlich passiert war.

Weil es nicht passiert war.

Die vorsichtige Hoffnung, die ihr die Ärzte zu Beginn in Bezug auf ihre Sehkraft gemacht hatten, schwand mit jedem Tag. Die Vorstellung, ihr restliches Leben in Schwärze zu verbringen, ohne jemals eines ihrer eigenen künftigen Bauwerke zu sehen, ohne jemals wieder in Theos Augen blicken zu können, erstickte sie fast. Aber sie lächelte, vor allem, wenn Theo dabei war.

Sie lächelte auch, als er ihr erzählte, dass eine Karte gekommen sei. »Heinrich Korbach und Familie wünschen dir gute Besserung.«

Sie wollte erbrechen, schalt sich aber, dass das unangemessen sei.

Es war nicht passiert.

Als man sie aus dem Krankenhaus entließ, verwendete sie zuallererst ihre ganze Anstrengung darauf, sich in ihren eigenen vier Wänden zurechtzufinden. Ihr räumliches Vorstellungsvermögen war immer schon gut gewesen, und sie lernte schnell.

Irgendwann, nach ein paar Wochen, erkannte sie, dass etwas nicht stimmte. Ihr war jeden Tag ein wenig übel. Ihr Geruchssinn war schärfer als zuvor – das konnte eine Begleiterscheinung der Blindheit sein.

Aber auch das monatliche Ziehen im Unterleib war ausgeblieben. Sie hatte nicht geblutet, dafür schmerzten ihre Brüste.

Die Erkenntnis traf sie mit der Wucht einer Panzerfaust. Sie würde sich dem stellen müssen, was eben doch passiert war, mit allen grauenvollen Konsequenzen.

Das konnte sie nicht. Das Bisherige hatte sie mit Mühe und Not ertragen können, aber das war nun zu viel. Einen Tag lang rang sie mit sich. Ob sie jemanden einweihen sollte, jemanden, der sie zu einem geeigneten Arzt brachte.

Nein. Es gab niemanden, dem sie so sehr vertraute, außer Theo. Und der war der Letzte, der es erfahren durfte.

Sie wartete zwei Tage, bis er zu einem abendlichen Geschäftsessen musste. Die Haushälterin, die er eingestellt hatte, damit sie Elsa das Leben erleichterte, hatte sich in ihr Zimmer zurückgezogen.

Elsa tastete sich ins Bad. Fand den Medikamentenschrank und holte zwei Päckchen und zwei Pillengläser heraus. In ihren Zahnputzbecher zählte sie insgesamt zwanzig Tabletten, eine zufällige Mischung aus dem, was sie sich blind gegriffen hatte.

Dann schluckte sie immer zwei Pillen auf einmal. Packte die Schachteln und Flaschen sorgfältig in den Arzneischrank zurück und legte sich ins Bett.

Möglich, dass sie sterben würde. Dann starb das Ding in ihrem Bauch mit ihr. Aber besser war es, es starb allein. Es lebte ja noch gar nicht richtig.

Irgendwann in der Nacht wurde Elsa übel, schlimmer, als sie es gewohnt war. Sie hielt das Erbrechen zurück, solange sie konnte, schleppte sich erst auf die Toilette, als klar war, dass sie es nicht schaffen würde.

Doch es kam nur Flüssigkeit aus ihr heraus. Die Tabletten mussten sich aufgelöst haben. Mit etwas Glück hatten sie ihren Zweck erfüllt.

In den nächsten Tagen ging Elsa jede halbe Stunde auf die Toilette, griff sich zwischen die Beine, hoffte auf klebriges Blut. Aber es kam nichts. Sie hatte es nicht geschafft.

»Ich freue mich so!« Theo hielt sie im Arm, wiegte sie und dachte, sie weine vor Glück. »Wir werden eine richtige Familie, mein Liebling. Du und ich und unser Kind.«

Sie hoffte immer noch, sie würde es verlieren. Theo und sie hatten einen Monat nach dem Unfall ein einziges Mal miteinander geschlafen. Es war eine Qual gewesen, aber im Nachhinein betrachtet ein Glück. Ein Achtmonatskind war nichts Besonderes.

Erich kam am siebenundzwanzigsten Juni zur Welt. Wie Elsa erwartet hatte, rechnete niemand groß nach. Die Wehen dauerten acht Stunden, und als sie das Kind endlich herausgepresst hatte, herrschte eigenartiges Schweigen im Kreißsaal. Nur das Neugeborene schrie aus vollem Hals.

»Stimmt etwas nicht?«, fragte sie erschöpft.

Sie hörte die Hebamme seufzen. »Es ist ein Junge«, sagte sie.

Sie legten ihr Erich gewaschen und gewindelt in die Arme. Elsa hatte mit allem gerechnet, aber nicht mit dem Gefühl, das sie dabei empfand, ihr Kind erstmals zu halten. Zu riechen. Es auf sein Köpfchen zu küssen.

»Wir bringen ihn in den Saal zu den anderen Neugeborenen«, sagte die Hebamme, aber Elsa schüttelte den Kopf. »Noch nicht.«

»Na gut«, erwiderte die Frau. »Dann ... lasse ich Sie beide ein bisschen alleine.«

Elsa war das nur recht. Sie streichelte den Kleinen, wiegte ihn, betastete ihn. Stutzte. Erkundete seinen ganzen Körper mit den Händen. Wollte es nicht glauben. Sie war blind und erschöpft, sie irrte sich bestimmt.

Sie atmete tief durch und küsste Erichs Stirn, das Näschen, die Wange. Überprüfte dann noch einmal tastend seine Gliedmaßen. Nachdem sie sicher war, drückte sie ihn an sich und brach in Tränen aus.

An seiner linken Hand fehlten zwei Finger. Sein linker Fuß war nach oben und innen gedreht, damit würde er nie laufen können.

Elsa hielt ihren Sohn in den Armen, der ganz ruhig lag und wahrscheinlich eingeschlafen war. Sein haarloses Köpfchen war nass von ihren Tränen. »Es tut mir so leid«, flüsterte sie ihm zu, immer wieder. »Es tut mir so furchtbar leid.«

26

»Misoprostol«, sagt Tamara. »Ein Wirkstoff, der in einem der Medikamente enthalten war, die Oma genommen hat. In ganz normalen Tabletten gegen Magenschmerzen.«

Ich sitze immer noch auf der Lehne des gepolsterten Sessels und weiß nicht, was ich nach dieser Erzählung sagen soll.

Georg Vossen sagt auch nichts, er blickt betreten zu Boden, aber er wirkt nicht überrascht. Er muss die Geschichte bereits gekannt haben. Nach ein paar Sekunden allgemeinen Schweigens hebt er den Kopf. »Es waren andere Zeiten.«

»Ja.« Tamara sieht aus, als wolle sie ihn gleich wieder schlagen. »Andere Zeiten, in denen eine Frau, nachdem sie vergewaltigt und geblendet worden war, nicht zur Polizei ging und den Tätern die Hölle heißmachte. Sondern sich selbst die Schuld gab. An allem.«

Die Handschellen klirren, als Georg versucht, seine Sitzposition zu ändern. »Du weißt, wie furchtbar ich es finde, was deiner Großmutter zugestoßen ist. Aber ich war daran nicht beteiligt. Glaube mir, ich hätte meinen Großvater zur Rede gestellt, wenn ich es früher erfahren hätte. Aber er war zu dem Zeitpunkt schon dement. Es hätte keinen Sinn gehabt.«

Tamara wirft der Barrett einen zärtlichen Blick zu. »Nein. Aber etwas anderes hätte Sinn gehabt. Nicht wahr, Georg?«

Ich versuche, das, was ich eben erfahren habe, ins Gesamtbild einzupassen, aber es gelingt mir nicht richtig. Tamara ist auf einer Art Rachefeldzug für Elsa, das kann ich bis zu einem gewissen Grad verstehen. Wie genau sie es anstellt, die Menschen zu töten, weiß ich nicht. Sie tut es nicht selbst, so viel ist klar.

Aber – warum den Geschäftsführer der Vossen AG? Warum

die Pflegehilfe? Und warum Max Werderits? Wer hat mitbekommen, dass er Saskia Kraffczyk Brailleschrift an einer bestimmten Mauer zeigen wollte? Die auf diese Weise als idealer Ort für die Tötung der Journalistin markiert war?

Entscheidender als all das ist für mich eine andere Frage. »Warum jetzt, Tamara? Ich verstehe, wie wütend dich das macht, es geht um deine Familie, um deinen Vater – aber warum jetzt? Hat Elsa dich darum gebeten?«

Sie sieht mich an, als hätte ich den Verstand verloren. »Natürlich nicht. Und glaube mir, es geht nicht um meinen Vater. Der weiß von nichts. Er suhlt sich in seinem Selbstmitleid, und Oma bricht ihr schlechtes Gewissen heute noch das Herz. Sie schützt ihn gegen alles und jeden. Erich ist tabu. Erich zuliebe wird alles geopfert. Jeder.«

»Er weiß es nicht?« Ich kann kaum glauben, was ich höre. »Aber du schon? Wieso? Und seit wann?«

Sie zögert. Sieht Georg an, als solle er die Frage für sie beantworten. »Seit zwei Jahren und zehn Monaten«, sagt sie dann. »Oma wollte es mir nicht erzählen, sie wollte es niemandem erzählen. Das hat sie erst getan, als sie dachte, es wäre nötig.«

Nötig. Ja, weil sie wohl von der Beziehung zwischen Georg und Tamara erfahren hatte. Und nicht nur, dass der Name Vossen ihr bei jeder Erwähnung entsetzlich wehgetan haben muss, sie wusste auch, dass Tamara und Georg eventuell verwandt waren.

Was sie, wie sich nun herausstellt, tatsächlich sind. Obwohl – so nah verwandt nun auch wieder nicht. Sie sind nur Cousin und Cousine, keine Ge...

In meinem Kopf rastet etwas ein. Es ist, als würde ein Film auf einem Standbild hängen bleiben, als hätte jemand die Pause-Taste gedrückt.

Elsa hat ihr Schweigen nicht gebrochen, um Tamara vor einer inzestuösen Beziehung zu warnen – von der auch Doris gewusst haben muss, sonst hätte sie kaum den bösartigen Satz über die zurückgebliebenen Kinder von sich gegeben, die Tamara wohl einmal haben würde.

Nein, Elsa wollte etwas anderes. Ich habe wieder Tamaras Brief vor Augen, in dem sie Georg anfleht – und ihn am Ende zum Teufel wünscht. Im Licht meiner neuen Erkenntnisse ergibt er Sinn. Den ersten Teil muss Tamara aus dem Gedächtnis rekonstruiert haben, sie hat ihn noch einmal geschickt, um ihn an das zu erinnern, was er unterlassen hat. Wie sehr sie gebettelt hat, vergebens. Die beiden Worte zum Schluss spiegeln den aktuellen Status wider.

Sie will keine Revanche für ihre Großmutter, sondern für ihren toten Bruder.

»Sieh mal, Georg.« Mit einer lässigen Handbewegung deutet Tamara in meine Richtung. »Ich glaube, Caro hatte eben eine Erleuchtung.«

»Ihr seid verwandt«, sage ich heiser. »Und deine Großmutter hat dir alles erzählt, um den Kreis an möglichen Knochenmarkspendern für Arthur zu vergrößern.«

Der Schmerz, der sich jetzt in Tamaras Gesicht abzeichnet, wirkt so frisch, als wäre ihr Bruder erst gestern gestorben. »Ja«, flüstert sie. »Und du kannst dir nicht vorstellen, welche Überwindung es sie gekostet hat. Aber sie hoffte eben, dass sich bei Korbachs oder Vossens jemand Passendes finden würde. Wir waren längst alle durchgetestet, über das DKMS hatte sich keine Übereinstimmung gefunden, Arthur ging es immer schlechter, und …«

»Ich habe mich registrieren lassen!«, fällt Georg ihr ins Wort. »Sofort, nachdem ich alles wusste. Ich hätte mir nichts mehr gewünscht, als ein passender Spender zu sein, ich mochte Arthur sehr! Ich habe ihn im Krankenhaus besucht, ich habe ihm einen Glücksbringer mitgebracht, ich …«

»Den kleinen Bären?«, unterbreche ich ihn.

In Georgs Augen stehen Tränen. »Ja. Arthur ist ein keltischer Name und bedeutet Bär. Deshalb hat Arthur immer gesagt, Bären würden ihm Glück bringen. Ich habe wirklich sofort reagiert, als ich es wusste. Ich ...« Er bricht ab.

Tamara hebt das Kinn und sieht ihn herausfordernd an. »Ja, das stimmt. Du hast dich testen lassen. Aber dein Vater hat alles von sich gewiesen, nicht wahr? Hat mit einer Verleumdungsklage gedroht, falls jemand ein Wort über die Vorfälle von 1956 verlieren würde. Aber er hatte ja auch einen guten Berater. Manfred Henig, der persönlich bei mir zu Hause war und mich gewarnt hat.« Sie lächelt. »Er hatte immer nur die Interessen der Firma im Auge, euer Geschäftsführer.« Tamara geht zum Fenster und wirft einen Blick hinaus. »Du warst der Einzige aus der ganzen Familie. Dein Vater hat sich verweigert, deiner Schwester hast du nichts erzählt.«

»Sie lebt seit sieben Jahren in London.«

Tamara dreht sich um. »Und das ist ein Grund – wofür?«

Hilflos schüttelt Georg den Kopf. »Ich weiß. Ich hätte kämpfen müssen, ich hätte ... aber ich war so schockiert über das, was Großvater angeblich getan hatte. Und mein Vater war in der Sache nicht gesprächsbereit.«

Tamara lacht auf. »Ja«, sagt sie. »Dafür wird er jetzt auch büßen.« Sie wendet sich mir zu. »Nachdem Arthur tot war, hat Markus beschlossen, die Vossens und Korbachs zahlen zu lassen. Von den Korbachs war im Übrigen keiner bereit, für meinen kleinen Bruder ein paar der eigenen Zellen analysieren zu lassen. Markus meinte das mit dem Zahlen wörtlich: Er schlug vor, dass sie meinem Vater das Erbe auszahlen sollten, das ihm als potenziellem Sohn von Heinrich Korbach oder Franz Vossen zustünde. Sonst würden wir die Geschichte publik machen.« Sie streicht sich das Haar aus der Stirn. »Das Dumme war nur, das ging eben nicht. Wir konnten nicht an die Öffentlichkeit. Ich hätte die Geschichte sofort in die Medien gebracht, aber es galt ja, Papa zu schonen. Das war Omas einzige Bedingung, als sie uns einweihte: Ihr Erich durfte nichts erfahren. Das war schon richtig, insofern, als Holger dann sofort seinen Anspruch auf den ersten Platz in der Firma anmelden würde. Als einzig legitimer Sohn von Elsa und Theo.«

»Juristisch ist das anders«, wirft Georg ein, er wirkt zunehmend verzweifelt. »Juristisch ist Erich ebenso Theos ...«

»Sei doch still!«, fährt Tamara ihn an. »Du kennst Onkel Holger, und du kennst meinen Vater. Der eine würde jeglichen Halt im Leben verlieren, und der andere würde ihn ständig spüren lassen, dass er ein noch viel größerer Unglücksfall für die Familie ist als bisher angenommen.«

Sie atmet zitternd ein. »Holger hasse ich von allen fast am meisten. Wie er immer unterschwellig hat durchklingen lassen, dass Arthurs Krankheit doch wohl eine ganz andere ist. Dass er selbst schuld sei. Dass ...« Sie beißt sich auf die Lippen, kann kaum weitersprechen. »Dass Homos in der Branche nichts zu suchen haben. Es sei ja schon schlimm genug, dass jemand wie Erich mitmischen dürfe.«

Ich sehe Georg zu, wie er unauffällig versucht, das breite Klebeband zu lockern, das seinen Unterarm und seinen Oberschenkel zusammenhält. Tamara muss ihn mit der Barrett im Anschlag gezwungen haben, zumindest die Handschellen selbst anzulegen.

»Du weißt schon«, sage ich, »dass die Wahrscheinlichkeit einer Übereinstimmung der Blutmerkmale immer kleiner wird, je entfernter die Verwandtschaft ist? Herbert Vossen war Arthurs Onkel, die Chancen wären nicht groß gewesen. Und die Korbachs sind ohnehin raus aus dem Spiel.«

Das beeindruckt Tamara kein Stück. »Was du nicht sagst. Tatsache ist, sie haben es nicht einmal versucht. Ihre Väter und Großväter waren Vergewaltiger, und sie hatten nicht den Anstand, ein kleines Stück dieser Scheiße wiedergutmachen zu wollen. Georgs Vater meinte, es käme einem Schuldeingeständnis gleich.«

Es ist Georg anzusehen, dass er sich an diese Aussage gut erinnern kann. Er versucht, nicht in den Lauf der Barrett zu blicken. »Und deswegen willst du mich jetzt töten?«

Tamara dreht sich zu ihm um, lächelnd. »Nein. Das wird Carolin tun.«

Ich brauche einige Sekunden, um zu begreifen, was Tamara eben gesagt hat. Mein Gesichtsausdruck muss unbezahlbar sein, denn sie bricht in Gelächter aus. »Ja, Caro, das wirst du. Ich werde in meine Wohnung gehen und mich ins Bett legen. Du wirst langsam bis hundert zählen und dann Georg zu seinem Großvater schicken.«

Sie kommt zu mir, streicht mir freundschaftlich über den Arm. »Ich wusste von Anfang an, du wirst nützlich sein. Ich habe dich extra auf Georgs Geschmack hingetrimmt, ich wollte, dass ihr euch näherkommt. Er steht auf Dunkelhaarige. Ich war bloß eine Ausnahme, die die Regel bestätigt.«

Bei aller Bewunderung, die Tamaras Gerissenheit mir abringt, bleibt mir unbegreiflich, wie sie denken kann, ich würde tun, was sie verlangt. Aus den Augenwinkeln sehe ich Georg aufatmen; die Tatsache, dass sie nicht bereit ist, sich selbst die Finger schmutzig zu machen, beruhigt ihn sichtlich.

»Ich weiß ja nicht, wen du bisher dazu anstiften konntest, die Drecksarbeit für dich zu erledigen«, sage ich. »Aber bei mir hast du Pech. Ich werde jetzt einfach die Polizei rufen. Mir doch egal, wenn ich Ärger wegen unerlaubten Waffenbesitzes bekomme.«

Georg nickt mir zu, so, dass Tamara es nicht sehen kann. Mit dem Kinn weist er auf die Barrett, und er hat recht – um sie sollte ich mich als Erstes kümmern. Den Lauf von ihm weg und zur Wand drehen.

»Ich musste bisher niemanden zu meiner Drecksarbeit, wie

du es nennst, anstiften.« Tamara streicht sich ihre cremefarbene Bluse glatt. »Es gab jemanden, der sich förmlich darum gerissen hat, ein Ventil für seine Trauer und seinen Hass zu finden.« Sie tritt so nah an mich heran, dass ich ihren Atem in meinem Gesicht spüre. »Stell dir vor, ein Mensch, den du liebst, ertrinkt vor deinen Augen. Ein anderer könnte ihm helfen, müsste nur einen Arm ausstrecken und ihn rausziehen, aber er tut es nicht, weil er Angst hat, sich die Schuhe schmutzig zu machen.«

Hinter ihr gibt Georg ein schnaubendes Geräusch von sich. »Aber so war es doch nicht! Die Chance einer Übereinstimmung war winzig, und mein Vater hat die Vergewaltigungssache nie geglaubt!«

Fehler, denke ich. Fehler. Man hält den Mund, wenn derjenige, der einen töten will, gerade abgelenkt ist.

Tamara dreht sich um, völlig ruhig. Setzt sich im Schneidersitz hinter mein Snipergewehr und prüft, ob der Lauf auch direkt auf Georg zeigt. Hat sie es sich überlegt? Wird sie doch selbst ...

»Tamara. Nicht!« Georg springt auf, durch seine Fesselung verkrümmt, fällt er beinahe seitlich um. »Du kannst mich doch nicht töten, nur weil mein Vater stur war. Ich habe mein Bestes getan. Ich wurde typisiert, und ich habe mir wirklich gewünscht, dass meine Merkmale passen!«

Tamara sieht ihn mit schief gelegtem Kopf an, als studiere sie die würdelose Haltung, die er eingenommen hat. »Dein Vater«, sagt sie, »wird bald wissen, wie es sich anfühlt, einen Sohn zu verlieren. Vielleicht betrachtet er die Dinge dann mit anderen Augen. Laut Gentest hat er übrigens die gleiche Blutgruppe, wie Arthur sie hatte. Einige andere Parameter stimmen auch überein. So gering wären die Chancen nicht gewesen.« Mit ihren behandschuhten Fingern streicht sie über die Barrett. »Ich fand eigentlich, auch Onkel Holger sollte erfahren, wie ein solcher Verlust sich anfühlt, aber da hat Markus sein Veto eingelegt. Vor lauter Sorge hat er Johannes nach Hamburg geschickt.«

Darüber ist Markus also so erschrocken, als Tamara ihn und mich im Café aufgestöbert hatte. Dass sie sich auf der Toilette eine Botschaft in die Haut gestochen haben musste, war mir schon seit gestern klar. Nun glaube ich auch zu wissen, welche. Ein paar Eckdaten zur geplanten Beseitigung des Cousins, zur Bestrafung seines Vaters.

»Du würdest jemanden aus deiner eigenen Familie umbringen?« Ich möchte Tamara wieder hinter dem Gewehr hervorlocken, aber sie rührt sich nicht, also mache ich einen kleinen Schritt nach hinten, in Richtung Diele. Noch einen. Das wirkt. Sie springt auf.

»Nein, Caro, sorry, aber falls du denkst, du kannst dich einfach verziehen, muss ich dich enttäuschen. Du hast doch noch etwas zu erledigen, schon vergessen?«

»Du kannst nicht wirklich glauben, dass ich das tun werde.«

»Doch, das wirst du.«

Sie muss tatsächlich verrückt sein. Ihr bisheriges Leben, zwischen einem selbstmordgefährdeten, depressiven Vater, einem karrieregeilen Onkel und einem sterbenden Bruder hat sie wohl langsam den Verstand gekostet.

Das ist dummerweise Neuland für mich. Zwar war Andrei mit Sicherheit ebenfalls schwer gestört, aber auf eine völlig andere Art.

»Du kannst ja die Tricks bei mir versuchen, mit denen du deinen anderen Handlanger zum Töten verleitet hast. Wer war es denn? Das dünne Mädchen, Valentin Korbachs Ex?«

Tamara sieht mich mit großen Augen an, bevor sie zu lachen beginnt. »Jacqueline? Du denkst, sie hätte das alles bewerkstelligen können? Ach, Caro, jetzt stellst du dich mit Absicht dumm. Sie hat mir nur ein paar nützliche Details zu Valentins Tagesablauf erzählt. Sie hat immer noch so gern über ihn gesprochen, hat gehofft, er würde zu ihr zurückkommen und das hirn- und seelenlose Ding verlassen, durch das er sie ersetzt hat.« In Tamaras Augen blitzt es boshaft auf. »Ich habe Valentin erzählt, dass ich seinem Vater auf der Gala das Sektglas geklaut habe und es genetisch überprüfen lasse. Daraufhin hat er mich geschlagen, direkt ins Gesicht. Ein zweites Mal hat er jemanden dafür engagiert, genauso wie für die Schmiererei in unserem Hauseingang. Ich hätte so gern seinen Blick gesehen, als der Fahrstuhl auf ihn zugerast ist.«

Ich erinnere mich an Tamaras geschwollenes Gesicht. »Er hat jemanden engagiert, so wie du auch, oder?«

Sie lacht. »Falls du denken solltest, ich erzähle dir, wer den praktischen Teil der Pläne umgesetzt hat, dann irrst du dich. Bisher gibt es offiziell nur einen Mord, und zwar den an Omas Pflegerin Gerda. Und selbst da steht die Möglichkeit eines Suizids im Raum. Alles andere waren Unfälle. Oder ein natürlicher Tod bei einem alten Menschen. Den einzigen Mord hier«, sie lächelt breit, »wirst du begehen. Du hast auch ein Motiv – er hat dich misshandelt. Die Polizei war doch vor einiger Zeit bei dir, weil eine Nachbarin«, sie deutet auf sich, »Kampfgeräusche gehört hat. Manchmal wehren Frauen sich dann ja doch.«

Ich habe allmählich genug von diesem dummen Spiel, aber Tamaras Selbstsicherheit beunruhigt mich. Ich könnte ihr jetzt von den Hornhautverletzungen erzählen, die bei Manfred Henigs Obduktion gefunden wurden, doch ich sehe keinen Sinn dahinter. Wer die Morde ausgeführt hat, werde ich sie auch nicht fragen. Ich habe zwar eine Ahnung, aber es ist nicht meine Aufgabe, das herauszufinden. Ich bin nicht die Polizei. Was ich versuchen werde, ist, Georg Vossen heil hier rauszukriegen.

»Okay, Tamara. Glaube, was du willst, ich mache Georg jetzt los, und dann gehen wir. Wenn du ihn tot sehen willst, musst du dich schon selbst darum kümmern. Ich schätze aber, ich würde dich daran hindern.«

Tamara seufzt, als hätte sie es mit einem uneinsichtigen Kind zu tun. Sie zieht ihr Handy aus der Hosentasche. »Na gut, Caro. Folgender Deal: Ich erzähle dir eine Geschichte, und danach entscheiden wir dann gemeinsam, wie es weitergeht. Einverstanden?«

»Ich glaube nicht, dass du damit etwas änderst.«

Sie strahlt mich an. »Abwarten. Also?«

Ich hebe desinteressiert die Schultern. Sie steht in ausreichendem Sicherheitsabstand zu meinem Gewehr, ich werde wachsam sein. Soll sie eben erzählen. Wahrscheinlich irgendetwas über Georgs dunkle Seiten, über furchtbare Dinge, die er getan hat. Wenn sie denkt, das bringt mich dazu, abzudrücken, ist sie wirklich verrückt. »Meinetwegen. Einverstanden.«

Georg ächzt gequält auf, Tamara ignoriert ihn. »Also. Nach Gerdas Tod war Oma sehr aufgewühlt, auch wenn sie die Hintergründe begriffen hat. Gerda war auf blinde Patienten spezialisiert, sie beherrschte Braille-Schrift und hatte ein paar meiner Nachrichten entziffert. Damit versuchte sie, uns zu erpressen. Wie auch immer.« Sie runzelt die Stirn, als müsse sie sich konzentrieren. »Jedenfalls habe ich Oma häufiger besucht, fast jeden Tag, wenigstens für eine halbe Stunde. Nach Arthurs Tod konnten wir nicht mehr ungestört miteinander reden, nachdem Oma ihr Testament neu aufgesetzt und seine Anteile zwischen mir und Markus aufgeteilt hatte. Onkel Holger war total paranoid. Wir würden ihn aus der Firma drängen, seine eigene Mutter würde ihm in den Rücken fallen, wir würden sie gegen ihn aufhetzen – und so weiter. Aber auch, wenn wir nie allein waren, meine Anwesenheit hat sie beruhigt. Ein paar wichtige Dinge konnte ich ihr trotzdem immer mitteilen – auf einer Kuchenschachtel, einem Stück Seife oder eben mir selbst. Nach einem dieser Besuche wartete eine junge Frau an der nächsten Straßenecke auf mich. Erst fragte sie mich nur nach der Uhrzeit, dann zog sie einen Computerausdruck aus der Tasche und hielt ihn mir vor die Nase. Ob ich die Frau auf dem Bild kennen würde.« Tamara sieht mich treuherzig an. »Du weißt sicherlich, welches Bild es war? Genau. Das, das Omas Überwachungskamera von dir geschossen hat, mit Perücke und Brille und falschem Bauch. Wurde ja im Internet veröffentlicht. Die junge Frau meinte, wenn ich ihr sagen könne, wo sie dich finden würde, wäre das ihrer Familie sehr viel Geld wert. Alle würden dich vermissen. Du würdest dich zwar Saskia Kraffczyk nennen, aber dein wirklicher Name sei ein anderer.«

Ich fühle meine Beine nicht mehr, aber noch geben sie nicht unter mir nach. Meine Hände sind schweißnass. Man muss es mir ansehen, denn Tamaras Augen leuchten triumphierend auf.

»Soll ich dir diesen Namen verraten?«, fragt sie unschuldig. »Er lautet nicht Carolin. Das ist eine Überraschung, nicht wahr?«

Ich bringe kaum einen Ton heraus. Kämpfe gegen den Impuls an, wegzulaufen. Das darf ich nicht, noch nicht. Nicht, bevor ich weiß, wie die Dinge stehen. Ob schon jemand draußen auf mich wartet. »Eine junge Frau, sagst du?« Ich tue, als müsse ich nachdenken. »Mittelgroß? Blond? Mit auffallend grünen Augen?«

Tamara stutzt. »Nein. Eher klein und brünett. Hatte so etwas wie eine Brandnarbe auf der Stirn.«

Vera, sie haben Vera geschickt. Klar, sie wird es auch gewesen sein, die mein Gesicht auf dem Bild erkannt hat. Und nun ist sie in München, aber sie ist sicher nicht allein.

Ich fühle Übelkeit in mir aufsteigen, doch dafür ist jetzt keine Zeit. »Was hast du ihr gesagt?«

»Dass ich Saskia Kraffczyk einmal begegnet bin, in einem Café am Stachus. Dass ich von ihr nicht viel weiß, außer dass sie aus Halle an der Saale kommt. Telefonnummer leider Fehlanzeige, aber sie wolle sich wieder bei mir melden.« Bei jedem Wort ist Tamara anzusehen, wie begeistert sie von ihrer eigenen Cleverness ist. »Dass sie in der Baubranche recherchiert, für eine Zeitungsstory, die sie schreiben möchte, und wahrscheinlich war sie deshalb in der Wahnfriedallee. Um Fotos vom Haus zu machen.« Ihr Blick bekommt etwas Verschlagenes. »Warum eigentlich warst du wirklich dort?«

»Es war so sonnig«, zische ich. »Ich hatte Lust auf einen Ausflug.«

Tamara hakt nicht nach, es ist ihr gleichgültig. Sie weiß, dass sie alle Trümpfe in der Hand hält, sie hat mich kalt erwischt und mir den Schock über ihre Nachricht angesehen. »Was hast du mit der Frau vereinbart?«, frage ich. Erkenne meine eigene Stimme kaum wieder.

»Dass ich sie anrufe, wenn ich erfahre, wo diese Saskia steckt. Oder wenn ich eine Handynummer von ihr bekomme. Die allein ist deiner *Familie* fünfzigtausend Euro wert.« In gespieltem Erstaunen schüttelt Tamara den Kopf. »Tsss. Ehrlich, Caro, ich fand dich schon interessant, bevor ich dich kennengelernt habe. Der Koffer mit der Waffe, der Kartendrucker, die Perücken – aber du hast meine Erwartungen wirklich übertroffen. Fünfzigtausend, bloß für eine Handynummer. Hunderttausend für ein persönliches Treffen.« Sie betrachtet nachdenklich ihr Handy. »Was sagst du: Soll ich anrufen?«

Ich darf mir meine Panik nicht anmerken lassen. »Zeig mir mal die Nummer.«

Amüsiert zieht Tamara die Brauen hoch. »Du denkst doch nicht, ich bluffe?« Sie tippt zweimal auf ihr Display und dreht es dann so, dass ich sehen kann, was da steht. »Nicht so knapp«, sagt sie, als ich näher herankomme. »Sonst könnte ich noch denken, du willst mir das Telefon wegnehmen.«

In meinem Kopf dreht sich alles. Ich kenne die Nummer, ich hatte sie selbst viel zu oft auf dem Display, und jedes Mal hat es mir bei dem Anblick die Kehle zugeschnürt. Es ist die von Pavel. Pascha. Er ist also ebenfalls in München. Wahrscheinlich noch ein oder zwei andere, je nachdem, wie viel in Frankfurt gerade zu tun ist.

»Du hast ja keine Ahnung«, murmle ich, »mit wem du dich da einlässt. Das war nicht klug von dir, Tamara, das kann sich als echter Bumerang erweisen.«

»Es ist jedenfalls jemand, vor dem du eine Scheißangst hast«, stellt sie zufrieden fest. »So viel, dass du dir eine Halbautomatik, ein paar Verkleidungen und einen falschen Namen zulegst. Ach, und so einen schicken Türspion, der einen vor bösen Überraschungen bewahren soll. Der war mir leider im Weg, ich wollte noch ein paarmal hier rein, wenn du gerade nicht da warst. Musste doch testen, ob ich das Baby hier auch zusammenbauen kann, oder?« Sie lacht.

In meinem Kopf gehe ich alle Möglichkeiten durch. Tamara niederschlagen, ihr das Handy wegnehmen und es zertrümmern. Abhauen. Aber wenn sie klug ist, hat sie die Nummer noch anderswo notiert. Oder sie auswendig gelernt.

Tamara erschießen. In Notwehr. Verlockend. Ich hätte Georg als Zeugen, der mir den Rücken stärken würde. Hoffe ich zumindest. Was mich abhält, ist der Horror davor, die zerfetzte, blutüberströmte Leiche sehen zu müssen, mit dem Wissen, dass ich das war. Und die Aufmerksamkeit. Robert würde mich dann nicht mehr verstecken können, alles käme ans Licht.

Ein wenig spielt auch der Gedanke an Elsa eine Rolle. Mein Gott, warum hat sie ihre Enkel nicht zurückgehalten? Ein weiterer Gedanke schließt sich an. Da war etwas, das Elsa heute Abend gesagt hat.

»Ich soll dir noch etwas von deiner Großmutter bestellen«, sage ich.

Tamaras Blick wird sofort misstrauisch. »Und zwar?«

»Sie meinte, ich solle dir sagen, sie würde sich über deine Entscheidung freuen. Es wäre besser so.«

»Meine Ent...«

»Ja. Du hast dich dazu entschlossen, das Töten sein zu lassen. Das habe ich Elsa zumindest glauben lassen.« Ich deute auf die Amaryllis auf dem Fensterbrett. »Weißt du, ich habe meine Ersatzblume präpariert. Larissa, das Mädchen, das ich um Hilfe gebeten hatte, hat mir eines ihrer ersten Schulbücher geliehen. Brailleschrift. Ich habe getan, was du getan hast. Ein paar Worte in den Stängel gestochen.«

Aus Tamaras Gesicht ist alles an vorgetäuschter Liebenswürdigkeit verschwunden. »Welche?«

»*Genug Blut. Wir hören auf*«, antworte ich. »Sie war sehr froh darüber.« Und, fällt mir ein, sie sagte, ich solle auf mich aufpassen. Wusste sie bereits, dass Tamara mich im Visier hatte?

»Ich werde nichts tun, was ihr missfällt«, erklärt sie nach kurzem Nachdenken. »Ich werde nur nach nebenan gehen. Und dort möglicherweise telefonieren, je nachdem, wie du dich entscheidest.« Ihr Lächeln kehrt zurück. »Dagegen kann Oma unmöglich etwas einzuwenden haben.«

Ich kann Tamara ansehen, dass sie nicht von ihrem Plan abweichen wird. Okay. Ich atme tief durch. In meinem Kopf hat mittlerweile eine dritte Idee begonnen, Form anzunehmen. Sie ist nicht ideal, aber sie ist machbar.

»Wenn ich ihn erschieße«, überlege ich laut, »wirst du die Nummer nicht anrufen?«

Tamara sieht mich prüfend an, nicht sicher, ob ich es ernst meine. »Versprochen.«

»Was? Nein!« Georg hat lange stillgehalten, doch jetzt zerrt er an seinen Handschellen, als hoffe er, damit den Heizkörper aus der Wand reißen zu können.

»Sei still«, herrsche ich ihn an. Wende mich wieder Tamara zu. »Du wirst mir eine halbe Stunde Vorsprung geben, bevor du die Polizei rufst?«

»Das ist zu viel«, sagt sie. »Zwanzig Minuten. Ich dachte, ich kann zuerst zu Rosalie hinauflaufen. Ich frage sie, ob sie auch Schüsse gehört hat, dann überlegen wir gemeinsam, was wir tun sollen. Wir klingeln hier, aber da macht natürlich keiner auf. Dann holen wir die Polizei.« Sie überlegt kurz. »Zwanzig Minuten, maximal.«

Ich seufze tief. »In Ordnung.«

»Carolin, das ist Irrsinn«, schreit Georg verzweifelt. »Du bist keine Mörderin! Tamara ist verrückt, bitte hör nicht auf sie, bitte ...«

Ich trete vor ihn und schlage ihm fest ins Gesicht, zweimal, so wie Tamara es schon getan hat. »Mund halten«, herrsche ich ihn an. »Es geht um mein Leben, leider. Mir tut das alles sehr leid, aber ich habe keine Wahl.«

Er sieht mich fassungslos an, und ich weiß, was jetzt kommt, ich habe es so oft gesehen. Deshalb bin ich schneller als er. Bevor er beginnen kann, um Hilfe zu brüllen, habe ich mit der Linken seine Haare gepackt, seinen Kopf in den Nacken gerissen und ihm die rechte auf den Mund gepresst. »Einen Schal«, befehle ich in Tamaras Richtung. »Oder ein Tuch. Schnell.«

Sie sieht mich für die Dauer eines Wimpernschlags mit echtem Erstaunen an, läuft dann aus dem Wohnzimmer und holt einen der Chiffonschals, die an der Garderobe im Eingangsbereich hängen.

»Zusammenknüllen.«

Sie tut, was ich sage, reicht mir den Stoffklumpen, und ich zwinge ihn tief in Georgs Mund. Erst als er zu würgen beginnt, höre ich auf.

Das Gafferband liegt noch auf dem Couchtisch, ich drücke Georg auf seinen Stuhl zurück und umwickle seinen Oberkörper und die Lehne drei Mal.

Gut. Atempause.

Als Nächstes gehe ich vor der Barrett in die Knie. Überprüfe, ob das Magazin voll ist und richtig sitzt. Alles schnelle, professionelle Handgriffe. Tamara darf mich gerne für eine Killerin halten, die sie erstmals in ihrem Element sieht.

»So«, sage ich und blicke zu ihr auf. »Möchtest du gern dabei sein? Auch einmal den Abzug drücken?«

Sie verengt die Augen, schüttelt den Kopf. »Versuch nicht, mich in die Falle zu locken. Ich will keine Blutspritzer abkriegen, und man kann sicher nachweisen, wenn ich geschossen hätte, Handschuhe hin oder her.« Sie sieht auf die Uhr. »In zehn Minuten ist es halb elf. Dann legst du los.« Sie lächelt, lächelt tatsächlich erst Georg, dann mich an. »Ich werde dann gerade telefonieren – nein, keine Angst, nicht mit deinen Leuten. Mit einer Freundin. Dann habe ich ein vernünftiges Alibi.«

Sie sieht sich noch einmal um, will sichergehen, dass sie nichts hier vergisst. Georg ignoriert sie. Hinter seinem Knebel gibt er dumpfe, flehende Laute von sich; es stehen Tränen in seinen Augen, und das ist gut so.

»Also dann«, sagt Tamara im Hinausgehen. »Halb elf.«

Ich nicke und begleite sie zur Tür. Schließe sie hinter ihr und höre, wie sie ihre eigene auf- und wieder zusperrt.

Ein hastiger Blick nach draußen; sie ist wirklich in ihre Wohnung gegangen. Jetzt muss es schnell gehen.

Mit einer Schere in der Hand stürze ich zurück ins Wohnzimmer und knie mich vor den verstörten Georg Vossen hin. »So. Jetzt gut zuhören. Ich werde dich nicht erschießen, aber du musst genau das tun, was ich dir sage. Ich werde dich losmachen, und dann werde ich abhauen. Du wartest hier bis halb elf Uhr, dann feuerst du dieses Gewehr hier ab. Zwei- oder dreimal. Und dann hältst du einfach still. Du kannst auch schon die Polizei rufen, das ist mir egal. Wichtig ist, dass Tamara erst so spät wie möglich mitbekommt, dass ich dich nicht erschossen habe. Sie hat ein starkes Rachebedürfnis, also wird sie diese Nummer wählen, sobald sie begreift, dass ich sie betrogen habe. Je später das passiert, desto besser sind meine Chancen. Verstehst du?«

Er nickt. Das genügt mir nicht. »Du versprichst mir, dass du nicht sofort anfängst, herumzuschreien, wenn ich dich jetzt losmache und dir den Knebel rausnehme? Denn ich schwöre dir, eher schieße ich euch beide nieder, als dass ich zulasse, dass Tamara es meiner sogenannten Familie ermöglicht, mich zu finden.«

Wieder nickt er, und ich ziehe ihm den Schal aus dem Mund. Er schluckt mehrmals, unterdrückt ein Husten. Noch acht Minuten. Ich schneide die Klebebänder durch, dann hole ich den Gewehrkoffer und wechsle das Magazin. Im Moment ist panzerbrechende Munition geladen, damit würde Georg beim Schießen die Wände durchschlagen, also tausche ich sie gegen die Manöverpatronen aus, die damals bei der Lieferung des Gewehrs dabei waren. Mit einem Mikrofasertuch aus der Küche wische ich die Barrett sauber, es dürfen keine Fingerabdrücke von mir drauf sein.

Ich werde mich ohne diese Waffe verloren fühlen, so idiotisch das klingt. Aber es hilft nichts, ich muss sie zurücklassen. Und da, wo sie herkam, gibt es mehr davon.

»Schau her, hier entsicherst du. Wenn du geschossen hast, bleiben etwa zwanzig Minuten, wahrscheinlich aber weniger. Halt bitte still in der Zeit. Wenn du es schaffst, das Gewehr zu zerlegen und zu verstecken, perfekt. Wenn nicht, ist es nicht zu ändern. Sobald die Polizei eintrifft, kannst du tun, was du willst. Wenn dir eine Geschichte einfällt, bei der ich möglichst außen vor bleibe, bin ich dir ewig dankbar.«

Er räuspert sich. »Das bin ich dir auch. Ich tue, was ich kann. Viel Glück.«

Ich schlüpfe in meine Jacke, noch sechs Minuten. Ich muss nicht an Tamaras Wohnung vorbei, meine liegt näher an den Treppen. Lautlos öffne ich die Tür, Georg schließt sie hinter mir. Ich schalte das Ganglicht nicht an, sondern husche im Dunkeln die Stufen hinunter und hinaus ins Freie.

27

Ich renne. Auf den ersten Blick habe ich rund ums Haus niemanden entdeckt. Kein auffällig geparktes Auto, niemand, der irgendwo an einer Mauer lehnt, als würde er warten.

Mein Handy wandert in den ersten Gully, der mir unterkommt, sicher ist sicher, und als ich an einer Haltestelle vorbeikomme, an der gerade ein Bus seine Türen öffnet, springe ich hinein. Hauptsache, weg von hier, die Richtung ist egal.

Ich glaube nicht, dass jemand mir gefolgt ist, trotzdem schlage ich Haken wie ein Hase. Wechsle von einer Buslinie zur nächsten und lande schließlich am Hauptbahnhof. Dort ist es einfach, in der Menge unterzutauchen. Oder sich mit einem Fahrplan auf der Bahnhofstoilette einzuschließen.

Ich entscheide mich für die zweite Option und prüfe meine Möglichkeiten. Um 23.35 Uhr geht ein Zug, der mich bis über die österreichische Grenze bringen würde. Zwischen München und Salzburg hält er zwei Mal, dort kommt er um ein Uhr vierzig an. Ich habe zweihundertzwanzig Euro, mehr wird mir bis auf Weiteres nicht zur Verfügung stehen. Mit der Karte von Carolin Springer werde ich keinen Cent mehr abheben, nichts tun, das meinen Aufenthaltsort verraten könnte.

Noch fünfzehn Minuten bis zur Abfahrt des Zugs. Jedes Mal, wenn die Tür zum Toilettenraum sich öffnet, bleibt mein Herz fast stehen, aber nie schiebt sich ein Spiegel durch den Spalt unter der Tür, nie wird das Schloss von außen geöffnet.

Ich wüsste gern, was sich mittlerweile in meiner Wohnung abgespielt hat. Ob Georg die Polizei hereingelassen hat. Ob sie die Barrett gefunden haben und, falls ja, wie er ihr Vorhandensein erklärt hat.

Ich wüsste auch gerne, wie wütend Tamara gerade ist und wann sie wohl ihr Handy genommen und Paschas Nummer gewählt hat. Denn das hat sie getan, davon bin ich überzeugt. Je schneller ich also in irgendeinem Zug sitze, umso besser.

Es fällt mir extrem schwer, die Toilettenkabine zu verlassen, ohne die Möglichkeit, zu überprüfen, wie sicher der Vorraum ist.

Ich öffne sie erst einen winzigen Spalt, spähe hindurch, sehe zwei Frauen bei den Waschbecken, beide beschäftigt mit sich selbst. Die eine kämmt sich, die andere betrachtet ihr Spiegelbild, während sie sich die Hände wäscht.

Der Blick der Ersten folgt mir im Spiegel, als ich nach draußen haste. Vielleicht, weil ich es so eilig habe oder weil ich so blass bin oder weil sie sich fragt, was ich so lange in der Kabine getan habe. Wenn ich Glück habe, hält sie mich bloß für einen Junkie.

Am Fahrkartenautomaten sehe ich mich ständig um. Die Frau von vorhin spaziert in zwanzig Metern Entfernung vorbei, telefonierend. Meine Finger zittern so stark, dass ich die Geldscheine kaum in den Schlitz kriege. Zehn Minuten noch bis zur Abfahrt des Zugs, das ist viel zu lang, wenn sie mich entdeckt haben.

Angenommen, Tamara hat Pascha angerufen, kaum dass sie den unbehelligten Georg in der Wohnung vorgefunden hat. Wäre er erst in die Agnesstraße gefahren? Oder hätte er vermutet, dass ich mich sofort aus dem Staub gemacht habe? Dann ist ein Bahnhof die unkomplizierteste Möglichkeit. Um zu fliegen, muss man sich ausweisen, Bahn fahren kann man anonym.

Mein Zug wird von Gleis zwölf wegfahren, und ich gehe den Bahnsteig mit gesenktem Kopf fast bis ganz nach vorn. Stelle mich dort neben eine Gruppe betrunkener Fußballfans.

Die Frau von vorhin taucht nicht auf. Pascha taucht nicht auf, auch keines der anderen bekannten und gefürchteten Gesichter.

Als der Zug einfährt, steige ich sofort ein, doch ich setze mich noch nicht. Um notfalls wieder rausspringen zu können, falls es sich als nötig erweisen sollte.

Erst als er sich mit einem Ruck in Bewegung setzt, gehe ich in den nächsten Großraumwaggon und suche mir einen Platz am Fenster. Draußen ziehen nächtliche Lichter vorbei. Es fühlt sich an, als wäre es geschafft, aber das ist natürlich Unsinn. Jederzeit kann sich die Tür des Abteils öffnen und Pascha hereinschlendern. Er wird sich auf den Sitz neben meinem fallen lassen und aus seinem Jackenärmel eine der Klingen ziehen, die er so mag, wird sie sanft gegen meinen Oberschenkel drücken. »Hallo Koschetschka«, wird er sagen. »Lang nicht gesehen. Wir steigen gemeinsam beim nächsten Halt aus, ohne Aufsehen, wie gute Freunde.«

Wenn das passiert, schwöre ich mir, dann werde ich den Zug zusammenschreien, alle Aufmerksamkeit auf mich ziehen, denn dann muss er mich schnell erledigen. Keine Spielchen, keine Quälereien. Bloß ein Stich oder ein Schnitt.

Und vielleicht kriegen sie ihn dann sogar.

Doch der Einzige, der das Abteil betritt, ist der Schaffner. Er betrachtet mein Ticket mit müdem Blick, entwertet es und zieht weiter. Nach einer halben Stunde werde ich ruhiger. Ich lenke mich damit ab, dass ich versuche, die Lücken zu füllen, die geblieben sind.

Tamara hat niemanden eigenhändig getötet. Markus mit Sicherheit auch nicht. Aber da gab es jemanden, der einen Bären auf den Arm tätowiert hat. Einen Bären für Arthur. Jemand, der die Altpapiersäcke streichelt, die Tamara an ihre Türe hängt, und die Bananen mitnimmt, die sie dort deponiert.

Waren Anton und Arthur ein Paar? Dann ist er wohl einer von denen, die am verzweifeltsten auf einen passenden Spender gehofft haben. Und deren Schmerz am größten war.

Ebenso wie der von Doris. Dass sie Stillschweigen bewahrt

und nicht zu irgendeinem Zeitpunkt ihrem Mann die Wahrheit um die Ohren geschlagen hat, ist beinahe unbegreiflich. Denn sie muss eingeweiht gewesen sein. Sonst ergäbe die Bemerkung zu Tamaras künftigen Nachkommen keinen Sinn.

Vielleicht hat sie tatsächlich gehofft, Erich würde sich umbringen, als Arthurs Diagnose bekannt wurde. Sie hat ihm Tabletten auf den Tisch gelegt – wäre er aus dem Weg gewesen, hätte die Familie mit offenen Karten spielen können. Aber so ...

So musste Freda Trussek sterben, die sicher keine Hemmungen gehabt hätte, ihre Erkenntnisse zu veröffentlichen. Und das zu einem Zeitpunkt, an dem ein Bekanntwerden der Ereignisse der Familie nichts mehr genutzt hätte. Im Gegenteil, die Lamberts hätten das Blatt verloren, das sie in Händen hielten, Markus hätte niemanden mehr unter Druck setzen können. Und Erich hätte die Wahrheit auf die schlimmstmögliche Art erfahren.

Nur noch eine halbe Stunde Fahrzeit. Ich sollte mir einen Plan für Salzburg zurechtlegen.

Es ist kalt, als ich aussteige, und es nieselt leicht. Ich kenne die Stadt nicht, aber sie ist eher klein, entsprechend wenig ist rund um das Bahnhofsgebäude los. Schnellimbisse und das Fastfood-Restaurant haben noch geöffnet, sonst ist alles dunkel.

Erschöpft schleppe ich mich zu dem Bereich, von dem aus die Regionalbusse losfahren. In den nächsten Tagen werde ich mich in der Einöde verstecken, habe ich mir vorgenommen. An einem Ort, an dem man mich unmöglich durch Zufall finden kann.

Ich studiere die Fahrpläne und die Destinationen. Eine der Endstellen heißt Hintersee, das klingt so abgelegen, wie ich es mir wünsche. Leider fährt der erste Bus erst um kurz vor halb sieben und hält auf der Strecke gezählte siebenunddreißig Mal.

Ich muss knapp fünf Stunden totschlagen. Dabei die Augen offen halten und nicht unaufmerksam werden. Ein Stück hinter dem Bahnhof finde ich einen unbeleuchteten Parkplatz mit einer halb verrotteten Holzbank. Dorthin setze ich mich, ziehe die Beine hoch und schlinge die Arme um die Knie.

Fünf Stunden. Nicht einschlafen.

Die Nacht bleibt kalt, nach einer halben Stunde auf meiner Bank habe ich bereits zu zittern begonnen. Dafür ist hier buchstäblich niemand außer mir und einer Eisenstange, die ich gefunden habe. Ich halte sie fest wie einen Freund. Gegen drei ist die Kälte mir bis in die Knochen gedrungen, ich bin nicht für eine Nacht im Freien ausgerüstet. Ich bin für überhaupt nichts ausgerüstet, nachdem ich Hals über Kopf geflohen bin.

Mit meiner Eisenstange laufe ich auf dem Parkplatz hin und her. In einiger Entfernung höre ich die Sirene eines Polizeiautos, kurz danach ein Motorrad, das viel zu laut durch die Nacht fährt.

Um vier Uhr würde ich töten für Handschuhe und eine warme Jacke, von einem Bett ganz zu schweigen. Ich bewege mich, reibe Arme und Beine, versuche, mir vorzustellen, was sich in München gerade tut. Wer wach ist, wer schläft. Wer in Schwierigkeiten ist.

Unweigerlich stellen sich Bilder von früher ein, gegen die ich mich in meiner Müdigkeit nur schwer wehren kann. Irgendwann breche ich in Tränen aus und beginne, gegen ein kniehohes Mäuerchen zu treten, das sich als brüchig erweist. Ich tobe mich daran aus, danach ist mir warm, und ich bin wieder wach.

Um halb sechs gebe ich meine selbst gewählte Abgeschiedenheit auf, lasse schweren Herzens die Eisenstange zurück und mache mich auf den Weg zum Bahnhofsvorplatz. Die ersten Frühaufsteher sind schon unterwegs, und das Fastfood-Restaurant öffnet gerade.

Ich sehe mich um. Kenne niemanden, und niemand beachtet mich. Mit einem Becher Kaffee und einem Croissant ziehe ich mich in die hinterste Ecke des Ladens zurück. In einer Stunde fährt mein Bus.

Haltestellen, die Namen tragen wie Alte Tanne, Rechenmacher oder Waldwirt. Orte, die Koppel heißen, Tiefbrunnau und eben Hintersee. Viel Wald, viel Wiese, Berge, die sich bis zum Horizont immer höher auftürmen. Trotz aller Fantasie kann ich mir niemanden von den Karpins in einer solchen Umgebung vorstellen.

Ich steige am Hauptplatz von Hintersee aus und mache mich auf die Suche nach einem Quartier. Jemand empfiehlt mir einen Bauernhof, der Zimmer vermietet, einen knappen Kilometer außerhalb.

Perfekt. In einem kleinen Supermarkt decke ich mich mit Obst, Brot und Käse ein, dann mache ich mich auf den Weg.

Dreißig Euro nimmt die Bäuerin für die Nacht, was bedeutet, ich kann drei Nächte bleiben und mir dann immer noch die Fahrt nach Wien leisten.

»Wo ist denn Ihr Gepäck?«, fragt sie.

»Ist ein Notfall, wissen Sie?«

Sie nickt und zuckt die Achseln. Offenbar werden hier nicht viele Fragen gestellt. Ich scheine ohnehin mitleiderregend zu wirken, denn sie gibt mir ihr bestes Zimmer, ohne einen Aufpreis zu verlangen. Es hat eine eigene Toilette, betont sie, einen Fernseher, und ich sei derzeit sowieso der einzige Gast.

Ich sage zu allem Ja und Danke, lasse mich von ihr die Treppen hinaufführen, nehme den Schlüssel entgegen und schließe die Zimmertür zweimal ab, bevor ich aufs Bett sinke und sofort einschlafe.

Als ich aufwache, ist der Nachmittag bereits fortgeschritten, und ich lebe immer noch. Draußen nieselt es. Ich öffne kurz das Fenster, blicke auf Wiesen und Wald und Einsamkeit. Wie es aussieht, habe ich es geschafft. Wenn meine Spur sich bereits in München verliert, perfekt. Wenn erst in Salzburg, auch in Ordnung. Bis hierher ist mir niemand gefolgt, ohne Handy kann keiner mich orten. Am liebsten würde ich hier für immer meine Zelte aufschlagen.

Nur habe ich dummerweise kein Geld. Aber darüber mache ich mir ab morgen Gedanken.

Ich stopfe mir mein Kissen im Rücken zurecht, nehme die Fernbedienung vom Nachttisch und suche nach harmloser Unterhaltung. Bis ich beim Zappen an einer Nachrichtensendung hängen bleibe.

»... gestern Nacht festgenommen worden. Sie ist die Tochter des bekannten Münchner Bauunternehmers Erich Lambert. Angezeigt wurde sie von Georg Vossen, der einem Konkurrenzunternehmen angehört und behauptet, sie hätte ihn in der Wohnung ihrer Nachbarin töten wollen. Besagte Nachbarin ist seit vergangener Nacht verschwunden, nach ihr wird gesucht.«

Ich halte die Luft an, aber sie zeigen kein Foto. Das bedeutet, die Polizei hält nach wie vor die Hand über mich, wohl immer noch auf Roberts Anweisung.

Zu ihm kann ich nun keinen Kontakt mehr aufnehmen. Er zu mir noch weniger.

Tamara ist festgenommen worden. Vossen lebt. Das sind immerhin zwei gute Nachrichten.

Am Abend beschließe ich, einen kleinen Spaziergang zu dem nahe gelegenen Wäldchen zu unternehmen. Es hat zu regnen aufgehört, die Wiesen sind so grün, dass es beinahe in den Augen schmerzt. Dass ich davor unbemerkt in die Küche husche, mir dort ein Knochenmesser leihe und es mitnehme, fällt eigentlich mehr unter alte Gewohnheit. Ich rechne nicht damit, dass die Karpins im Wald lauern.

Als ich zurückkomme, läuft mir ein etwa fünfzehnjähriger Junge über den Weg. Er hat ein Huhn unter dem linken Arm, mit der rechten Hand tippt er eine Nachricht in sein Handy, unglaublich schnell.

»Hi«, sage ich.

»Auch hi.« Er blickt nicht einmal auf.

Ihn tippen zu sehen, bringt mich auf einen Gedanken. Ich überschlage schnell meine Finanzen. »Sag mal«, frage ich vorsichtig, »würdest du mir für zehn Euro deinen Computer leihen? Ungefähr eine Stunde lang? Ihr habt doch Internet?«

Sein Kopf schnellt hoch. »Zehn Euro? Na sicher.« Er wirft das Huhn über einen brusthohen Zaun zu seinen Artgenossen und winkt mir, ihm zu folgen.

Drei Minuten später habe ich ein mit Stickern beklebtes Notebook samt Ladeteil unter dem Arm und einen mit dem WLAN-Passwort bekritzelten Zettel in der Hosentasche. Tom, der geschäftstüchtige Bauernsohn, hat mir großzügig gestattet, den Computer zu behalten, bis er von dem Besuch bei seinem Freund am Nachbarhof zurück ist.

Das Netz ist erstaunlich gut. Ich öffne eine der großen Nachrichtenseiten und finde die Geschichte rund um Tamara und Georg sofort.

Bauerbin bedroht Exfreund mit dem Tod, lautet die Schlagzeile. Der Schreiber mutmaßt, dass es eine Eifersuchtssache war.

Anderswo wird geschrieben, der Konkurrenzkampf in der Baubranche wäre eskaliert. Andeutungsweise ist auch von einem Zusammenhang mit den gehäuften Todesfällen der letzten Zeit die Rede.

Nichts Neues also. Ich lehne mich in meinem knarrenden Stuhl zurück. *Die Nachbarin* wird jeweils nur kurz erwähnt. Sie sei nicht zu Hause gewesen, heißt es. Man habe sie noch nicht vernehmen können.

Mehr nicht.

Als Nächstes öffne ich Google. Überlege kurz und gebe *Arthur Lambert* ins Suchfeld ein.

Wenn er in den sozialen Medien aktiv war, so sind die Seiten mittlerweile gelöscht. Aber er findet sich auf mehreren archivierten Seminarlisten des Instituts für Bauingenieurwesen der Technischen Universität München. Und es gibt eine Menge Fotos von ihm, wenn man die Bildersuche aktiviert.

Er war ein gut aussehender Kerl, noch größer als sein Bruder Markus. Dunkelhaarig, anders als seine beiden Geschwister. Und offenbar immer lächelnd.

Es gibt Fotos, auf denen er Tamara umarmt, Fotos von Kletterausflügen, Fotos von Partys.

Und es gibt drei Bilder, da steht er Hand in Hand mit einem anderen Mann.

Anton trug sein Haar damals noch nicht so kurz und nicht so hell. Er hatte auch noch keinen Bären auf den Unterarm tätowiert. Er hielt Arthurs Hand und blickte zu ihm hoch und strahlte.

Wie hatte Tamara es beschrieben? *Es gab jemanden, der sich förmlich darum gerissen hat, ein Ventil für seine Trauer und seinen Hass zu finden.*

Ob sie ihn schon verpfiffen hat? Vorausgesetzt natürlich, ich habe recht, aber ich glaube nicht, dass da noch viel Spielraum für Irrtümer bleibt.

Nachdem ich sie schon geöffnet habe, lese ich mir die Seminarlisten noch einmal durch und finde tatsächlich einen Anton Taschner, der gemeinsam mit Arthur zwei Lehrveranstaltungen besucht hat. Bauingenieurwesen. Er ist also auch vom Fach. Weiß wahrscheinlich, wie man einen provisorisch arretierten Fahrstuhl zum Absturz bringt. Weiß auch, wie man sich auf einer großen Baustelle unter die Arbeiter mischt, ohne aufzufallen.

Ich klappe das Notebook zu. Genug davon. Ich will von den Lamberts nichts mehr hören, ich will dieses eigene kleine Stück Leben zurück, das ich mir so mühsam erkämpft habe.

Am nächsten Tag strahlt die Sonne vom Himmel, und ich bin immer noch nicht tot. Nur, dass das jetzt auch die Karpins wissen, und sie werden es nicht vergessen. Allerdings denken sie, ich wäre blond, kurzhaarig und hätte zugenommen. Sie denken, ich nenne mich Saskia Kraffczyk.

Es wird fast so sein wie vorher, versuche ich, mich zu beruhigen, ich muss einfach nur noch ein wenig vorsichtiger sein.

Oder tatsächlich hierbleiben. Hühner fangen, Kühe melken. Wunderbar unwichtig und unsichtbar sein.

Nach dem Frühstück spaziere ich den Kilometer in die Ortschaft, es ist warm, eine Hummel begleitet mich brummend über hundert Meter weit.

In dem kleinen Supermarkt kaufe ich ein Päckchen Nüsse und entdecke bei den Zeitungen genau ein Exemplar der *Süddeutschen*. Es ist von heute, es wird einiges über die Lamberts drinstehen. Ich hatte mir vorgenommen, die Geschichte abzuhaken. Soll ich trotzdem ...

Wie sich herausstellt, kann ich nicht widerstehen. Mit Nüssen, der Zeitung und einer Flasche Wasser marschiere ich zu dem See, der dem Ort seinen Namen gibt. Bis auf ein paar ältere Wanderer, die mit Nordic-Walking-Stöcken unterwegs sind, ist niemand dort. Was nichts daran ändert, dass ich mir für meine Pause eine Bank suche, die man vom Weg her nicht einsehen kann.

Ich blättere die Zeitung langsam durch. Leichter Wind kommt auf und fängt sich im Papier wie in einem Segel. Er schlägt mir das Blatt förmlich entgegen, als wolle er mich auf eine ganz bestimmte Kurzmeldung hinweisen.

Ein bedeutender Schlag gegen das organisierte Verbrechen ge-

lang gestern Nacht den Beamten des BKA. Kriminalhauptkommissar Robert Lesch, der eigens für den Einsatz nach München gekommen war, bestätigt, dass es gelungen sei, ein Mitglied einer hauptsächlich in Frankfurt agierenden Verbrechensorganisation zu fassen. »Wir sind zufrieden«, erklärt Lesch, »auch wenn wir Grund zur Annahme haben, dass der Erfolg noch durchschlagender hätte sein können.« Die Aktion sei von langer Hand geplant gewesen, man verspreche sich nun viel von den Aussagen des festgenommenen Mannes.

Ich lese den Artikel dreimal. Brauche meine ganze Willenskraft, um nicht vor Wut zu schreien. In München und von langer Hand geplant, aha. Robert, dieser clevere Drecksack, dachte sich, er schlägt schnell mal zwei Fliegen mit einer Klappe. Setzt Carolin auf die Lamberts an und verwendet sie gleichzeitig als Köder für die Karpins.

Kein Wunder, dass er auf keinen meiner Kontaktversuche mehr reagiert hat. Und von wegen, er würde mir sofort Bescheid geben, sobald sich »im Osten« etwas tut. Sobald sich jemand in meine Richtung in Bewegung setzt.

Nichts dergleichen, keine Warnung. Ich lese den Artikel ein viertes Mal. Der Erfolg hätte noch durchschlagender sein können, steht da. Heißt das, Andrei selbst war in München? Wollte sich persönlich um mich kümmern?

Mir ist schlecht. Ich reiße den Zeitungsschnipsel heraus, falte ihn zusammen und stecke ihn in die Hosentasche. Den Rest der Zeitung stopfe ich in den nächsten Mülleimer.

Von einem Selbstbedienungsrestaurant, das direkt am See liegt, rufe ich im Blumenladen an und erwische, zum Glück, Eileen.

»Hey! Ich dachte schon, es gibt dich nicht mehr!«

»Doch. Und ich komme auch zurück. Morgen. Gibt's was Neues?«

Sie überlegt kurz. »Nein. Eigentlich nicht.«

»Hat jemand nach mir gefragt in den letzten Tagen?«
»Nach dir? Nein. Niemand. Tut mir leid.«
Ich atme erleichtert auf. »Das muss es nicht.«
»Wie geht es deinem Opa?«
»Viel besser. Er hat jetzt eine Pflegerin.«
»Gute Sache.«

Ich blicke durch das offene Fenster nach draußen, wo die Sonne den See zum Glitzern bringt. »Sagst du Matti, er kann ab übermorgen wieder mit mir rechnen?«

Sie lacht auf. »Na, aber sicher! Gerne! Ich muss dir so viel erzählen, und ich habe ein neues Tattoo!«

Ob ich will oder nicht, ich muss mitlachen. »Klingt ja super. Also dann. Wir sehen uns übermorgen.«

Der Zug, den ich nach Wien nehme, fährt wieder nachts. Ich bin auf dem Weg zum Bahnhof vorsichtiger denn je gewesen, ich weiß jetzt, dass ich auf Warnungen von Roberts Seite nicht zählen kann. Im Moment hätte er keine Chance, sie mir zukommen zu lassen, aber trotzdem fühle ich mich vollkommen ungeschützt.

Er hat mich damit geködert, dass ich meine Sicherheit riskiere, wenn ich mich nicht als nützlich erweise. Und dann hat er sie leichter Hand aufs Spiel gesetzt. Im besten Fall für den ganz großen Fang, aber notfalls auch gern für einen kleinen.

Ich putze das Waggonfenster mit meinem Ärmel blank. Es wird mir eine Lehre sein.

Carolin Springer kehrt ohne Gepäck und Handy nach Wien zurück, nur mit ein paar Euro in der Tasche. Das ist in Ordnung, denn gleich werde ich wieder Carolin Bauer sein, deren Bankkarte, Smartphone und Pass in der Wohnung in der Geringergasse liegen. Den Schlüssel hat Norbert, ich hoffe, er ist zu Hause.

Niemand fängt mich am Hauptbahnhof ab. Niemand folgt

mir zur Straßenbahn. Noch. Wahrscheinlich ist es nur eine Frage der Zeit, bis Robert meinen Aufenthaltsort in Wien an falscher Stelle durchklingen lässt, um Andrei und seine Leute hierhin zu locken.

Norbert ist zu Hause und freut sich ehrlich, mich zu sehen. Ich schlage den angebotenen Kaffee aus. Zu müde. Kopfschmerzen. Morgen vielleicht?

Im Dunkeln steige ich die Treppen in mein Stockwerk hinauf. Vor meiner Wohnungstüre trete ich auf etwas Weiches, Raschelndes, das auf der Fußmatte liegt. Hektisch taste ich nach dem Schalter für das Ganglicht.

Natürlich.

Blumen.

Sie sind in Papier eingeschlagen, an dem pinkfarbenen Band hängt ein Kärtchen.

Danke, steht darauf. *Für alles. Du bist die Beste.*

Ich wünschte, ich könnte Robert diese Karte in den Mund stopfen, in den Hals, bis er daran erstickt. Meine Hand mit dem Schlüssel zittert vor Wut, ich treffe das Schlüsselloch erst beim vierten Versuch.

Die Wohnung riecht muffig, ist ansonsten aber unverändert. Ich schließe die Tür zweimal ab und gehe in die Küche.

Ich lebe, und sie wissen es. Das werde ich Robert nie verzeihen.

Aus dem Schrank hole ich eine Vase und fülle sie mit Wasser, dann erst wickle ich die Blumen aus dem Papier und lasse sie beinahe fallen.

Es sind Tagetes. Ihre Blüten sind orangefarben und sehen freundlich aus, fröhlich, sonnig. Doch sie versinnbildlichen etwas ganz anderes.

Man nennt sie auch Totenblumen.

DANKE SAGEN MÖCHTE ICH ...

... Dr. Natalie Mann-Borchert, die mir einmal mehr mit ihrer medizinischen Expertise zur Seite gestanden hat,

... Dr. Werner Weigl, dem 2. Vizepräsidenten der Bayerischen Ingenieurkammer-Bau, der mir in einem ebenso amüsanten wie informativen Telefongespräch sehr unkonventionelle Fragen rund um meine Wissensbaustellen betreffend Baustellen beantwortet hat,

... meinem wunderbaren neuen Lektoratsteam: Carolin Graehl (die Namensgleichheit mit meiner Protagonistin ist blindwütiger Zufall) und Regine Weisbrod, für ein effizientes und gründliches Auseinanderpflücken und Wiederzusammensetzen meines Texts – es war herrlich entspannt und unkompliziert, und es hat dazu geführt, dass der einzige unübersichtliche, endlose, adjektivüberladene Monstersatz, der es ins Buch schaffen wird, dieser hier ist,

... meiner Agentur, der AVA international. Seit zehn Jahren bin ich dort unter Vertrag, seit zehn Jahren geht es stetig bergauf. Damit ist eigentlich alles gesagt, nicht wahr? Außer, dass wir noch gar nicht auf besagte zehn Jahre angestoßen haben!

... Und schließlich meinen Leserinnen und Lesern, den WiederholungstäterInnen und den neu Hinzugekommenen. Es ist so schön, dass es euch gibt! Auch wenn ich es bin, die die Geschichten schreibt – ihr erweckt sie in euren Köpfen zum Leben.

Historisch und spannend im München der 60er-Jahre

KERSTIN CANTZ

FRÄULEIN ZEISIG UND DER FRÜHE TOD

KRIMINALROMAN

München 1962: Noch gibt es mehr Pferde als Frauen bei der Münchner Polizei – doch das hat die junge Elke Zeisig nicht davon abgehalten, bei der WKP, der Weiblichen Kriminalpolizei, anzuheuern. Als ein kleines Mädchen tot aufgefunden wird, sind Fräulein Zeisigs Fähigkeiten gefragt. Nachts kommt es indessen zu gewalttätigen Auseinandersetzungen zwischen der Münchner Jugend und der Polizei. Steine fliegen, Stühle, Flaschen und Polizeiknüppel – München ist im Ausnahmezustand. Während die Kripo einen Mädchenmörder jagt, wird die Stadt von den Schwabinger Krawallen aufgewühlt. Fräulein Zeisig ermittelt mit Hauptkommissar Manschreck an zwei Fronten.

Sniper-Morde in Berlin und Moskau: der dritte außergewöhnliche Thriller von Katja Bohnet mit den Ermittlern Rosa Lopez und Viktor Saizew vom LKA Berlin

KATJA BOHNET

KRÄHENTOD

THRILLER

Viktor Saizew vom LKA Berlin gönnt sich einen seltenen Urlaub in Moskau, als in seiner unmittelbaren Nähe ein Mann per Kopfschuss liquidiert wird. Der Tote war ein bekannter Schriftsteller, und absurderweise wird Viktor als Tatverdächtiger vernommen. Kurz darauf stirbt in Berlin eine russische Journalistin, erschossen auf offener Straße. Rosa Lopez erkennt Gemeinsamkeiten zwischen den Taten – und muss eilends nach Moskau reisen, als Viktor mit einer Waffe in der Hand, aber ohne Erinnerung an die letzten Stunden in einer riesigen Blutlache aufgefunden wird ...

»Katja Bohnet entwickelt einen Sog, der den Leser immer tiefer in die Geschichte hineinsaugt.« *FAZ* über *Messertanz*

Zwei ungleiche Zwillinge, ein kindlicher Mörder,
atemberaubende Spannung aus Kanada

NINA LAURIN

BÖSER ALS DU DENKST

THRILLER

»... wird polizeilich gesucht. Falls Sie etwas über den Aufenthalt des Verdächtigen wissen, rufen Sie bitte folgende Nummer ...«

Ich wende meinen Blick abrupt zum Fernseher und sehe das Gesicht meines Zwillingsbruders, in Lebensgröße. Es ist ein Schock, der mir den Atem raubt. Hier ist mein Bruder, den ich zum letzten Mal vor 15 Jahren sah – nach dem Brand, der unsere Eltern tötete. Rußbedeckt, die Hand um ein Feuerzeug gekrampft, die Knöchel hoben sich weiß ab von Staub und Asche. Alle haben gesagt, er würde mal ein Herzensbrecher. Doch sein Gesicht ist jetzt eingefallen, Bartstoppeln bedecken Kinn und Wangen, seine Augen sehen stumpf aus.

Mein erster Gedanke: Er ist es nicht. Nicht mein schöner Bruder, der Golden Boy, den jeder liebte. Aber tief in meinem Inneren wusste ich immer, dass dies geschehen würde.

Was hast du diesmal getan, Eli? Was zum Teufel hast du getan?